Para mí, el único

Para mí, el único

Título original: *My One and Only*

Por acuerdo con Maria Carvainis Agency, Inc. y **Julio F. Yañez, Agencia Literaria**. Traducido del inglés **MY ONE AND ONLY**. Copyright © **2011 by Kristan Higgins**. Publicado por primera vez en los Estados Unidos por **Harlequin Books, S.A.**

© de la traducción: Eva Pérez Muñoz

© de esta edición: Libros de Seda, S.L.
Paseo de Gracia 118, principal
08008 Barcelona
www.librosdeseda.com
www.facebook.com/librosdeseda
@librosdeseda
info@librosdeseda.com

Diseño de cubierta: Germán Algarra
Copyright del diseño de cubierta: © 2011 by Harlequin Entreprises Limited. Diseño de cubierta por acuerdo con Harlequin Enterpises Limited. ® y TM son marcas propiedad de Harlequin Enterpises Limited o de sus empresas afiliadas, empleadas bajo licencia.
Maquetación: Autoedició Colomé S.L.

Primera edición: noviembre de 2014

Depósito legal: B. 20813-2014
ISBN: 978-84-15854-24-1

Impreso en España – Printed in Spain

Kristan Higgins

Para mí, el único

Libros de seda

Querido lector:

¡Gracias por elegir *Para mí, el único*! Soy de la opinión de que no hay nada comparable a un libro que me haga llorar y reír, y espero que en estas páginas encuentres escenas que consigan ambas cosas.

Esta es una historia que habla de cómo encontrar el camino de regreso, de aprender a dejar atrás el pasado y tener fe en el futuro, aunque este sea imposible de predecir. Nick y Harper tuvieron poderosas razones para enamorarse, al igual que también las tuvieron para terminar con su relación. Buscar su camino de vuelta no va a ser fácil... pero nada que merezca la pena lo es.

En algunas cosas, este libro es un poco diferente; por ejemplo hay un viaje por carretera y la heroína no tiene muchas expectativas en lo que se refiere al amor, como sí les sucede a otras de mis protagonistas. En otras, sin embargo, encontraréis ciertas similitudes, como la de una familia pintoresca, magníficos escenarios, y por supuesto, un perro encantador en la forma de *Coco*, una mezcla de Jack Russell y chihuahua. Me divertí muchísimo con alguno de los personajes secundarios de esta novela. Tengo especial predilección por Dennis, así como por BeverLee y Carol.

Me tomé ciertas libertades en la historia. Martha's Vineyard no cuenta con un cuerpo oficial de bomberos; de la prevención y extinción de incendios se encarga un grupo de generosos voluntarios de las ocho localidades que componen la isla. Tampoco tengo muy claro que un abogado pudiera ganarse la vida llevando solo los divorcios de una población tan pequeña. En cuanto a los vuelos directos desde Dakota del Sur o Nueva York... bueno, si existen, yo no los he encontrado. Pero al fin y al cabo, esto es ficción.

Me encantará que me hagas llegar todos tus comentarios. Puedes visitarme en www.kristanhiggins.com.

Con mis mejores deseos:
Kristan Higgins

Agradecimientos

Gracias, como siempre, a mi agente, la maravillosa Maria Carvainis, así como a su plantilla, siempre capaz y dispuesta, por estar ahí en todo momento y comportarse siempre de una forma tan encantadora.

Todo escritor debería tener la suerte de trabajar con una editora como Keyren Gerlach, perspicaz, amable y que me alienta a superarme con cada libro que escribo. Me siento bendecida por el entusiasmo y apoyo que me ha mostrado el equipo al completo de HQN y Harlequin Enterprises. Un agradecimiento especial también para Margaret Marbury O'Neill y Tara Parsons y el estupendo departamento de diseño gráfico que crea para mis libros unas portadas tan bonitas.

Gracias de corazón a Shaunee Cole, Karen Pinco y Kelly Morse por ayudarme a sacar a este chico malo; a Toni Andrews por su pronto e inteligente asesoramiento para la trama; a Cassy y Jon Pickard por enseñarme cómo es la vida de un arquitecto; a Annette Willis por dejarme indagar en el trabajo de un abogado especializado en divorcios (¡cualquier error, es mío y solo mío!); a Paula Kristan Spotanski y Jennifer Iszkiewicz por compartir conmigo sus recuerdos y fotos del Parque Nacional de los Glaciares; a Bridget Fehon, una extraordinaria asesora a la hora de poner nombres a los animales; a mi querida madre por toda su ayuda; a Bob y Diane Moore por dejarme su preciosa casa en Martha's Vineyard. Y a mis maravillosas amigas de la CTRWA, gracias por vuestro entusiasmo, apoyo y ánimos. ¡Percibo el poder de la Fuerza en vosotras!

Y por supuesto, todo mi amor para mi «cariño» y nuestros dos hermosos hijos; ellos tres son lo mejor que me ha pasado en la vida.

Por último, gracias a ti, querido lector. Gracias por dedicar tu tiempo a esta novela. Gracias por escribirme y, en muchas ocasiones, convertirme en tu amiga. Soy incapaz de expresar con palabras lo mucho que eso significa para mí.

Cuando tenía cinco años, a los niños que estábamos en el jardín de infancia nos llevaron a enseñar nuestros trabajos manuales a los alumnos mayores, los de segundo grado. Cuando llegué al pupitre en el que se sentaba mi hermano, hice que mi tortuga de arcilla le diera un beso. Él se lo tomó como todo un hombre, me dijo que era muy bonita e hizo caso omiso de los estudiantes que se burlaron de él por tener una hermana pequeña tan tonta. Por eso y por un millón de razones más, este libro está dedicado a ti, Mike.

Te quiero, compañero.

Capítulo 1

—Deja de sonreír. Cada vez que lo haces muere un ángel.

—Caramba —comenté yo—. Esa sí que ha sido buena.

El hombre de actitud pesimista se sentó en el bar. Parecía como si estuviera sufriendo en carne propia la historia de una de esas canciones malas de música *country*, en las que el protagonista se queda sin mujer, se le avería el camión y encima se le muere el perro. Pobre desgraciado.

—Escucha —continué—. Sé que es triste, pero hay veces en que el divorcio no es más que la eutanasia de una relación moribunda. —Le di una palmadita en el hombro y después le ajusté el alzacuello, que lo llevaba un poco torcido—. En ocasiones, nuestros corazones solo necesitan tiempo para aceptar lo que nuestras cabezas ya saben.

El cura suspiró.

—Vaya una teoría ridícula —le dijo a Mick, el camarero.

—¡No es ridícula! Es un gran consejo.

—Eres muy mala.

—Oh, vaya. Te lo estás tomando peor de lo que me imaginaba.

—Tengo razón. Después de lo mucho que me cuesta, vas tú y lo arruinas todo.

—¡Padre Bruce! —exclamé, haciéndome la dolida—. ¡No hace falta ponerse así! ¡Está siendo muy hiriente!

El buen padre y yo estábamos en Offshore Ale, el mejor bar de Martha's Vineyard, un rincón oscuro aunque encantador de Oak Bluffs, y el sitio favorito de lugareños y turistas por igual. El padre Bruce, amigo mío desde hacía años y pastor inmensamente popular de la comunidad católica de la isla, era uno de los visitantes asiduos del local.

—Venga, padre —proseguí mientras me sentaba en un taburete que había a su lado y me acomodaba la falda para no enseñar más de la cuenta—.

En el fondo no somos tan diferentes. —El sacerdote me respondió con un gruñido del que hice caso omiso—. Ambos aconsejamos a las personas en los momentos más difíciles de sus vidas, las guiamos a través del polvorín emocional en el que están sumidas y nos convertimos en la voz de la razón cuando esta se ha perdido.

—Lo más triste de todo, Mick, es que se lo cree.

Puse los ojos en blanco.

—Deja de ser tan mal perdedor e invítame a una copa.

—El matrimonio ya no es lo que era —se quejó el cura—. Mick, ponle un *bourbon* al tiburón que tengo aquí al lado.

—No, Mick, solo una botella de agua Pellegrino. Y, padre, voy a apuntar ese apodo en mi lista. —Sonreí de oreja a oreja. Por supuesto que era un tiburón. Los mejores abogados especializados en divorcios lo eran.

—De modo que ha vuelto a perder, ¿eh, padre? —comentó Mick, añadiendo una rodaja de limón a mi agua mineral con gas.

—No sigas, Mick. Ya se está regodeando lo suficiente sin necesidad de ayuda.

—No me estoy regodeando —objeté, moviendo la cerveza de otro cliente que estaba a punto de caerse sobre el regazo del padre Bruce—. No tengo nada en contra del matrimonio, como podréis ver. Pero en el caso de Starling contra Starling, ese par estaba condenado desde el mismo momento en que él hincó la rodilla en el suelo para pedirle matrimonio. Como sucede en una de cada tres parejas.

El padre Bruce cerró los ojos.

A pesar de que teníamos opiniones diametralmente opuestas en lo que al divorcio se refería, el padre Bruce y yo éramos viejos amigos. Pero hoy, Joe Starling, uno de sus feligreses, había venido a mi despacho para pedirme que empezara con los trámites de su separación. En realidad se había producido una especie de carrera por llegar hasta mi puerta y Joe fue el ganador. Era... veamos... el noveno parroquiano que hacía lo mismo en los dos últimos años, a pesar de los esfuerzos del padre Bruce por tratar de recomponer los víncu- los matrimoniales rotos.

—Puede que termine cambiando de idea —sugirió el padre Bruce. Se le veía tan esperanzado que no me atreví a recordarle un hecho irrefutable:

ninguno de mis clientes se había arrepentido después de iniciado el procedimiento.

—Bueno, ¿y cómo le va en todo lo demás, padre? —pregunté—. He oído que el otro día dio un sermón brutal. Y también le he visto ir andando a muy buen ritmo. Esa nueva válvula que lleva en el corazón tiene que estar funcionando a la perfección.

—Eso parece, Harper, eso parece —sonrió. Al fin y al cabo era cura y no le quedaba más remedio que perdonarme—. ¿Ya has llevado a cabo tu buena acción del día?

Hice una mueca.

—No. Más bien un acto de generosidad sin sentido. —El padre Bruce se había tomado como campaña personal la salvación de mi alma y me había desafiado a tener que hacer una buena acción diaria para, según sus propias palabras, «compensar la maldad de tu profesión»—. Sí, sí —admití—. Dejé pasar por delante de mí a una familia de seis en la cola del café. Su bebé estaba llorando. ¿Sirve eso?

—Sirve —dijo el cura—. Por cierto, hoy estás muy guapa. ¿Tienes una cita con el joven Dennis?

Miré a mi alrededor.

—Más que una cita, padre. —Hice un gesto de dolor cuando John Caruso tropezó como por casualidad contra mi espalda y fingí no haber oído el epíteto que masculló. Una profesional de éxito como yo solía terminar acostumbrándose a tales afrentas. Después de todo, la señora Caruso había conseguido el condominio en Back Bay y la casa, por no mencionar la generosa pensión alimenticia mensual—. Hoy es el día. Tengo pensado exponer los hechos, plantear un caso de lo más convincente y esperar al veredicto, que ojalá sea a mi favor.

El padre Bruce enarcó una ceja canosa.

—¡Qué romántica!

—Creo que mi visión de lo romántico está bien documentada, padre Bruce.

—Casi siento lástima por el joven Dennis.

—Casi, salvo que el «joven Dennis», como usted lo llama, lo tiene todo a su favor y lo sabe.

—¿Lo sé?

—¡Venga ya! —Choqué mi vaso contra el del padre Bruce y tomé un sorbo—. Por el matrimonio. Hablando del rey de Roma, aquí está, y nada menos que con cuatro minutos de antelación. Los milagros existen.

Mi novio desde hacía dos años y medio, Dennis Patrick Costello, era... bueno... todo lo que una se imaginaba que podía ser un bombero cañón. Sí, sí. La palabra «atractivo» ni siquiera se acercaba a definirlo. Pelo negro y abundante, ojos azules, el descaro propio de los irlandeses, casi un metro noventa de estatura, hombros que podrían cargar a una familia de cuatro miembros... La única pega que le veía era que llevaba una trencita; una larga y anodina cola de rata, a la que parecía estar apegado sin ningún sentido y que yo intentaba ignorar con todas mis fuerzas. Sea como fuere, su belleza física y predispuesta afabilidad siempre despertaban en mí un pequeño ramalazo de orgullo. No había nadie en la isla a quien no le gustara Dennis, así como tampoco había ninguna mujer que no se quedara mirándole embobada cuando sonreía. Y era todo mío.

Den venía acompañado de Chuck, su compañero de unidad del Departamento de Bomberos de Martha's Vineyard, que me lanzó una gélida mirada desde el otro extremo del bar. Chuck había engañado a Constance, su simpática y encantadora esposa. Y no solo una vez. Había sacado su vena Tiger Woods y había terminado admitiendo cuatro aventuras en seis años de matrimonio. Como resultado, ahora vivía en una habitación alquilada en una cochambrosa «casita de campo» de ciento ochenta metros cuadrados en Chappaquiddick y tenía que tomar todos los días el *ferry* para ir a trabajar. Ese era el precio del pecado.

—¡Hola, Chuck! ¡Qué tal? —pregunté. Como de costumbre, no me hizo ni caso. Daba igual. Me dirigí a Dennis—. ¡Hola, cariño! Mírate, llegas con cuatro minutos de antelación.

Dennis se inclinó hacia mí y me dio un beso en la mejilla.

—Hola, preciosa —me saludó—. ¿Qué tal, padre Bruce?

—Dennis. Buena suerte, hijo. Rezaré tres avemarías por ti.

—Gracias, padre. —Dennis me sonrió. Por lo visto, el que un sacerdote le ofreciera una oración no despertaba en él la más mínima curiosidad—. Me muero de hambre. ¿Y tú?

—También. Ya nos veremos, padre Bruce —me despedí mientras me bajaba del taburete alto de la barra. Dennis me lanzó una rápida y sensual mirada; algo que al fin y al cabo tenía que agradecerle a mi vestido y a mis altísimos tacones, que hacían que los pies me dolieran lo suyo y yo pareciera una fulana. Quería acaparar toda la atención de mi novio, y teniendo en cuenta que era un hombre, lucir un poco el escote no iba a hacer daño a mi causa.

Esta noche le pediría que se casara conmigo. Dos años y medio de noviazgo me habían enseñado que Dennis tenía madera de marido. Era un hombre de buen corazón, con trabajo estable, decente, hogareño y muy atractivo. Era ahora o nunca. Con casi treinta y cuatro años no estaba dispuesta a ser la eterna novia de alguien. Yo era una de esas personas que tomaba nota y pasaba a la acción, y Dennis, bendito fuera, necesitaba que alguien le guiara por el camino correcto.

La primera parte de mi plan consistía en alimentarle, ya que mi novio comía más veces que un niño pequeño. Un par de cervezas también ayudarían, porque Dennis, aunque parecía bastante feliz con nuestra relación, todavía no había abordado el asunto del matrimonio motu proprio. Un pequeño empujoncito no nos vendría mal.

Así que, media hora después, y con medio litro de cerveza y una hamburguesa enorme con tocino y queso de roquefort en el estómago, mi novio me estaba hablando de una de las llamadas de emergencia que había atendido.

—Y ahí estaba yo, intentando forzar la puerta del vehículo para que se abriera, y de pronto esa cosa salió volando y le dio a Chuck en las pelotas. Él puso su cara de «¡Costello, eres un capullo!». No veas lo que nos reímos. Pero lo mejor de todo es que la señora todavía seguía en el interior del automóvil. Oh, Dios, ha sido impagable.

Sonreí pacientemente. El humor de los bomberos, a falta de una palabra más adecuada, era bastante vulgar en el mejor de los casos. Pero en ese momento me daba igual todo, así que reí y murmuré:

—Pobre. —Me refería por supuesto a la señora, encerrada en su vehículo mientras un grupo de musculosos bomberos se dedicaban a bromear sobre testículos. En cuanto a Chuck, lo único que sentí era que por fin se había hecho justicia—. ¿La conductora salió muy malherida?

—Qué va. Ni un solo rasguño. No nos habríamos reído si hubiera estado decapitada o algo por el estilo. —Sonrió de oreja a oreja.

Le devolví la sonrisa.

—Me alegra saberlo. Ahora, Den, escucha. Tenemos que hablar.

La temida frase hizo que se le borrara la sonrisa de la cara. Parpadeó rápidamente, como si estuviera a punto de darle un puñetazo en pleno rostro, y buscó su recargada hamburguesa, interponiéndola entre nosotros como un escudo, en un claro lenguaje corporal de autodefensa, algo que veía a menudo en los cónyuges de mis clientes. Hora de lanzar el ataque. Entrecrucé los dedos de las manos frente a mí, incliné la cabeza y sonreí.

—Dennis, creo que ha llegado el momento de que pasemos a la siguiente fase, ¿qué te parece? Llevamos juntos un tiempo, tenemos una relación bastante sólida y voy a cumplir treinta y cuatro años dentro de unas semanas, lo que, en términos médicos, es una edad avanzada para ser madre. ¿Por qué no nos casamos?

Dennis se echó hacia atrás alarmado. Maldición. Mi declaración no había resultado muy romántica que digamos. Puede que si añadiera una nota un poco más sentimental en vez de una exposición sucinta de los hechos... Eso me pasaba por haber practicado mi discurso frente a un perro en vez de delante de una persona. Además, tampoco había nada malo en argumentar las cosas de manera franca y directa, ¿no?

La respuesta de mi novio fue meterse un buen cuarto de la enorme hamburguesa dentro de la boca.

—Mmm... Buffff... —dijo con las mejillas a rebosar.

Bien, por supuesto que me había esperado un poco de resistencia por su parte. Dennis era un hombre, y como todos los hombres, excepto unos pocos, no solían proponer matrimonio si no se les daba un empujoncito. Y vaya si se lo había dado... Había alabado el anillo de una sus primas hacía tres meses, había sacado a colación el asunto de su amor por los niños, le había dicho lo buen padre que sería, había mencionado mi deseo de ser madre... pero hasta ahora no había conseguido nada de nada. De modo que asumí que me hacía falta algo más enérgico que un empujón. Una patada, por ejemplo. ¿No era precisamente eso lo que necesitaban la mayoría de los hombres?

—No te asustes, cariño —dije al ver la desesperación con la que masticaba—. Nos llevamos maravillosamente bien. Pasamos juntos casi todas las noches, estamos saliendo desde hace más de dos años. Ya tienes treinta años y sabes que quieres tener hijos. Es hora de tomar cartas en el asunto, ¿no crees? Yo sí que lo sé. —Sonreí para demostrarle que estábamos en el mismo equipo.

Dennis tragó con fuerza. Su atractivo rostro se había vuelto completamente pálido.

—Esto... mira, nena... —empezó. Hice una mueca. ¿Nena? ¿De verdad me había llamado «nena»? Él debió de darse cuenta—. Lo siento, muñeca. Eh... quiero decir, Harper. Lo siento. —Cerró la boca, volvió a abrirla y pareció vacilar. Después le dio otro mordisco a la hamburguesa.

Bien. Sería yo la que hablara. Mejor así.

—Déjame continuar, ¿te parece, Den? Luego puedes decir lo que te apetezca. Si todavía quieres decirlo. —Volví a sonreír y mantuve el contacto visual, lo que no me resultó nada fácil teniendo en cuenta que Dennis no hacía más que mirar de un lado a otro como un poseso. Y por si fuera poco, estaban televisando un partido de los Red Sox, lo que no me ayudaba en absoluto, ya que mi novio era uno de sus seguidores acérrimos—. Den, como bien sabes me paso el día lidiando con relaciones que son una porquería. Pero la nuestra es magnífica. De verdad. Y no podemos quedarnos en este limbo para siempre. Además, si ya pasas la mayoría de las noches en mi casa.

—Es que tienes una cama muy cómoda —dijo con total sinceridad antes de meterse unas patatas fritas en la boca. A continuación me ofreció unas pocas, pero hice un gesto de negación con la cabeza. Ni siquiera había tocado la ensalada que había pedido.

—No, gracias. Volviendo al tema... —Me incliné un poco más hacia adelante, ofreciendo a Dennis un mejor panorama de mi escote, cuyos ojos bajaron con la misma facilidad que salivaban los perros de Pavlov cuando les ponían comida. Sonreí—. Nuestra vida sexual es muy buena —continué, recordándole nuestros mejores momentos. La mujer de la mesa de al lado, que estaba intentando convencer a su retoño para que se comiera una almeja frita, me miró mordazmente. Turistas—. Y está claro que nos gustamos físicamente, ¿verdad?

19

—Sin lugar a dudas. —Me obsequió con esa amplia sonrisa que dejaba a tantas mujeres sin palabras. Perfecto. Ya lo tenía pensando con la cabeza de abajo, lo que ayudaba sobremanera a mi propósito.

—Exacto, cariño. Yo me gano la vida muy bien y tú tienes... bueno... un sueldo estable. Llevaremos un estilo de vida muy holgado, tendremos hijos preciosos, etc. Venga, formalicemos lo nuestro, ¿quieres? —Llevé la mano a mi bolso y extraje una cajita negra forrada de terciopelo—. Mira, hasta he escogido el anillo.

En cuanto vio la joya de dos quilates, Dennis se estremeció.

Cerré los ojos un segundo.

—También lo he pagado, así que no te preocupes por eso. ¿Lo ves? ¿A que no es tan duro como te imaginabas? —Esbocé mi estricta sonrisa de abogada, aquella que decía: «Su Señoría, por favor, ¿podemos dejarnos de tonterías y terminar de una vez?».

El padre Bruce y Bob Wickham, cabeza del consejo parroquial, se sentaron en otra de las mesas que había a nuestro lado y el sacerdote aprovechó la ocasión para lanzarme una mirada de «ya lo sabía» de la que no hice ni caso.

En ese momento, Jodi Pickering, la novia de Dennis en el instituto y actual camarera del bar, se acercó a nosotros, poniendo todo el busto a la altura de la mandíbula de mi novio.

—¿Todo bien por aquí, Denny? —preguntó, obviándome y mirando al que pronto sería mi prometido con ojos de corderito.

—Hombre, Jodi, ¿qué tal? —saludó un sonriente Dennis, ascendiendo con la mirada desde sus generosos pechos hasta su cara—. ¿Cómo le va al pequeño?

—Oh, está fenomenal, Denny. Fuiste tan amable al pasarte la otra noche por el campo de juego. ¡Te adora! Y ya sabes, sin un padre que le sirva de ejemplo creo que T.J. necesita...

—Está bien, lo hemos pillado, «Jodi con i» —espeté con una sonrisa de oreja a oreja—. Tienes un hijo adorable y los dos estáis abiertos a una nueva relación. Pero Dennis está conmigo, y si tuvieras el detalle de apartar las tetas de la cara de mi novio te estaría eternamente agradecida.

Jodi entrecerró los ojos y se marchó pavoneándose por el local. Dennis la observó alejarse como si se tratara de un bote salvavidas del *Titanic*. Después tragó saliva y volvió a mirarme.

—Mira, Harp —comenzó—. Eres... ya sabes... fantástica y todo eso, pero... esto... bueno... si algo no está roto, para que molestarse en arreglarlo. Quiero decir, ¿por qué cambiar algo que nos va bien tal y como está? ¿No podemos simplemente seguir saliendo juntos?

Aquello también me lo había esperado. Me enderecé en mi asiento e incliné levemente la cabeza.

—Dennis —repuse con firmeza, consciente de que si la conversación seguía por esos derroteros no íbamos a llegar a ningún sitio—. No estamos en el instituto. Ya no somos unos críos. Llevamos juntos desde hace dos años y medio. El mes que viene cumpliré los treinta y cuatro. No quiero «salir» indefinidamente. Si no vamos a casarnos, entonces quizá sea mejor que terminemos con esto. De modo que... o lo tomas o lo dejas, cariño.

—¡Qué bonito! —murmuró el padre Bruce mientras leía el menú.

Le fulminé con la mirada y volví a centrar de nuevo la atención en el bombero Costello.

—¿Dennis? Hagámoslo.

El rugido colectivo que se oyó en el bar concedió a mi novio unos segundos de prórroga. Ambos nos volvimos a ver qué era lo que sucedía. En la televisión, varios integrantes de los Red Sox estaban escupiendo y rascándose la entrepierna. Por el amor de Dios, ¿es que no tenían un departamento de relaciones públicas? Precisamente un partido de béisbol era lo que menos necesitaba Dennis... más distracción.

Estaba claro que haber escogido un lugar público para mantener ese tipo de conversación había sido un error táctico. Había creído que jugaría en mi favor. Hasta me había imaginado a Dennis gritando: «Que se entere todo el mundo, ¡vamos a casarnos!» y a la gente (incluidos los que me odiaban) aplaudiendo y silbando.

Pero por lo visto aquello no sucedería.

—¿Denis? —pregunté con el corazón un poco encogido—. ¿Puedes responderme?

Dennis agarró una servilleta y empezó a hacerla pedacitos.

La incertidumbre se fue deslizando lentamente en mi mente. Dennis siempre solía mostrarse muy dispuesto cuando me ponía a hacer planes. Porque sí, yo era la que llevaba el timón de nuestra relación. Después de todo,

¿no era eso lo típico? Los hombres no hacían planes por sí mismos? No sugerían hacer *picnics*, o irse de viaje a la gran ciudad, o cosas como esas. Y aunque las palabras que estaban saliendo por la boca de mi novio esta noche indicaban renuencia, sus acciones hablaban de permanencia. Llevábamos dos años —¡años!— y medio juntos, sin haber tenido ninguna pelea importante. Estaba claro que aquello solo podía conducirnos al altar. Dennis tenía todas las cualidades necesarias que se le podían pedir a un marido... solo necesitaba un pequeño empujón para entrar de una vez por todas en la fase adulta.

De hecho, justo al lado de mi plato, tenía una lista que había elaborado para ayudar a Den en esa tarea. Conseguir un segundo empleo; como bombero que era, tenía demasiado tiempo libre y pasaba demasiadas horas jugando a la Xbox (lo había visto con mis propios ojos) o descargándose porno (de eso no tenía constancia, pero lo sospechaba). Deshacerse de su Chevrolet El Camino de 1988 que ahora conducía —con su puerta verde y el resto de sus partes llenas de herrumbre incluidas— y empezar a conducir cualquier otro vehículo que no le hiciera parecer un vulgar proxeneta. Cortarse esa trencita, ¡porque era absolutamente ridícula!. Y finalmente, venirse a vivir conmigo, ya que, a excepción de las cuatro o cinco noches que pasábamos juntos a la semana, Dennis todavía residía en un garaje transformado en apartamento que le alquilaba su hermano, y yo tenía una casa de dos dormitorios con vistas al mar.

En teoría el plan consistía en esperar a que aceptara mi oferta, y después ya pasaríamos a la lista e intercambiaríamos opiniones.

El problema era que no se le veía demasiado dispuesto a aceptar.

Tenía que confesar que me sentía algo confusa. No le pedía mucho a Dennis y le aceptaba tal y como era: un buen hombre. De acuerdo, seguía siendo un poco infantil, pero no me importaba. Y aunque no era una de esas mujeres a las que les encantaran las grandes declaraciones de amor, le quería. ¿Pero quién no? Den, isleño como yo, tenía cientos de amigos que le saludaban en cualquier sitio donde estuviéramos, desde los que trabajaban en el *ferry*, a la tripulación de tierra y a aquellos veraneantes que de vez en cuando se dejaban caer por el parque de bomberos.

Puede que no fuera el hombre más inteligente de la tierra, pero tenía un corazón enorme y era muy valiente. De hecho, hacía años, cuando solo llevaba dos semanas trabajando, había salvado a tres niños de morir en una casa en llamas y se había convertido en una especie de leyenda local. Hablando de niños, a Dennis se le daban muy bien, como si tuviera un don innato; algo de lo que yo carecía, a pesar de mi deseo de tener mis propios hijos algún día. Den, sin embargo, se tiraba al suelo con sus siete sobrinos y jugaba con ellos como si nada; por supuesto ellos le adoraban.

Y otro punto que no podía descartar era que yo le gustaba. Sinceramente, era incapaz de llevar la cuenta de todos los hombres a los que se les subían los testículos a la garganta en cuanto se enteraban de cual era mi profesión. A las mujeres tampoco les caía muy bien, era como si fuera una especie de sífilis que se dedicaba a destruir matrimonios que ya no iban bien. Unas cuantas personas me habían rajado las ruedas de mi automóvil tras aceptar representar a sus cónyuges. Me habían llamado zorra —y cosas peores—, me habían tirado café a la cara, escupido, maldecido, amenazado y sentenciado.

Pero yo me lo tomaba como un cumplido. Sí, era muy buena en mi trabajo. Y si eso conllevaba que mucha más gente de la normal tuviera muñecas vudú con pelo rojo y un ajustado traje gris, pues bienvenido fuera. De hecho, conocí a Dennis cuando una esposa furiosa estrelló su automóvil contra el mío y los bomberos tuvieron que sacarme —sin ninguna herida, aunque me llevé una generosa indemnización por daños y perjuicios gracias al juez Burgess, que sentía debilidad por mí—. «¿Quieres que tomemos una cerveza juntos? Termino mi turno en media hora», me había dicho Den, y yo acepté mucho más afectada por el ataque de lo que dejé entrever.

A él no parecía importarle mi reputación de «tocapelotas». No le intimidaba mi saneada cuenta corriente, fruto de la disolución de lo que una vez fueron sueños de «viviremos felices para siempre». Sí, a Dennis le gustaba. Aunque no suspiraba extasiada cuando me miraba al espejo, sabía que era atractiva —mucho, dirían algunos—, siempre iba bien vestida, era trabajadora, una mujer de éxito, elegante, fiel... Y también divertida. Bueno, eso último solo a veces. Está bien, no todo el mundo estaría de acuerdo con eso, pero sí que era lo suficientemente divertida.

En definitiva, creía que ambos podíamos estar satisfechos con la relación que teníamos. Y eso era algo que hoy en día estaba bastante infravalorado.

Como sabía por experiencia, los matrimonios no eran más que frágiles pajarillos llenos de esperanza, y uno de cada tres siempre terminaba en una pila de plumas sucias. Si algo me había enseñado mi profesión era que la mayoría de los «oh, cariño, haces que mi corazón lata a mil por hora» y frases semejantes, a menudo acababan convirtiéndose en una pira de odio y amargura. La esperanza de encontrar a alguien con el que uno se sintiera cómodo, que le hiciera compañía, y en general las expectativas más realistas, no sonaban tan exóticas como la de una pasión irrefrenable, pero eran mucho más valiosas de lo que la mayoría de la gente creía.

Y había otra razón más por la que quería comprometerme con Dennis. Dentro de poco cumpliría treinta y cuatro años, y entonces tendría la misma edad que tenía mi madre la última vez que la vi. Por alguna razón que desconocía, la idea de quedarme soltera —sola, de ir a la deriva sin nadie junto a mí— a esa edad me parecía un fracaso monumental. Durante los últimos meses aquel pensamiento no había dejado de rondarme por la cabeza de una forma siniestra.

«La misma edad que tenía ella. La misma edad que tenía ella...»

Dennis seguía sin hablar y su servilleta había quedado reducida a un montón de confeti.

—Mira, nena —dijo finalmente—. Harp... Harper, quiero decir. Cariñ... bueno... el tema es que...

En ese preciso instante la susurrante voz de Audrey Hepburn flotó hasta mis oídos. *Moon River*, la canción que indicaba que era mi hermana la que me estaba llamando al móvil. Como Audrey, mi hermana era encantadora, dulce y una persona que siempre necesitaba sentirse protegida. Hacía poco que se había mudado a Nueva York y no había sabido nada de ella desde hacía unas semanas.

—¿Quieres contestar? —preguntó a toda prisa Dennis.

—Mmm... ¿No te importa? Es mi hermana.

—Claro que no —repuso él con cara de alivio—. Tómate tu tiempo. —Se bebió la mitad de su cerveza y centró toda la atención en el partido de los Red Sox.

Oh, dream maker, you heartbreaker...

—¡Hola, Willa!

—¿Harper? ¡Soy Willa! —A pesar de que mi hermana tenía veintisiete años, su voz tenía un toque infantil que siempre me hacía sonreír.

—¡Hola, cariño! ¿Cómo te va en la Gran Manzana? ¿Te gusta?

—Sí, es fantástica, pero, Harper, ¡tengo una noticia que darte! ¡Una muy importante!

—¿En serio? ¿Encontraste trabajo?

—Sí, como auxiliar administrativo. Pero esa no es la noticia. ¿Estás preparada? ¿Estás sentada?

Un escalofrío de temor atravesó mis rodillas. Miré a Dennis, que seguía pendiente del partido.

—Sí... ¿De qué se trata?

—¡Voy a casarme!

Me llevé la mano a la boca al instante.

—¡Willa!

—Lo sé, lo sé, te vas a enfadar de lo lindo, y sí, solo nos conocemos desde hace un par de semanas. Pero ha sido el destino. De veras. Harper, ¡nunca he sentido algo parecido a esto! ¡Jamás!

Maldición. Tomé una profunda bocanada de aire y la exhalé lentamente.

—Odio ser una aguafiestas, Willa, pero eso mismo dijiste la primera vez que te casaste, cariño. Y también la segunda.

—¡Oh, para! —exclamó ella riéndose—. Y sí, eres una aguafiestas total. Sé que estás preocupada, pero no lo hagas. Tengo veintisiete años, ¡sé lo que me hago! Solo te he llamado porque... ¡Oh, Harper! ¡Estoy tan contenta! ¡En serio! ¡Le quiero muchísimo! Y él cree que soy como una especie de diosa.

Cerré los ojos. Willa se casó con su primer marido cuando tenía veintidós años, justo tres semanas después de que Raoul saliera de prisión; se divorciaron al mes siguiente, después de que él robara en una tienda de abalorios (lo sé, ¿abalorios?). El marido número dos llegó cuando mi hermana tenía veinticinco, y tras siete semanas de matrimonio él decidió salir del armario, algo que solo pilló por sorpresa a Willa.

—Eso es estupendo, cariño. Parece un hombre, mmm... maravilloso. Pero... ¿casarte?... ¿tan pronto?

—Lo sé, lo sé. Pero, Harper, ¡estoy completamente enamorada!

Para que luego dijeran que de los errores se aprendía.

—Ir despacio tampoco te hará ningún daño, Wills. Es lo único que quiero decirte.

—¿Y no puedes decirme que estás feliz por mí, Harper? ¡Venga! ¡Mamá está encantada!

Eso sí que no me sorprendía. Lo que más le gustaba en esta a vida a mi madrastra, BeverLee «de la Melena Rubia», eran las bodas. Daba igual que fueran de la familia, de las revistas del corazón o de una de las tres telenovelas que seguía religiosamente.

—Vas demasiado rápido, Willa. Eso es todo.

Oí el suspiró de mi hermana.

—Lo sé. Pero esta vez no es como las otras. Esta es la de verdad.

—Apenas hace dos meses que te has mudado, cielo. ¿No te gustaría disfrutar un poco más de la ciudad, descubrir a qué te quieres dedicar?

—Claro, pero eso también puedo hacerlo. Voy a casarme, no a morirme.

Ahora sonaba un poco cortante, así que me imaginé que tendría que convencerla de otro modo.

—Tienes razón. En fin, es una noticia excelente. ¡Felicidades, cariño! ¡Oye!, me encantaría organizaros una boda por todo lo alto aquí, en la isla. Los mejores sitios ya estarán reservados, pero para el verano que viene seguro que...

—No hace falta, pero gracias, Harper. Es muy amable de tu parte, lo que pasa es que ya hemos encontrado un lugar, y nunca adivinarías dónde.

—¿Dónde? —pregunté.

—¡En el Parque Nacional de los Glaciares! ¡En Montana!

—¡Caramba! —Miré a Dennis, pero seguía con los ojos clavados en la pantalla de la televisión del bar—. Y... ¿en qué fecha estáis pensando?

«Por favor, que sea dentro de mucho.»

—No hay nada como el presente —canturreó mi hermana—. ¡El 11 de septiembre! Serás mi dama de honor, ¿verdad? ¡Tienes que ser tú!

—¿El 11 de septiembre, Wills?

—¡Oh, venga! Así podremos darle a ese día algún recuerdo feliz, ¿no te parece?

—Eso es dentro de dos semanas.

—¿Y? Cuando es el momento correcto, lo es y punto.

Abrí la boca, la volví a cerrar y me mordí la lengua. Dos semanas. ¡Madre mía! Solo tenía dos semanas para convencer a mi hermana de que no contrajera otro matrimonio que terminara en un fracaso total y absoluto, o al menos para disuadirla de que se tomara las cosas con más calma y así conocer a su prometido. Podía hacerlo. Solo tenía que seguirle la corriente.

—Bueno, sí, por supuesto que seré tu dama de honor.

—¡Hurra! ¡Gracias, Harper! Es un sitio tan bonito. Pero escucha, todavía no te he contado lo mejor.

Me dio un vuelco el corazón.

—¿Estás embarazada? —pregunté con calma. Aquello no supondría ningún problema. Yo colaboraría con la manutención del niño, por supuesto. Me aseguraría de que tuviera la mejor educación y le pagaría la universidad.

—No, no estoy embarazada. ¡Qué cosas tienes! Pero lo mejor es que sí, conoces al novio.

—¿Sí?

—¡Sí! El mundo es un pañuelo. ¿Jugamos a las adivinanzas?

—No. Solo dime quién es.

—Su nombre empieza por «C».

¿Cuántos hombres podía haber en Manhattan cuyo nombre empezara por «C»?

—Mmm... No lo sé. Me rindo.

—Christopher —confesó mi hermana con voz empalagosa.

—¿Christopher qué más?

—¡Christopher Lowery!

Me eché hacia atrás en la silla al instante; un movimiento que estuvo a punto de derramar mi copa de vino tinto.

—¿Lowery? —Casi me atraganté.

—¡Lo sé! ¿No te parece increíble? ¡Voy a casarme con el hermano de tu ex marido!

Capítulo 2

Cuando colgué el teléfono unos instantes después me di cuenta de que las manos me estaban temblando.

—¿Dennis? —Hasta a mí me sonó extraña mi propia voz. El padre Bruce nos miró y frunció el ceño. Yo esbocé una tenue sonrisa; o al menos eso intenté—. ¿Den?

Mi novio por fin se fijó en mí.

—¿Estás bien, cariño? Te noto... rara.

—Dennis, ha pasado algo. Willa... verás... ¿Te importa si posponemos esta conversación un poco? ¿Como unas semanas?

El alivio inundó su cara.

—¡Oh, claro! ¡No hay problema! Tu hermana está bien, ¿no?

—Sí, está... Va a casarse.

—¡Estupendo! —Ahora fue él quien frunció el ceño—. ¿O no?

—Más bien no. Dennis, tengo que irme, lo siento.

—No pasa nada. ¿Quieres que te lleve a casa o que me quede a dormir contigo?

—Esta noche no, Dennis. Pero gracias de todos modos.

Debí de sonar un poco apagada porque alzó las cejas de inmediato.

—¿Estás segura de que estás bien, cariño? —Extendió la mano a lo largo de la mesa y tomó la mía. Yo le di un pequeño apretón de agradecimiento. Debajo de toda esa fachada exterior se escondía un hombre muy dulce.

—Estoy bien. Gracias. Es solo que... la boda es dentro de dos semanas y me ha pillado un poco de sorpresa.

—Normal. —Sonrió y me dio un beso en la mano—. Te llamaré un poco más tarde.

Conduje a casa sin fijarme en las calles por las que pasaba o en los vehículos con los que me cruzaba, aunque conseguí esquivar a peatones, árboles o cualquier otra cosa que se interpusiera en mi camino. Como todavía estábamos en temporada alta de turistas, tomé las carreteras secundarias, conduciendo hacia el oeste, donde se podía observar la impresionante puesta de sol, el colorido manto de tonos púrpuras y rojos que descansaba sobre los interminables acantilados de la isla, los pinos y robles, y las casas de tejados grises. El tiempo que pasé fuera de aquí —mis años de universidad, un breve período en Nueva York y el posgrado en Derecho que realicé en Boston— solo afianzó la creencia que ya tenía de que la isla era el lugar más bonito del planeta.

Martha's Vineyard, o el Viñedo, como también se conocía, estaba compuesto por ocho localidades. Yo trabajaba en Edgartown, que se caracterizaba por contar con las antiguas casas blancas de capitanes balleneros, unos impecables jardines, y por supuesto el bonito edificio de ladrillos que era el juzgado. Dennis vivía en la encantadora Oak Bluffs, famosa por sus casas victorianas que conformaron el antiguo enclave metodista conocido como El Campamento. Pero yo vivía en una pequeña zona de Chilmark llamada Menemsha.

Esperé pacientemente a que un puñado de turistas, que debían de venir de observar a los pescadores, cruzaran la calle y me dirigí hacia el camino de conchas marinas que llevaba hasta a mi hogar. Era una casa pequeña, sin nada interesante en el exterior pero perfecta en el interior. Lo mejor que tenía eran sus increíbles vistas. Si Martha's Vineyard tenía un barrio obrero, era este, el Dutcher's Dock de Menemsha, un muelle donde los pescadores de langosta todavía hacían su trabajo como antaño, con sus trampas artesanales y sus botes de pesca. El padre de mi padre se había dedicado a este oficio, y ahora yo vivía en su vieja casa, situada en una colina desde la que podía verse toda la vetusta flota.

Detrás de la ventana del salón, apareció la cabeza marrón y blanca de *Coco,* subía y bajaba mientras saltaba para asegurarse de que, efectivamente, era yo la que llegaba a casa. En la boca llevaba su juguete favorito, un conejo de peluche un poco más grande que ella. Mi perra, un cruce de Jack Russell y chihuahua, sufría de una cierta esquizofrenia que alternaba, según sirviera a su propósito, las dos caras de su ascendencia: podía mostrarse eufórica y cariñosa como los Jack, o tímida y vulnerable como los chihuahua. En ese momento estaba en su fase feliz, aunque cuando llegaba la hora de irse a dormir se transformaba en un diminuto y tembloroso bichillo que necesitaba acostarse con la cabeza apoyada en mi almohada.

Abrí la puerta y entré.

—¡Hola, *Coco*! —saludé. De un solo salto, sus poco más de tres kilos y medio se abalanzaron sobre mí y me dio un lametazo en la barbilla—. ¡Hola, preciosa! ¿Cómo está mi niña, eh? ¿Has tenido un buen día? ¿Has terminado la novela que estabas escribiendo? ¡Sí! ¡Oh, eres tan lista! —Besé el pequeño triángulo blanco y marrón que tenía en la cabeza y la abracé con fuerza contra mi pecho durante un minuto o dos.

Cuando el abuelo vivía, mi casa había sido la típica vivienda que apenas tenía espacio suficiente. En su momento tuvo tres dormitorios pequeños, un baño completo, un aseo, el salón y la cocina. Al morir, cuando yo estaba en la Facultad de Derecho, me la dejó en herencia. Era su única nieta biológica, y aunque quería a Willa, yo era la niña de sus ojos. Por muy buena abogada que fuera, sabía que nunca habría podido costearme un sitio con estas vistas, pero gracias al abuelo, tenía esta casa. Hubiera podido venderla por varios millones de dólares a algún constructor, que a su vez la habría vendido antes de que me hubiera dado tiempo a pestañear y levantado algún chalé para veranear. En vez de eso, pagué a mi padre, que era contratista, para que la reformara por completo.

De modo que derribamos algunas paredes, reubicamos la cocina, transformamos las tres habitaciones en dos e instalamos puertas de cristal correderas donde nos fue posible. Como resultado obtuve una pequeña aunque espaciosa joya en forma de hogar, creada con el sudor de mi abuelo, reformada por las manos de mi padre y financiada con mi sueldo de abogada. Me figuraba que algún día escribiría una página más en la historia de esta casa, añadiendo a mis educados y atractivos futuros hijos, pero por ahora, solo vivíamos *Coco* y yo, con Dennis como asiduo invitado. Las paredes estaban pintadas de un tono arena con molduras blancas, el mobiliario también era predominantemente blanco, aunque sí que había alguna que otra pincelada de color —un remo verde que compré en un granero en Tisbury y que coloqué ligeramente inclinado en un rincón, una silla azul delante de la ventana mirador...—, y encima de las puertas que daban a la terraza colgaban un salvavidas de color naranja y las letras que componían el nombre del bote del abuelo y el puerto de origen: *Pegasus*, Chilmark.

Con un suspiro, volví a centrarme en la bomba que había dejado caer mi hermana.

«¡Voy a casarme con el hermano de tu ex marido!»

¡Por Dios bendito!

Había llegado la hora de recurrir a la vinoterapia. Bajé a *Coco* al suelo, me dirigí hacia el frigorífico, descorché una botella y me serví una buena cantidad. ¡Oh, sí! Tras beberme la mitad, me hice con una bolsa de patatas fritas y la botella de vino y fui a la terraza, con *Coco* trotando a mi lado con sus diminutas y adorables patitas.

De modo que mi hermana iba a casarse con Christopher Lowery, un hombre al que yo no veía desde que celebré mi propia boda hacía ya trece años. ¿Cuántos años tenía él entonces? ¿Dieciséis? ¿Dieciocho?

Tomé un pequeño sorbo de vino y respiré profundamente, llenando mis pulmones de aquel aire salado y húmedo, saboreando el aroma a pescado (sí, ya lo sé, pero soy isleña). Me detuve unos segundos a escuchar el ulular del viento cuya presencia era constante en la isla y que esa noche azotaba mi casa desde dos direcciones distintas, trayendo el eco de la música y risas provenientes de otros lugares y casas. «Tranquila, Harper», me ordené a mí misma, «no hay razón alguna para dejarse llevar por el pánico. Por lo menos de momento».

—Voy a por un vaso —dijo una voz. Se trataba de Kim, mi vecina y una de mis mejores amigas—. Después quiero que me lo cuentes todo con pelos y señales.

—Claro —repuse yo—. ¿Con quién has dejado a los niños?

—Con el imbécil de su padre —respondió ella.

Como si presintiera que estábamos hablando de él, Lou rompió la relativa calma que se respiraba en el ambiente al vociferar desde el otro lado del jardín lateral que separaba nuestras casas:

—¿Cariño? ¿Dónde están los pañales?

—¡Búscalos tú mismo! ¡También son tus hijos! —gritó ella a su vez.

Aquel intercambio fue seguido por un agudo chillido de uno de los cuatro hijos de Kim. Reprimí un estremecimiento. Nuestras casas apenas estaban separadas por unos metros, aunque gracias a Dios la mía sobresalía un poco más que la suya, lo que me impedía presenciar de primera mano su particular felicidad doméstica.

—¡Esta casa está hecha una pocilga! —bramó Lou.

—¡Pues ya sabes, límpiala! —replicó su esposa.

—¿Cómo conseguís mantener la magia? —pregunté, tomando otro sorbo.

Kim sonrió y se dejó caer en la silla que había a mi lado.

—¿A que nunca se te pasaría por la cabeza que anoche mismo estábamos follando como conejos? —comentó ella, sirviéndose un poco de vino.

—¿Y cómo se supone que lo hacen los conejos? —Enarqué una ceja.

—Rápido y en plan salvaje. —Se rió y chocó su vaso contra el mío.

Kim y Lou estaban felizmente casados, aunque se llevaban como el perro y el gato. No eran precisamente mi modelo a seguir pero sí que me daban cierta tranquilidad. Se habían mudado hacía un par de años; Kim apareció en mi puerta con una caja de rosquillas en la mano y una botella de vino en la otra, ofreciéndome su amistad. Justo el tipo de mujer que me gustaba.

—¡Mamá! —llamó uno de los gemelos.

—¡Estoy ocupada! ¡Pregúntale a tu padre! Sinceramente, Harper, no sé cómo todavía no los he vendido como esclavos.

Kim solía afirmar que envidiaba mi vida de soltera y mujer trabajadora, pero la que realmente la envidiaba era yo. Bueno, solo en algunos aspectos. Ella y Lou formaban una pareja unida y feliz, a pesar de sus peleas sin importancia —lo que demostraba que yo no tenía nada en contra del matrimonio siempre que este funcionara—. Tenían cuatro hijos que iban de entre los siete a los dos años. Griffin era el mayor y tenía el alma de un hombre de sesenta años. De vez en cuando solía pasarse por casa para jugar al Scrabble y ver a *Coco*. Me gustaba; mucho más que los gemelos de cuatro años, Gus y Harry, que dejaban un reguero de caos, sangre y destrucción allá por donde pasaban. El pequeño de dos años, Desmond, me había mordido la semana pasada, pero justo después apoyó su pegajosa carita sobre mi rodilla, dejándome una extraña y hermosa sensación, por lo que el jurado todavía no se había pronunciado sobre su veredicto.

—Entonces, ¿ya estás comprometida? —continuó Kim—. Dímelo ya mismo para que pueda empezar la dieta. No pienso ser dama de honor con estos kilos de más.

—No. No lo estoy —contesté con calma.

—¡*Cachis*! —Kim, que intentaba no decir tacos delante de sus hijos, se había inventando sus propias palabrotas, algo que al final se me había terminado pegando—. ¿Te rechazó?

—No exactamente. Mi hermana llamó en plenas negociaciones, ¿y sabes qué? Se va a casar.

—¿Otra vez?

—Sí. Pero espera, que la cosa se pone mejor. Lo conoció hace un mes y es... —Hice una pausa para tomar otro trago de valor en forma de vino—... es el hermano de mi ex marido. El medio hermano, hablando con propiedad.

Kim estuvo a punto de atragantarse.

—¿Qué ex marido, Harper? ¿Cómo es posible que no me haya enterado yo de algo así?

La miré.

—Me imagino que nunca surgió la conversación. Fue un error de juventud, un capítulo de mi vida que cerré hace mucho tiempo y blablablá. —No pude evitar preguntarme si se lo había creído.

Ambas hicimos caso omiso los gritos que provenían de su casa, aunque *Coco* saltó en mi regazo, en plena fase chihuahua, y se puso a temblar hasta que le di una patata frita.

—Bueno, bueno, bueno —dijo por fin Kim al ver que no iba a ofrecerle más información.

—Sí.

—¿De modo que Willa se encontró con tu ex cuñado? —preguntó Kim—. Sí, ya sé que el mundo es un pañuelo, pero, ¡venga ya!, ¿en Nueva York?

Lo cierto era que no le había preguntado sobre aquello; en cuanto pronunció el apellido Lowery me quedé demasiado aturdida como para procesar la información. Tras todos estos años sin pensar en ÉL, en ese instante su nombre era como una brasa ardiendo en mi cerebro. Me encogí de hombros, tomé otro trago de vino y me recosté sobre el asiento. El cielo había adquirido un tono lavanda y solo una fina franja rojiza en el horizonte marcaba la puesta del sol. Los turistas que habían venido a admirar el atardecer de la isla se metieron en sus vehículos de vuelta a Oak Bluffs o a Edgartown para cenar y salir de fiesta, ya que en Chilmark —al igual que en otras cinco localidades más de Martha's Vineyard— estaba prohibida la venta de alcohol. Ah, Nueva Inglaterra.

—Entonces tendrás que volver a verle, ¿no? Me refiero a tu ex. ¿Cómo se llama?

—Me imagino que sí, si es que al final deciden seguir con la boda. Se supone que la ceremonia es dentro de dos semanas. En Montana. —Tomé otro sorbo más—. Se llama Nick. —Me costó pronunciar el nombre, como si pesara toneladas dentro de mi boca—. Nick Lowery.

—¡*Yuju*! ¡Harper, cariño! ¿Dónde estás? ¿Has hablado ya con tu hermana? ¡Es tan emocionante! ¡Y qué romántico! Casi me meé encima cuando me lo dijo.

Como de costumbre mi madrastra irrumpió en casa sin llamar.

—Estamos aquí fuera, BeverLee —grité, levantándome para saludarla.

La texana BeverLee había sido la esposa trofeo de mi padre durante los últimos veinte años. Llevaba el pelo teñido de un tono rubio muy similar al de la mantequilla y cardado a unos diez centímetros del cuero cabelludo («Cuanto más ahuecado lo lleves, más cerca estarás de Dios», solía decir ella), siempre iba más maquillada que una *drag queen* de Provincetown y no perdía ocasión de enseñar su tremendo escote. Si a eso le sumábamos que era quince años más joven que mi progenitor, no era de extrañar que en cuanto ambos entraban en cualquier estancia, el alto y desgarbado de mi padre pareciera prácticamente invisible a su lado.

—Hola, papá. —Mi padre, que no hablaba a menos que le apuntaran con una pistola al corazón, asintió devolviéndome el saludo. Después se inclinó hacia *Coco*, que se abalanzó sobre él con tal ímpetu que me pareció un milagro que no le rompiera la columna vertebral—. Hola, Bev. Sí, he hablado con ella. —Hice una pequeña pausa—. Ha sido toda una sorpresa.

—¡Hola también a ti, Kimmy! ¿Cómo te va? ¿Te ha contado Harper ya la feliz noticia?

—Desde luego que lo ha hecho —contestó Kim, adoptando de inmediato acento texano; algo que juraba hacía de forma inconsciente—. ¡Es tan emocionante! —Me miró y me guiñó un ojo.

—¡Lo sé! —se rió BeverLee—. ¡Y encima en Montana! ¡Es tan romántico! Creo que Chris trabajó un verano allí o algo parecido... ¡Da igual! ¡No veo la hora de que llegue el momento! ¿De qué color llevarás el vestido, cariño? Jimmy, ¿a ti qué te parece?

Clavé la vista en mi padre. Él se limitó a asentir y a meterse las manos en los bolsillos. Lo que, sabía por experiencia, sería su máxima contribución a la conversación. Papa era tan silencioso que muy bien podía pasar por alguien en estado de coma. Todo lo contrario que BeverLee, que se bastaba con ella sola para mantener una charla.

—Creo que el lavanda es el mejor, ¿qué os parece? —continuó ella—. Para ti, Harper, no para mí. Estoy detrás de un conjunto naranja que he visto por Internet. Color mango lo llaman. Ya sabéis lo mucho que me gusta el naranja.

—Será mejor que me vaya —informó Kim—. Me ha parecido escuchar cómo se rompía un cristal en mi casa. Ya hablaremos, Harper. Adiós, señor y señora James.

—Cariño, ¡déjate de formalismos y no me llames señora James! ¡Te lo he dicho un millón de veces!

—Pues entonces adiós, BeverLee —dijo Kim jovialmente. Se terminó lo que le quedaba del vino y me hizo un gesto de despedida con la mano.

—Hasta luego —dije yo. A continuación me volví hacia mi padre y mi madrastra—. Antes de que nos pongamos con el vestido, ¿no os gustaría hablar mejor de la... mmm... conveniencia de este acontecimiento?

—¿Conveniencia? ¡Pero escúchate, querida! —exclamó BeverLee—. Jimmy, mueve el culo hasta esa silla. ¡Tu hija quiere hablar! —Se acercó a mí, me quitó la coleta con la que iba peinada y empezó a ahuecarme el pelo, sin hacer caso de la forma cómo me retorcí para impedirlo—. Si te soy sincera, Harper, tu padre no sabe cómo comportarse frente a esto. ¡Su niñita va a casarse con el ex marido de su otra niñita! ¡Es una auténtica locura! —Dicho eso, sacó el bote de laca extra fuerte tamaño bolsillo que siempre llevaba consigo y empezó a pulverizar el producto sobre mi cabeza.

—De acuerdo, BeverLee, es una noticia estupenda —comenté, intentando no intoxicarme con la laca—. Gracias, ya es suficiente. —Bajó su arma mortífera y yo me aclaré la garganta—. En primer lugar, y para que quede claro, Willa no se va a casar con mi ex marido —indiqué con mi voz más profesional—. Se va a casar con Cristopher. Cristopher es el medio hermano de Nick. Yo me casé con Nick.

—Ya lo sé, cariño —BeverLee rebuscó en su bolso y sacó un paquete de tabaco Virginia Slims—. Estuve en tu boda, ¿te acuerdas? Ha sido una equivocación sin importancia. Así que no me mates, ¿de acuerdo, cielo? Solo porque estés echando espumarajos por la boca ante la idea de tener que volver a ver a Nick no significa que...

—Yo no estoy echando ningún espumarajo —mascullé.

—... tengas que morder la mano que te da de comer. Hoy es un día muy feliz, ¿sí? —La reina de las metáforas tomó una profunda bocanada de humo del cigarrillo y lo exhaló lentamente por una de las comisuras de su boca.

—Tú no me das de comer.

—Bueno, lo haría si me dejaras. Estás muy delgada. En fin, a Willard le encanta el púrpura, así que el lavanda sería una muy buena elección. Porque tú quieres que Willard sea feliz, ¿verdad?

Abrí la boca, para cerrarla inmediatamente después. Si tenía un punto débil, su nombre era Willa. Willard Krystal Lupinski James, para ser más exactos.

El verano después de que mi madre nos abandonara, mi padre hizo un viaje de dos semanas a Las Vegas para asistir a una conferencia sobre materiales de construcción ecológicos... o eso fue lo que me dijo. Yo me pasé esos quince días durmiendo en casa de mi amiga Heather y llamando a su madre «mamá», fingiendo que era una broma y no lo que realmente deseaba. Mi padre regresó con BeverLee Roberta Dupres McKnight Lupinski y su hija, Willard.

Al ver lo que mi padre había hecho me quedé atónita, horrorizada y furiosa a la vez. Cuando me dijo que se iba a ir al Oeste, tuve la secreta fantasía de que en realidad iba a en busca de mi madre, que le pediría perdón (por lo que fuera que me imaginaba que había hecho) y que luego volvería con ella y de nuevo seríamos una familia feliz. La parte racional de mi cerebro siempre supo que aquello era imposible, ¿pero lo otro? Lo otro no se me habría ocurrido en la vida. ¿Papá otra vez casado? ¿Con esa... esa... Barbie que parecía recién salida de un *camping* de autocaravanas? ¿Esas tetas eran de verdad? ¿Era necesario que nos ofreciera una vista tan detallada de ellas? ¿Y en serio tenía que compartir «mi» habitación con su hija? ¿Acaso mi padre se había vuelto loco? Pero como siempre, su respuesta fue de lo más concisa: «Está hecho, Harper. No lo hagas más difícil de lo que es».

—Willard, cielito mío, ve y dale a tu nueva hermana mayor un beso. ¡Vamos!

Willard se limitó a soltarse de la mano de su madre y se negó a alzar los ojos. Era una niña pálida y delgada, con el pelo enredado y las rodillas llenas de arañazos. ¡Por favor! Todavía estaba intentando recuperarme del trauma que me supuso el abandono de mi madre, ¿y ahora mi padre me obligaba a vivir con esas dos? ¿Con una madrastra y una hermanastra? Era un imbécil. Y que se preparara, porque por haberme puesto en esa tesitura pensaba hacer de su nueva vida un infierno. Las odiaría. Sobre todo a esa estúpida cría —¿de verdad dije eso?

Mi determinación duró ocho horas. Me fui a mi habitación, dispuesta a ahogarme en las cálidas y amargas lágrimas que ya por aquel entonces me costaba derramar. Maldije en silencio a mi padre, quejándome por las injusticias de la vida y de la mía en particular. Por supuesto que me salté la cena. Prefería morir de inanición antes que bajar las escaleras y unirme a ellos. Elaboré un plan: me iría de casa, encontraría a mi madre, me haría famosa y moriría en un horrible accidente que haría que todos vieran lo mal que se habían portado conmigo y que se sintieran como unos auténticos desgraciados, pero ya sería demasiado tarde... Mi padre era un cretino. Mi madre... Mi madre me había abandonado —algo de lo que mi padre apenas hablaba— y no tenía hermanos. Esa BeverLee, o como se llamara, era como una excéntrica caricatura y su hija... ¡Jesús! No iba a ser mi nueva hermana porque una desconocida se hubiera casado con mi padre, que también podía haberme llamado antes para avisar.

En algún momento me quedé dormida, en posición fetal, de cara a la pared. Me dolía la mandíbula de lo mucho que había apretado los dientes y sentía como si mi corazón se hubiera transformado en una piedra.

Esa misma noche, me desperté sobre las once, deseando con todo mi ser que aquello hubiera sido un mal sueño. Pero no tuve suerte. Al otro lado del pasillo oí... ruidos... que provenían del dormitorio de mi padre. Fantástico. No solo se había casado con aquella muñeca hinchable, sino que encima tenía que oírles mientras mantenían relaciones sexuales. Aquello era repugnante. Me volví para echar mano de mi vieja muñeca de trapo y ponérmela en los oídos, y me fijé en que Willard —vaya un nombre más tonto— estaba montando un pequeño lío en la cama de al lado.

—¿Qué estás haciendo? —pregunté con el típico tono de desprecio de los adolescentes. Ella no contestó, aunque tampoco tenía por qué hacerlo—. ¿Te has hecho pis en la cama?

Willard se quedó paralizada. ¡Perfecto! La cosa iba mejorando por momentos. Si con todo lo anterior no tenía suficiente, ahora mi habitación olería a orina.

—No. No escondas las sábanas —masculló, destapándome—. Tenemos que meterlas en la lavadora o terminarán apestando. Cámbiate de pijama.

Ella me obedeció sin decir palabra. Después recogimos toda la ropa sucia y bajamos las escaleras en silencio, intentando no hacer caso de los sonidos nada decorosos que venían del dormitorio principal. Willard me siguió en todo momento como si de un alma en pena se tratara. Metí las sábanas en la lavadora con un poco de detergente y lejía —una de las consecuencias que trajo el que mi madre nos abandonara fue que me convertí en una experta en las tareas del hogar—, y me di la vuelta dispuesta a decir alguna frase autoritaria que la pusiera en su lugar y que dejara claro qué posición ocupaba en mi casa y que no quería cruzármela en mi camino constantemente. Pero lo que vi consiguió que cerrara la boca antes de abrirla siquiera.

Willard estaba llorando.

—¿Quieres un poco de helado? —pregunté. Y sin esperar respuesta me acerqué a ella. Era menuda y esquelética, como un polluelo desnutrido. Tenía el pelo corto y rubio, con las puntas disparadas en todas las direcciones. La llevé hasta la cocina, hice que se sentara frente a la mesa y saqué el helado—. Creo que te llamaré Willa —dije mientras le pasaba una cuchara y el bote de helado—. Ya que eres tan bonita, deberías tener un nombre acorde a tu belleza, ¿no te parece?

Ella no contestó, ni tampoco tocó el helado.

—¿Willa? ¿Va todo bien?

—Lo siento —susurró ella sin levantar los ojos de la mesa.

De pronto me sentí tremendamente avergonzada y culpable, aunque también triste y nostálgica. Tragué saliva para deshacerme de ese cúmulo de sensaciones y me serví un poco de helado.

—Willa y Harper. Suena bien, ¿no crees? ¿Sabías que son los nombres de dos grandes escritoras estadounidenses? Willa Cather y Harper Lee.

Por supuesto que no lo sabía. Yo misma me había enterado el verano pasado, durante las largas jornadas que pasé en la pequeña biblioteca local para superar el vacío que me había dejado el que mi madre nos abandonara, evitando la amabilidad excesiva con la que me trataba el personal. Durante todas las vacaciones estivales me dediqué a recorrer estanterías y a esconderme entre los libros, intentando pasar lo más desapercibida posible. Apenas había intercambiado cuatro frases con BeverLee, pero me imaginé que lo más estimulante que había leído en toda su vida eran las revistas del corazón (una sospecha que terminé confirmando con el paso del tiempo).

—Sí, definitivamente suena bien. Willa y Harper, Harper y Willa. —Hice una pequeña pausa—. Creo que ahora somos hermanas.

Willa por fin decidió alzar la vista y mirarme. En sus ojos brillaba una pequeña llama de esperanza. Y ahí, sin más, empecé a quererla. Desde entonces siempre he cuidado de ella.

En ese momento decidí dejar a un lado aquel viaje por mis recuerdos y prestar atención al parloteo de BeverLee, que estaba hablando sobre cuándo tenían pensado volar a Montana y qué tipo de ajuar podría regalar a su pequeña con tan poca antelación. Mi padre seguía en silencio, mirando los barcos por la ventana.

Me aclaré la garganta y fui directa a la cuestión que más me importaba.

—¿A alguien más le preocupa que este sea el tercer matrimonio de Willa?

—Bueno, cariño, tu padre también es mi tercer marido, ¿a que sí, amorcito? Así que no veo nada malo en ello. Ya sabes, ¡a la tercera va la vencida!

—Pero acaba de conocer a ese hombre —recalqué.

—Lo conoció en tu boda, cariño.

—Sí, durante seis horas —puntualicé yo.

—Y si Christopher es el hermano de Nick, seguro que es buena gente.

Reprimí la punzada de dolor que aquel comentario me provocó. Mi parte más inmadura hubiera preferido un: «Si es pariente del imbécil de tu ex marido, Harper, seguro que es un gilipollas».

Pero no, BeverLee ya había pisado el acelerador e iba sin frenos.

—¡Christopher nos pareció un hombre súper agradable cuando hablamos por teléfono con él el otro día! Es educadísimo, y eso dice mucho de alguien, ¿no crees, Jimmy, bomboncito?

Mi padre no contestó.

—¿Papá? ¿Es que no tienes nada que decir?

Mi progenitor me miró.

—Willa es una mujer adulta, Harper. Tiene casi treinta años —se limitó a decir.

—Se casó con un ex convicto y con un homosexual. Puede que no esté de más sugerir que no es la mejor a la hora de juzgar a los hombres —comenté de la forma más amable posible.

—¡Oh, mírate, Harper, cariño! ¿Es que no crees en el amor verdadero?

—Pues de hecho, no. Al menos no en el sentido al que tú te refieres ahora mismo, BeverLee.

—Harper, cielo, a mí no me engañas. ¡Seguro que el grandote de Dennis tiene algo que decir al respecto! Te estás preocupando sin motivos. Creo que en el fondo eres una romántica empedernida. Sí, eso es lo que pienso. Lo que pasa es que siempre te muestras tan cínica por ese trabajo que tienes. Entonces, ¿te decides por el lavanda? Yo me encargaré de tu peinado, por supuesto. Ya sabes lo mucho que me gusta peinar a la gente.

No tenía sentido seguir discutiendo con BeverLee. Ni con mi padre, cuya incapacidad para expresar cualquier tipo de opinión era un rasgo más que bien documentado.

—Sí, el lavanda está bien —suspiré. Con un poco de suerte, Willa entraría en razón antes de la boda.

—¿Qué te parece si viajamos todos en el mismo vuelo? Willard y su amorcito estarán allí en una semana, contando a partir del miércoles, y tu padre y yo queremos llegar lo antes posible. El pobre está como loco por ver a su pequeña Willard, ¿verdad, Jimmy?

—Claro —contestó mi padre. Lo que seguramente era verdad. Papá siempre se entendió mejor con mi hermana que conmigo.

—Pues entonces también reservamos plaza para ti y Dennis, ¿de acuerdo? ¡Qué emoción! ¡Así podremos sentarnos todos juntos!

Aunque quería a mi padre y a BeverLee, la idea de estar encerrada con ellos en un avión durante cinco o seis horas me atraía tanto como ser secuestrada por un comando de Al Qaeda. Además, si las cosas iban bien, ni siquiera tendría que volar a ninguna parte.

41

—¿La boda cae en sábado? —pregunté. BeverLee hizo un gesto de asentimiento—. Entonces lo más probable es que Dennis y yo salgamos el jueves o el viernes.

—Vamos, Harper, cielito, ¡es tu hermana!

—Y ya he estado en dos bodas suyas. —Sonreí, tratando de suavizar mis palabras—. Iré lo antes que pueda, ¿de acuerdo? Y ahora, siento ser un poco grosera, pero tengo que trabajar —les informé mientras me ponía de pie.

—Por supuesto, ¡eres una adicta al trabajo! ¡Hemos pillado la indirecta! ¡No hace falta que nos lo digas dos veces! —BeverLee me dio un fuerte abrazo, me estrujó contra sus pechos que tenían el tamaño y la consistencia de dos bolas de bolos, me dio dos besos en las mejillas (dejándome la marca de sus labios pintados de un rosa nacarado) y se las apañó para volver a ahuecarme el pelo y echarme un poco más de laca—. Haznos un hueco para comer juntos esta semana. Tenemos que ultimar los detalles de la boda. ¿Le llevamos un *stripper* a su despedida de soltera? ¿Habrá espectáculos de *boys* en el parque ese... cómo se llamaba?

—Parque Nacional de los Glaciares.

—Eso. Digo yo que sí que habrá hombres que se dediquen a eso allí, ¿no? —Bev frunció los labios, pensativa.

—Creo que en el mismo parque no —dije yo—. No creo que a Teddy Roosevelt le hiciera mucha gracia si levantara la cabeza.

—Entonces será mejor que piense en alguna solución. —Dicho esto se marchó, con mi padre pisándole los talones y dejando la fuerte fragancia de su perfume Cinnabar, de Estée Lauder, en el ambiente.

A los tres segundos, sin embargo, regresó, y esta vez lo hizo sola.

—Cariño, ahora no es el momento de hablar de algo que quiero contarte, pero necesito que me hagas un favor. —Miró nerviosamente hacia atrás.

—Mmm... Está bien.

—Tengo que, por decirlo de algún modo, desahogarme con alguien.

—Por supuesto. —Respiré hondo, adopté una expresión de persona dispuesta a escuchar y me preparé para lo peor.

Y lo peor llegó. ¡Vaya si llegó! BeverLee empezó a retorcer las manos de manera que sus uñas pintadas de un naranja acrílico brillaron bajo la tenue luz.

—Tu padre y yo... no hemos tenido sexo desde hace algún tiempo. Desde hace siete semanas para ser más exactos —soltó de sopetón.

—Oh, Dios mío. —No pude evitar estremecerme.

—Y me estaba preguntando si... si tenías alguna idea de por qué.

Estuve a punto de ahogarme de la impresión.

—BeverLee, ya sabes que... bueno... que papá y yo no solemos hablar de... eso... En realidad, no solemos hablar de nada. Quizá sería mejor que...

—¿Qué debo hacer? Tu padre nunca parecía tener suficiente y ahora...

—¡No sigas, por favor! Creo que deberías hablarlo con alguna de tus amigas. O directamente con papá. O con... veamos... vuestro pastor, con el padre Bruce por ejemplo. —«Lo siento, padre Bruce»—. Pero no conmigo. Ambos sois mi familia... ya sabes.

Bev reflexionó sobre mis últimas palabras y suspiró.

—Tienes razón, querida. Está bien. Pero si te dice algo...

—Estoy cien por cien segura de que no lo hará.

—... solo házmelo saber, ¿de acuerdo? Y ahora sí que me voy, ¡adiós!

La tranquilidad tardó en regresar a mi pequeño trozo de paraíso, como si temiera que BeverLee volviera a entrar por la puerta en cualquier momento. Un tordo trinó en uno de los arbustos y la brisa del Este me trajo el sonido de una radio funcionando a lo lejos. Oí el eco de una risa que debía de provenir de la colina, y por alguna razón me sentí... sola. *Coco* se acercó corriendo y se tumbó a mi lado, descansando su pequeña cabeza en mis pies descalzos.

—Gracias, pequeña —dije.

Me quedé mirando el puerto durante un minuto. El final del verano era una de las épocas más hermosas y agridulces del Viñedo. A medida que el otoño se acercaba, la isla iba perdiendo su bullicio. Los niños volverían al colegio y cada vez eran menos las ocasiones en que uno podía pasar la noche en las terrazas o en la cubierta de un velero. Los días cada vez eran más cortos y las hojas iban perdiendo los colores vivos propios del estío. Pero esa noche lo que menos despertaba mi atención era la vista que tantas veces me serenaba después de una intensa jornada laboral.

«Espabílate, Harper», me dije a mí misma. De hecho, era verdad que tenía trabajo que hacer.

Entré dentro y me fijé en la luz parpadeante del contestador automático.

«Mensaje número uno. Recibido hoy a las dieciocho horas, cuatro minutos: ¿Harper? Soy Tommy». Un sonoro suspiro. «Mira, el caso es que la quiero. Puede que lo del repartidor solo fuera un error y lo único que necesitemos sea un consejero que nos eche una mano. No sé. Siento haberte llamado a casa. Nos vemos mañana.»

—Pobre —murmuré automáticamente.

La mujer de mi asistente le había sido infiel con un repartidor de FedEx y Tommy se estaba planteando el divorcio. Aunque no iba a llevar su caso —la experiencia me había enseñado que los amigos y el trabajo cuanto más lejos mejor— él había decidido que el mejor hombre sobre el que llorar era el mío y yo, a pesar de mis buenas intenciones, no le había proporcionado demasiado consuelo.

«Mensaje número dos. Recibido hoy a las dieciocho horas, veintisiete minutos: ¿Harper? ¡Soy yo, Willa! Mejor lo intento en tu teléfono móvil. Espera, ¿te he llamado al móvil o a tu casa? Está bien, es tu casa. Bueno, ¡te llamo luego! Te quiero.» A pesar del temor que me infundía esa nueva llamada, esbocé una sonrisa. Mi dulce niña. Sí, era una insensata, pero una persona completamente feliz.

«Mensaje número tres. Recibido hoy a las diecinueve horas y un minuto.» Justo cuando le estaba proponiendo matrimonio a Dennis; lo que me parecía había sucedido hace un año.

El mensaje número tres solo contenía un largo silencio. Nadie habló, pero quien quiera que fuera tampoco colgó de inmediato. Durante un segundo el corazón se me salió del pecho y me quedé completamente paralizada.

¿Se trataría de Nick, ahora que nuestros hermanos iban a casarse?

Imposible. No tenía mi número, y tampoco estaba en la guía de teléfonos. De todos modos, aunque lo tuviera, tampoco me hubiera llamado. El pitido del contestador anunciando el fin del mensaje me sacó de mi parálisis transitoria.

«No hay más mensajes.»

Comprobé la identificación de llamadas. Nada. Se trataba de un número privado.

Lo más seguro era que fuera alguna de esas promociones de telefonía.

Casi sin pensarlo, me dirigí descalza a mi dormitorio. Una vez allí, arrastré la silla del tocador hasta el armario y me subí en ella. Busqué a tientas en el último estante y saqué una vieja caja redonda. Después, me senté sobre la cama, y despacio, muy despacio, la abrí. Allí estaba el pañuelo de cuello de seda que Willa me regaló hacía tres cumpleaños y que, teniendo en cuenta sus diferentes tonalidades verdes y mi pelo pelirrojo y rizado, junto con mis ojos verdes, me hacía parecer recién salida de un anuncio de alguna oficina de turismo de Irlanda. También estaba el gorro de lana negro que mi abuela me tejió cuando me fui a Amherst, poco antes de morir, y mi manoseada copia de *Matar a un ruiseñor*. Siempre di por hecho que me habían puesto Harper Lee por esa novela, al fin y al cabo no había tantas Harper en el mundo, de modo que el año que mi madre nos abandonó me leí el libro unas nueve veces, en busca de alguna pista que pudiera explicarme cómo una mujer a la que supuestamente le encantaba la obra del héroe más sólido de la literatura norteamericana podía abandonar a su única hija sin mirar atrás.

Y debajo de todo eso, había algo más. Justo lo que estaba buscando.

Una foto. La saqué. Mis manos empezaron a temblar un poco y mi respiración se detuvo mientras la miraba fijamente.

Dios, ¡éramos tan jóvenes!

Nos la habíamos hecho la misma mañana en que nos casamos. Mi padre se había dedicado a probar su cámara para que todo saliera perfecto durante la ceremonia que tendría lugar por la tarde y Nick y yo no habíamos hecho caso de la superstición de no vernos el día de la boda (aunque visto lo visto, no sé si hubiera sido mejor seguirla). Aquella mañana había sido fresca y nublada, y Nick y yo salimos fuera y nos sentamos en las escaleras de entrada de la casa de mi padre, con dos tazas de café en la mano; yo, con una bata de franela, y él, un neoyorquino hasta la médula, con una camiseta desteñida de los *Yankees*, pantalones cortos y su oscuro pelo despeinado. Mientras me miraba, había esbozado una tenue sonrisa, y aquellos ojos negros que podían ser trágicos, vulnerables y esperanzados a la vez, habían brillado llenos de felicidad.

Lo cierto era que nuestras caras lo decían todo... La de Nick mostraba alegría y una seguridad en sí mismo que rayaba la petulancia. La mía, una secreta lucha interna.

Porque, para qué negarlo, había tenido mis dudas. Tenía veintiún años, ¡por el amor de Dios!, y acababa de terminar mi pregrado universitario. ¿Casarnos? ¿Acaso nos habíamos vuelto locos? Pero Nick había tenido la confianza suficiente para convencernos a los dos y ese día —el veintiuno de junio, cuando comienza el verano— y solo durante ese día, yo también lo creí. Nos queríamos con locura y seríamos felices para siempre.

De los errores se aprendía.

—Ya no eres tan ingenua, ¿verdad? —dije en voz alta, mirando a mi yo más joven. Ahora era capaz de tomar mis propias decisiones, tenía un trabajo, una casa, un perro, un hombre... No necesariamente en ese orden, pero bueno, ya sabéis a lo que me refiero.

Volví a dejar la foto en su sitio y tomé una profunda bocanada de aire. Enderecé mi columna vertebral y me recogí el pelo ahuecado por BeverLee en mi acostumbrada y pulcra coleta. Sí, volvería a ver a Nick. Y la idea ya no me producía los temblores que había sentido antes. No tenía nada por lo que preocuparme. Nick había sido un error de juventud. Nos habíamos encaprichado el uno del otro... y sí, en aquel momento nos amábamos. Pero si algo me habían enseñado los ocho años que llevaba trabajando como abogada especializada en divorcios, era que para que un matrimonio funcionara se necesita algo más que eso.

Sin embargo, hubo un tiempo en que Nick conseguía que me derritiera de la cabeza a los pies con solo mirarme, en que su sonrisa me llenaba de tal gozo que casi podía flotar en el aire. Hubo un tiempo en que un día sin Nick hacía que me sintiera completamente perdida, y solo volvía a la normalidad cuando le veía aparecer por la puerta de casa.

No me extraña que lo nuestro no funcionara. Ese tipo de sentimientos por otra persona no pueden durar eternamente.

Había tardado años en superar lo de Nick, pero lo había logrado. Así que, cuando lo viera —si es que al final terminaba viéndolo—, me mostraría imperturbable. Dennis y yo éramos una pareja estable, aunque no estuviéramos comprometidos, y todo lo que una vez Nick significó en mi vida, ahora eran simples cenizas.

Casi me lo creí.

Capítulo 3

Once días más tarde estaba a punto de poner a prueba la teoría de las cenizas. Huelga decir que no me encontraba en mi mejor momento.

—Mira, Tommy. A veces nuestros corazones necesitan un poco más de tiempo para aceptar lo que nuestras cabezas ya saben. —Suprimí un suspiro. Había venido a mi despacho (la undécima vez esa semana), y estábamos discutiendo de nuevo si la infidelidad de su mujer era un problema tan grave.

—Sí, pero en cierto modo también es comprensible, ¿no? Es joven... ambos lo somos... y yo me paso todo el día trabajando, ¿verdad? Quizá se sentía sola... —Tommy me miró desde el otro lado del escritorio con rostro esperanzado. Mi asistente era un hombre muy delgado de metro noventa y cinco de estatura. En realidad, con esas piernas tan largas, la nariz aguileña y la boca pequeña, se parecía mucho a una grulla, pero sus imperfecciones armonizaban de tal manera que en cierto modo hasta podía considerársele guapo. Llevaba siete meses casado con Meggie. Yo había estado en su boda, y llamadlo sexto sentido o como queráis, pero desde el primer momento supe que tenían los días contados.

—Tom —dije—. Examinemos los hechos. No la historia que te estás montando en tu cabeza, solo los hechos. —Me miró un poco confundido—. Tommy, se metió en la cama con el repartidor de FedEx. —Personalmente, creía que Kevin, el mensajero de UPS, estaba mucho mejor, pero aquello carecía de relevancia en ese momento.

—Lo sé. Pero puede que tuviera una razón. Tal vez lo mejor es que la perdone.

—Sí —comenté, echando un vistazo a mi reloj de pulsera—. Seguro. Todo es posible. —¿Podía alguien perdonar y olvidar de verdad que su pareja se acostara con otra persona? ¿En serio? ¡Venga ya! Yo ni siquiera le había sido infiel a Nick y él todavía creía que...

Corté de raíz aquel pensamiento. No quería pensar en mi ex más de lo que ya lo hacía. Además, volvería a verle en... ¡maldición!... unas veinticuatro horas.

Esa misma tarde, Dennis y yo embarcaríamos en el *ferry* que nos llevaría a Boston y desde allí tomaríamos otro vuelo a primera hora de la mañana. No aterrizaríamos en Denver, ya que habíamos decidido volar hasta Kalispell, en Montana, una ciudad bastante pequeña, y allí alquilaríamos un automóvil que nos conduciría hasta el hotel del lago McDonald, situado en el mismo parque. Christopher, mi antiguo y por lo visto futuro cuñado, había trabajado en una ocasión en los Glaciares; de hecho recordaba vagamente haber oído hablar a Nick sobre el tema.

—Entonces, ¿qué crees que debería hacer, Harper? Sigo enamorado de ella, no puedo evitarlo, y no dejo de preguntarme si no fui yo el que la empujó a...

—Tom. Déjalo. No puedes culparte a ti mismo. Se acostó con el repartidor de FedEx, lo que no presagia un matrimonio feliz y duradero. Siento mucho todo el daño que esto te está ocasionando, de veras. Y por supuesto que puedes seguir con Meggie, lo mismo que puedes pillarte los testículos con una puerta y quedarte así hasta el fin de los días. —Mi asistente cerró los ojos con un gesto de dolor—. Pero en ambos casos —continué con un tono más suave— lo único que vas a conseguir es más sufrimiento. Me gustaría decirte algo más esperanzador, pero soy tu amiga, además de una abogada especializada en divorcios, así que no pienso edulcorar las cosas para que suenen mejor.

Tommy suspiró, y yo pude comprobar de primera mano cómo se deprimía por momentos.

—Tienes razón, Harper.

Y sin más, salió de mi oficina, no sin antes murmurar un apático «hola» a Theo Bainbrook, el socio principal de Bainbrook, Bainbrook & Howe.

—He aquí mi estrella. —Theo, vestido con unos pantalones rosas con ballenas azules y un polo a rayas rosa y blanco, se apoyó en el umbral de la puerta—. Harper, ojalá tuviera diez abogados como tú.

—¿A qué se debe tanta alabanza, Theo? —sonreí.

—Tenías razón sobre la cuenta de Betsy Errol es las islas Caimán. Theo hizo un pequeño baile con los pies y canturreó—: Tenemos el dinero.

Volví a sonreír, y no porque ahora cobraríamos más —que lo haríamos—, sino porque Kevin Errol era una de esas personas de «quiero que esto termine cuanto antes, sin importar el coste». Como su abogada, mi trabajo consistía en asegurarme de que obtuviera el acuerdo más justo para él; algo que se merecía con creces después de haberse casado con una arpía como Betsy, que había estado desviando fondos a una cuenta secreta. Una cuenta que habíamos descubierto gracias a Dirk Kilpatrick, el detective privado que trabajaba para nuestra firma.

—Eso es fantástico, Theo. Lamentablemente, tengo que irme. Debo tomar un *ferry* para Beantown, por lo de la boda de mi hermana, ¿te acuerdas?

—Ah, sí. La boda. Si vas a Boston, podrías pasarte por la oficina de allí y encargarte de un pequeño asunto antes de...

—Ni lo sueñes. —Bainbrook tenía un despacho en Boston y por desgracia Theo no estaba bromeando. Desde que había descubierto que sus empleados podían hacer todo el trabajo por él, había cambiado las leyes por los campos de golf.

—¿No te gustaría saber con quién voy a jugar hoy al golf, Harper? —preguntó con un brillo travieso en los ojos.

—¿Con Tiger Woods?

—Ojalá, pero no.

—Mmm... ¿Un político?

—Sí, y además piensa a lo grande. Acuerdos a puerta cerrada, guerra, arterias dañadas...

—¿No se tratará por casualidad de un antiguo vicepresidente con cierta tendencia a disparar a sus amigos?

Theo esbozó una radiante sonrisa y me guiñó un ojo.

—Bingo.

—Oh —dije yo—. ¡Qué impresionante!

Me gustaba Theo, a pesar de que era un poco holgazán, tenía cuatro ex mujeres y presumía de conocer a famosos más de lo que una gaviota podía defecar al día. Era un jefe muy afable, sobre todo conmigo, que pasaba más horas en el despacho que tenía la firma en el Viñedo que los otros tres abogados que trabajaban para él. Mi divorcio fue uno de los últimos casos que Theo llevó personalmente. Todavía recordaba cómo, cuando me senté delante de su escritorio hecha un manojo de nervios y sin parar de morderme las uñas, me dijo con voz dulce la frase que me cambió la vida: «A veces nuestros corazones solo necesitan tiempo para aceptar lo que nuestras cabezas ya saben». Él fue el que me enseñó todos los secretos del oficio y que los abogados especializados en divorcios somos pastores que guiamos a los corazones rotos y aturdidos por la senda de la esperanza destrozada. También fue quien me contrató nada más licenciarme, y la única persona para la que había trabajado desde entonces.

—Pues nada, pásatelo bien en Montana, Harper. —Suspiró sonoramente—. Qué gran lugar para la pesca con mosca. ¿Quieres que te preste mi equipo?

—No hace falta. Estaré de vuelta el lunes. Va a ser un viaje relámpago.

—Ten cuidado con los osos pardos. —Theo volvió a guiñarme el ojo y se fue a ver a la chismosa de Carol, la todopoderosa e irascible secretaria del despacho.

Contesté a varios correos electrónicos, revisé mi agenda para la siguiente semana y ordené el escritorio. Cuando terminé, me quedé observando el parque al que daba la ventana de mi oficina. Sin duda Edgartown era la localidad más elegante de la isla. Sus enormes y bonitas casas, las aceras de ladrillo y el robusto faro blanco, le daban un aspecto imponente pero a la vez encantador, más o menos como Theo. En invierno estaba prácticamente desierta, ya que la mayoría de los propietarios de esas impresionantes casas tenían su primera residencia en otras zonas del país. En verano, sin embargo, estaba tan atestada, que podías tardar más de media hora en recorrer un kilómetro en automóvil. Cuando el tiempo me lo permitía, solía ir a trabajar en bici; me llevaba unos cuarenta y cinco minutos de pedaleo en llano y me proporcionaba una maravillosa oportunidad de hacer ejercicio.

Cuando me di cuenta de que ya no podía seguir distrayéndome, suspiré. Dentro de poco cumpliría los treinta y cuatro años, una edad crucial en mi vida. No tenía hijos, ni marido, ni prometido. Y por si fuera poco, al día siguiente vería a mi ex marido —lo que traería a mi memoria recuerdos que enterré hacía años— mientras observaba cómo mi hermana se casaba con un hombre al que apenas conocía. ¡Qué bien!

Hablando de recuerdos...

Despacio, abrí el primer cajón de mi escritorio, saqué una pequeña llave que tenía pegada en la parte trasera y abrí el cajón inferior del armario archivador que tenía a mi izquierda.

El año anterior, cuando cumplí los treinta y tres, contraté los servicios de nuestro detective para un asunto personal. Medio día después, Dirk me entregó aquel sobre.

Su simple vista me ponía enferma. Pero no era una pusilánime, de modo que lo abrí lo justo para poder echar un vistazo dentro. Ciudad, estado, trabajo y lugar de residencia. Como si necesitara leer esas palabras. Como si no las tuviera grabadas a fuego en mi cerebro.

Dudé durante unos segundos, pero terminé metiendo de nuevo el sobre en el cajón.

—Tengo otros problemas con los que lidiar —dije a aquel trozo de papel inerte—. Ahora mismo no estás en mi lista de prioridades. Lo siento. —Cerré el cajón con llave y volví a colocarla en su sitio.

A continuación recogí mis cosas, fui hacia la sala de espera, me despedí de Tommy, diciéndole que fuera con la cabeza bien alta —tenía que pasar por aquello, todos lo hacíamos— y le recordé a Carol que la cobertura podía fallar en la zona a la que iba, de modo que no entrara en pánico si no sabía nada de mí en esos días.

—¿Alguna vez he entrado en pánico por no saber de ti? Es más, ¿he estado más de veinte minutos sin saber de ti? —preguntó ella, mirándome con el ceño fruncido—. Tómate unas vacaciones de una maldita vez, Harper, y déjanos descansar un poco.

—Vaya. ¿Eso significa que quieres que te traiga unos cuernos de alce como regalo?

—Pues no estaría mal.

Di un golpecito al muñeco del jugador de béisbol Dustin Pedroia que había en su mesa.

—Espero que los Sox ganen esta noche —dije acto seguido.

—¿Viste a Pedey anoche? Estuvo increíble —comentó ella con un suspiro cercano al orgasmo.

—Sí. —De hecho había visto la repetición sobre las dos de la madrugada, mientras intentaba ganarle la batalla al insomnio—. Es muy bueno... Ahora solo nos queda que le marque un tanto a su pubertad.

La expresión ensoñadora de Carol se transformó en una mirada asesina al instante.

—¡Fuera de aquí!

—Hasta el lunes —sonreí.

Pero antes de irme, regresé a mi despacho, saqué el sobre del último cajón, lo metí en el bolso e intenté no pensar en ello.

Una vez en la calle, respiré hondo. Las clases ya habían comenzado y la mayoría de los turistas se habían marchado, aunque siempre volvían en manada los viernes. Miré la iglesia que se encontraba al final de la calle y decidí hacerle una pequeña visita al padre Bruce antes de meterle prisa a Dennis.

El interior de la iglesia estaba sumido en el más absoluto de los silencios, señal de que no había nadie. Pero antes de irme, como si acabara de recibir una iluminación divina, leí un cartel en el que ponía: «Las confesiones tendrán lugar los jueves por la tarde de 17:00 a 19:00». Me fijé en que la puerta del confesionario estaba abierta y fui hacia allí. Seguro que el padre Bruce estaba sentado dentro, echándose una siestecita.

—Bendígame, padre, porque he pecado —dije con tono solemne. Siempre había envidiado a mis amigos católicos por poder llevar a cabo este rito.

El padre Bruce se despertó de sopetón.

—Desde hace cuanto... Ah, eres tú, Harper. ¡Muy graciosa!

—¿Cómo está?

—Muy bien, querida. Pero ahora tengo que dedicarme a aquellos que quieren recibir el sacramento de la reconciliación.

—Pues no veo precisamente una fila que dé la vuelta a la manzana.

El sacerdote suspiró.

—Apúntate un tanto. ¿Qué puedo hacer por ti?

—En realidad nada. Siempre me he preguntado qué es lo que hace aquí exactamente.

—Hago punto.

—Me lo imagino.

Nos quedamos en silencio durante un minuto. Si había algo que me gustaba de las iglesias era lo bien que olían, con todas esas velas y ese halo de perdón.

—¿Te preocupa algo en concreto, querida? —Al ver que no contestaba, el padre Bruce añadió—: Como tu confesor estoy obligado a guardar la misma confidencialidad que tú con tus clientes.

Baje la vista hacia mis manos.

—Bueno... En tal caso... sí... hay algo que me preocupa. Algo relacionado con el hecho de que voy a volver a ver a mi ex marido después de doce años.

El padre Bruce puso la misma expresión de asombro que Kim.

—¿Estuviste casada?

—Muy poco tiempo.

—Continúa.

Me encogí de hombros.

—Simplemente no funcionó. Éramos jóvenes e inmaduros. La historia de siempre. Pero ahora mi hermana va a casarse con su hermano. Mi hermanastra y su medio hermano. Da igual. —De repente me sentí un poco incómoda, así que me levanté—. Bueno, debo irme. Tengo que recoger a Dennis.

—¿Lo sabe tu novio?

—¿El qué? ¿Que estuve casada? Sí. Se lo dije la semana pasada.

—¿Y esa es la única conversación que habéis mantenido sobre el asunto?

—En realidad no es un asunto sobre el que conversar. Es más bien un hecho. Algo así como: «Me quitaron las amígdalas cuando tenía nueve años, me casé un mes después de pregraduarme en la universidad y me divorcié antes de cumplir nuestro primer año de matrimonio».

—Y desde entonces, ¿has vuelto a ver a tu marido?

—Ex marido. No.

—No sé qué decirte.

—Ah, los curas y el psicólogo que todos lleváis dentro.

—Tú eres la que te has sentado en un confesionario, en busca de mi sabiduría, con el pretexto de querer saciar tu curiosidad.

Sonreí.

—De acuerdo, ahora eres tú el que tiene que anotarse un tanto. Siento no poder quedarme para que puedas regodearte, pero tengo que irme. El *ferry* sale dentro de una hora. —Sin embargo, no me moví.

Desde que mi hermana me había llamado, había estado sintiendo un runrún en mi interior, no precisamente agradable. Era una especie de sensación enfermiza, como si hubiera estado viviendo durante años cerca de unos cables de alta tensión y estuvieran a punto de diagnosticarme un cáncer, o como si el abogado de la parte contraria acabara de soltar la bomba de que mi cliente tenía una cuenta secreta y un amante en Las Vegas. Durante doce años, había encerrado todos los recuerdos de mi matrimonio en una caja fuerte y la había tirado a un profundo lago de lodo en mi memoria. Y ahora, por algún siniestro capricho del destino, con el que yo no tenía nada que ver, iba a volver a ver a Nick Lowery.

—Mira. —El padre Bruce se puso de pie, se sacó algo del bolsillo trasero y salió de su parte del confesionario. Yo hice lo mismo y me puse a su lado—. Aquí tienes mi tarjeta con mi número de teléfono personal. Dame un toque para saber cómo te está yendo todo.

—Estaré de vuelta el lunes. Mejor le invito a una copa.

Él me guiñó un ojo.

—Llámame. Y diviértete. Saluda a tu hermana de mi parte.

—Lo haré. —Le di un pequeño puñetazo en el hombro y me marché, con los tacones resonando sobre el suelo de baldosas de la iglesia.

***

Veintidós horas más tarde, estaba dispuesta a estrangular a Dennis con la correa de *Coco* y dejar su cadáver a merced de los buitres, las águilas de cabeza blanca, las hienas o lo que fuera que viviera en esas tierras.

Sí, sí, en un primer momento quise que viniera conmigo. Una no se enfrenta a un ex marido sola cuando tiene como novio a un bombero musculoso que está tan bueno como Gerard Butler y Jake Gyllenhaal juntos. Pero estaba claro que la idea había funcionado mejor en mi imaginación que en la realidad. Además, lo ideal habría sido presentarlo como mi prometido en vez de como mi novio, pero no habíamos podido abordar ese asunto desde la noche de la fatídica llamada. Y ahora yo quería matarlo, con mis propias manos.

Os cuento. Habíamos estado discutiendo desde que me lo encontré viendo una repetición de la Serie Mundial de béisbol de 2004, cerveza en mano, en vez de esperándome en la puerta con las maletas hechas, como le había pedido que hiciera. De acuerdo, era cierto que las cosas se habían torcido un poco desde que le propuse matrimonio; y con torcerse me refiero a que no habíamos mantenido relaciones sexuales desde entonces, lo que nos estaba trayendo todo tipo de problemas. Pero solo porque estuviera preocupada por la nueva boda de mi hermana no significaba que se me hubiera olvidado que Dennis no parecía precisamente entusiasmado ante la idea de casarnos. Lo que por supuesto implicaba que, por ahora, le obligaría a practicar la abstinencia. No obstante, seguíamos juntos, y cuando le pregunté si quería venir conmigo a Montana me dijo que sí. Después de un rato.

Para mi desgracia, Dennis, que era propenso a los dolores de espalda, sufrió una contractura de lo más conveniente justo antes de salir de su destartalado apartamento, lo que ocasionó que tuviera que cargar con las maletas desde nuestras respectivas casas hasta el automóvil, después hasta el *ferry*, hasta el taxi que nos llevó al hotel, hasta el que nos llevó a Logan, desde la puerta de embarque 4 hasta la 37 en Denver, y recogerlas en el diminuto aeropuerto en el que ahora nos encontrábamos, en Montana, hasta la oficina de alquiler de vehículos. Y no solo tuve que llevar el equipaje, sino a *Coco* (que iba hecha una furia en su trasportín con su peluche incluido), mi ordenador portátil, mi bolso y al propio Dennis, que tenía una tendencia innata a no saber en qué dirección ir. A todo eso había que sumar que mi novio había deslumbrado a dos asistentes de vuelo (un hombre y una mujer) hasta el punto de que, con la excusa de la espalda, le ofrecieron viajar en primera clase, lo que me dejó sentada sola, entre medias de un hombre enorme y un universitario que se durmió en mi hombro y que me lo puso perdido de babas, sin importar todos los codazos que le fui propinando durante el viaje. Ah, y no podemos olvidarnos de que mi hermana se iba a casar con un extraño, mi padre parecía tener problemas sexuales con su mujer y que al final de aquel viaje infernal terminaría encontrándome con mi ex marido.

Sí, era normal que estuviera un poco tensa.

Lo que nos llevaba al momento en el que ahora nos encontrábamos, en un aparcamiento del aeropuerto de Kalispell, peleándonos como niños de nueve años.

—Mejor conduzco yo, nena —dijo Dennis—. Dame las llaves. —Al intentar quitármelas debió de hacer un mal gesto y la espalda le crujió, lo que me provocó un estremecimiento.

—Ya me encargo yo, Dennis. —Concentrarme en la carretera haría que me olvidara tanto de qué me esperaba una vez llegáramos a nuestro destino como de quién.

—Venga, nena, déjame a mí.

—¡Deja de llamarme así! —dije con brusquedad—. ¡Por favor, Dennis! No me llames «nena», ¿de acuerdo? Conduciré yo. Tú sueles perderte cuando vas de tu casa a la mía, y eso que están en la isla donde te criaste...

—Puede que lo haga a propósito —me cortó él, mostrándose extrañamente susceptible.

—... y tenemos más de sesenta kilómetros por delante de páramo lleno de osos salvajes —continué, elevando el volumen cada vez más—. Así que, por favor, Dennis. Te lo ruego, ¿podemos salir de aquí de una vez?

A diferencia de mi novio, *Coco* obedeció de inmediato, subiéndose de un salto al asiento del conductor. No me había quedado más remedio que traerla, porque en cuanto me oyó pronunciar las palabras «residencia canina» fingió tener un problema en la pata y estuvo cojeando de un lado a otro hasta que vio su trasportín. Sin lugar a dudas era una perra maquiavélica. Ahora estaba sentada tan feliz, olisqueando el aire de Montana, que era claro y puro, a diferencia de la brisa salada de Martha's Vineyard, que siempre olía a ajo o a pescado (o a rosquillas por la mañana).

Al darme cuenta de que la disputa que estábamos teniendo Dennis y yo no estaba jugando en mi favor, respiré hondo e intenté relajar la mandíbula.

—¿Cariño? No querrás que lleguemos tarde a la cena, ¿verdad?

—La espalda me está matando —gruñó él—. Harp, ¿por qué no me das un masaje o algo parecido?

Durante unos segundos me pregunté si el padre Bruce no tendría a algún santo de la paciencia al que rezarle en casos como ese.

—Dennis, estamos en medio de un aparcamiento. Siento mucho que te duela la espalda, cielo, y por supuesto que te daré un masaje, pero ahora no puedo ayudarte. ¿Qué te parece en el hotel? Dennis, por favor, ¿serías tan amable de meterte en el maldito automóvil?

Hizo un puchero —sí, uno muy *sexy*—, frunció el ceño y se metió dentro gruñendo. Yo hice lo mismo y *Coco* saltó sobre mi regazo. Le encantaba ir al volante.

Miré de reojo a Dennis, suspiré y puse en marcha el motor.

—Lo siento. Estoy un poco... estresada, Den —dije mientras ajustaba el espejo retrovisor.

—Supongo que yo también lo estaría si tuviera que ver a mi ex —comentó con una sonrisa llena de comprensión. Después reclinó hacia atrás su asiento y cerró los ojos.

Una vez en la carretera, tuve que admitir que el paisaje era impresionante. Las montañas se alzaban imponentes frente a nosotros, cubiertas en parte por nieve —o quizá eran los glaciares—, y en el horizonte se divisaban enormes extensiones de roca gris y franjas de pinos verdes. A nuestro alrededor, los árboles ya mostraban los colores otoñales. Las nubes rasgaban el cielo azul, que por alguna razón parecía mucho más alto y amplio que en el Viñedo. De hecho, la zona se conocía como Big Sky, gran cielo en inglés. Nunca antes había estado tan al oeste. Para ser honestos, jamás me había tomado unas vacaciones de verdad, solo unos pocos días en los que había viajado por aquí y por allá, intentando asistir a alguna conferencia que me interesara. Esto... esto era diferente.

De pronto me vi invadida por un sentimiento de solemnidad, y me di cuenta de que *Coco* estaba experimentando la misma reacción. Las flores silvestres formaban un manto en los laterales de la carretera y antes de darnos cuenta dejamos atrás Kalispell. Dennis debía de haberse quedado también impresionado por la inmensidad y belleza del paisaje, tan diferente al de nuestra pequeña isla, porque no había dicho ni una sola palabra... No... espera... Se había quedado dormido. Mejor.

En cuanto vi el cartel que anunciaba el Parque Nacional de los Glaciares se me hizo un nudo en la garganta. Había visto algún que otro documental sobre la zona en la televisión, pero nada me había preparado para la perfecta visión de todo lo que me rodeaba... las montañas escarpadas, los campos llenos de coloridas flores y ese aire tan puro. Que Dios bendijera a Teddy Roosevelt por esto.

Me detuve en la entrada al parque, donde una de las guardas abrió la ventanilla.

—Bienvenida al Parque Nacional de los Glaciares, señora. —Al ver a *Coco*, añadió—. Hola, cosita.

Pagué la cantidad estipulada, le agradecí el saludo, escuché atentamente las advertencias que me hizo sobre tener cuidado con las tormentas —la última había sido devastadora— y seguí mi camino.

La carretera —tenía un nombre precioso, «Autopista del Sol»— primero atravesó un bosque y después fue a parar a un espacio más abierto que me dejó sin respiración. A mi izquierda la tierra se precipitaba en un enorme campo de hierba dorada salpicada de flores azules, rojas y rosas. Era algo asombroso. Me detuve unos segundos a observar aquel magnífico espectáculo y después volví a ponerme en marcha, sin dejar de mirar el glaciar que coronaba el horizonte.

De pronto los neumáticos del Honda que habíamos alquilado rozaron la cuneta y tuve que sujetar el volante con fuerza para no salirme de la calzada. Las pequeñas patas de *Coco* empezaron a escarbar en mi regazo.

—Lo siento, pequeña —murmuré una vez pasado el susto—. Me he quedado un poco ensimismada con el paisaje. —Den seguía durmiendo, sin inmutarse por lo sucedido. Miré el reloj del salpicadero... Maldición. Las cuatro. Ya tendríamos que haber llegado.

Pisé el acelerador y fui lo más rápido que pude hasta que me topé con el primer obstáculo. Un Mustang clásico rojo que iba sumamente lento, pese a estar diseñado para la velocidad y para las personas en plena crisis de la mediana edad. Aunque teniendo en cuenta que no superaba los cincuenta kilómetros por hora, seguro que se trataba de alguna señora octogenaria. ¿Para qué comprarte un Mustang si no vas a superar el límite de velocidad permitido? ¿No se suponía que uno se compraba un automóvil como ese para recuperar la juventud perdida y ser el rey de la carretera? El reflejo del sol me impedía ver quién iba al volante, pero a juzgar por la forma de conducir, aquí mi amiga tenía que tener ciento tres años, cataratas en ambos ojos y debía de haber burlado a la muerte. Muchas veces.

Volví a mirar el reloj y suspiré. Lo más probable era que todos ya estuvieran en el hotel... en el *lodge* me corregí mentalmente. El Lake McDonald Lodge se llamaba; el mismo lugar en el que Cristopher trabajó durante su juventud. A pesar de lo precipitado de la boda, la feliz pareja esperaba la asistencia de un buen número de amigos. Según BeverLee, Chris todavía mantenía una estrecha relación con el personal del refugio, y al estar en temporada baja no les había supuesto ningún problema organizarlo todo con tan poca antelación. Willa, que coleccionaba amigos como rosquillas, había invitado a unas treinta personas.

Después de tres llamadas de teléfono, mi hermana cayó en la cuenta de que quizá podría sentirme incómoda con el hecho de tener que volver a ver a mi ex marido.

—No te supone ningún problema lo de Nick, ¿verdad? Como entre vosotros las cosas eran tan... intensas.

—Oh, no pasa nada, estoy bien —dije con tono alegre—. Eso fue hace eones. No, Wills, es solo que... cariño, simplemente me pregunto por qué vais tan deprisa. Como en mi trabajo he visto tantas parejas que no han terminado bien no puedo dejar de...

Mi hermana estaba preparada para darme la réplica. Sí, la conocía bastante bien, pero ella también me conocía a mí.

—Harper, sé que piensas que tienes que cuidarme, ¿pero no se te ha ocurrido que puede que esta vez tenga razón? Ten un poco de fe en mí. No soy tan tonta.

Y ese fue el argumento que hizo que apretara los dientes frustrada. No, Willa no era tonta. Aunque en cierta manera sí que era una... ingenua. Una ingenua muy dulce, pero ingenua de todos modos. Si hubiera intentando recordarle cómo terminaron sus matrimonios anteriores me habría respondido que había madurado desde entonces. ¿Y qué podría haberle dicho yo? ¿Que no? ¿Que seguía siendo tan inocente como un polluelo recién salido del huevo?

—¿Entonces no te molesta que Nick esté aquí? Porque es el padrino de Chris, como no podía ser de otro modo.

Por supuesto.

—Sí, estoy bien. —«¿Entonces ya le has visto? ¿Cómo está? ¿Te ha preguntado por mí? ¿Sigue estando enfadado? ¿Qué aspecto tiene? ¿Se ha vuelto a casar? ¿Tiene hijos? ¿Vive todavía en la ciudad? ¿Sigue siendo arquitecto? ¿Ha engordado? ¿Está calvo? Dime cualquier cosa, por favor.»

Y algo por lo que también sentía curiosidad, ¿cómo se había vuelto a encontrar Willa con Christopher? ¿Habría tenido algo que ver Nick? Según mi hermana se había topado con él en una ciudad con ocho millones de habitantes y lo había reconocido después de doce años.

¡Venga ya! Que no había nacido ayer.

Dennis gruñó en sueños, lo que *Coco* interpretó como una invitación. Saltó sobre su regazo y le lamió la mano. Mi novio sonrió sin abrir los ojos y la acarició. Yo también sonreí, casi a regañadientes. «Que conste en acta, Señoría. No solo es atractivo sino que le encantan los animales.»

Volví a prestar atención a la carretera. ¡Maldita sea!

Pisé los frenos al instante para evitar chocarme contra el Mustang de las narices.

—¡Jesús! —mascullé dándole al claxon varias veces. El conductor del Mustang se había parado en medio de la carretera.

—¿Va todo bien? —preguntó Dennis medio adormilado.

—Sí. Lo siento, cariño. Solo se trata de una conductora a la que deberían haberle retirado el carné hace tiempo. —La mujer se había parado sin más. Sí, era cierto que la guarda nos había advertido sobre la posibilidad de que se nos cruzara algún animal autóctono en el camino, pero yo no veía ningún alce o cualquier otra cosa que explicara ese frenazo tan repentino.

Dennis se sentó derecho y se frotó los ojos. *Coco* le lamió la barbilla y después asomó su diminuto hocico por la ventanilla, resoplando y meneando la cola.

—¿Te gusta esto, pequeña? —pregunté a mi mascota.

—Es muy bonito —dijo Dennis.

El Mustang seguía sin moverse. Estábamos metidos de lleno en una curva muy cerrada, así que me era imposible adelantarle, y no porque no hubiera visto hacerlo a otros. ¿Debería intentarlo? Volví a tocar el claxon. Nada. Ni alces, ni osos, ni cabras... ni respuesta alguna.

—¡Vamos! —gruñí. Cuanto antes empezara aquel fin de semana, antes podría regresar a mi vida normal.

La conductora seguía sin moverse. ¿Habría tenido algún derrame cerebral? ¿Un ataque al corazón? ¿Se estaría acordando de algo que le pasó allá por la época de Matusalén? Otro bocinazo. Lamentablemente, al tratarse de un Honda, tenía un sonido bastante agradable. Dame una buena máquina hecha en Detroit y tronará.

—¡Venga, vamos, tortuga! —grité por la ventanilla—. ¿Podría moverse de una vez?

La supuesta abuela sacó una mano con el dedo corazón extendido. Un momento, aquella no era la mano —ni el dedo— de una mujer.

Entonces la puerta del Mustang se abrió y el conductor salió. No se trataba de ninguna anciana, ni de ningún veterano del Vietnam. En cuanto vi quién era, mis manos se deslizaron poco a poco por el volante.

Nick.

Se quitó las gafas y me miró. Y aunque estaba completamente segura de que mi expresión no había cambiado ni un ápice —me había quedado de piedra por la impresión— el corazón empezó a latirme desaforado, se me secó la boca y mis piernas se convirtieron en dos temblorosos flanes.

Era Nick.

Él cruzó los brazos y ladeó la cabeza, entrecerrando los ojos. En ese momento sentí como si acabaran de darme un puñetazo.

Oí un rugido. *Coco* se había puesto a ladrar.

—¿Algún problema? —preguntó Dennis.

—Pues... no. —Sin dar más explicaciones, llevé el vehículo hasta el arcén y aparqué.

—¿Harper? —volvió a preguntar Dennis—. Nena, no montes ninguna escena.

Me resultó curioso lo tranquila que me mostré por fuera mientras me acercaba a mi ex marido. «Ya no eres ninguna cría inmadura», me recordé, aunque aquellas palabras no surtieron mucho efecto; no cuando estaba sufriendo una combustión espontánea por dentro.

—Anda, Nick, pero si eres tú —comenté como si tal cosa, encantada de que mi voz sonara casi normal—. Creí que se trataba de una abuelita que sufría de cataratas.

—Y yo que eras un conductor de Massachusetts con un problema a la hora de controlar su ira. —Su tono era tan afable como el mío—. Veo que uno de los dos estaba en lo cierto.

Se le veía mayor. De pronto volví a tener el mismo nudo en la garganta que al entrar en el parque. «Pues claro que se le ve mayor. Igual que a ti. Han pasado muchos años.» Su pelo negro dejaba entrever algunas canas y alrededor de los ojos —esos ojos marrones de gitano, tan trágicos y con ese toque frío y misterioso— ya se vislumbraban varias arrugas. Estaba más delgado y su rostro era más anguloso. La ropa que llevaba le identificaba al instante como un neoyorquino... *jeans* y camisa blanca abotonada de corte impecable que le daba un aspecto moderno y sofisticado... tal y como quería ser hacía doce años.

¡Doce años! Una eternidad, aunque por otro lado tampoco me parecía suficiente.

Entonces Nick esbozó esa sonrisa suya que tanto recordaba; esa sonrisa repentina que iluminaba el lugar donde se encontrara en ese momento como si de un relámpago se tratara y que tenía los mismos efectos. Calor, electricidad y la posibilidad de morir electrocutado o resultar gravemente herido. Me alegré de llevar puestas las gafas de sol. Lo último que quería era que Nick se percatara de que todavía podía afectarme de ese modo. Como apareciera una grieta en la armadura, Nick estaría allí en el acto, martillo y cincel en mano, y no pararía hasta convertirla en un montón de óxido. Así es como fue en el pasado y, a juzgar por mi palpitante corazón, así es como seguiría siendo.

—Te veo muy bien —dijo él. Sonaba como si estuviera sorprendido.

—Tú también. —Después, en un intento porque dejara de mirarme, señalé el Mustang—. Estás sin duda en plena crisis de los cuarenta.

—Lo mismo digo —replicó él, haciendo un gesto con la barbilla. Ah. Dennis se acercaba. Gracias a Dios. Lástima que la apariencia varonil de mi novio se viera un poco disminuida por venir con *Coco* en brazos, acariciándole la cabeza, con su collar de charol rosa.

—¿Lleva una trenza? —murmuró Nick.

—Es bombero —expliqué sin venir a cuento.

—Por supuesto. Era eso o un socorrista. —Nick sonrió mientras Dennis se aproximaba hacia nosotros.

Me enganché al brazo de mi novio.

—Dennis, este es Nick Lowery. Nick, te presento a Dennis Costello.

—Encantado de conocerte, Dennis.

—Lo mismo digo. —Ambos se dieron la mano—. ¿También vas a la boda? —preguntó Dennis.

—Sí. —Nick me miró, enarcando una ceja.

—Qué bien —repuso Dennis—. ¿Y de qué os conocéis?

—Digamos que nos conocemos bíblicamente —contestó Nick.

—Dennis, es Nick, mi ex marido —apunté con un poco de acritud—. Estoy segura de que te lo he debido de mencionar por lo menos en un par de ocasiones.

—¡Ah, sí! —Nos miró alternativamente a ambos—. ¿Y por qué te has parado?

—Para admirar el paisaje. —Nick señaló con el dedo. A unos trescientos metros de la carretera, por la empinada pradera, un oso negro caminaba lentamente por la orilla de un amplio y cristalino río. Se detuvo unos segundos a olisquear el aire, se alzó sobre sus patas traseras, se bajó y reanudó su viaje. *Coco* gimoteó, convencida de que podía domar a la bestia.

—¿Eso es un perro? —preguntó Dennis.

Cerré los ojos. Ojalá fuera uno de esos hombres fortachones que se limitaba a mantener la boca cerrada.

—Es un oso —respondió Nick.

—Qué pasada.

En defensa de mi novio, he de reconocer que el oso se parecía a un inmenso terranova. Tras un par de minutos, desapareció de nuestra vista.

Ambos volvieron a mirarse una vez más.

—Así que tú eres el ex —comentó Dennis.

—Sí, y sobreviví para contarlo —confirmó Nick.

Dennis soltó una especie de carcajada que fue inmediatamente reprimida por la mirada asesina que le lancé, así que se limitó a volver a acariciar a *Coco*, lo que le hizo parecerse un poco al doctor Maligno, de *Austin Powers*, frotando la cabeza de su gato sin pelo. Nick me miró con sorna y yo me puse roja de la cabeza a los pies. Aparté la vista de él y me dirigí a mi novio.

—¿Cariño? —pregunté alegremente—. ¿Te apetece conducir?

—Creí que no querías que lo hiciera —respondió él.

Nick volvió a enarcar la ceja.

—¿Te gustaría conducir ahora? —pregunté de nuevo sin dejar de sonreír.

—Sí... claro. Vamos, *Coquito* bonita. —El nombre no ayudó mucho a reforzar su heterosexualidad y tuve que reprimir un suspiro mientras mi novio se dirigía obedientemente al Honda, entraba por la puerta del conductor y colocaba a *Coco* en su regazo con las patas apoyadas en el volante.

No me moví.

—Me han dicho que estás de acuerdo con esta boda —dije.

—Y a mí que tú no. —Me taladró con la mirada un par de segundos—. Quítate esas malditas gafas de sol, Harper.

Solté un exagerado suspiro y le hice caso.

—¿Mejor?

No me contestó, simplemente se quedó mirándome con esos ojos de gitano. Pero yo no me dejé apabullar y le devolví la mirada. Habían pasado doce años y toda una carrera en los tribunales, enfrentándome a imbéciles que engañaban a sus parejas. «No se te ocurra meterte conmigo, Nick.»

Debió de captar el mensaje porque apartó la mirada de pronto, fijándola en la dirección por la que se había ido el oso.

—¿Te apetece que tomemos algo más tarde? Una especie de brindis por los novios.

«No te quedes sola con él.»

Aquel era un consejo que solía dar a mis clientes, ya que uno podía remover inconscientemente las aguas, despertar antiguas emociones que era mejor dejar dormidas y terminar haciendo cosas que no se deberían hacer.

Me volví a poner las gafas.

—Claro. ¿Te quedas en el *lodge*?

—Sí. —Nick tenía una forma muy particular de decir «sí». Lo hacía con total seguridad y de una manera muy sensual, como si supiera exactamente lo que ibas a decir y no pudiera esperar a darte una repuesta. Me había olvidado de eso. Maldita sea.

—Muy bien, entonces —dije con un tono perfectamente normal—. Seguro que habrá algún bar o algo parecido.

No fui capaz de respirar con normalidad hasta pasados dos o tres kilómetros, ya sentada en el Honda, al lado de Dennis, mientras le apretaba la mano. La descarga eléctrica que me había producido el volver a ver a Nick todavía retumbaba en mi interior y cada vez se hacía más dolorosa.

Aceptar tomar algo con mi ex había sido una idea horrible. En realidad todo aquello me parecía un tremendo y colosal error.

Capítulo 4

Echando la vista atrás, no podía decir que me arrepintiera de casarme con Nicholas Sebastian Lowery. Aunque también es cierto que supe que sería un problema desde el día en que lo conocí. Desde el primer segundo, para ser más exactos.

Y no me arrepentía porque aprendí un montón. El tiempo que pasé a su lado me confirmó muchas cosas que ya sabía sobre la vida. Pero cuando un hombre se te acerca en un bar y te dice que eres la mujer con la que quiere casarse, te quedas un poco... abrumada. Además de que no suele ser el método más común de ligar de los universitarios. Incluso de los de mayor edad.

Lo conocí siendo una estudiante de pregrado en la universidad de Amherst. Aquel día era mi vigésimo cumpleaños y mis compañeras de habitación me habían conseguido un carné falso para poder salir a tomar algo. El *pub* estaba hasta los topes, hacía mucho calor y había mucho ruido: la música a todo volumen, la gente hablando a gritos para poder entenderse... Entonces me volví y vi a un tipo que me estaba mirando.

Era lo único que hacía, mirarme. Fijamente, de forma descarada y completamente concentrado en mí. El tiempo pareció detenerse en ese momento, y todas las personas que había a nuestro alrededor se evaporaron. Solo estábamos yo y aquel estudiante de pelo negro que solo me... miraba.

—¿Va todo bien? —preguntó Tina, mi mejor amiga de la universidad.

—Sí —contesté, sintiendo cómo el hechizo se rompía.

Pero aquel muchacho se acercó, se sentó en una mesa que había al lado y volvió a fijar sus ojos en mí, y perdón por el vomitivo cliché, pero tuve la sensación de que me estaba mirando de verdad, porque lo hacía de una forma intensa muy singular.

—¿Qué estás mirando, imbécil? —pregunté, con aquel tono despectivo que tan bien se me daba.

—A mi futura esposa. La madre de mis hijos. —Al ver cómo una comisura de su boca se elevaba unos milímetros, cada una de mis células femeninas reaccionó de manera inesperada.

—Vete a la mierda —dije, a punto de darme la vuelta y dejarle plantado sin más.

—Si es contigo me voy a donde haga falta —replicó él. Después esbozó esa peculiar sonrisa suya de «sí, soy un idiota, pero ambos sabemos que terminaré saliéndome con la mía» y me fue imposible no devolverle la sonrisa.

—Entonces, ¿cuándo nos casamos? —continuó él, acercando su silla.

Me fijé en él de forma discreta. Tenía unas manos muy bonitas, unos ojos preciosos y un pelo lustroso y negro (siempre sentí especial predilección por los morenos).

—Mira, no me casaría contigo ni aunque fueras el último hombre sobre la faz de la tierra.

—Y aún así me estás comiendo con los ojos —comentó mordaz—. ¿Qué bebes, esposa mía?

Solté una carcajada.

—Menuda cara tienes. Una cerveza.

No me agradaba mucho celebrar mi cumpleaños, y menos teniendo en cuenta mis antecedentes con esa fecha, pero Tina me había llevado allí a rastras junto con otras dos amigas. Todas estábamos en nuestro tercer año de universidad, recibiendo una educación inmejorable en uno de los centros docentes más feministas del país, el mundo no tenía límites para nosotras y estábamos absolutamente convencidas de que haríamos grandes cosas en nuestras vidas. Sin embargo, mis tres amigas se apartaron de nosotros discretamente, mirándome con cierta envidia. «¡Mirad a Harper! ¡Ese tipo está intentando ligar con ella! ¡Y hasta le ha hablado de casarse! Dejémosles solos un rato. No lo echemos a perder.»

He de admitir que también fue toda una sorpresa para mí, aunque ahora me avergonzaba admitirlo.

Nick Lowery no se parecía en nada a los novios tímidos y despistados que había tenido hasta ese momento —que habían sido unos cuantos, aunque nunca me enamoré de ninguno de ellos—. A pesar de sus veintitrés años, era muy maduro. Estaba estudiando arquitectura y ya tenía apalabrado un trabajo en junio; no unas prácticas, sino un empleo de verdad, como arquitecto titulado en Nueva York, la ciudad en la que se levantaban los edificios más altos de todo el mundo. Sabía lo que quería y tenía un plan para conseguirlo: trabajar. Y eso, en el mundo en el que nos desenvolvíamos, lleno de universitarios ambiciosos, cargados de títulos y cursos, pero con perspectivas inciertas, resultaba bastante emocionante.

Aquella noche estuvimos hablando durante cuatro horas. Bebió sin emborracharse y tampoco intentó emborracharme a mí. Puso interés en todo lo que dije, y no dejó de mirarme ni un solo segundo. ¡Y qué ojos! Tan hechizantes y trágicos, que parecían encerrar un tormento que solo un alma que lleva muchos años en la tierra podría sentir... De acuerdo, puede que me pasara un poco con la bebida. Nick había crecido en Brooklyn y estaba deseando mudarse a la ciudad, era un gran forofo del equipo de béisbol de los New York Yankees, lo que dio lugar a que nos lanzáramos unas cuantas pullas a modo de broma (gané yo; no sé cómo, pero hice que los Sox parecieran superiores, a pesar de la nefasta temporada que estaban teniendo). Me hizo preguntas sobre lo que quería hacer, qué era lo que más me gustaba de mis estudios, de dónde era, y en ningún momento pareció aburrirse, incluso cuando empecé con mi discurso sobre las leyes medioambientales. Ah, y no me miró las tetas. Simplemente... se interesó en mí.

Cuando el camarero nos comentó que era la hora de cerrar, nos quedamos asombrados por lo rápido que se nos había pasado la velada. Como eran las dos y media de la madrugada, Nick se ofreció a acompañarme andando a la residencia. Y mientras cruzábamos el campus me tomó de la mano. Aquella era la primera vez que alguien del sexo contrario hacía algo así. Era una demostración pública de intenciones románticas en toda regla y los demás estudiantes con los que había salido (que eran unos inmaduros) eran más del tipo de ponerte el brazo alrededor del hombro. En ese momento descubrí que ir de la mano era mucho más excitante, aunque fingí no darme cuenta.

—¿Podemos volver a vernos? —preguntó cuando estábamos delante de la puerta de mi habitación.

—¿Es esa una nueva forma de decir «puedo entrar y acostarme contigo»? —dije yo.

La respuesta vino antes de que pudiera terminar la frase.

—No.

Otra primera vez.

Parpadeé sorprendida.

—¿En serio? ¿Porque lo más seguro es que me hubiera ido a la cama contigo? —En realidad no lo habría hecho. O eso creo. Pero aquellos ojos y su mano sujetándome con firmeza...—. ¿Me estás pidiendo una cita?

—Sí. —Ahí estaba ese sí tan sensual—. Sí, quiero tener una cita contigo. Y no, no quiero acostarme contigo. Al menos no esta noche.

—¿Por qué? ¿Eres mormón? ¿Tienes alguna disfunción eréctil? ¿Eres gay?

Él sonrió de oreja a oreja y aquellos ojos suyos de gitano se transformaron por completo.

—No, no y no. Porque, Harper Elizabeth James... —Maldición, le había dicho mi nombre completo; aunque viéndolo por el lado bueno, se acordaba. ¡Qué tierno!—... eso sería una enorme falta de respeto por mi parte.

Volví a parpadear.

—Ahora sí que me has dejado sin palabras. Puedo asegurarte con total certeza que nunca he oído una línea de defensa como esa. —Estudiantes de derecho. ¡Qué puedo decir! Todos sonamos como unos estúpidos pomposos. Además, me había bebido tres cervezas, lo que me hacía más pedante todavía.

Pero a Nick le parecí muy mona.

—Te llamaré mañana.

—Mira, eso sí que lo he oído antes. Una excusa muy barata.

Nueve horas más tarde, y tras piratear la web de la universidad para encontrar mi número de teléfono, me llamó.

—Soy Nick.

—¿Qué Nick? —pregunté, ruborizándome puede que por primera vez en mi vida.

—El padre de tus hijos.

—Ah, sí, cierto. —Hice una pausa, incapaz de reprimir una sonrisa—. ¿Podemos por lo menos cenar antes de empezar con la descendencia?

Me llevó a un restaurante como Dios manda en Northampton, no el típico al que acuden los estudiantes universitarios con manteles de papel, sino a uno con manteles de tela, camareros y todo eso. Y ahí fue donde comenzó mi primera relación de verdad. Durante un mes, me llamó siempre que dijo que lo haría, comimos juntos varias veces y se presentó en diversas ocasiones en la puerta de mi clase para dar un paseo por el campus. Fuimos al cine, donde no paramos de hablar, para disgusto de algunos espectadores, y en general tuvimos diversas citas al estilo de los años cincuenta (nunca me hubiera imaginado lo divertido que podía resultar).

Durante todo ese primer mes ni me besó ni me tocó (excepto por lo de ir de la mano) y para entonces yo ya estaba muerta de ganas de que lo hiciera. Aunque he de decir que supe disimularlo bastante bien y que nunca mencioné nada al respecto. Simplemente me limité a esperar, más obsesionada de lo que hubiera querido, preguntándome si se trataba de alguna especie de juego por su parte. Y antes de darme cuenta me vi anhelando sus llamadas y sintiendo un cosquilleo en el estómago cada vez que veía su cara.

Cuatro semanas y dos días después de conocernos, Nick me llevó a su apartamento por primera vez; se trataba del típico piso pequeño de estudiante pero inusualmente limpio. Me hizo la cena —lasaña, ensalada y pan recién horneado—, me sirvió vino tinto —sin pasarse— y hasta preparó él mismo el postre, lo que hizo que volviera a preguntarme si no era gay. Después de cenar se encargó de recogerlo todo —no permitió que fregara ni un solo plato— y nos sentamos en el sofá con las manos entrelazadas —aunque de un modo muy casto—. Entonces empezó a hablarme del puente de Brooklyn, diciéndome que le parecía la construcción hecha por el hombre más impresionante del mundo y prometió llevarme allí en mi primer viaje a Nueva York.

—Lo cruzaremos, tomaremos un helado en Brooklyn y volveremos a cruzarlo tranquilamente, para que te tomes tu tiempo admirando el primer puente colgante de cables de acero de la historia.

—Y yo te contestaré que siempre me ha gustado más el estilo arquitectónico de los McDonald's.

—Entonces no me dejarás otra opción que el divorcio.

—Pues me quedaré con el yate y el apartamento en París. Ya sabes que es una cláusula que impondré en nuestro acuerdo prematrimonial.

Nick rió.

—No creo en ese tipo de acuerdos.

—Mejor. Voy a dejarte en calzoncillos. ¡Apartamento de París, serás mío y solo mío!

—¡Oh, Dios mío! ¿Por qué tuve que casarme con una arpía como esta? —sonrió de oreja a oreja.

Yo le devolví la sonrisa.

—Nick, ni siquiera me has besado todavía. No me casaré contigo ni tendremos cinco hijos si no consigues hacer que se me doblen las rodillas.

Él me miró con aquellos ojos de gitano, su barba de dos días y una sonrisa juguetona en los labios. A continuación extendió la mano y me tocó la boca con la yema de un dedo. Todavía no me había besado y ya me estaban empezando a temblar las rodillas. De pronto me sentí aterrorizada. El aliento se me congeló en la garganta y mi corazón dejó de latir. Mientras veía cómo se inclinaba lentamente hacia mí solo pude pensar en una cosa: «Por favor, Dios mío, que no se le dé bien. No hagas que me enamore de él».

Pero besaba de maravilla y terminé cayendo en sus redes. Ese primer beso fue algo... asombroso... en serio, y me di cuenta de que nunca antes había entendido lo que significaba besar de verdad. Esa conmoción, el bullir de sensaciones, la necesidad, el ardor, los pequeños sonidos, lo perfecto que parecía todo... Fue como si nuestras bocas hubieran sido creadas para besarse únicamente la una a la otra. Jamás creí que pudiera llegar a estar tan desesperada por alguien; después de todo había tenido siete años, cuatro semanas y dos días para aprender a no volver a amar a nadie con tanta intensidad. Pero cuando Nick me besó por primera vez, todo mi cuerpo cobró vida. Era espeluznante lo bien que me sentía.

Continuamos besándonos en el sofá durante eones, hasta que al final Nick se puso de pie, me tomó de la mano y me condujo hasta su habitación. Allí siguió besándome y acariciándome; sentía el calor de su piel contra la mía y me fijé en que sus mejillas ardían y sus ojos se habían oscurecido hasta prácticamente parecer negros. Le quité la camisa y exploré con las manos su pecho, deleitándome en aquella piel tan adictiva. Tenía una pequeña cicatriz irregular sobre el corazón y tracé su contorno con los dedos mientras le besaba en el cuello. Sentí su pulso bajo mis labios y el sabor salado de su dermis. Sus manos estaban calientes y cuando abrió los ojos para mirarme vi que estaba sonriendo.

No puse ninguna objeción al sentir cómo sus dedos desabrochaban la parte trasera de mi vestido, pero cuando su mano descendió hasta mi muslo, di un salto hacia atrás y le agarré de la muñeca. Había llegado el momento de parar. Tenía que irme de allí. Pero no me moví.

—¿Demasiado lejos? —preguntó él con voz ronca, con la cara enterrada en mi cuello.

Tragué saliva.

—¿Nick?

Él alzó la cabeza. «Oh, Harper, te has metido en un buen lío», dijo mi cabeza. Era incapaz de hablar, a pesar de que las palabras se me agolpaban en la garganta. La vergüenza y la torpeza se mezclaron con la lujuria y el deseo que en ese momento sentía.

—¿Qué pasa, cariño? —Lo dijo con un tono tan dulce que me dolió el corazón.

Si no hubiera dicho lo de «cariño» supongo que habría salido de allí corriendo sintiéndome un poco culpable pero completamente segura. «Pues hazlo. Vete ahora mismo», gritó mi cerebro. Volví a tragar saliva y miré hacia otro lado.

—Nunca he hecho esto antes —susurré.

¡Dios! ¡Virgen a los veinte! ¡En un estado demócrata! ¡En una universidad tan liberal!... y suma y sigue.

Nick parpadeó. Porque, claro, yo iba de dura por la vida y parecía súper moderna. Y era guapa, no nos olvidemos de eso, aunque tampoco me pasaba todo el día mirándome al espejo. Había tenido unos cuantos estudiantes detrás de mí y había salido con otros tantos. Los chicos me adoraban. Mi *modus operandi* era el insulto y la condescendencia al tiempo que dejaba que flirtearan conmigo. Después, permitía que me acompañaran a mi habitación, donde intercambiábamos besos y caricias durante más o menos una hora, y a continuación me ponía de pie, me reacomodaba la ropa, les echaba de allí y no volvía a hablar con ellos nunca más. Por alguna desconocida razón, aquella actitud me hizo inmensamente popular. ¿Era, como vulgarmente se dice, una calientapollas? Sí. No creía que las cosas pudieran hacerse de otra forma.

Hasta ese momento.

No podía mirar a Nick. De pronto parecía sentirme fascinada por la ventana, el radiador, la pintura de la pared... Pero entonces él enmarcó mi cara con las manos y me obligó a mirarle.

—Tranquila. No tenemos por qué hacer nada. —Sonrió.

Cuando estudié su rostro y me di cuenta de que hablaba en serio, me enamoré todavía más de él.

—Me gustaría seguir —susurré mientras los ojos se me humedecían un poco.

Me miró muy serio.

—¿Estás segura? —Asentí—. ¿De verdad? —preguntó de nuevo, acariciando mi labio inferior.

Volví a asentir.

Me besó con mucha, mucha dulzura, muy lentamente y luego sonrió contra mi boca.

—¿También estás segura de querer casarte conmigo?

—Nick —dije yo, incapaz de reprimir una carcajada—. ¿Puedes cerrar la boca y hacerme el amor?

Y eso fue lo que hizo.

Poco a poco, de forma muy dulce. Oh, Dios mío... ¡estábamos hechos el uno para el otro! De pronto entendí el porqué de todos esos sonetos, de todas esas tarjetas Hallmark, de todas esas películas. Porque todos esos clichés... eran reales. Por fin lo estaba experimentando en carne propia. Por primera vez en mucho tiempo dejé que alguien cuidara de mí, y él cumplió. Me hizo el amor y consiguió que me sintiera la persona más preciada del mundo.

Cuando terminamos, cuando nos tumbamos juntos, todavía enredados, sudorosos y con la respiración entrecortada, abrí los ojos como platos. De repente todo aquel resplandor se desvaneció y a medida que mi corazón recuperaba su latido normal sentí un escalofrío por todo el cuerpo. Un cúmulo de sensaciones contradictorias se apoderó de mí, pero sobre todo sentía un profundo temor. Temor a ser abandonada, o a exponerme demasiado, o a que me juzgara... ¡No lo sé! Solo tenía veinte años y examinar mis emociones me producía la misma repulsa que meter la mano en una bolsa llena de cristales rotos.

Me aclaré la garganta.

—Bueno... Creo que... Tengo que irme —balbuceé—. Como dirían en mi tierra, ha estado más que bien. Bueno... Nos vemos. Gracias, Nick. Adiós. —Salí de la cama, recogí mi vestido y las medias y me los puse como pude mientras abandonaba a toda prisa el dormitorio. Atravesé el salón como alma que lleva el diablo, abrí la puerta... y me encontré a Nick detrás de mí que volvió a cerrarla antes de que pudiera protestar siquiera.

—No, no. De ningún modo vas a marcharte así —dijo él, interponiéndose entre la puerta y yo—. Vamos, Harper.

—Estoy absolutamente convencida de que no me retendrías aquí en contra de mi voluntad, Nick —comenté con ligereza, sin atreverme a mirarle.

Clavó sus ojos en mí durante unos interminables segundos, después se hizo a un lado.

—¿Qué sucede?

—Solo quiero volver a la residencia, ¿de acuerdo? Tengo un... en fin... un trabajo que hacer.

—No te vayas.

—Tengo que hacerlo, no es que sea muy importante, pero tengo que terminarlo. —Fingí una sonrisa e intenté atarme el tirante del vestido, pero me temblaban las manos. Seguía sin poder mirarle. Sentía como si algo muy grande y oscuro estuviera tirando de mi pecho, algo que quería hacerme daño. Maldición, estaba a punto de echarme a llorar.

—Harper.

—Nick.

—Mírame.

¿Qué podía decirle? ¿Que no? Levanté la vista y le miré brevemente.

—Harper, te quiero. —Sus ojos de gitano eran solemnes, completamente sinceros, y esa cosa en mi pecho se retorció de forma dolorosa.

—Nick, por el amor de Dios —dije con tono inseguro—. Apenas me conoces.

—Está bien, lo retiro. Eres una arpía y un grano en el culo, pero oye, eso que haces con la lengua... —Con eso consiguió que soltara una carcajada—. ¿Puedo volver a verte? ¿Puedo volver a hacerte el amor? ¿Por favor, Harper? —Sonrió de oreja a oreja y fuera lo que fuese lo que había en sus ojos un segundo antes fue reemplazado por una chispa traviesa.

Le devolví la sonrisa, y aquella oscura sensación disminuyó en intensidad.

—Estoy tremendamente ocupada, pero nunca se sabe.

—¿Te quedarás un rato más? ¿Aunque me caigas fatal?

Vacilé. «Deberías irte», aconsejó mi cerebro. «Quédate», me dijo el resto mi cuerpo.

Sabía que se suponía que tenía querer lo que la gente normal quería, que ser amada en teoría tenía que hacerme sentir segura, querida y feliz. Y Nick lo conseguía. Pero no me veía capaz de deshacerme de esa oscuridad que habitaba en mi interior. Y también sabía que nunca dejaría de preguntarme cuándo terminaría todo y el daño que me haría cuando ese momento llegara.

Tenía veinte años, me había criado un padre al que no le gustaba hablar sobre sentimientos y me había abandonado una madre que una vez me adoró. Intenté no pensar en ello, pero una pequeña parte de mi cerebro no paraba de decirme que Nick podía dejarme en cualquier momento. Si lo había hecho mi propia madre, ¿por qué no un hombre? Lo mejor que podía hacer era no enamorarme y protegerme todo cuanto pudiera.

Si Nick sintió que algo estaba mal, no comentó nada, y aunque lo hubiera hecho, tampoco habría encontrado las palabras para decirle la verdad. Cuando tu propia madre se va sin mirar atrás, se hace harto difícil pensar que alguien pueda llegar a amarte de forma incondicional. El amor no dura eternamente, ¿verdad?

Así que Nick y yo nos dedicamos a pasárnoslo bien juntos, a vivir nuestra relación día a día, y si en algún momento se ponía serio, yo le decía que borrara esa expresión de la cara y él lo hacía. En cuanto al sexo, tenía que reconocerlo, era increíble. No era que tuviera mucho con qué comparar, aunque no hacía falta. Fingí que no significaba nada, y no hablábamos de ello, pero siempre supe en mi interior que con él era especial.

En cuanto a Nick, me concedió tanto espacio que hasta podía correr una maratón. Nunca me presionó, jamás volvió a decirme que me quería y dejó de bromear con el asunto del matrimonio. Pero cuando llegó el momento de que volviera a Nueva York, al final de curso, ocho meses después de que nos conociéramos, me sentí morir.

—¡Conduce con cuidado! —grité cuando se metió en su abollado automóvil, a medida que mi oscuridad interior crecía peligrosamente. Oí cómo ponía en marcha el motor y continué sonriendo. Saqué el teléfono móvil e hice como si estuviera revisando los mensajes; unos mensajes que no podía ver por el pantano en el que se estaban convirtiendo mis ojos.

Entonces Nick paró el motor, saltó del vehículo y me abrazó. Yo le devolví el abrazo con tanta intensidad que debió de dolerle y él me besó con fiereza.

—¡Voy a echarte muchísimo de menos! —susurró contra mi boca.

A mí me fue imposible hablar; me dolía horrores imaginarme un día sin él, cuanto menos toda una vida, porque por supuesto no esperaba que lo nuestro pudiera funcionar en la distancia.

Pero funcionó. Nick me llamó todos los días y hablamos durante horas. Me escribió al menos un correo electrónico diario, y me envió *souvenirs* horteras de la Gran Manzana, como camisetas y muñecas de los Yankees (estas últimas, obviamente, se las devolví con varios alfileres clavados en la cabeza), y un café delicioso de una tienda en la calle Bleeker. Ese verano hice mis prácticas en un despacho de Hartford y él vino a verme un par de veces al mes, ya que a mí me daba un poco de vergüenza ir a visitarle.

En octubre, su madre murió de repente de un aneurisma y yo conduje hasta Pelham, Nueva York, para el funeral. Cuando entré y vi su expresión —una mezcla de amor, sorpresa y gratitud— me llegó directamente al corazón. Me presentó a su escasa familia: una tía y un par de primos. Sus padres se habían divorciado hacía tiempo y su madre nunca se había vuelto a casar. Cuando empecé las clases de nuevo, le mandé estrafalarias caricaturas recortadas de ejemplares del *New Yorker* del Departamento de Inglés y horneé galletas de avena cada vez que venía a visitarme.

Se mostraba sarcástico e inteligente, cariñoso e irreverente —y también un poco triste—; una combinación irresistible. La miríada de sensaciones que me invadían en cuanto le veía, la excitación que me causaba el sonido de su voz, el calor, todo lo que producía en mí me resultaba aterrador. Éramos almas gemelas, aunque antes me hubiera clavado un tenedor en la yugular que admitirlo en voz alta.

De modo que intenté que nuestra relación siguiera pareciendo algo informal, nunca dije las dos palabras y evité los momentos más intensos y serios. Y todo me fue bien hasta una noche en Amherst, en uno de esos fines de semana en que Nick pudo venir a verme.

Había estado enviando solicitudes a las facultades de derecho en las que quería continuar mi formación y tenía la habitación llena de papeles de inscripción y folletos de información. Ninguna de las facultades estaba en Nueva York, y eso que la de Columbia y la NYU tenían grandes planes de estudio, pero no quería ir a ninguna de ellas; no cuando Nick vivía en Manhattan. Aquello hubiera sido demasiado obvio. Hubiera significado mucho. Y no tenía la más mínima intención de construir mi vida alrededor de un hombre, como mi madre había hecho en su día (mira cómo nos había terminado yendo).

Nick se quedó mirando todos los folletos y solicitudes... Duke, Stanford, Tufts. Después me miró en silencio durante un buen rato. Yo me hice la tonta y empecé a parlotear sobre mi compañera de habitación y lo mal que se le daba colocar el lavaplatos. Fuimos a ver una película al campus y fingí no darme cuenta de que estaba molesto.

Esa misma noche, se despertó sobresaltado.

—¿Estás bien? —pregunté somnolienta.

Se limitó a mirarme. Sus ojos despedían un brillo salvaje bajo la luz de la lámpara.

Me incorporé en la cama.

—¿Nick?

—¿Tú me quieres, Harper?

No sé si fue culpa de la oscuridad, la hora o la mirada un poco perdida de sus hermosos ojos, pero no pude mentirle. Tomé su mano y clavé la vista en él mientras acariciaba con los dedos la parte inferior de su muñeca.

—Sí —susurré.

Hizo un breve gesto de asentimiento, aunque no dijo que me quería. No hizo falta, ya lo sabía. Volvimos a tumbarnos y me atrajo hacía sí, abrazándome. En ese instante me entraron unas ganas enormes de llorar, como si mi corazón se fuese a romper si decía algo, pero él no dijo nada más. Al día siguiente, las cosas siguieron como siempre y no volvimos a mencionar las facultades de derecho ni el asunto del amor.

El día de san Valentín de mi cuarto curso universitario fui a Nueva York por primera vez, y por supuesto nos dimos el famoso paseo por el puente de Brooklyn. Hacía frío y el ambiente estaba cargado de humedad, por lo que en un principio no me resultó la fabulosa experiencia que Nick me había contado; de hecho creí que moriría de hipotermia, pero él insistió en que nos quedáramos en medio de la estructura, con el pretexto de ver si encontrábamos los cuerpos de algunas de las víctimas que la mafia arrojó en el East River.

—Ahí, hay uno —dijo Nick—. Sal «Seis Dedos» Pietro. No debería haberle hecho eso a Carmella Soprano durante el bautizo.

—Oh, mira, creo que también he visto a uno —ironicé, señalando en dirección al río. Con un poco de suerte nos iríamos pronto a su casa y tendríamos sexo del bueno y una enorme quesadilla del Benny's—. Justo ahí. Es Vito «El Pies» Deluca, que está nadando con los peces, o lo que sea que se haga en el East River. ¿Podemos irnos ya?

Nick no contestó. Me volví para buscarle, pero no le encontré donde debería de estar. No. Estaba sobre una rodilla, mirándome con tal cara de felicidad que mi corazón estuvo a punto de detenerse. Aquel día llevaba unos guantes sin dedos, lo que le hacía parecer un huérfano de Dickens. El viento le revolvía el pelo y levantó un anillo de diamantes.

—Cásate conmigo, Harper. Dios sabe que no eres la mujer de mis sueños, pero tendrás que apañártelas para serlo.

Sus ojos, sin embargo, me dijeron toda la verdad.

Si en ese momento hubiera encontrado la forma de decirle que no sin romperle el corazón, lo habría hecho. Si no me hubiera amado tanto, le hubiera dado un leve coscorrón y me hubiera reído de él. Pero sabía que si no le decía que sí lo nuestro se terminaría ahí.

—Está bien —dije entonces, encogiéndome de hombros—. Pero quiero un vestido de infarto y once damas de honor.

Sabía que éramos muy jóvenes. Que no estaba preparada. Quería esperar. Años, si era posible. Pero en cuanto estuvimos comprometidos, Nick lanzó un ataque de acoso y derribo en toda regla para que nos casáramos lo antes posible y yo perdí la batalla.

Once meses después de su proposición de matrimonio, y seis después de nuestra boda, ambos perdimos la guerra.

Capítulo 5

—¡Nick! ¡Oh, Dios mío, eres un regalo para la vista! ¡Dame un abrazo ahora mismo!

Segundos después de que Dennis y yo llegáramos al hotel, Nick aparcó detrás de mí. Todavía estaba saliendo del Honda cuando mi madrastra descendió por las escaleras de entrada en un torbellino de rizos rubios y lycra... en dirección a Nick, no a nosotros.

—BeverLee, estás tan guapa como siempre —comentó Nick, abrazándola.

—¡Pero qué mentiroso eres! ¡Anda, déjame verte! ¡Oh, pero mírate! ¡Guapo como tú solo! ¡Qué Dios te bendiga! —Volvió a abrazarlo y después me miró—. Harper, ¿has visto a Nick?

—Sí —respondí, volviéndome mientras Nick saludaba a mi padre con un apretón de manos.

—Hemos coincidido en el camino —explicó Nick.

—¡Fantástico! ¡Oh, Nick, me traes tan buenos recuerdos!

—O sudores nocturnos, depende del punto de vista por el que lo mires —mascullé yo. ¿Acaso mi familia no se acordaba del patético trozo de carne en el que me convertí? ¿Tanto le querían?—. Papá, ¿puedes echarme una mano? A Dennis le molesta bastante la espalda. —Me dirigí a Nick—. Dennis se lesionó un disco vertebral al rescatar a tres niños de una casa en llamas. Verdad, ¿cariño?

«Con la venia, Señoría, mi novio es todo un héroe.»

—Cierto —contestó Den con tono afable.

—¡Bien hecho! —le felicitó Nick y ambos chocaron los puños.

—Fue algo increíble, colega. —Dennis sonrió de oreja a oreja, tan feliz como un cachorrillo.

—¿Qué tal el viaje? —quiso saber mi padre mientras sacaba una maleta del Honda.

—Un infierno. ¿Y el vuestr...?

—¡Harper! ¡Harper! ¡Oh, Dios mío, Harper!

Mi hermana me abrazó antes de que me diera tiempo a verla.

—Hola, cielo —dije, esbozando la primera sonrisa genuina de toda la semana. Le di dos besos en la mejilla y me eché hacia atrás. Nunca había estado tanto tiempo sin verla, y tenía que decirlo, estaba preciosa—. ¿Cómo le va a la novia?

—¡Oh, Harper, soy tan feliz! ¡Anda, Nick! ¡Hola! —Se lanzó sobre él y después sobre Dennis, como si fuera una ficha del juego de la oca—. Te acuerdas de Christopher, ¿verdad?

Alcé la mirada hacia la escalera.

—Hola, Harper —saludó el novio.

Caramba. Hacía doce años Chris Lowery ya era mono, pero ahora lucía espléndido. Era como una especie de Nick dos. Ambos se parecían a su padre. Chris tenía los mismos ojos oscuros pero sin ese toque trágico que hacía parecer a mi ex marido tan injustamente vulnerable. Chris, sin embargo, había heredado el pelo castaño rojizo de su madre y era unos cinco centímetros más alto que su hermano mayor. Puede que no tuviera el magnetismo animal de Nick —por lo menos para mí—, pero seguía siendo muy apuesto.

—Te has convertido en todo un hombre —dije, soltando un pequeño gemido cuando me dio un abrazo de oso que me levantó del suelo unos cuantos centímetros.

—Veo que sigues siendo rabiosamente guapa.

—Todo lo que digas podrá ser utilizado en tu contra. Aunque por supuesto tendrás que explicarme cómo vas a cuidar de mi hermana, porque si le haces el más mínimo daño o la decepcionas de la manera que sea, te mataré. Lentamente y después de mucho sufrimiento.

—Por supuesto, por supuesto. —Christopher sonrió ampliamente y me bajó al suelo.

—Estoy hablando muy en serio.

—Y yo también estoy muy acojonado. —Me guiñó un ojo y se llevó a mi hermana de la mano.

—¿No es maravilloso? —preguntó BeverLee, atusándose el pelo para conseguir más volumen del que ya tenía—. ¡Mira qué hombres más guapos tenemos! ¡No me extraña que seamos unas mujeres tan felices! Me derrito con solo veros a todos. ¡Bueno, queridos, son más de las cinco, lo que significa que dentro de una hora nos espera un cóctel!

—Dennis y yo queremos refrescarnos un poco —comenté yo—. Llevamos todo el día de viaje.

—Pues, claro, cariño —apuntó BeverLee—. Nos vemos allí entonces.

—Cuando empecé a subir los escalones, mi madrastra me agarró por el brazo, miró a su alrededor para cerciorarse de que todo el mundo se había puesto en marcha, y entonces su sonrisa desapareció al instante—. Harper, querida, tu padre y yo seguimos sin comportarnos como... un hombre y una mujer. ¿Sabes a lo que me refiero?

—Mmm... —Fue lo único que fui capaz de decir de lo incómoda que me sentía.

—¿Qué debo hacer? ¡Estoy desesperada! No sé qué le pasa. Nunca, y cuando digo nunca quiero decir nunca, hemos estado tanto tiempo sin hacerlo. La otra noche me puse un picardías transparente, ¡y nada! ¿Crees que necesita empezar a tomarse la pastillita azul?

—Bev —espeté—. No creo que sea la persona más adecuada para discutir sobre ese asunto. —Y lo que era aún peor, a ver cómo conseguía ahora borrar de mi pobre cabeza la imagen de mi madrastra vestida con un picardías.

—¿Por qué no, cariño?

—Pues..., ¿porque soy la hija? Y me siento muy violenta hablando de... eso, BeverLee. —Su expresión se volvió desconsolada—. Pero ¿sabes? Las parejas suelen pasar por fases como estas. Y... bueno.., puede que si te fijas en experiencias pasadas... puedas... —Sí, de acuerdo, no tenía ni idea de qué decirle, ni tampoco quería saberlo.

—No, tranquila, tienes razón. —Se obligó a sonreír. Después se examinó los dientes usando mis gafas de sol como espejo—. Te veo dentro, cariño.

El hotel era una preciosidad. Aunque había alguna que otra viga artificial, la mayoría de ellas eran inmensos troncos de árboles. La chimenea de piedra estaba rodeada de mecedoras y mesas de ajedrez y toda la pared oeste daba al lago McDonald y a las montañas. Era muy romántico y daba la sensación de que John Muir y Teddy Roosevelt fueran a aparecer en cualquier momento y sentarse a fumar.

—Nena, estamos en la tercera planta —me informó Dennis, pasándome la llave.

—Igual que yo —comentó Nick, y añadió—: Nena.

¡Qué bien!

***

Nuestra habitación tenía dos camas de matrimonio.

—Te vendrá bien para la espalda dormir solo —aventuré. Sí, mejor para su espalda y mejor para mí. No quería tener que lidiar con la tentación que suponía dormir junto a Dennis, no cuando todavía no estábamos comprometidos y, por alguna extraña razón, mucho menos con Nick durmiendo al otro lado del pasillo. Cerré los ojos y tomé una profunda bocanada de aire. Dos días y todo habría terminado... siempre que Willa continuara con aquello, claro estaba.

—Señor, sí señor —dijo Dennis, tirándose sobre la cama que estaba más cerca de la ventana. *Coco* saltó sobre su pecho y presionó su diminuto hocico contra el cristal, como si estuviera admirando las magníficas vistas.

—Mira, Dennis —empecé mientras alzaba la maleta y la dejaba sobre el colchón—. Sé que últimamente las cosas entre nosotros han estado un poco en punto muerto, sobre todo en lo que a nuestro futuro se refiere, pero es que me está resultando un poco raro el volver a ver a Nick.

—Claro —dijo lleno de comprensión. Puso al perro a un lado para poder comprobar su teléfono.

—Me gustaría que estos dos días pareciéramos una pareja muy unida. ¿Te importa?

—Sin problema. —Se quedó callado durante un minuto, después añadió—: De todos modos, ¿por qué os divorciasteis?

Saqué mi vestido de dama de honor de la maleta y me dispuse a colgarlo en una percha.

—Pues lo de siempre. Éramos jóvenes e inmaduros, ya sabes.

Dennis no dijo nada. Me volví para mirarle y él me respondió con una rápida sonrisa y una leve inclinación de cabeza.

—Sí. Tiene sentido —comentó al fin.

—Los matrimonios impulsivos no suelen ser una gran idea, la verdad —sentencié yo.

—Cierto.

—Por eso tengo depositadas tantas esperanzas en el nuestro. Nuestra relación es duradera y sería una decisión meditada.

Dennis Patrick Costello volvió a quedarse callado durante un buen rato. Pero en este caso su silencio lo decía todo.

Suspiré.

—Está bien. Bueno, ¿quieres ducharte antes de que bajemos a cenar?

—No. Estoy bien así. —Se sentó y volvió a sonreír.

—Pues yo sí que lo necesito.

La larga ducha que me di con agua caliente alivió en parte la tensión que tenía acumulada en el cuello. Me sequé el pelo con una toalla, me di un toque de maquillaje, me cambié de vestido, me eché un poco de perfume y me hice un recogido.

—Estás espléndida —dijo Dennis en cuanto me vio salir del baño.

Mientras bajábamos las escaleras para unirnos al resto de invitados empecé a dar algunas explicaciones a Den para que no se liara con los parentescos.

—Christopher es medio hermano de Nick por parte de padre. Sus padres, los de Nick, se divorciaron cuando...

—Hola —dijo una voz. Se trataba de una joven madre que estaba registrándose con sus dos hijos pequeños y que no le quitaba ojo a Dennis. Mi nivel de irritación, que estaba muy próximo a rebasar la línea roja, saltó.

—¿Qué tal? —devolvió el saludo Dennis, con una sonrisa de oreja a oreja. Sabía el efecto que tenía sobre las mujeres y le encantaba—. Tienes unos niños muy guapos —agregó, alborotando el pelo a uno de los pequeños. La cara de la madre se iluminó al instante.

—Soy Laurie —se presentó—. Divorciada.

—Hola, soy Harper. Y por si no te has dado cuenta, está conmigo —recalqué intencionadamente, aferrándome al brazo de Dennis—. Menuda lagarta —mascullé mientras continuábamos nuestro camino por el vestíbulo.

—Tranquila —me calmó él—. Sé con quién estoy. —De pronto se inclinó y me besó en la boca. Un beso breve pero muy dulce que disfruté aún más al ver a Nick parado en la puerta del salón comedor como si nos estuviera esperando. A medida que nos aproximábamos me miró fijamente, con un brillo burlón en los ojos. Con tacones, era casi tan alta como él.

—Nick —saludé con frialdad.

—Harper. Estás encantadora. —El brillo burlón no había desaparecido—. Dennis, mi héroe.

—¿Qué tal, colega? —Se dieron la mano, de esa manera que suelen hacer los hombres y que deben de enseñarles en los vestuarios del instituto. ¿Era necesario que mi novio se comportara como si fuera el mejor amigo de mi ex marido? ¿Eh? Le pellizqué disimuladamente el brazo, pero Dennis me miró confundido.

Nos condujeron hasta un salón privado que tenía una mesa enorme para veinte comensales. Las paredes estaban decoradas con trofeos de caza y las ventanas mostraban el cielo azul oscuro y las montañas en todo su esplendor. Respiré profundamente e intenté relajarme. La mayoría de las sillas ya habían sido ocupadas. Estaban BeverLee, mi padre, Willa, Chris y otras personas a las que no reconocí y que supuse debían de ser amigos de mi hermana y su novio.

Era jueves por la noche y la boda estaba programada para el sábado por la tarde, a menos que el sentido común decidiera hacer acto de presencia. Si no, menudo fastidio. Las cosas cambiarían bastante con Nick de nuevo en nuestras vidas. Tenía que conseguir como fuera que Dennis se casara conmigo.

Willa se volvió a abalanzar sobre mí y me abrazó.

—Muchachos —informó a las cuatro o cinco caras que no conocía—, esta es mi hermana mayor, Harper. Harper, esta es Emily —señaló a una mujer morena muy guapa—. Trabajamos juntas en Nueva York. Y este es Colin, el amigo que te comenté que Christopher tenía aquí, al igual que Noreen, y este es Gabe que fue a la universidad con Chris. Y aquí el grandullón es Dennis, el novio de Harper.

—Hola —dije con una sonrisa.

—Hola a todos —saludó Dennis.

—Y, por supuesto, Harper —continuó Willa—, ya conoces a Jason.

Volví la cabeza al instante. Willa estaba señalando a un hombre corpulento, más o menos de mi misma edad, con unos rizos rubios angelicales que le daban el aspecto de un querubín. Un desagradable y estúpido querubín, para ser más exactos, pues esa era la única forma posible de describir a Jason Cruise, el hermanastro de Nick.

—Encantando de volver a verte —dijo él, echándome un rápido vistazo.

—Me gustaría poder decir lo mismo, Jason. —Mis palabras destilaban puro hielo.

—¿Te has vuelto a casar?

Hice caso omiso de esa pregunta y miré a Nick de reojo, que se había sentado cerca de BeverLee y mi padre, junto a la compañera de trabajo de Willa de Nueva York. Él sin embargo no me miró. Willa estaba charlando con los amigos del hotel, así que me senté en el último asiento que quedaba libre, lo que me situaba entre Jason y Dennis, y muy lejos de mi ex marido.

Odiaba a Jason Cruise por muchas razones. En el pasado, cuando estaba con Nick, Jason había estado obsesionado con Tom Cruise, el actor; lo que, según Nick, le llevaba pasando desde hacía años. Aunque no tenía ninguna relación de parentesco con el famoso actor, a Jason le gustaba dejar entrever que así era.

—Estuve unos días en California —solía decir—. Y salí con mis primos Cruise. Con quién tú ya sabes y los otros. —Entonces esperaba a ver si habías pillado la indirecta y saltabas como loca para pedirle que te contara algún cotilleo sobre la estrella de Hollywood (chismes que él mismo sacaba de las revistas del corazón). Cuando tal reacción no se producía, seguía y seguía hablando del asunto—. ¿Cuál es tu película favorita de Tom? Llámame nostálgico, pero me sigue encantando *Top Gun*. —De hecho, en una ocasión le vi vestido con un traje de aviador. Este tipo de trajes sentaban de maravilla a los pilotos del ejército, pero a un hombre que parecía un *hobbit* gigante, no tanto.

De todos modos, no solo le detestaba por aquella estúpida fascinación por la estrella del celuloide. Oh, no. Aquello no era nada.

Al igual que yo, Nick era hijo de padres separados. Sus progenitores se divorciaron cuando tenía ocho años. Por lo visto, el padre de Nick, Ted, tenía una amante, y antes de que terminaran con los trámites del divorcio, se fue a vivir con Lila Cruise y su hijo Jason, que era de la misma edad que Nick. El mismo día que Ted Lowery se casó con Lila, también adoptó a Jason, lo que habría sido un acto muy loable de su parte si no se hubiera olvidado por completo de su otro hijo. Christopher, el hijo de Ted y Lila, nació pocos años después.

En ese momento recordé como Nick me habló de su infancia una noche fría de invierno, sentados en un banco del campus, bajo la luz de las estrellas. Básicamente Ted dejó de lado al hijo fruto de su primer matrimonio. Jason —y después Chris— reemplazaron a Nick en el cariño de su padre. Jason era el hijo cuya foto Ted llevaba en la cartera, a cuyo equipo de la liga junior entrenó, al que regaló su primer automóvil cuando cumplió dieciséis años...

Los padres de Nick terminaron muy mal tras su divorcio, y su madre nunca perdonó a Ted —le odió el resto de su vida—. Ted se vengó siguiendo al pie de la letra la ley en cuanto a la custodia y manutención del niño. Nunca dejó de pasar las mensualidades correspondientes, pero no soltó ni un centavo más. Tampoco negó a Nick una visita, pero jamás lo vio más días de los estipulados por el tribunal: un fin de semana al mes y una cena cada dos miércoles. Cena que siempre se producía con la presencia de la otra familia. Nick nunca volvió a estar a solas con su padre.

Nick aprendió muy pronto a no pedir nada a su padre, porque la respuesta era siempre la misma. Si necesitaba un nuevo guante de béisbol, si quería ir al campamento de los *Boy Scout* en Adirondacks o si tenía un viaje de fin de curso que costaba cien dólares, su padre se limitaba a decir: «Tu madre está recibiendo por ti una pensión muy justa. Pídeselo a ella». La pensión, sin embargo, era irrisoria, y su madre tuvo que conseguir dos trabajos para poder mantener a su hijo. Si hubiera tenido a una abogada como yo que se hubiera preparado Ted Lowery.

Los fines de semana que a Nick le correspondía pasar con su padre, tenía que tomar dos metros y un tren para ir desde su casa en el barrio obrero de Flatbush, en Brooklyn, hasta la zona acomodada de Croton-on-Hudson. Una vez allí, Jason se encargaba de torturar a Nick. Se regodeaba de todo lo que «papá» y él habían hecho. Le enseñaba fotos de sus escapadas de pesca en Idaho, de sus vacaciones en Disney World o de su fin de semana en San Francisco. Se aseguraba de que Nick se enterada de lo que habían costado sus botas de fútbol, el avión por control remoto o la piscina que acaban de instalar. Y si Nick era lo suficientemente inocente como para llevar algún juguete más humilde, o un libro, el fan de Tom Cruise se encargaba de que el objeto se rompiera, o peor aún, que desapareciera.

Christopher, que nació cuando Nick tenía diez años, siempre fue distinto. Mi ex marido le adoraba y el pequeño idolatraba al medio hermano al que veía tan poco. Nick me dijo una vez que Chris había sido lo único bueno de todos aquellos incómodos y deprimentes fines de semana que pasó observando a su padre con su nueva familia.

—¿Y qué te ha parecido volver a ver a Nick? —me preguntó ahora Jason, acercándose un poco más. Mis fosas nasales se inundaron de su perfume; que curiosamente era el mismo que solía asociar a los turistas más pesados.

—Me he alegrado muchísimo —respondí yo.

—Seguro. —Levantó una anodina ceja y me lanzó una especie de mirada de complicidad. «Pobrecillo, si es que no puede ser más tonto, ¿verdad?»—. Qué bien que volvamos a estar emparentados, ¿no crees?

—No estamos emparentados, Jason, y nunca lo estuvimos. Eres el hermanastro de mi ex marido. No tenemos ningún tipo de relación, ni biológica ni política.

—Pero ahora volverás a ser de la familia. Ya sabes... por lo de Chris y cómo se llame.

—No. Willa será tu medio cuñada, si es que ese término existe. En cuanto a mí, seguiré sin ser nada tuyo. —Clavé la vista en esos ojos azules redondos y brillantes con mi mejor mirada de abogada petulante que, como siempre, funcionó.

—Zorra —masculló Jason, recostándose en su silla.

—Y que no se te olvide —repuse yo.

Nick me estaba mirando. Ahí estaba de nuevo esa descarga eléctrica. «Ojalá haya oído cómo me he deshecho de su hermanastro», pensé. Porque en el fondo sabía que lo había hecho por él, pero antes de procesar ese último pensamiento, Nick se volvió hacia la morena Emily, que se estaba riendo por algo que él acababa de decir,

—¿Quieres un poco de pan, Harper? —preguntó Dennis.

—Sí, gracias.

—¿Y a qué te dedicas, Harper? —quiso saber uno de los amigos del hotel de Chris.

—Soy abogada especializada en divorcios.

Todo el mundo se quedó callado.

Nick estuvo a punto de atragantarse. Esa reacción estaba empezando a ser demasiado habitual en mi vida.

—¿Es una broma? —inquirió.

—No —contesté con frialdad. ¿Willa no le había dicho nada?—. Y que sepáis que estoy disponible en caso de necesidad.

—Nunca —aseguró Chris, mirando de forma empalagosa a mi hermana.

—Eso es algo estupendo, Harper —comentó Nick—. Por fin encontraste tu verdadera vocación.

Resistí el impulso de apretar los dientes. ¿De verdad no lo sabía? ¿Es que no me había buscado en Google? ¿Ni una sola vez? No me quedaba más remedio que reconocer que, en los últimos doce años, en uno o dos momentos de debilidad —en realidad cinco—, había tecleado su nombre, pero antes de que Internet arrojara ningún dato que pudiera atormentarme, tuve el buen juicio de golpear otra tecla y dar al traste con ese estúpido impulso. Por lo visto Nick nunca había sentido la necesidad de saber de mí.

Daba igual. Había llegado el momento de ser sociable.

—Entonces, Emily, ¿trabajas con Willa? —Esbocé una sonrisa a la preciosa morena y tomé otro trozo de pan.

—Ajá.

—¿Y qué es lo que haces exactamente?

—Soy delineante. —Al ver mi expresión confundida, agregó—. Me encargo de dibujar los planos de Nick. —Acompañó esto último con una mirada de adoración a mi ex marido.

Dejé de masticar.

—¿De Nick?

Emily miró a Willa.

—Sí. Ambas trabajamos en Camden & Lowery. El estudio de Nick.

Miré a mi hermana.

—¿En serio? ¡Qué bien! —Me quedé sentada uno o dos minutos, el tiempo suficiente para decir «Quiero lo mismo que él», cuando la camarera nos preguntó, y eso que no tenía ni idea de lo que había pedido. Entonces me excusé sonriendo, besé a Dennis en la mejilla y me dirigí al baño de señoras.

Una vez allí me incliné sobre el lavabo y presioné las palmas de la mano, que tenía heladas, sobre mis acaloradas mejillas. Un segundo más tarde, se abrió la puerta y apareció mi hermana con su mejor cara de «niña buena».

—¿Trabajas para Nick? —solté abruptamente.

—Está bien. Tranquilízate.

—¡Willa! Deberías... —Tomé una profunda bocanada de aire—. ¿Por qué no me lo contaste? ¿Así es como conociste a Cristopher? ¿Por qué no dijiste ni una sola palabra?

—Harper, no te sulfures —dijo con calma, sentándose en la encimera—. Mira, llevaba en Nueva York un mes y no había encontrado nada. El dinero estaba volando de mi cuenta y...

—¿Lo ves? ¡Por eso te dije que no dejaras el programa de tallista hasta que no encontraras un trabajo! ¡Y también me ofrecí a prestarte todo lo que...!

—Pero ya me has prestado dinero muchas veces. Ahí está el tema. Esta vez, quería conseguirlo por mí misma.

—¿De modo que acudiste a él? ¿A Nick? ¿A mi ex marido, Wills? —Empezó a temblarme la boca, pero gracias a Dios, en ese mismo instante, se abrió la puerta para dar paso a una mujer de mediana edad que llevaba una camiseta con un alce bailando sobre la palabra Montana—. ¡Ocupado! —bramé. Ella se echó hacia atrás rápidamente, pero me dio el segundo que tanto necesitaba para no derrumbarme. No había llorado en años, y no lo haría ahora.

—Fue un accidente —explicó Willa—. Tuve una entrevista en el SoHo, un lugar horrible por cierto. Era para un puesto de especialista en café, *barista*, creo que se llama, en una cafetería, y empezaron a acorralarme con preguntas como cuáles eran las condiciones de cultivo indispensables para el café arábigo orgánico. Como te puedes imaginar no conseguí el trabajo. Así que allí estaba yo, con solo ocho dólares en el banco, deambulando por esa calle llena de baches y de adoquines, ¿sabes a lo que me refiero?

—Sí, he estado allí —contesté tensa.

—Entonces alcé la vista y vi una señal. Estudio de arquitectura Camden & Lowery. Y pensé, ¿cuántas posibilidades hay de que sea Nick? Le recordaba como alguien muy amable. —Le lancé una mirada letal de la que ella hizo caso omiso—. De modo que entré y allí estaba él. Le sorprendió y se alegró tanto de verme que le conté que estaba buscando trabajo. ¿Y adivinas qué?

—No, dime.

—Su secretaria estaba de baja por maternidad, así que me contrató. Tenía el estómago hecho un nudo.

—Willa...

La puerta volvió a abrirse y la mujer con el alce danzarín apareció de nuevo.

—Sigue ocupado —dije—. Mi hermana está enferma.

—Sí, no paro de vomitar —indicó Willa—. Mucho. ¡Es asqueroso!

—Bien, ¿y cuánto crees que tardarás? —preguntó la mujer con el ceño fruncido.

—Voy para largo —contestó Willa con dulzura—. Pero hay otro aseo al otro lado del salón. Oh, Dios mío, ahí viene otra vez. Será mejor que se vaya.

—Que te mejores, querida —dijo la mujer, volviendo a salir.

Ese era el truco. Lo que me recordó por qué Willa siempre se salía con la suya. Mi hermana era adorable, buena, dulce, divertida... Entendía por qué Nick la había contratado, no solo para molestarme —lo que tampoco podíamos descartar— sino porque Willa era sencillamente encantadora.

Me aclaré la garganta.

—Willa, ¿no se te ha pasado nunca por la cabeza que me gustaría haberme enterado de algo así?

Ella suspiró.

—Lo siento. Como había pasado tanto tiempo... y necesitaba el trabajo...

—¿Así fue como conociste a Chris?

—Apareció allí mi primer día de trabajo. Por eso creo que es cosa del... destino. —Extendió el brazo y tomó mi mano—. Lo siento. Estaba un poco desesperada.

—Yo te habría ayudado.

—Pero yo no quería la ayuda de nadie.

—Bueno, Nick te ayudó. ¿Por qué está bien si se trata de él y no de mí?

—Porque él sí que necesitaba algo que yo podía ofrecerle —dijo suavemente—. Cosa que nunca pasa contigo.

—Eso es una tontería. —Pude ver entonces mi cara en el espejo y me volví bruscamente.

—No es ninguna tontería. Es cierto, Harper. Tú jamás necesitas nada de nadie.

Permanecimos en silencio durante un minuto.

—¡Willard! ¿Todavía sigues ahí? ¡Estamos jugando a uno de esos juegos de palabras picantes, querida! ¡Vamos, sal de una vez! ¿Por casualidad está tu hermana contigo?

—Sí, BeverLee, estamos aquí —grité yo—. Danos un segundo.

—¿Todo resuelto? ¿Amigas de nuevo? —me preguntó Willa.

Hice un gesto de asentimiento.

—Claro.

—No quería ocultarte nada... simplemente no sabía cómo plantearlo.

—Por eso dejaste que me enterara en la cena, dos días antes de tu boda. Eso está un poco mal, ¿no crees?

—Lo siento. —Esbozó una tierna sonrisa de arrepentimiento.

—Willa, sabes que lo único que quiero es verte feliz.

—Lo sé. —Su sonrisa cada vez era más amplia.

—No hemos podido mantener una conversación de verdad desde que me soltaste el noticrón. Y que conste que estoy muy, pero que muy preocupada de que un matrimonio tan apresurado como este termine siendo otra decepción para ti.

—Y yo agradezco tu preocupación —reconoció ella con calma.

—Cuando te casas con alguien a quien apenas conoces, no suele terminar bien. Y los divorcios son... un asco.

—Lo sé, Harper. Como bien sabes, he pasado por eso dos veces.

—Entonces, ¿a qué viene tanta prisa?

—¿Por qué perder el tiempo? Soy de las que piensa que cuando amas a alguien no debes dejarlo escapar. Y esta vez no me voy a divorciar, ya lo verás. Estoy muy enamorada de Christopher. —Sus ojos mostraron una determinación absoluta.

Intenté que mi voz sonara lo más tierna posible.

—También te casaste enamorada de Raoul y Calvin.

—Christopher no tiene antecedentes penales, y te aseguro que no es gay. Ahora soy mayor y más madura, ¿de acuerdo? ¿Por qué no puedes limitarte a alegrarte por lo nuestro? Sé que es muy difícil conseguir que confíes en todo el mundo, pero yo lo hago. Además, eres mi dama de honor, así que deja ya de ser tan agorera.

—Willa...

—Y ya que estamos, ¿no crees que podrías ser un poco más amable con Nick?

Suspiré.

—Estoy siendo muy civilizada. Incluso hemos quedado para tomarnos una copa más tarde.

—¡Oh, Harper, eso es estupendo! ¡Gracias! —Dio un par de palmadas, se bajó de la encimera y se ajustó el escote para hacerlo más pronunciado (al fin y al cabo era hija de BeverLee)—. Ya verás, hermanita. Todo va a salir fenomenal.

Dicho esto, abandonó el baño con expresión radiante a pesar de nuestra conversación.

¿Cómo se sentiría una siendo tan optimista? No recordaba haber tenido nunca la fe inquebrantable que Willa mostraba. Al menos no desde que tenía cinco años.

Me miré en el espejo, en parte esperando ver a una especie de funesto señor Scrooge devolviéndome la mirada. Pero solo estaba yo, con esa cara que todo el mundo consideraba llamativa. Saqué la lengua a mi reflejo. Se me habían escapado varios mechones que se habían rizado, enmarcando mi rostro de una manera bastante atractiva.

Seguramente mi pelo era mi mejor rasgo, o al menos el que más llamaba la atención. Era de un tono caoba con reflejos cobrizos cuando le daba el sol, se rizaba, sin encresparse, y me lo solía alisar a diario para ir al trabajo. Volví a recogerlo y a sujetarlo con la pinza más fuerte para asegurarme de que ningún mechón quedara libre.

—¿Harper, preciosa? ¿Ya has salido? —BeverLee abrió la puerta—. Oh, cariño sigues aquí. ¿Necesitas un poco de laca? Rebuscó en su enorme bolso de vinilo—. ¿Quieres que te ahueque el pelo?

—Así está bien, Bev. Gracias de todos modos.

Mientras seguía el parloteo constante de mi madrastra, volvimos a unirnos a los demás.

Una eternidad después, la cena había terminado. Mi padre y BeverLee desaparecieron escaleras arriba (con un poco de suerte mantendrían relaciones sexuales y así me libraría de tener que lidiar con sus problemas maritales) y el resto de los invitados se fueron al bar.

Dennis se acercó a mí.

—Estoy un poco cansado. Voy a ir a la habitación, a ponerme un poco de hielo y a tomarme un ibuprofeno. Mañana vamos a montar a caballo y no quiero perdérmelo por nada del mundo.

—¿Montar a caballo?

—Sí, eso dijeron.

El corazón me dio un pequeño vuelco. Tenía un poco de miedo a los caballos. Los veía demasiado grandes, supongo.

—De acuerdo. ¿Necesitas algo, Den? ¿Quieres que suba contigo y te eche una mano?

—No, estoy bien. Eh... ¡Hola! ¿Qué tal?

Me volví para ver a quién se estaba dirigiendo. Perfecto. Se trataba de otra mujer bonita que le había echado el ojo.

—Harp, esta es Bonnie, trabaja aquí de camarera.

—Hola, Dennis. —La mujer suspiró, prácticamente derritiéndose a nuestros pies.

Puse los ojos en blanco.

—Encantada de conocerte. —Me dirigí de nuevo a Dennis—. Que te mejores, osito mío. Subiré dentro de un rato.

Dennis sonrió de oreja a oreja.

—Buenas noches, Harp.

—Harp-er. Venga, que tú puedes, solo son dos sílabas —ironicé yo.

Para mi sorpresa me dio un beso muy dulce.

—Buenas noches, Harper —volvió a despedirse. Después le guiñó un ojo a Bonnie y subió las escaleras.

Cuando lo vi desaparecer me di la vuelta... y me topé de bruces con mi ex marido.

Capítulo 6

Nick sonrió.

—¿Quieres que tomemos la copa que tenemos pendiente, osita? —preguntó él.

Respiré hondo.

—Por supuesto, cabeza hueca.

—¿Todavía te gusta ese nauseabundo cóctel, Cosmopolitan?

—Qué le voy a hacer, me hice mayor viendo *Sexo en Nueva York*.

—Hay unas mesas ahí fuera —comentó él, haciendo un gesto hacia el patio—. Vuelvo en un segundo.

Salí al exterior. El sol empezaba a desaparecer detrás de las montañas y la sombra que estas proyectaban sobre el lago era cada vez más larga, haciendo que el agua pareciera casi negra. El viento había amainado y las losas de piedra del suelo todavía conservaban el calor del día. No me costó mucho escoger una mesa —el patio estaba casi vacío—, me arropé un poco más con la *pashmina* y me quedé contemplando el paisaje.

Era espectacular y hasta se podía tocar con la mano la quietud que se respiraba. Sentí como poco a poco se iba desvaneciendo la tensión que sentía. Martha's Vineyard era uno de los sitios más encantadores del planeta, pero esto no tenía nada que envidiarle. No, las montañas eran majestuosas, vírgenes y salvajes; un lugar donde podías morir a manos de la naturaleza de cien formas distintas. Por extraño que pareciera, aquel pensamiento no hizo más que tranquilizarme. Aquí, solo eras una diminuta parte de un plan mucho más grande; uno que no podías controlar. Que te comiera un oso, que se derrumbara un glaciar sobre tu cabeza o que te ahogaras en un río helado, no dependía de ti.

—Hace que te sientas un poco... insignificante, ¿no crees? —contempló Nick, señalando las vistas. A continuación dejó sobre la mesa mi cóctel rosado—. En el buen sentido.

—Habla por ti —repliqué, un poco alterada porque acabara de leerme el pensamiento.

—Entonces acabas de enterarte de que Willa está trabajando para mí. —Tomó un sorbo de su cerveza.

—Sí.

—Me pidió que no te lo contara.

—¿Y cuándo me lo hubieras dicho? ¿En nuestras charlas de fin de semana? No te preocupes, no me ha sentado mal.

—No mientas. —Esbozó su deslumbrante sonrisa.

Miré hacia otro lado.

—Lo que nunca me hubiera esperado es que Jason viniera a la boda.

—Sí. Yo tampoco.

—¿Y tu padre y Lila? ¿Vienen mañana?

Los oscuros ojos de Nick bajaron hasta la mesa.

—No. Mi padre sufre demencia senil prematura. Se pone bastante mal. —Comenzó a doblar las esquinas de una de las servilletas.

—Oh, Nick. Lo siento muchísimo. —De forma totalmente inconsciente, extendí el brazo y apoyé la mano sobre la suya.

—Gracias —murmuró sin levantar la vista.

—¿Y Lila? No me la imagino perdiéndose la boda de su hijo.

—Pues eso es precisamente lo que va a hacer. Tenía planeado un crucero hace tiempo y no ha querido cancelarlo.

Aquello resumió a la perfección el recuerdo que tenía de ella. Nunca llegué a conocerla, pero siempre tuve la impresión de que no había mucho que descubrir.

—¿Vives cerca de tu padre?

Nick asintió.

—Le llevé a esa residencia tan bonita que hay en el East Side. Así puedo verle a menudo.

—Eso está... está muy bien.

Solo coincidí con Ted en tres ocasiones. Trabajaba como asesor para grandes empresas y para el Partido Republicano, aunque nunca supe en qué asesoraba exactamente. Era un hombre que iba de triunfador, muy pagado de sí mismo y muy empalagoso. «Harper, llámame Ted. ¡Eres impresionante!

Veo que mi hijo ha heredado el buen gusto por las mujeres de su padre». (Sí, ya lo sé, vomitivo.) La siguiente vez que lo vi fue en nuestra boda, y en ese momento estaba demasiado ocupada como para prestarle atención. La última vez que estuve con él fue durante un *picnic* del día del Trabajador en su magnífica y hortera mansión de Westchester County, donde me invitó a dar un paseo a caballo con él (por lo visto en el pasado había sido suplente del equipo hípico olímpico) y me dijo que tenía un trasero muy bonito. (Sí, de nuevo vomitivo.)

Lo cierto era que detesté a ese hombre desde el primer momento. No solo por su capacidad de adorar a su hijastro y a su hijo pequeño, ignorando por completo a Nick, sino por la forma que tenía de hablar o de preguntar cosas que revelaban lo poco que conocía a su primogénito. Fingió recordar los días en los que Nick jugaba al fútbol, cuando en realidad jugó al béisbol. Habló de lo orgulloso que estaba de que Nick hubiera ido a la Universidad de Connecticut, cuando había ido a la de Massachusetts, e incluso llegó a mencionar su viaje de pesca a Maine, como si alguna vez hubiera llevado a Nick a algún sitio (en realidad fue Jason el que le acompañó en aquella escapada).

Por inexplicable que pareciera, Nick no guardaba ningún rencor a su padre, sino que siempre lo miraba esperanzado, en busca de algo más que una palmadita en la espalda o un mero: «Hola, muchacho, ¿cómo te va?». Pero fuera lo que fuese que Nick esperaba, nunca llegó. Al menos durante el tiempo que estuvimos juntos.

Y ahora con su enfermedad, nunca lo haría.

Dejé atrás mis cavilaciones y me di cuenta de que Nick me estaba mirando.

Vaya. Sostenía su mano sobre las mías y me estaba acariciando los nudillos con los pulgares. Aparté las manos de inmediato y le di un manotazo. Después tomé un sorbo de mi cóctel y anoté mentalmente: «No tocar jamás a Nick». Sentía un hormigueo inquietante y tengo que admitir que no por culpa del alcohol precisamente.

—¿De modo que una abogada especializada en divorcios? —Sus manos volvieron a entretenerse con la servilleta, creando una pequeña estructura. Esa era la marca de la casa de Nick. Paquetes de azúcar, palillos de dientes, cartones de leche... todo lo que caía en su poder se terminaba convirtiendo en un edificio. No podía evitarlo.

—Efectivamente —contesté con frialdad. Dios sabía que había oído todos los chistes habidos y por haber sobre mi profesión.

—¿Y por qué esa especialidad?

—Bueno, como seguro que recuerdas, Nick, divorciarte de alguien a quien has amado puede resultar muy difícil y es fácil que termines cometiendo un error. De modo que ayudo a la gente a que pase de la mejor manera posible esos momentos tan amargos y a que obtengan el resultado más ventajoso.

Nick enarcó una ceja.

—¿Qué? —pregunté a la defensiva.

—Nada. Solamente estaba pensando que es un trabajo que... te pega.

—Sé que debo tomármelo como un insulto, pero no lo has conseguido. Ayudo a la gente a que sus corazones acepten lo que sus cabezas ya saben. —Por alguna razón mi lema sonaba vacío esa noche.

—Caramba. ¡Menuda frase! —La servilleta se había convertido en una diminuta casa con tejado y puerta plegable. Nick la dejó a un lado y cambió de posición en la silla, asegurándose de tener vistas al lago.

—No es solo una frase, Nick —suspiré—. Si nosotros hubiéramos hecho caso de eso, quizá hubiésemos podido evitar el desastre.

—¿Así es como recuerdas lo nuestro? ¿Como un desastre? —Sus ojos de gitano echaban chispas.

—Bueno —contesté pensativa—, en este momento, sentada en este lugar tan magnífico y volviendo a hablar contigo después de tantos años... sí. Desastre es una palabra que lo resume perfectamente.

—Y yo que te seguía recordando como la mujer a la que más he querido en toda mi vida.

Las palabras, que iban dirigidas a hacer un placaje en toda regla, tuvieron el efecto buscado y se me encogió el corazón. «No seas tan ingenuo», dije a mi pobre órgano, «Nick no está intentando que te ablandes... lo ha dicho como una acusación».

Me recosté sobre la silla y asentí ligeramente.

—Su Señoría, me gustaría que constara en acta la elección del tiempo verbal en pasado. Dicho esto, si hacemos una recapitulación de los hechos, debería ver que aquí el ex marido estuvo prácticamente invisible durante el breve tiempo que duró nuestro infeliz matrimonio.

—¿Y de quién fue la culpa? —Su voz era engañosamente suave.

Aquello no nos llevaba a ninguna parte, sino todo lo contrario. Podía hacer fracasar las negociaciones.

—Dejemos las cosas tal y como están, Nick. Es agua pasada, ¿de acuerdo?

—Pues yo no la siento tan pasada.

Tomé otro sorbo de Cosmopolitan para disimular el escalofrío que me recorrió, pero él se dio cuenta.

—¿Tienes frío? —preguntó, quitándose la americana y ofreciéndomela al instante—. Sé que tu corazón es un témpano de hielo, pero habrá que velar por el resto de tu cuerpo.

—No, estoy bien.

Nos miramos a los ojos durante un minuto; los doce años pasados formaban una barrera insondable entre nosotros. Fui la primera en parpadear.

—Nick, no nos peleemos, ¿de acuerdo? Estamos aquí para hablar de nuestros hermanos, ¿verdad? —Al ver que asentía, continúe—: Tú y yo... es obvio que sufrimos por tomar una decisión equivocada. Éramos demasiado jóvenes y alocados, no sabíamos a lo que nos podíamos enfrentar, y blablablá.

—Me miró de una forma indescifrable—. Pero ahí es exactamente donde quiero llegar. Aunque Willa y Christopher son mayores que nosotros en esa época, básicamente siguen siendo unos críos. Por lo menos Willa. Por cierto, ¿a qué se dedica Christopher?

—Es... —Hizo una pausa—. Trabaja para mí de vez en cuando. Fundamentalmente para mis subcontratistas. Acabados de carpintería, molduras, cosas de esas...

Mi instinto de abogada me dijo que había más.

—¿Y cuándo no está contigo, qué hace?

Hizo una pequeña mueca. «Aquí viene», pensé.

—Es... Es inventor.

Asentí con cara de «ya lo sabía yo».

—¿Inventor? ¿Y ha inventado algo bueno? Y por bueno me estoy imaginando algo en plan Google, por poner un ejemplo.

Nick suspiró.

—Bueno, tiene la patente de un par de cosas—. Vaciló durante un segundo—. El *pulgarete*.

—¿Y para qué sirve? —pregunté. Mi Cosmopolitan había volado. Lo que era una pena, pues tenía la sensación de que iba a necesitar un buen trago de alcohol después de aquello.

—El *pulgarete* es una punta de plástico que se pone en el pulgar.

—¿Para qué?

—Para quitar toda la suciedad que no se puede limpiar con un estropajo o una bayeta.

Me quedé en silencio un segundo.

—No puedes estar hablando en serio, ¿verdad, Nick?

Volvió a suspirar.

—Chris dice que uno siempre termina usando el pulgar para... Está bien, es una estupidez. Pero puede que no tanto como la «súper bayeta».

—¿La súper qué?

—No importa. Al menos lo está intentando.

Inspiré profunda y prolongadamente.

—¿Y se supone que Willa, después de haber dejado la escuela de maquillaje y estética, un curso de asistente legal y un programa de tallista, va a ser el principal sostén de esa familia?

Nick se frotó la frente.

—No lo sé, Harper. Pero no nos corresponde a nosotros decidirlo. ¿No puedes tener un poco de fe en ellos? ¿Dejarles que cometan sus propios errores, que encuentren su camino y confiar en que realmente se quieren?

Resoplé.

—Sí. Aunque también, y solo estoy expresando un pensamiento en voz alta, podríamos considerar los hechos y ejercer un poco de presión para que nuestros hermanos no terminaran en el mismo lío en que un día nos metimos nosotros.

—Un matrimonio es mucho más que unos hechos.

—Ignorar los hechos es la razón por la que tengo un trabajo, Nick.

—Bueno, ¿sabes qué? —dijo con tono cortante—. Creo que serán muy felices juntos.

—Ah. ¿Entonces cuento contigo para pagar los honorarios del abogado de Christopher cuando se divorcien?

Me miró entrecerrando los ojos.

—Caramba. Me había olvidado de lo atrofiada que estabas en el plano emocional.

—Por favor, detente. Vas a hacer que me sonroje. —Lo dije de forma calmada, aunque podía sentir cómo mi corazón empezaba a erigir las defensas, preparándose para la batalla—. No estoy atrofiada emocionalmente, Nick, querido. Soy realista.

—Tú lo llamas realismo, pero yo creo que atrofia lo define mejor. Sí, mucho mejor. —Me guiñó un ojo y se recostó en su asiento.

—Muy bien, voy a decirte una cosa, guapo —indiqué con suavidad, inclinándome hacia delante con una pequeña sonrisa en los labios y bajando la voz. Sus ojos fueron hacia mi escote (¡te pillé, bobo!), pero en cuanto se dio cuenta volvió a mirarme a la cara al instante—. Por lo menos nadie ha vuelto a pisotear mi corazón desde que nos separamos.

Nick ladeó la cabeza y sonrió.

—No sabía que tenías un corazón, encanto.

Oh, era un auténtico grano en el trasero. Puede que tuviera cara de estar pasándomelo bien —o eso esperaba—, pero por dentro estaba que hervía de rabia. Siempre me había pasado lo mismo con Nick, me ponía de cero a mil en un nanosegundo. De modo que antes de cometer alguna estupidez, como darle una patada en la entrepierna, me puse de pie, dispuesta a marcharme.

—Bien. Esta charla ha sido tan productiva como me imaginaba. Pero para que quede claro, Nick, sí que tengo un corazón; uno que tú destrozaste y que al final he conseguido reparar. Encantada de volver a verte. Que pases buena noche.

—Un momento, Harper —exigió, poniéndose también de pie—. ¿Que yo te destrocé el corazón? ¿Lo ves? Ya estamos como siempre. Sigues negándote a reconocer tus errores.

—Y tú sigues negándote a aceptar que también tuviste parte de culpa. —Dije con rapidez y muy enfadada.

Se metió las manos en los bolsillos.

—Nunca admitirás que te equivocaste, eso es lo malo.

—Pero es que no estaba equivocada —espeté—. Éramos demasiado jóvenes, no estábamos preparados para jugar a ser adultos, y por muy sorprendente que te parezca, el amor, o como quieras llamarlo, no fue suficiente, ¿o no? Yo tenía razón y eso es lo que te saca de tus casillas.

Dicho aquello, me di la vuelta y me fui antes de que se percatara de que me temblaban las manos.

De acuerdo. No había conseguido nada con aquella charla. Debería haberlo sabido. Si solo hubiera seguido mi propio consejo de no quedarme a solas con mi ex...

Una vez en el vestíbulo me encontré un chupete en el suelo. Perfecto. Aquí estaba mi buena obra del día. ¡Toma nota, padre Bruce! Lo recogí, divisé a una madre y a un bebé que había cerca y fui hacia ellos.

—¿Es esto vuestro? —dije con toda dulzura, esperando que Nick estuviera mirando.

—Oh, gracias —canturreó la madre—. Destiny nunca se dormiría sin él.

—De nada —susurré—. Tienes una niña preciosa. —Alcé la mano para acariciar la cabecita del bebé, pero entonces me acordé de lo blanda que tenían esa zona y la retiré de inmediato. Esbocé una sonrisa forzada y volví a salir fuera, a tomar un poco de aquel aire frío que parecía calmar el espíritu.

Pero ¿por dónde se suponía que podía caminar en un lugar como aquel, dejado de la mano de Dios? Anduve un rato por la carretera, alejándome de las luces del hotel y de los murmullos de los huéspedes, y respirando poco a poco, con la esperanza de aflojar la presión que sentía en el corazón.

A pocos metros de distancia encontré una roca con una superficie relativamente plana. Perfecto. Me acerqué de puntillas —no era fácil andar con tacones por allí— y me senté en ella. Me ajusté la falda, inspiré tres veces más y saqué el teléfono móvil. Gracias a Dios, había cobertura.

Marqué el número de teléfono y el destinatario de mi llamada contestó al primer tono.

—Padre Bruce al habla.

—Padre, soy Harper.

—¡Ah! ¿Cómo va todo?

—Fatal. —Tragué saliva.

—Continúa, hija mía.

—Le encanta decir eso, ¿verdad?

—Mucho —admitió él—. Pero, continúa hija mía.

—He hablado con mi hermana, pero no quiere escucharme. Lo único que le digo es que espere un poco más. Eso es todo. Para estar segura. No quiero que termine como... —Se me quebró la voz.

—¿Cómo tú?

Cuando logré contestar, lo hice en poco más que un susurro.

—Sí.

El sacerdote no dijo nada durante un minuto o dos.

—A ti no te va tan mal, querida.

—¿Le parezco una persona emocionalmente atrofiada?

Él se rió.

—Bueno, nunca te he visto de ese modo. Yo diría más bien «cautelosa».

—¿Lo ve? Yo creo que soy realista. Y también creo que deberían fijar por ley alguna especie de prácticas o entrenamiento prematrimonial. Los católicos lo tienen, ¿no?

—Lo llamamos cursos prematrimoniales —confirmó él.

—Porque ahí está el problema. Nadie se para a pensar un poco las cosas, simplemente asumen: «Oh, estamos enamorados, todo es de color de rosa, vayamos a Las Vegas o a Montana o a cualquier otro sitio y casémonos. Ya lidiaremos con la realidad más tarde», y de pronto, ¡pum!, se plantan en mi despacho, con el corazón roto y... atrofiados emocionalmente. —Volví a tragar saliva.

—Tienes razón —repuso el cura, paciente—. Mucha razón. Pero ¿y si tu hermana no acaba divorciándose? ¿Y si ambos lo consiguen y terminan viviendo una larga y feliz vida juntos?

—Las probabilidades están en su contra, padre.

—No, querida. Las probabilidades juegan a su favor. Puede que uno de cada tres matrimonios termine en divorcio, pero eso significa que dos no lo hacen.

—¿Ha leído las estadísticas de cuántos matrimonios duran cuando los novios solo se conocen desde hace un mes? Me apuesto que en ese caso los divorcios aumentan considerablemente.

—Estoy intentando tranquilizarte, Harper. Pero no me lo estás poniendo nada fácil.

—Oh. Gracias. Lo siento.

Otro silencio.

—¿Has visto ya a tu ex marido?

—Sí.

—¿Y qué tal ha ido?

—Peor imposible, padre.

—Siento oír eso.

Miré mi reloj e hice los cálculos horarios.

—Esta noche tiene bingo, ¿no?

—Sí.

—Pues entonces le dejo. Gracias por escucharme.

—Es a lo que me dedico. Llámame mañana, ¿de acuerdo? Quiero que me cuentes cómo está yendo todo.

—No se preocupe, padre. Estaré bien. Que se divierta. Espero que gane un buen pellizco.

Guardé el teléfono y solté un suspiro. A continuación me tumbé sobre la roca, usando el bolso como almohada.

En ese momento no me hubiera venido mal llorar. Las personas normales lloraban, y después se sentían mucho mejor. Pero lo mío no era llorar; aunque tampoco resultaba tan raro si por lo visto tenía atrofiada mi parte emocional. Además, si lloraba, no podría ver todas esas estrellas que había sobre mí. Y vaya si valía la pena verlas. La Vía Láctea en todo su esplendor, sobre un cielo de un tono púrpura oscuro. Hasta pude contemplar una estrella fugaz, que llegó tan pronto como desapareció.

Quizá fuera buena idea venirme a vivir aquí y convertirme en cocinera en algún rancho o algo por el estilo... aunque cocinar no se me daba muy bien. Bueno, también podía seguir dedicándome a lo mismo... y llevar el divorcio de las veintinueve personas que vivían en Montana. Estaba claro que si quería huir de mi actual vida, necesitaría de algunas habilidades más aparte de entender de leyes. Puede que me convirtiera en una *cowboy* y cabalgara por las extensas praderas con la única compañía del ganado y mi fiel caballo, al que llamaría *Seabiscuit* en honor a su famoso tocayo.

Sí, escapar tenía cierto atractivo... eso seguro. En momentos como este casi podía entender a las personas que lo hacían. En mi caso además, Dennis encontraría a otra mujer en cuestión de horas. No me hacía ninguna ilusión con respecto a ese asunto. Él me amaba, sí, pero era un hombre. Puede que al principio me echara de menos, pero terminaría encontrando a otra, y más rápido de lo normal. Una tenía que ser ciega para no darse cuenta de la forma en que muchas féminas se abalanzaban sobre él.

En cuanto a BeverLee y mi padre, no me echarían mucho de menos. Kim puede que sí, pero pronto se haría amiga de cualquiera que se mudara a mi casa, igual que hizo conmigo. Willa me llamaría de vez en cuando y me hablaría de sus cosas con su característico tono alegre y dicharachero. El padre Bruce encontraría otras almas que salvar y mis compañeros de trabajo me reemplazarían sin problema, hablando de mí alguna que otra vez cuando les llegara una polvorienta postal desde algún lugar de Montana.

El cielo se transformó en una enorme manta suave, reconfortante e indescriptiblemente hermosa. En algún lugar —esperaba que muy lejos— un lobo aulló. El viento azotó las enormes extensiones de hierba y la noche suspiró de placer.

Seguro que Dennis ya estaba dormido, ya que en cuanto caía en posición horizontal se quedaba inconsciente en cuestión de segundos. Willa y Christopher estarían abrazándose y mirándose con mutua adoración. Y BeverLee y mi padre... mejor no pensarlo.

Por lo que respectaba a Nick, no quería volver a pensar en él nunca más.

¿Qué estaría haciendo mi madre esta noche? A veces me preguntaba si podía percibir que estaba pensando en ella, si sentía algún cosquilleo o alguna sensación que le llegara al corazón, al cerebro o al útero.

Lo más probable era que no. Al fin y al cabo me abandonó el día que cumplí trece años. Y desde entonces no había vuelto a oír su voz. Sabía que no estaba muerta, y aunque en ese instante nos separaban más de mil kilómetros, estaba mucho más cerca de ella de lo que lo había estado en décadas.

Para lo que me servía.

Sin embargo, bajo aquel cielo aterciopelado, y con el corazón sangrando por haber vuelto ver a Nick, me resultó muy difícil no querer tener a mi madre junto a mí.

Capítulo 7

La mañana del viernes comenzó con un desayuno solo de mujeres. Los hombres habían salido a practicar la pesca con mosca, lo que le habría encantado a Theo. Tenía que admitir que me había venido bien no tener que lidiar con Nick. Después de todo, prefería tener la posibilidad de tomar dos cafés antes de ponerme a discutir sobre relaciones fracasadas.

Tras el desayuno, BeverLee, Willa y yo nos fuimos a la pequeña suite donde mi hermana se alojaba, para probarse el vestido, que obviamente había comprado a toda prisa. A pesar de todas mis reservas, cuando la vi con todo ese tul blanco, como una princesa recién salida de un cuento de hadas, se me hizo un nudo en la garganta. Nuestras miradas se encontraron en el espejo.

—Sé que esta vez va a durar —dijo ella.

—¡Por supuesto que va a durar! A la tercera va la vencida, solo tienes que ver a tu madre, ¿verdad, caramelito? Jimmy y yo, bueno... ¡no podríamos ser más felices! —BeverLee me lanzó una mirada nerviosa y volvió a centrarse en su única hija—. ¡Oh, cariño! ¡Estás preciosa! ¡Qué Dios te bendiga! ¡Me encantan las bodas! —Rebuscó en una bolsa, se arrodilló al lado de Willa, le metió el dobladillo y lo sujetó con alfileres. El vestido le quedaba un poco largo, pero BeverLee siempre había sido buena con la aguja.

—¿Y dime, Wills, además de lo obvio, qué es lo que más te gusta de Christopher? —pregunté con cautela.

—Oh, Harper, ¡es un hombre de ensueño!

—Bien, ¿no podrías... especificar un poco más?

—No hay nada malo en ser un hombre de ensueño, Harper —me reprendió BeverLee—. Tu joven Dennis es un regalo para la vista, si sabes a lo que me refiero—. Hizo una pausa para seguir clavando más alfileres—. Y no hablemos de lo guapo que es el viejo Nick.

Hice un esfuerzo enorme por no soltar un bufido.

—Sí. Pero BeverLee, apenas conocemos a Chris. Solo quiero saber cuáles son sus principales cualidades.

Willa me miró a través del espejo.

—Es muy inteligente. ¡Y creativo! ¿Has oído hablar del *pulgarete*?

—¡Sí! Estoy convencida de que voy a usar el mío todo el tiempo —farfulló BeverLee con la boca llena de alfileres—. ¡Compraré una caja entera! Willard, quédate quieta, cariño, que tengo que igualar todo el bajo.

—¿Y qué más? —inquirí son suavidad—. ¿Ha estado casado?

—No.

—¿Sabe lo de tus... tus... otras experiencias matrimoniales?

—¡Por supuesto! Creo que se lo conté una hora después de conocernos —contestó Willa alegremente.

—¿Es trabajador?

—Muchísimo. Aunque ya sabes, la mayor parte de su trabajo lo hace aquí. —Willa se tocó la sien. ¡Qué bien!

—¿Sabes si tiene intención de buscar algún trabajo donde le paguen una nómina? —Seguía con mi tono más dulce—. Ya sabes que el asunto del dinero es la principal causa de...

—¡Harper! ¡Querida! ¿Es que no sabes cuándo parar? —gritó BeverLee, mirándome contrariada—. Y ahora Willard, sal de aquí y cámbiate, cariño. Lo tendré listo en un santiamén. Por algo me he traído la máquina de coser. —Willard se quitó el vestido, recogió su ropa y se metió en el cuarto de baño—. Harper Elizabeth, escúchame bien: ¡no se te ocurra aguarle la fiesta a tu hermana! —siseó mi madrastra—. ¿Acaso alguien te dio la tabarra el día de tu boda? ¿Eh?

—No, pero visto lo visto, no me hubiera venido nada mal, sobre todo teniendo en cuenta cómo terminó, ¿no crees? Además, hoy no es el día de la boda en sentido estricto y tenemos todavía hasta mañana para intentar que alguien le inculque algo de sentido común. —Bajé el tono hasta convertirlo en un susurro—. BeverLee, no estoy diciendo que Christopher no sea un buen hombre, solo que deberían esperar un poco más.

—¿Cuánto? ¿Dos años y medio, cariño? Porque no te veo con ningún anillo en el dedo. —Apoyó las manos en sus anchas caderas y enarcó una de sus cejas maquilladas.

Touché. Y era una pena, la verdad, porque el anillo que me había comprado era alucinante.

—Willard puede tomar sus propias decisiones —continuó mi madrastra con tono más cariñoso—. Además, me gustaría tener nietos, y como no quiero esperar si no es necesario y tampoco veo que tú me vayas a dar una sorpresa a corto plazo, creo que ella es la mejor opción que tengo. Hay veces en que algo está predestinado a suceder y no tiene sentido perder el tiempo. —Terminó de fijar el bajo y se puso de pie—. Hora de acabar con ese ceño fruncido, señorita. Tenemos unos caballos esperándonos.

***

Una hora después estaba mirando de arriba a abajo al caballo que me había tocado, que no se llamaba *Seabiscuit* y que tampoco parecía haber ganado ninguna carrera. De hecho no quería ni salir del recinto vallado, pues parecía estar demasiado ocupado en morirse.

—¿Seguro que el caballo está en condiciones de que lo monten? —pregunté a la persona al cargo.

Por desgracia dicha persona no era un curtido *cowboy* con penetrante mirada y ojos de color azul oscuro, como me había imaginado. No, era una cría de unos dieciocho años, llena de tatuajes y *piercings* que lo único que parecía saber hacer era suspirar y poner los ojos en blanco.

—Sí —espetó, alargando la palabra hasta casi convertirla en dos sílabas y fingiendo estar cargada de paciencia—. El caballo está bien. —El *piercing* de la lengua hacía que ceceara un poco—. Así que, ¿puede montar usted sola o necesita ayuda?

—Puedo hacerlo sola —dije—. Lo que pasa es que... *Bob*... —Esa era otra. ¿*Bob*? ¿*Bob* el caballo? ¿Cómo se le podía poner un nombre como ese a un caballo?—... no parece tener muy buena pinta.

—Está perfectamente. Está acostumbrado a hacer esto. Lleva haciéndolo desde hace siglos.

—Sí, no hace falta que lo jures —mascullé, aunque ya se había ido.

Todo el mundo se había subido a sus respectivas monturas y la única que había necesitado ayuda había sido BeverLee. Dennis, que estaba espectacularmente *sexy* montado en un bayo llamado *Cajun*, tenía un aire a Clive Owen en *El rey Arturo*, salvo por el hecho de que iba teléfono en mano y estaba enviando un mensaje de texto. Varios amigos de Christopher debían de hacer aquello a menudo, porque se les veía muy sueltos sentados a horcajadas sobre sus caballos, que no parecían tener un pie en la tumba como el mío. Mi padre, montado en *Moondancer*, iba tan cómodo, con las riendas en una mano y ligeramente apoyado como si estuviera a punto de dirigir a una enorme manada de ovejas hasta *Brokeback Mountain*. A BeverLee (su yegua se llamaba *Cassandra*) se la veía más incómoda, a pesar de sus orígenes texanos, sus *jeans* rosas con costuras tachonadas y sus botas vaqueras de cuero púrpura, y no dejaba de ahuecar su «megapermanentada» melena rubia. Christopher y Willa habían escogido para sí a *Lanzarote* y *Ginebra*, e intentaban por todos los medios que sus caballos fueran juntos para poder besarse a gusto, lo que hacían con gran entusiasmo.

En cuanto a Nick, su padre, gran amante de la equitación, debía de haberle dado algunas lecciones de montar a caballo porque daba la sensación de llevar haciéndolo toda la vida. Se le veía imponente sobre su caballo negro, sin hacerme ni caso y hablando con Emily, su empleada, cuya yegua se llamada *Dulce* (¡por favor!). Al ver cómo ella se deshacía en miradas inocentes y sonrisas con hoyuelos, me pregunté si serían algo más. «Buena suerte, querida», pensé, «te doy mi más sincero pésame». Ah, por cierto, ¿sabéis cuál era el nombre del caballo de Nick? *Satán*. Sí, lo sé, no hace falta que me digáis nada.

Me volví hacia *Bob*, intenté agarrar el pomo de la silla y poner un pie en el estribo. Puede que *Bob* estuviera a las puertas de la muerte, pero seguía siendo un animal muy grande y con la espalda muy hundida. Tras cuatro o cinco intentos, en uno de los cuales el pie se me quedó atrapado en el estribo y me puse a saltar como una loca, por fin conseguí montar como Dios manda a mi caballo. Para entonces, *Bob* tenía la cabeza prácticamente tocando el suelo y parecía haberse quedado dormido. Tiré suavemente de las riendas, pero no surtió ningún efecto.

—¿*Bob*? Hora de ponerse en marcha, bonito —dije.

—Muy bien, señoras, señores, me llamo Brianna y hoy voy a ser su guía. Bienvenidos al Parque Nacional de los Glaciares y gracias por haber elegido a Establos Highland para este paseo a caballo —dijo la mujer de corrido y en tono monótono—. Para aquellos que nunca antes hayan montado... —miró en mi dirección (yo seguía intentando despertar a *Bob*)—... para hacer que el caballo ande solo hay que darle un golpe firme en los flancos. Tranquilos, no le harán ningún daño. Para conseguir que se detenga, tiren suavemente, aunque sin titubear, de las riendas. Para ir la izquierda, inclínenlas hacia la izquierda, y para la derecha, hagan lo propio en esa misma dirección. —Soltó un sonoro suspiro—. Todo el mundo ha montado ya, muy bien. Empecemos entonces. Los caballos conocen la ruta, así que disfruten del esplendor de la naturaleza. Por favor, permanezcan en fila y en caso de avistar un oso no se dejen llevar por el pánico.

—Eso que ha dicho sobre los osos no me tranquiliza mucho —dije a la espalda de Dennis—. ¿No comen caballos, verdad?

—Lo más seguro es que estén hibernando. No te preocupes, cariño. Yo te protegeré. —Mi novio se volvió y me sonrió con total confianza.

Yo le devolví la sonrisa.

—Gracias, Den.

Era un buen hombre. Puede que mi estrategia de no mantener relaciones estuviera funcionando, porque se había pasado la noche anterior suspirando y dando vueltas en la cama. Quizás el corazón del joven Dennis estaba empezando a cambiar de parecer en lo que al matrimonio se refería. Después de todo, el sexo era un gran motivador.

A medida que el resto de caballos iba saliendo del vallado, *Bob* empezó a moverse con suma dificultad, a paso lento y pesado. No hace falta decir que ocupé el último lugar de la fila. La ruta conducía hacia el bosque. A un lado teníamos el lago McDonald, cuyas aguas resplandecían por lo soleado del día, y al otro pinos, álamos y enormes piedras grises. La luz del sol caía formando parches en el bosque. El sendero era ancho y estaba cubierto de agujas de pino. Me moví sobre la silla, haciendo que el cuero crujiera, un sonido que se mezcló con el murmullo y las risas de los demás. El aire era tan puro en esta zona. A pesar de estar a mediados de septiembre, hacía frío; alguien había comentado que se esperaban las primeras nevadas a finales de semana, lo que era de lo más normal por esos lares. En la parte más alejada de las montañas, se atisbaban algunas nubes y desde todos los árboles podías oír el canto de los pájaros.

Mi estado contemplativo se vio interrumpido cuando *Bob* decidió girar hacia un árbol y empezar a comer hojas.

—Vamos, *Bob* —dije, tirando de las riendas con cuidado de no hacerle daño en el hocico—. Vamos, amigo. No es momento de parar a tomarse un tentempié. —El animal, que por lo que yo sabía hasta podía ser sordo, no me hizo ni caso. Alcé la mirada y vi cómo el resto de caballos continuaban su camino—. ¡*Bob*! ¡Obedece! —Otro tirón. Nada.

Justo en ese momento apareció Brianna, galopando a un lateral de la fila de caballos. Gracias a Dios. Espera... se estaba parando... al lado de Dennis. Perfecto.

—¡Brianna! —la llamé—. Aquí el vivaracho de *Bob* se ha detenido a...

—¿Has montado alguna vez? —oí que preguntaba a Dennis—. Se te ve tan cómodo encima de una silla.

—Gracias —repuso Dennis, esbozando su sonrisa de «yo te salvaré, damisela»—. Pero no. Esta es la primera vez que lo hago. Me llamo Dennis y soy bombero.

—¡No me digas! —suspiró ella extasiada.

—¿Brianna? *Bob* continúa comiendo hojas —indiqué mientras mi caballo volvía a estirar el hocico para hacerse con otro puñado de hojas, haciendo que casi perdiera el equilibrio.

—¿Has salvado alguna vez a alguien? —quiso saber Brianna.

—Claro. ¡Forma parte del trabajo! —contestó mi novio—. Todo esto es impresionante. Debe de ser la bomba vivir aquí.

—No está mal —respondió ella. O eso creí entender, porque sus voces se iban desvaneciendo a medida que se alejaban. Miré a *Bob*, de cuyo hocico caía una espuma amarillenta mientras seguía masticando plácidamente.

—*Bob*. ¡Basta! —ordené con mi mejor tono de abogada—. ¡Arre! —No había sonado muy convincente la verdad—. ¡*Bob*! ¡Muévete! —El animal me respondió levantando la cola y fertilizando el suelo. Le di un pequeño golpe con el talón. Nada. Lo intenté de nuevo, esta vez más fuerte. Ni caso—. ¿Cómo te sentaría que te castraran? —pregunté. Aquello, unido a otro buen golpe en el flanco, hizo que el caballo empezara a moverse; eso sí, a la velocidad de un caracol, pero al menos nos habíamos puesto en marcha. Hasta mí llegó el sonido de la risa de Willa, y no pude evitar sonreír. Era tan sincera, tan buena y tenía un corazón tan grande... Aquel pequeño y pálido fantasma que se orinó en la cama la primera noche que la conocí se había convertido en una mujer increíble.

A medida que íbamos avanzando empecé a oír el constante gorgoteo de un arroyo. *Bob* continuaba con su paso de tortuga, soltando a cada tanto un gruñido o un bostezo. Podía ver la cola del caballo de Dennis a unos veinte metros delante de mí. Mi novio no parecía haberse dado cuenta de mi retraso, aunque para ser honesta tampoco me importaba ya que, incluso en las mejores circunstancias, las reuniones familiares solían producirme urticaria, literalmente; después de todo era pelirroja y, como tal, tenía la piel muy sensible. Además, tampoco ayudaba mucho lo recalcitrante que podía resultar mi padre, la incesante cacofonía de BeverLee y mi constante preocupación por las fallidas decisiones de Willa. De modo que sí, no llevaba muy bien los acontecimientos familiares de ningún tipo. Dennis lograba que las cosas fueran más fáciles, su carácter tolerante y la capacidad que tenía de ver siempre lo mejor de las personas, eran el mejor complemento para alguien tan arisco como yo.

A pesar de ir muy por detrás del resto, seguía sintiendo como si Nick y yo estuviéramos conectados por un cable invisible. El hormigueo que bullía en mi interior desde el primer momento que lo vi no había cesado y aunque en ese momento no podía ver a mi ex marido, tenía la sensación de saber exactamente dónde se encontraba.

Solía ser una persona a la que se le daba muy bien mantener a raya sus emociones; con una profesión como la mía no me quedaba otra. Al final uno terminaba acostumbrándose a que le odiaran o a que la gente le contara sus penas, llorando o soltando toda la frustración que llevaban dentro. Y en todos esos casos lo peor que podía hacerse era que vieran algún tipo de reacción por tu parte. Pero hacer como si Nick no estuviera me estaba resultando mucho más duro de lo que me había imaginado. Y el haber traído al apuesto y musculoso Dennis conmigo tampoco es que me estuviera ayudando mucho, desde luego.

La belleza del bosque empezó a disipar la irritabilidad que todo aquello me producía. La luz del sol proyectaba saetas doradas a través de la espesura de los cedros y abetos, haciendo que el bosque adquiriera un matiz verdoso propio de otro mundo. Los pájaros revoloteaban, saltando de rama en rama. Me perdí en su canto, tan diferente al de los graznidos guturales de las gaviotas y los cuervos de casa. Un pájaro carpintero perforó una rama seca y a lo lejos oí un sonido extraño, como un gorjeo aflautado que se superponía a lo que me pareció el ladrido de un perro pequeño. Aquello me hizo pensar en *Coco*. Qué lástima que hubiera tenido que quedarse en el hotel. Le hubiera encantado corretear por ahí e investigar a lo largo de toda la ruta. ¡Y qué bien olía! El rico aroma del cedro se hacía cada vez más intenso y muy pronto empecé a hacer grandes inspiraciones para embeberme de él.

Era como estar en el paraíso. Lo que hacía que casi me alegrara de haber ido allí. Casi.

Entonces *Bob* dio un pequeño giro que casi me hizo caer al suelo.

—¡Eh, grandote! —dije, sujetándome al pomo de la silla. *Bob* soltó un fuerte resoplido y comenzó a retroceder, saliéndose del camino en dirección al bosque, mientras alzaba y bajaba la cabeza como si estuviera poseído—. ¡*Bob*! ¡Para, amigo! —Parecía como si le estuviera dando un ataque o algo parecido, temblando y sacudiéndose—. ¿*Bob*? Se supone que no deberíamos... Oh, mierda... —Me quedé sin aire al instante.

Detrás de mí, a unos treinta metros, justo en el mismo sitio en el que acabábamos de pararnos hacía un momento, en medio del camino, había un oso. Un oso enorme, a cuatro patas, mirando fijamente a su próxima comida.

Mis piernas se convirtieron en dos temblorosos flanes.

—Oh, no, no, no, no —murmuré angustiada. Me costaba respirar. Me aferré al pomo de la silla como si me fuera la vida en ello mientras *Bob* continuaba retrocediendo—. Vete, oso, por favor, por favor, por favor. Somos... verás... demasiado... demasiado grandes... para que nos comas. Oh, mierda.

De pronto, *Bob* se detuvo bruscamente. Se me había enganchado el pelo en una rama y el animal estaba tirando con fuerza. Grité de dolor, agarrando los mechones de cabello antes de que me los arrancaran de raíz. Me aventuré a echar una dolorosa mirada hacia atrás... A unos siete u ocho metros había una pequeña arboleda de cedros que podían servirme como el refugio que tanto necesitaba... o podían terminar convirtiéndose en una trampa. Delante tenía al oso... detrás los cedros.

Tragué saliva convulsivamente, tiré de mi pelo y... ¡Maldición! Estaba demasiado enredado. Si *Bob* echaba a trotar se llevaría una buena porción de mi cuero cabelludo. No era que me importara, por supuesto, prefería eso a ser devorada viva. Quizá pudiera trepar al árbol. ¿Lo intentaba? Pero los osos también podían trepar, ¿no? El día empeoraba por momentos.

Bob parecía estar de acuerdo conmigo en esto último, porque de repente soltó un agudo relincho y se agitó violentamente, como si estuviera teniendo un espasmo previo a la muerte o algo parecido, ¡qué sé yo!

—No se te ocurra morirte, *Bob*. Ahora no es el mejor momento. ¡Tranquilízate! Es solo... es solo un oso —dije con la voz tensa por el pánico.

El oso seguía sobre sus cuatro patas, peludo y grande como un elefante. A pesar de la distancia vi perfectamente sus brillantes y afiladas garras.

—Eso no es nada bueno. Pero que nada bueno —susurré. El corazón me latía tan rápido que pensé que iba a desmayarme de un momento a otro, lo que disminuiría considerablemente mis posibilidades de supervivencia. Respiré hondo, intentando calmarme.

De acuerdo. ¿Qué era lo que había que hacer cuando un oso te contemplaba como si estuvieras a punto de convertirte en su cena? ¿Salir corriendo? Sí, eso sonaba bien... Y un caballo correría más que un oso, ¿verdad? Entonces, ¿por qué me había tocado el caballo más viejo de toda América? ¿Por qué no podía haberme tocado, *Seabiscuit*, el campeón de campeones? Un segundo, puede que aquello jugara en mi favor después de todo, porque quizá solo tenía que limitarme a correr más que *Bob*. ¿Y qué tal gritar? ¿Debería gritar? ¡Sí!

—¡Socorro! —grazné. Tenía las cuerdas vocales paralizadas—. ¡Brianna! —Ah, sí. La guía estaba demasiado ocupada intentando seducir a mi novio como para salvarme—. ¡Dennis! —Sí. Un bombero enorme, fuerte, acostumbrado a rescatar a la gente, era una mejor opción—. ¿Den? ¡Socorro! ¿Papá? ¿Hay alguien que pueda ayudarme?

El único que pareció oírme fue el oso, porque levantó el hocico y olisqueó el aire. «Recordatorio mental: La próxima vez, ¡cierra la boca!.»

Mi mente se llenó de imágenes funestas: el oso desgarrando mi cadáver y arrastrándolo hacia una cueva donde unos adorables oseznos terminarían royendo la carne de mis huesos, unos *boy scouts* encontrando mi esqueleto y susurrando entre sí: «¡Alá, fíjate, aquí se han comido a alguien!».

Bob, como si estuviera leyéndome el pensamiento, se sacudió un poco, tirando de mi pelo tan fuerte que los ojos se me llenaron de lágrimas. Continúe aferrándome a la silla.

—¡Para! —Siseé—. ¡Ni se te ocurra deshacerte de mí!

¿Debería desmontar? No. ¿O sí? ¡No tenía ni idea! Además, todavía tenía el pelo enredado en la rama, así que no podía hacerlo.

¿Qué era lo que había dicho Brianna? «En caso de avistar un oso no se dejen llevar por el pánico.» ¡Fantástico! Muchas gracias, Brianna, por dar una información tan detallada.

Y entonces, gracias a Dios, oí el sonido de unos cascos... avanzando de forma lenta. Estaba claro que nadie venía galopando a mi rescate. El oso se volvió ligeramente y olisqueó de nuevo. Se me secó la boca al instante. Era descomunal.

—¡Para! —grité débilmente a quien quiera que fuese—. ¡Ten cuidado! ¡Hay un oso!

—Harper, ¿qué demonios estás...? Oh, joder, esa cosa es enorme.

Era Nick, a lomos de *Satán*. Ex marido o no, ¡bendito fuera! Tiró de las riendas para detener al animal y este obedeció al instante. *Satán* tenía las orejas erguidas, en posición de alerta. Era obvio que también se había percatado del peligro, pero no estaba relinchando de terror como *Bob*.

—¿Harper? ¿Dónde estás, preciosa? —preguntó Nick con voz tranquila. No tenía la más remota idea de por qué parecía tan sereno. ¡Era un hombre de ciudad, por el amor de Dios, no un montañero!

—¡Nick! ¡Por aquí! Mi caballo se ha quedado como un pasmarote por el miedo que tiene y a mí se me ha enredado el pelo en una rama.

Nick dejó de mirar al oso y buscó en mi dirección.

—No te dejes llevar por el pánico —intentó calmarme.

—No lo hago. Solo estoy completa y absolutamente aterrorizada.

—Sí. Yo también. ¿Cuál es el plan?

—¡Y yo qué sé! ¡No había visto un oso en mi vida hasta ayer! No tendrás un arma a mano, ¿verdad?

Por alguna razón, aquello hizo reír a Nick.

—Pues no. Siento decirte que me he dejado la semiautomática en casa. Tal vez debería tirarle un palo o alguna piedra, ¿no?

—¡No! ¡No le enfades, Nick! Esa imbécil de guía podía dedicarse a hacer algo más productivo que ligar con mi novio. —*Bob* volvió a estremecerse de miedo. Una de sus patas delanteras se dobló y sentí otro doloroso tirón de pelo—. ¡Oh, fantástico! Mi caballo está a punto de caer redondo, Nick. —Tragué saliva—. Estoy muy asustada. —Pero *Bob* se las apañó para mantenerse en pie.

—De acuerdo. Voy para allá. Aguanta. —Despacio, sin apartar la vista del oso, Nick inclinó las riendas sobre la cerviz del caballo y le dio un ligero empujón—. Vamos, *Satán* —murmuró. Y el animal, desobedeciendo cada uno de sus instintos naturales, le hizo caso. Se me encogió el corazón. Nick me iba ayudar, ¡bendito fuera! Y aunque eso significara que cuatro (Nick, *Bob*, *Satán* y una servidora) fuéramos un objetivo mucho más jugoso que dos, puede que ser más inclinara la balanza a nuestro favor.

El oso resopló pero no se movió ni un ápice, lo que podía ser bueno o malo —no se iba, pero tampoco se había abalanzado sobre nuestros fémures. Pero entonces *Bob* decidió soltar otro agudo relincho y el oso volvió su enorme cabeza hacia nosotros.

—Joder, joder, joder —dije temblorosa.

—Intenta mantener la calma —me aconsejó Nick. Lo tenía justo a mi lado.

—Claro, Nick. Pero si solo es un oso pardo. Y ellos nunca atacan a la gente, ¿verdad? Esas garras de diez centímetros solo son para...

—Cállate, Harper. Además, no seas tan desagradecida. ¿Sabes?, no tenía ninguna obligación de volver para ver dónde estabas y mira en la situación en la que me encuentro ahora.

Le miré. No sabía por qué pero cuando estaba cerca de él terminaba comportándome como una cría insolente... incluso con oso de por medio. Nick, por el contrario, parecía... irónico. Estaba enarcando una ceja y esbozando una medio sonrisa.

—Tienes razón —reconocí—. Gracias.

—Mucho mejor. A ver. Déjame que te desenrede el pelo por lo menos. Si tenemos que salir corriendo, no podemos tenerte pegada a un árbol.

—No creo que *Bob* esté para muchos trotes —comenté.

—Entonces irás en mi caballo.

—¿Y tú?

—Me quedaré aquí, espada en mano, y mataré al oso. Y si eso no funciona, dejaré que me devore vivo y me sacrificaré felizmente por ti. —Me miró—. O también puedes montar detrás de mí. Estoy seguro de que *Satán* podrá con los dos.

—¿Es que te has convertido en un experimentado jinete? No sabía que los arquitectos también eran maestros en las lides ecuestres. ¿O es que *Satán* y tú ahora sois uña y carne? ¿Has practicado esta mañana tu truquito del caballo?

—Mi padre me dio algunas lecciones.

—¿Cuándo? ¿Cuando tenías seis años?

—Bueno, ¿sabes qué, Harper? Tal vez deberíamos quedarnos aquí parados, discutiendo hasta que el oso no lo soporte más y se decida a matarnos. ¿Eso te haría más feliz?

Hizo que *Satán* se acercara más a mi tembloroso caballo y empezó a desenredar poco a poco mi cabello. Su cuerpo bloqueaba mi visión del oso, lo que me dejó preocupada, pues ninguno de los dos podía verlo, pero las opciones que tenía para solventar aquel inconveniente eran muy limitadas. Nerviosa, respiré hondo, inhalando el característico y familiar aroma de Nick. Hubiera podido reconocerlo con los ojos vendados en una habitación llena de hombres. Siempre me había encantado meterme bajo el edredón con él y sentir su calor, su piel, la pequeña cicatriz que tenía sobre el corazón, que Jason le hizo al dispararle una flecha cuando tenían once años. Nick no se había afeitado esa mañana y me fijé en que la vena de su cuello palpitaba rápidamente. De modo que también estaba asustado. Y a pesar de todo, allí estaba.

—Ya está. Eres libre.

Su rostro estaba muy cerca del mío. Aquellos ojos marrones tan, tan oscuros... Maldición. Siempre habían encerrado muchas cosas. Humor, desencanto, esperanza... Una combinación absolutamente devastadora.

De repente el oso se puso sobre sus inmensas patas traseras y el terror en estado puro se superpuso a cualquier pensamiento coherente. Nick y yo nos tambaleamos sobre nuestras sillas y, como siempre, no nos pusimos de acuerdo; yo le empujé y él intento tirar de mí hacia su caballo.

—Nick, ¡sal de aquí! ¡Vete!

—Súbete a mi caballo, ¡corre! Joder, nunca me hubiera imaginado que lo nuestro terminaría con un oso devorándonos.

—¡Deja de hablar y vete! Puedes conseguirlo, tu caballo es más rápido. ¡Vete!

—No pienso dejarte. Así que, por favor, date prisa antes de que terminemos convirtiéndonos en aperitivo para el oso Yogui.

—No puedo, pero tú sí...

Y entonces el oso volvió a ponerse a cuatro patas, preparándose para cargar contra nosotros. Me abracé a Nick.

—Lo siento tanto —dije, sorprendiéndome a mí misma. «Tus últimas palabras. Vamos a morir.», pensé—. Nick, lo siento. De verdad.

Me miró. Nick siempre había sido capaz de detener el tiempo. Cuando me miraba directamente a los ojos, cuando no estaba bromeando o siendo irónico o peleándose conmigo, el mundo parecía detenerse bajo alguna especie de antiguo hechizo gitano. Incluso ahora, cuando estábamos a punto de ser devorados.

—Nunca he dejado de amarte, Harper —murmuró.

Oh, Dios mío. Se me detuvo el corazón. No hacía falta que el oso me comiera, porque esas palabras me habían desarmado por completo. «Ya es oficial. Ha dicho eso porque nuestra muerte es inminente. Su cara... No me importa que su cara sea lo último que vea.» Contuve el aliento.

—Está bien —susurré.

Transcurrió un segundo... dos... Nick se apartó un poco.

—¿Eso es todo?

—¿Qué?

—¿Está bien? ¿Eso es todo lo que tienes que decir? Estamos a punto de morir devorados, te digo que te quiero y lo único que dices es...

—¡Oh, Dios, se va! —exclamé.

Sí, el oso... el oso se alejaba a paso lento por el sendero. Y sin ánimo de parecer atrevida, parecía aburrido.

Nick dejó de abrazarme y ambos nos quedamos mirando el colosal trasero del oso mientras se marchaba con total parsimonia. La distancia entre nosotros y la bestia se hizo cada vez mayor... veinte metros, veinticinco, treinta...

hasta que terminó por desaparecer de nuestra vista. Nos quedamos esperando. No ocurrió nada. Esperamos un poco más. Oímos a un pájaro carpintero perforar algún tronco. *Bob* agachó la cabeza y comenzó a mordisquear un poco de musgo. *Satán* suspiró.

—Bueno —comentó Nick. Parecía casi sorprendido—. Al final hemos salido indemnes.

Ahora que lo peor había pasado, empecé a temblar descontroladamente.

—¿Podemos esperar un minuto? —pregunté.

—Creo que deberíamos largarnos de aquí cuanto antes —contestó él. Después me miró y tragó saliva—. ¿Estás bien?

Asentí y miré alrededor. No había osos, por lo menos a simple vista.

—Sí. —Me obligué a volver a centrarme en mi ex marido. Durante un interminable e intenso momento, nos limitamos a mirarnos el uno al otro.

«Vino por mí.»

—Gracias, Nick. —Me incliné y le di un beso en la mejilla—. Gracias.

Se ruborizó y apartó la mirada.

—Da igual. Si hubieras muerto devorada me costaría mucho seguir odiándote.

Sonreí.

—Creía que nunca habías dejado de amarme.

—Solo se puede odiar de verdad a aquellos a los que amas.

—Qué bonito. ¿No hay ninguna postal de Hallmark con esa frase?

—Lo dicho, eres una atrofiada emocional.

«Acudió en tu ayuda. Arriesgó su vida por ti.» Mi ex marido se había interpuesto entre un oso y mi persona. Podía decir lo que le diera la gana. Lo único que no me parecía bien era que usara esas palabras para cualquier cosa.

—Te vuelvo a dar las gracias. De verdad —dije.

—Será mejor que alcancemos a los demás —indicó él sin mirarme. Después, sin más preámbulos, condujo a *Satán* hasta el sendero. *Bob* le siguió, volviendo a su paso lento y pesado. Por lo visto ya se había olvidado del terror (y cobardía) que había mostrado instantes antes.

Durante un rato, nos dedicamos a montar, uno al lado del otro, sin decir palabra. Era evidente que los demás no estaban preocupados lo más mínimo por nosotros. Calculaba que nos debían de llevar una media hora de ventaja.

Por ahora lo único que se oía en el ambiente eran nuestras respiraciones, el chirrido de las sillas, el paso de nuestros caballos y el constante canto de los pájaros.

—Emily parece muy simpática —terminé por decir.

—Lo es. Mucho.

—¿Estáis saliendo?

—No.

Le miré, pero él tenía la vista clavada al frente.

—Creo que sufre un claro caso de enamoramiento del jefe. —Ninguna respuesta—. ¿Sales con alguien?

—Por el momento no. —Por fin se dignó a mirarme—. ¿Y qué me dices de Dennis? Una elección muy interesante por tu parte, Harpy. Y por supuesto, no del todo inesperada.

—¿Por qué dices eso? —pregunté—. ¿Porque es un bombero alto y fornido? Por si no te has dado cuenta, soy una mujer.

—Eso parece. En cuanto a tu pregunta, la respuesta es no. Me parece interesante que escogieras a alguien... así.

—¿Así cómo? Dime, Nick, ya que pareces un experto en Dennis cuando solo hace menos de un día que lo conoces —comenté con frialdad.

—Pues que parece ser de los que son felices siempre que tengan el estómago lleno y no les hagan pensar demasiado. Encuentra el truco para mantenerle en ese estado y será tuyo para siempre. —Me miró con ironía.

No contesté. Por supuesto que estaba equivocado. Yo ya había encontrado el truco de Den y seguía sin estar comprometida con él, aunque obviamente no iba a decírselo a Nick.

En ese momento un conejo atravesó el sendero y ambos nos sobresaltamos en nuestras sillas, aunque ninguno quiso reconocerlo.

—Llevamos juntos casi tres años —le informé con suavidad, alargando unos meses mi relación con Dennis—. El mismo tiempo que estuvimos tú y yo juntos.

—Sé muy bien cuánto estuvimos juntos.

—Y puede que le ame.

—Claro —dijo nada convencido—. ¿Qué número ocupará Dennis?

—¿A qué te refieres?

—A nada, solo me estaba imaginando al montón de hombres que has ido dejando en el camino, Harpy.

«¡Será...!»

—En realidad es la primera relación importante que he tenido después de ti, querido y amado primer marido.

—¿Tanto te costó olvidarme?

A decir verdad, sí.

—No tanto. Solo te lo he dicho para enseñarte a no sacar conclusiones tan precipitadas sobre mí.

Me miró de manera cortante.

—¿Por qué no te limitas a soltar lo que has querido decir desde un principio, Harper?

Tiré de las riendas para alejar la cabeza de *Bob* de un grupo de brillantes hojas de álamo amarillo que había en medio del camino

—Lo único que quiero decir es que te montas tu propia película tú solito —expliqué con calma—. Cuando estábamos casados, tú eras el joven y abnegado arquitecto al que su esposa, una mujer que le tenía fobia al compromiso, le rompió el corazón por serle, cuanto menos, infiel. Los datos y hechos son irrelevantes. Tu opinión es la única que cuenta. Nick, el noble y pobre herido. Harper, la zorra sin corazón.

—Así que ahora tú no tuviste la culpa de nada, ¿verdad?

—Sí, admito que pude tener, ¿cuánto?... ¿un treinta por ciento de responsabilidad en nuestra ruptura?

—Sí, claro, cúlpame a mí de todo —replicó, poniendo los ojos en blanco—. Me comporté como un hijo de perra, trabajando para construir nuestro futuro, manteniéndonos, adorándote...

—¿Adorándome? ¿Así es como lo veías? Yo utilizaría mejor el verbo ignorar. Sí, ambos terminan en «ar», pero tienen un significado muy distinto.

A nuestros oídos llegó el murmullo de unas voces. Sin lugar a dudas, se trataba del resto del grupo.

—Harper —dijo Nick, obligando a *Satán* a detenerse—. Quiero que hagas una cosa por mí.

Bob también se paró, agachando la cabeza de forma tan precipitada que estuve a punto de deslizarme por su cuello y caer al suelo.

—¿El qué, Nick?

—Deja a Chris y a Willa en paz, ¿de acuerdo? No les... infectes.

Acababa de dar en el centro de la diana. Intenté no hacer una mueca de dolor, pero aquellas palabras se habían clavado directamente en mi corazón. A pesar de todo, no dije nada.

—Lo que quiero decir, Harper —continuó él—, es que eres una cínica. Una persona que no cree en el compromiso. Todo tu trabajo se resume en romper parejas...

—Hablas desde la ignorancia, Nick. Por no hablar del injusto cliché que supone —repuse con vehemencia—. Yo no rompo nada. Cuando la gente acude a mí, sus relaciones hace tiempo que están rotas. Yo me limito a facilitarles un proceso legal, a conseguirles un acuerdo lo más justo posible y a guiarles por uno de los momentos más difíciles de sus vidas. No tengo absolutamente nada que ver con el fracaso de su matrimonio.

—Excepto en el nuestro.

—Sí. Excepto en el nuestro. Aunque hacen falta dos para bailar un tango, querido.

Nos miramos el uno al otro durante un interminable minuto. Nick fue el primero en apartar la mirada.

—Da igual —gruñó—. Pero, mira. Estos últimos años han sido un poco duros para Chris y Willa es lo mejor que le ha pasado en todo este tiempo. Está loco por ella y el sentimiento es mutuo. ¿Puedes simplemente dejarles y que se ahoguen o aprendan a nadar ellos solos?

—¿Cuánto tiempo?

—Pues que sea el propio tiempo el que te lo diga. O Willa. Pero, Harper, déjales en paz. ¿De acuerdo?

—Yo solo...

—Harper —me interrumpió acaloradamente—, hoy he acudido en tu ayuda, y estaba dispuesto a ser devorado vivo por Winnie the Pooh para salvarte. ¿No puedes hacerme ese pequeño favor?

Sus ojos de gitano brillaban furiosos. Y tenía razón.

—Está bien —dije de mala gana—. Pero si Willa me pide consejo, le diré lo que pienso.

—Me parece justo —dijo.

Y con eso, golpeó levemente a *Satán* en el flanco y se alejó al galope para unirse al resto del grupo, dejándome sola, con un caballo prácticamente catatónico.

Capítulo 8

La dama de honor tenía unas buenas ojeras al día siguiente. Me levanté temprano; en realidad apenas había dormido en toda la noche, pues la voz de Nick no dejó de resonar en mi cabeza: «Nunca he dejado de amarte», «No les infectes», etcétera. A las cinco y media salí de puntillas de la habitación, con los suaves ronquidos de Dennis como sonido de fondo y con *Coco* entre mis brazos. Mi pequeña perra y yo dimos un largo paseo alrededor del lago, observando cómo la niebla ascendía por el agua hacia la frondosidad del bosque. Un águila se abalanzó sobre un pez en la superficie del agua y lo cazó sin apenas hacer ruido, para después desaparecer entre las nubes.

«Nunca he dejado de amarte.»

Maldición.

Bueno, pensé, intentando ser lo más práctica posible, los sentimientos de Nick eran los que eran. Y fueran ciertos o no, ya no pintaban nada en mi vida. En breve regresaría al Viñedo y Nick volvería a ser relegado al plano de la memoria.

Mientras regresaba a la casona de estilo suizo que era el hotel, vi a una solitaria figura parada en la orilla. Me di cuenta de que se trataba de Nick, y antes de que me viera, me fui por el otro lado del camino y entré por la puerta principal con el fin de esquivarle. Algo que también estuve haciendo durante todo el desayuno. Me había convertido en la reina de la evasión. Después del almuerzo, me excusé diciendo que tenía que trabajar —no mentí—, preparé un escrito para uno de mis compañeros, mandé varios correos a mis clientes, así como a Kim y al padre Bruce, envié a Tommy un mensaje de «mantén la cabeza bien alta» y actualicé algunos archivos de mi ordenador; en otras palabras, me dediqué a hacer tiempo hasta que llegó el momento de prepararnos para la ceremonia.

Entonces me aseguré de que *Coco* tuviera su conejo de peluche cerca de ella sobre mi cama, le acaricié la diminuta cabeza y la soborné con varios trozos de tocino que había birlado en el desayuno. Después arrastré mi vestido hasta la suite de Willa, sonriendo mecánicamente a todos los invitados con los que me crucé en el pasillo. Todo el mundo se apresuraba a bajar. Se suponía que la boda tendría lugar en el patio del hotel, frente a un lago increíblemente azul, un cielo despejado y con las inmensas montañas como silenciosos testigos, mientras las águilas volaban sobre nosotros y blablablá.

Esa había sido la idea inicial, pero la Madre Naturaleza tenía otros planes en la forma de, según BeverLee, un «norte azul» o, para el resto de mortales que no éramos de Texas, de una enorme tormenta. Uno casi podía tomárselo como una señal del destino. En ese momento, el personal del hotel, así como algunos invitados, estaban metiendo las sillas y las mesas dentro antes de que se echaran a perder por la lluvia.

—¡Aquí estás! Vamos, cariño, vamos, vístete. Oh, al final escogiste un vestido púrpura. Eso está muy bien, Harper. Qué buena eres. —BeverLee me agarró nada más entrar en la habitación de Willa y me arrastró hacia el cuarto de baño para que me cambiara.

—Hola, Wills —grité, antes de desaparecer.

—¡Hola! —contestó ella—. ¡Estoy deseando ver cómo te queda el vestido!

—Yo también —murmuré.

Con la esperanza de que aquel momento no terminara llegando, me compré el vestido en Boston, unas dos horas antes de tomar el vuelo, sin probármelo siquiera. Sobre el maniquí se veía muy bonito, y cumplía con el requisito de ser púrpura... bueno, más bien lavanda. Me quité la ropa, descolgué el vestido de la percha, me lo puse y... Oh, ¡no podía ser!

Me quedaba bien de talla, pero el escote era demasiado... pronunciado. No, no era solo pronunciado... era... bueno... dejémoslo en que enseñaba un montón de pecho, ¿de acuerdo? Mucho, mucho. Parecía una fulana. Si hubiera sido una madre lactante, me hubiera venido fenomenal a la hora de dar de mamar a mi hijo. ¿Os hacéis ya una idea de cómo era? Agarré el corpiño y tiré de él hacia arriba. No se movió ni un centímetro. «Senos, aquí el mundo. Mundo, aquí mis senos.» De todos modos, tampoco podía hacer nada, a menos que mi padre hubiera traído un poco de cinta americana.

En fin. Daba igual. Nadie iba a fijarse en mí, salvo Dennis. Y quizá Nick. Que nunca había dejado de amarme, pero que ahora también me odiaba, debido a dicho amor.

Y la gente se preguntaba que por qué hacía lo que hacía.

—Oh, Señor, ¡estás espectacular! —canturreó BeverLee en cuanto salí del baño—. ¡Ya era hora de que enseñaras un poco las tetas!

—¡Muy guapa! —acordó Willa, aplaudiendo.

—Ven aquí, cariño, déjame que te ponga un poquito de laca —dijo BeverLee con su arma de destrucción masiva en la mano.

—Gracias, Bev, pero creo que voy mejor así —comenté—. Willa, estás... ¡caramba!

Sí, ya había visto a mi hermana vestida de novia antes, pero seguía emocionándome. La pequeña Willa, casándose.

—¡Vaya! Me olvidé de entregar a los del *catering* las flores para la parte superior de la tarta —informó mi madrastra—. Harper, ¿puedes terminar de peinar a tu hermana, querida? Gracias. Solo hay que ahuecárselo un poco más por detrás, porque así parece que lo lleve sin gracia.

—Claro.

BeverLee abandonó la suite en un aleteo de capas naranjas.

—Ni se te ocurra ahuecarme más el pelo —dijo Willa nada más cerrarse la puerta.

—No lo haré. —Sonreí. BeverLee siempre había tardado mucho en arreglarse el pelo, echándose litros y litros de laca, dispuesta a no dejar que los vientos de Martha's Vineyard descolocaran un solo mechón de su cardada melena. Por eso siempre me había encargado yo de peinar por las mañanas a Willa antes de ir al colegio, haciéndole una trenza o una coleta. Ahora tomé una pequeña flor blanca y la prendí en el sedoso pelo rubio de mi hermana. Como en los viejos tiempos.

Me fijé en su reflejo en el espejo y vi que tenía una expresión un tanto... seria.

—¿Cómo lo llevas, cariño? —pregunté. No estaba rompiendo la promesa que le había hecho a Nick, me dije. Ninguna infección en marcha. No era ningún crimen preguntar a una hermana cómo se sentía el día de su boda, aunque seguro que Nick terminaría encontrando alguna forma de incriminarme.

Willa me miró y frunció el ceño.

—¿Quisiste dar marcha atrás el día de tu boda?

Tomé otra flor y la fijé cerca de la sien de mi hermana.

—En realidad, sí —dije en voz baja—. Estaba aterrorizada. Todo había sucedido demasiado rápido y creía que éramos demasiado jóvenes. Mirándolo en retrospectiva, está claro que teníamos... no sé... ideas diferentes de lo que significaba estar casado.

—Pero le querías, ¿no?

Tragué saliva, bajé la mirada y me hice con otra horquilla.

—Claro. Pero el amor no te asegura necesariamente que vayas a tener un matrimonio feliz. Y creo que el día de mi boda ya lo sabía. —Hice una pausa, me senté al lado de Willa y tomé su mano—. Cielo, no pasará absolutamente nada si cancelas todo esto.

La puerta de la habitación se abrió de golpe y yo salté asustada. Se trataba de Nick. Quién si no.

—Ya está todo listo abajo —anunció alegremente. Después se dirigió a mí—. Creí que habíamos llegado a un acuerdo —dijo entre dientes, con los ojos echando chispas como si fuera el mismísimo Zeus con síndrome premenstrual. Zeus pero vestido de esmoquin, lo que no era nada justo. Bueno, pensándolo bien, yo llevaba el vestido «enseña tetas». ¡Toma ya!

—Efectivamente. Un acuerdo que he seguido a rajatabla. —Volví a mis quehaceres de peluquera.

—Hola, Nick —saludó Willa con una sonrisa.

Él se acercó a nosotras y se arrodilló junto a mi hermana.

—¿Nerviosa? —preguntó. Y al igual que yo había hecho hacía unos instantes, tomó su mano.

Willa hizo una mueca.

—Bueno... sí. Un poco.

—Perdona, necesito una de esas flores —le dije a Nick, intentando que se apartara con un rodillazo en las costillas.

—Toma. —Me puso una flor en la mano de malas formas y no se movió ni un ápice—. Willa, creo que todo el mundo tiene sus momentos de duda el día de su boda. Ahora solo te estás imaginando los peores escenarios. ¿Y si estamos cometiendo un error? ¿Y si no me ama lo suficiente? ¿Y si yo le amo demasiado?

Solté un bufido y coloqué otra horquilla en el pelo de mi hermana. Willa, por desgracia, le escuchaba extasiada.

—¿Te arrepientes de haberte casado con Harper? —preguntó ella.

—Oye, que estoy aquí mismo —me quejé.

—Ya lo sé —repuso mi hermana, sonriéndome—. Pero es algo que siempre me he preguntado.

Nick seguía sin mirarme.

—No —respondió. Y mi atrofiado y cínico corazón se emocionó un poquito—. Aunque sí que me arrepiento de que no tuviera la misma fe en mí que yo tuve en ella.

Adiós emoción.

—Oh, cierra el pico, Nick. Estás diciendo tonterías. ¿Fe? ¡Y un cuerno! Willa, yo sí que me arrepiento de no haber previsto lo rápido que Nick me daría la patada...

—Willa —interrumpió Nick—, lo importante es que escuches a tu corazón. Él te ayudará a hacer lo correcto.

Mi hermana sonrió y asintió ligeramente con la cabeza.

—O también puedes escuchar a tu cerebro, que suele ser más fiable —refuté yo—. O también, y esto es solo una idea, podéis esperar unos meses para conoceros mejor.

—Si de verdad crees que no deberías casarte con mi hermano, Willa, no lo hagas. Cancela ahora mismo la boda. Tómate tu tiempo y haz lo que sea necesario. Pero... —prosiguió, dándole un apretón de manos—... si de verdad le amas, sigue adelante. Cásate con él. Sed felices. Cuidad el uno del otro y dadme unos cuantos sobrinos para que pueda malcriarlos. —Sonrió de oreja a oreja.

Ya estaba. Acababa de meterse a Willa en el bolsillo. La vacilante sonrisa de mi hermana floreció ahora en todo su esplendor.

—Wills —intervine rápidamente—. Yo también quiero malcriar sobrinos. Lo que no me gusta es que tomes una decisión precipitada cuando hay muy buenos argumentos para tomarse las cosas con calma. Y si no, mira a tu hermana mayor. Nick y yo también nos queríamos, pero antes de cumplir seis meses de casados ya nos estábamos divorciando. Tal vez hubiéramos podido evitarlo si hubiéramos esperado, no sé, un año o dos antes de comprometernos...

—Tu hermana y yo no nos divorciamos porque fuéramos jóvenes, Willa, sino porque...

—¿Sabéis qué? —dijo Willa—. Ya me encuentro mejor. Estoy lista. Amo a Chris. Voy a casarme con él, vamos a tener hijos y vamos a vivir felices para siempre.

—Magnífico —contempló Nick.

Le fulminé con la mirada.

—Nada de magnífico. Willa, escucha. Si quieres casarte con Chris, me parece bien. Estoy convencida de que tiene cualidades muy buenas. Pero hay cosas que tienes que sopesar primero. Dinero. Trabajo. Un plan a largo plazo. Casarse requiere su tiempo.

—Bueno, todo eso podemos ir descubriéndolo sobre la marcha —repuso ella, poniéndose de pie.

—Qué curioso, eso mismo fue lo que me dijo Nick. Solo quería señalarlo.

—Bueno, nosotros no somos tú y Nick. —Me dio un abrazo—. Gracias por el peinado —dijo con dulzura—. Ahora o nunca.

—Voy con Chris —comentó Nick. Antes de salir me miró como si quisiera matarme.

—Es un gran hombre —dijo Willa, mirándose al espejo una vez más.

—Sí, un dechado de virtudes —repliqué entre dientes.

—¿Estás lista, angelito? —BeverLee había regresado con mi padre—. ¡Oh, Dios mío! ¡Mira tu pelo! ¡Harper, has hecho un trabajo excelente! —Mi madrastra envolvió a su única hija en un abrazo de oso—. ¡Hoy es un día tan feliz!

Miré a mi padre, que estaba esperando en el umbral de la puerta, con una ligera sonrisa en los labios.

—¿Papá? Ya que Willa está a punto de casarse con un hombre que ha conocido hace cuatro semanas, ¿no te gustaría dar algún consejo paterno de última hora? —sugerí.

—Seis semanas —puntualizó mi hermana.

—¿Tienes dudas, fresita? —preguntó, ladeando la cabeza.

El ramalazo de celos que en ese momento sentí me pilló completamente por sorpresa. Ojalá mi padre me hubiera hecho esa misma pregunta el día de mi boda... y ojalá me hubiera puesto también un apodo. Pero desapareció tan pronto como había llegado, y solo quedó una sensación de gratitud porque él hubiera formulado en voz alta aquella pregunta.

—No, papá, estoy muy segura de lo que voy a hacer —contestó mi hermana, dándole un abrazo.

—Estás preciosa —dijo él—. Tú también, Harper.

—Gracias, papá. —Tomé los dos buqués de flores de la cama y me obligué a sonreír—. Bien, si estás absolutamente convencida, hagámoslo de una vez.

No es que no quisiera que Willa se casara con Christopher Lowery. Lo que no quería era que terminara divorciándose (otra vez), con el corazón roto (otra vez) y llena de inseguridades (otra vez). Pero bueno, yo ya le había dado mi consejo, (¡si a eso era precisamente a lo que me dedicaba para ganarme la vida! Digo yo, que algo sabría sobre el tema, ¿no?). En fin, cuando todo aquello le explotara en la cara, ya me encargaría de recoger los trocitos desperdigados de su corazón, tal y como había hecho siempre con las malogradas decisiones que había tomado en el pasado.

Bajé las escaleras hasta el rellano de la primera planta, eché un vistazo hacia atrás para comprobar que Willa, BeverLee y mi padre estaban preparados, y miré a los invitados.

Habían transformado el salón principal del hotel en una capilla, con una especie de arco traído del patio, y con ramitos de flores silvestres de Montana colocados estratégicamente. Alguien había encontrado un buen trozo de gasa blanca y lo había puesto sobre el arco. En general hasta se podía decir que había quedado bonito si todo aquello no fuera una mala idea. Una balada *country* sonaba de fondo; una que hablaba del amor que el cantante sentía por su mejor amiga. ¡Justo! Willa y Chris eran dos completos desconocidos, no amigos de toda la vida.

Mientras bajaba el tramo de escaleras que quedaba y caminaba por el improvisado pasillo, sentía como si me estuvieran saliendo escamas por todo el cuerpo. Nick me estaba mirando con sus ojos de gitano entrecerrados. Menudo desgraciado. Le miré de la misma manera y luego clavé la vista al frente. Vaya, mucho mejor. Ahí estaba Dennis, observándome con una cariñosa sonrisa.

—Estás muy guapa, nena —me murmuró mientras pasaba frente a él.

—Gracias.

Cada vez estamos más unidos, decía la canción. Aquello tampoco era muy difícil, teniendo en cuenta que los novios no llevaban juntos ni dos meses. *Crees en mí, como nunca nadie lo ha hecho...* «¿Sí, Chris? ¿Cree Willa en el *pulgarete*?» Christopher asintió tímidamente con la cabeza y medio sonrió. Era muy dulce, había que reconocerlo. Al igual que los otros dos maridos de mi hermana.

Cuando llegué a la pequeña estructura ligeramente elevada que hacía las veces de altar me volví para observar a mi hermana aproximarse. No me molesté en mirar a Nick.

—Creí que no ibas a infectarles —masculló él por lo bajo—. ¿Qué se supone que estabas haciendo arriba? ¿Presentando el alegato final?

—Estaba intentando infundir un poco de sentido común en el proceso —refunfuñé entre dientes.

—Me das lástima —susurró él.

—Y a mí me dan ganas de pegarte una patada en la espinilla.

Christopher nos miró extrañado. Nick le sonrió y le dio un pequeño puñetazo en el hombro.

Ahí venía la novia. Oh, estaba magnífica, radiante, esplendida... Contra todo pronóstico a mi cínica garganta se le hizo un nudo.

—¿Quién entrega a esta mujer en matrimonio? —El juez de paz, que parecía haber salido de la tumba para celebrar la ocasión, tosió como si tuviera mil flemas dentro.

—Su padre y yo —informó BeverLee con un agudo sollozo. Se le estaba empezando a correr la máscara de ojos. Mientras mi padre y Bev tomaban asiento, Willa me entregó sus flores, y subió al pequeño estrado, al lado de Christopher.

Debido a las reducidas dimensiones del altar, Nick y yo estábamos prácticamente pegados el uno al otro, y aunque parecía tranquilo, podía percibir la irritación que despedía por cada poro de su cuerpo. Me miró a los ojos, pero inmediatamente después bajó la vista a mi escote.

—Gracias por el espectáculo —murmuró. Después retrocedió unos centímetros y se fijó en mi trasero—. Aunque no puedo dejar de preguntarme dónde has escondido la cola y el tridente.

—Que te den, Nick —masculló.

El juez me lanzó una mirada severa. El grosor de sus cejas hacía empalidecer a las de Groucho Marx. Le desafié con la mirada. «¿Qué?» El hombre frunció el ceño y se aclaró la garganta.

—Queridos hermanos —empezó, aunque inmediatamente después le dio otro ataque de tos.

—Uno casi podría tomárselo como una señal del destino —murmuré a Nick, mientras miraba a mi hermana con una sonrisa de oreja a oreja.

—¿Te he dicho ya lo bien que te sientan esos kilos de más? —susurró él, sin dejar de mirar al frente—. A la mayoría de las mujeres no se las ve bien después de haber engordado diez kilos, pero a mí me gustan rellenitas.

—Por favor, Nick. Están a punto de pronunciar sus votos sagrados. Y los dos sabemos lo mucho que significan. Ah, y han sido cinco, no diez.

—¿Podéis callar los dos? —preguntó Chris con tono amable, sonriendo a mi hermana.

—A tu hermano le ha dado un retortijón, pero no te preocupes que ya me callo.

—Por fin —gruñó Nick.

Miré a Nick. Articulé con los labios una obscenidad dirigida hacia su persona, apreté los dientes y centré mi atención en la ceremonia que estaba teniendo lugar. Pero...

Tenía un problema.

Allí, en el altar, tan cerca de Nick... Era normal que la situación me trajera algunos recuerdos. A pesar de las dudas y miedos que tuve el día de mi boda, a pesar de que sentía que estaba cometiendo un error colosal, a pesar de todo...

Había amado a Nick con toda mi alma.

—Yo, Willa, te tomo a ti, Christopher, como esposo, y prometo amarte y respetarte...

Tragué saliva. No era de las que solían llorar en las bodas (ni en los divorcios, entierros, anuncios de Navidad, o cosas por el estilo), pero aquellas palabras... Me fijé en que mi hermana sostenía las manos de Christopher con un poco más de fuerza.

—... en la salud y en la enfermedad...

De pronto, el sarcasmo parecía haberme abandonado y empecé a sentirme un poco aterrorizada. Casi vulnerable. La voz de Willa estaba cargada de emoción y reconocí la sinceridad en su voz... porque yo misma había pronunciado esos mismos votos, hacía doce años.

—... en la riqueza y en la pobreza...

Eché un vistazo a Nick. Estaba mirando al suelo, y me pregunté si también estaría recordando.

—... todos los días de mi vida, hasta que la muerte nos separe.

Dios, cómo le quise.

Entonces Nick me miró y el tiempo se detuvo para nosotros. Aquellos ojos oscuros tan hermosos estaban llenos de... ¿arrepentimiento?, ¿amor?, ¿pesar? Durante un eterno segundo nos limitamos a mirarnos y a dejar que ese mar de sentimientos que había entre nosotros fluyera libre.

«Si al menos...» Aquellas eran las palabras más tristes de cualquier idioma.

Y en ese preciso instante mi cerebro de abogado supo que nunca amaría a ningún hombre como había amado a Nick. Mi corazón... mi corazón sin embargo fue incapaz de expresar cualquier pensamiento coherente. Hubo un tiempo en que adoré a ese hombre con ojos de gitano y los días que pasé con él fueron los más felices y aterradores de mi vida.

—Los anillos, ¿por favor? —inquirió el juez. Nick dejó de mirarme y se dirigió a los novios. El hechizo se rompió y yo me quedé más indefensa que un mapache recién nacido abandonado en plena carretera a hora punta, porque sabía que Nick se había dado cuenta de todo.

La ceremonia terminó unos minutos más tarde. A Willa y a Chris les envolvió una multitud que quería felicitarles y la voz chillona de BeverLee estuvo a punto de destrozarme los tímpanos cuando empezó a vociferar a los cuatro vientos lo feliz que se sentía. Dennis estaba en el bar, obedeciendo a un impulso genético de beberse una Guinness cuanto antes, riéndose con Emily. Mi padre se limitaba a asentir y a estrechar manos. Willa hizo un gesto para llamar mi atención y me ofreció esa deslumbrante y contagiosa sonrisa suya. Después me saludó con la mano y pude ver la fina banda de oro que ahora adornaba su dedo. Hice a un lado todas mis objeciones, le devolví la sonrisa y recé a Dios, a los ángeles, a los santos y a quien fuera necesario —si hacía falta hasta estaba dispuesta a sacrificar una cabra— para que siguiera siendo así de feliz.

Nick no volvió a mirarme. Le noté un tanto rígido mientras sonreía y charlaba con el resto de invitados, pero no volvió a fijarse en mí.

La tormenta había terminado y la mayoría opinó que la fiesta debería continuar en el patio. La gente se puso a recoger las sillas y mesas y lo trasladamos todo al exterior. Los rayos de sol penetraban entre las nubes, formando saetas doradas que brillaban sobre los pinos cargados de gotas de lluvia y el inmenso lago azul.

Necesitaba estar un rato a solas.

Corrí hacia las escaleras y me topé con la mirada lasciva de un anciano que llevaba una gorra de veterano de guerra. No le hice caso y subí a toda prisa las escaleras hasta llegar a la tercera planta; estaba en buena forma, en algo tenían que notarse todos esos trayectos en bici al trabajo. Y no, el latir desaforado de mi corazón, no se debía solo al esfuerzo físico que acababa de hacer.

Mi habitación era un oasis de silencio. *Coco*, acurrucada junto a su peluche, me saludó meneando la cola un par de veces, pero no abrió los ojos; las siestas eran sagradas para ella. Me acerqué a la ventana y descorrí la cortina, mostrando aquel interminable paisaje salvaje. Me di cuenta de que tenía las manos temblando. Lo que tenía que hacer al respecto era otra cuestión.

—Harper.

Como si lo hubiera convocado con mi mente, Nick apareció en el umbral de la puerta.

—Nick —jadeé.

Durante un segundo, solo le miré. A su pelo despeinado, a aquellos ojos tristes... y me pareció increíble que hubieran pasado doce años, que no me hubiera burlado de él cuando le salió la primera cana, que no hubiéramos hablado cada día, que hubiera estado tanto tiempo sin él, el último hombre de la tierra que jamás pensé que me dejaría.

Entonces él cruzó la habitación como una bala, y sin decir ni una sola palabra más, nos fundimos en un abrazo. Nuestras bocas se buscaron y se encontraron, y la corriente eléctrica que sentí casi me hizo levitar. Era como si estuviera volando y mezclándome con su esencia al mismo tiempo. Volver a estar con Nick me resultaba familiar y nuevo a la vez; estaba más delgado, aunque también se le veía más fuerte, pero su boca... aquella magnífica boca era la misma, tan ardiente y hambrienta. No podría describir la increíble, elemental e intensa sensación que se apoderó de mí al estar de nuevo con él, al volver a besarle, al volver a poseerle... porque, seamos sinceros, él y yo habíamos nacido para estar juntos.

Nick me estaba abrazando con tanta fuerza que mis costillas crujieron. Oh, Dios mío, cómo le había echado de menos, cómo había añorado esto, ¿por qué permitimos que lo nuestro terminara? Me empujó contra la pared y cambió de posición. Cubrió mi pecho con una mano, sentí su ardiente piel contra la mía, y continuamos besándonos violentamente, con desesperación. Me sentía tan bien, como nunca había conseguido sentirme con otro hombre, como si fuéramos dos partes de una roca a la que un rayo hubiera partido hacía tiempo y que finalmente volvían a estar juntas, como debía ser. Como siempre tenía que haber sido. Nick me besó como si estuviera a punto de desencadenarse el Apocalipsis, asaltándome con su lengua de una forma tan feroz que mis rodillas casi se doblaron. No había nada que nos importara, excepto el estar juntos de nuevo. Nada. Le saqué los bordes de la camisa de los pantalones y ascendí con mis manos hasta sus costillas, deleitándome en su ardiente piel. Mis yemas buscaron a tientas la cicatriz que tenía sobre el corazón y cuando la acaricié él gimió de placer contra mi boca y volvió a cambiar de postura para que pudiera sentir todo su cuerpo sobre mí, lo que hizo que me estremeciera de deseo. Al notar como temblaba sobre mí me sentí inmensamente poderosa, pues fui consciente de que tenía sobre él el mismo efecto que él tenía sobre mí.

Nick se echó hacia atrás. Tenía el rostro enrojecido, el pelo despeinado y sus ojos brillaban de pasión. Me sonrió, y en ese momento creí que mi corazón se resquebrajaría por aquella visión, por lo mucho que había añorado su sonrisa.

—¿Quieres decir algo? —susurró entre jadeos.

—Pues... ¿Hazme el amor? —dije respirando con dificultad. Le devolví la sonrisa.

El soltó una áspera carcajada.

—Bueno, sí, eso te lo voy a hacer encantado. —Su sonrisa se hizo aún más amplia—. Pero ¿seguro que no quieres decir nada más antes de que nos pongamos a ello? —Con una mano, me colocó uno de los mechones de mi ahora enredado cabello detrás de la oreja y me miró fijamente. Sus ojos estaban cargados de cariño... y de expectación—. Vamos, adelante.

Me quedé quieta. La pasión que sentía hacía unos segundos se vio reemplazada por un incómodo escalofrío. Maldición. Ese era el punto exacto en el que las cosas siempre empezaban a torcerse entre nosotros. Las expectativas.

—Tú... tú primero —logré decir.

Nick alzó la cabeza.

—Creo que deberías empezar tú. Al fin y al cabo...

Me puse un poco tensa.

—¿Al fin y al cabo qué?

—Bueno, fuiste la que... ya sabes. —Estaba claro que creía que aquel era el momento apropiado para hacer algún tipo de declaración. Fruncí el ceño. Nick parpadeó—. ¿De verdad no quieres decir nada, Harper?

—No, Nick, estoy bien. —Aunque el ardor se estaba enfriando a pasos agigantados.

—Nada. No tienes nada que decirme —remarcó él. Retrocedió un paso y se pasó la mano por el pelo.

Apreté los labios.

—Bueno, es evidente que tú sí que crees que debería decir algo, así que, ¿por qué no me iluminas, Nick?

Se le tensó la mandíbula.

—Me imaginaba que querrías...

—¿Qué?

—Disculparte. Creí que querrías disculparte.

Respiré hondo.

—Oh... Esto es... Esto es increíble. —Crucé los brazos sobre mi expuesto pecho—. ¿Por qué tendría que disculparme?

Él volvió a parpadear.

—¿Como que por qué? ¿Por arruinar nuestro matrimonio?

—Que yo... ¿Me estás tomando el pelo?

—No —repuso él, mirándome con ese aire que tanto recordaba de «¿Por qué te estás poniendo tan histérica? Estoy siendo de lo más razonable».

—¿Quieres que me disculpe? —pregunté con tono agudo—. ¿Eso es lo que quieres? ¿Ahora mismo? ¿De verdad?

Él levantó las manos a la defensiva.

—Mira, estoy más que dispuesto a perdonarte y empezar de cero...

—¡Oh, qué generoso! ¡Muchas gracias, Nick!

—... pero, Harper, tienes que admitir que lo que hiciste estuvo mal, muy mal. Me engañaste. Me traicionaste. Y aunque estoy abierto a hacer borrón y cuenta...

—¿Sabes qué? Allá vamos otra vez, Nick. Ese fue el gran problema de nuestro matrimonio. Que tú eras perfecto y yo tenía la culpa de todo. Pues esta vez no estoy dispuesta a seguirte el juego.

—¿Y qué se supone que hice yo? ¿Amarte? ¿Trabajar de sol a sol? ¿Acaso eso es un crimen? ¿Tan mala idea era trabajar para que pudiéramos tener un porvenir seguro?

—¿Sabes lo que sí es una mala idea, Nick? Esto. Nosotros. Mira, eres... Da igual. Es obvio que me sigues atrayendo, pero si quieres que asuma toda la culpa de nuestra fallida relación, entonces no. ¡No lo haré, Nick! Tú también tuviste tu cuota de responsabilidad.

—No veo que lo que hice fuera tan malo —dijo a la defensiva.

—Ahí está el problema —espeté—. Lamento que hayas venido hasta aquí para nada. Ha pasado demasiado tiempo y sigues viéndome como la mala de la película. Buenas noches.

—Fuiste tú la que te marchaste —explotó él.

—En realidad fuiste tú —repliqué entre dientes—. Da igual. Ahora veo que solo has venido a por una disculpa y a que me humille un poco. Y si en el proceso conseguías un poco de toqueteo, mejor que mejor, ¿verdad, Nick? Pues vas a tener que buscar en otra parte.

Dicho eso, abandoné la habitación con paso decidido y regresé a la boda de mi hermana.

Capítulo 9

—¡De acuerdo, oídme todos, tomémonos el último cóctel Crilla por la feliz pareja! —dije con voz alegre. Antes muerta que dejar que Nick viera lo mucho que me había afectado su beso—. Lo he llamado así en honor a los novios. Lleva licor de café, que representa a nuestro oscuro y apuesto novio...

—¡Muy apuesto! —exclamó Willa, besando a su recién estrenado marido.

—... y zumo de piña, por la dulzura de la novia. —Sonreí, consiguiendo un «oh» de la audiencia—. Puede que al principio parezca que estos dos ingredientes no combinan bien... —proseguí, guiñando un ojo a mi hermana—... pero en cuanto los pruebas te das cuenta de que los Crilla, ¡están riquísimos! Así que, ¡a por ellos!

Aquella boda se me estaba haciendo eterna. Fingir que me lo estaba pasando fenomenal no era lo mío, pero Nick y yo estábamos sumidos en una competición por ver quién hacía menos caso al otro. Por ahora íbamos empatados. Y ahí estaba yo, detrás de la barra de un bar —había sido camarera durante la universidad, así como durante mi breve estancia en Nueva York—, jugando a ser la feliz dama de honor. Nick, por su parte, había reclamado para sí el papel de soltero disponible de la fiesta, y había bailado con todas las invitadas de la boda, desde Emily hasta BeverLee, incluyendo a una anciana de Wisconsin que no formaba parte de la fiesta, pero que tampoco se quejó. Con todas menos conmigo, evidentemente. Estuvo coqueteando y riéndose con cada una de ellas, y antes prefería que me fulminara un rayo a permitir que se diera cuenta de que todavía me seguían temblando las rodillas por aquel beso.

De todos modos, había salido indemne. Si en ese momento de debilidad, y bajo los efectos de un sentimentalismo inútil, hubiera dejado que las cosas con Nick fueran más lejos, ahora estaría ahogándome en la culpa y el arrepentimiento. Ya me sentía bastante mal por no haber pensando en Dennis ni un solo instante de lo que duró aquel beso. Así que debía dar gracias a Dios por haber parado a tiempo. Lo que hubo entre Nick y yo no duró por una razón. Algo que debería tener siempre presente.

Cuando me dirigí al bar a por mi tercer Crilla, Jason Cruise se acercó a mí andando como si viniera con los muslos escocidos.

—Harper, ¿te apetece bailar un rato? Ya sabes, por los buenos tiempos. —Se ajustó sus gafas de sol Ray-Ban Wayfarer tan típicas de los ochenta.

—Que te den, Jason.

—Caramba. No tienes por qué ser tan zorra conmigo.

—Y tú no tienes por qué respirar y sin embargo sigues haciéndolo.

—¿Por qué me odias? —preguntó—. ¿Qué te he hecho yo?

Durante un segundo, estuve tentada de no responder. En realidad nunca me había hecho nada. Pero dejar las cosas tal cual nunca había sido uno de mis puntos fuertes.

—No te odio, Jason. No eres lo suficientemente importante como para odiarte. Pero tu presencia me disgusta bastante, la verdad.

—¿Por qué?

—Porque lo sé todo, Jason —siseé—. Sé cómo trataste a Nick cuando eráis unos niños, cómo le rompías los juguetes, cómo le restregabas tu vida por la cara y cómo le disparaste una flecha. Si a eso le añadimos tu carácter profundamente irritante, el resultado no puede ser otro.

—¿Y? Creía que odiabas a Nick.

Abrí la boca, dispuesta a protestar, pero me lo pensé mejor. Sí que le odiaba, por lo menos en ese momento.

—Da igual.

Jason se bajó un poco las gafas y clavó los ojos en mi maxi escote.

—¿Qué me dices a lo de bailar, Harper?

Hombres. Una amiga de la universidad, la primera de nuestra promoción, decidió no complicarse la vida e ir directamente a un banco de esperma. Siempre había sido muy inteligente.

Mi tabla de salvación llegó con el bombero Costello y su metro noventa de estatura.

—¿Te está molestando este tipo, Harp? —preguntó, bajando la mirada hasta Jason.

—Sí. Dennis. Por favor dale una paliza.

Dennis me miró estupefacto.

—¿En serio?

—Oye, amigo, que yo solo le he preguntado si quería bailar —balbuceó Jason, retrocediendo al instante—. Antes estábamos más o menos emparentados. Eso es todo. Lo único que intentaba era... eh... ya sabes. Da igual.

Le miré como si fuera un sapo asqueroso.

—Haz el favor de regresar a tu pantano y alejarte de mi vista, Jason. —Se dio la vuelta, tropezándose con una de las vigas que sostenían el techo (cómo iba a ver si iba con esas estúpidas gafas de sol) y se marchó a aburrir a algún otro pobre desgraciado con sus historias sobre Tom Cruise.

—¿Quieres bailar, nena?

—Por supuesto —respondí. Y nos pusimos a ello.

La culpa que sentía por haber besado a Nick hizo que me acurrucara contra el amplio hombro de Dennis. Él sonrió. Al fin y al cabo era un hombre y por tanto incapaz de resistirse a un buen par de tetas, sobre todo a unas tan bien expuestas como las mías.

—¿A qué hora te tienes que ir mañana? —pregunté.

Hizo una mueca de disgusto.

—Mi vuelo sale a las siete. Lo que significa que tengo que tomar el minibús de las cinco y media.

—Llévate el Honda —sugerí—. Yo iré en el minibús.

El rostro de Dennis se iluminó.

—Eso sería estupendo, nena. Gracias.

Cuando le pedí que me acompañara a la boda, Dennis no contestó de inmediato. El resultado fue que tuvo que reservar un vuelo a una hora mucho menos civilizada que el mío de por la tarde. Papá y BeverLee irían conduciendo hasta Salt Lake City —mi madrastra tenía por allí a unos primos terceros a los que no había visto en años—, así que haría mi viaje de regreso a casa sola. Algo que no me importaba en absoluto.

—Me voy a la cama —dijo Dennis—. Te veo luego.

—Muy bien.

Tan pronto como se fue, BeverLee vino a mi encuentro. Olía tanto a perfume que casi me ahogo.

—¿Has podido sentarte a hablar con tu padre? —preguntó, alzando las manos para ahuecarme el pelo.

—BeverLee, creí que habíamos quedado en que no era la mejor para hablar con mi padre sobre... eso —dije rescatando mi pelo de sus manos.

—Sí. De acuerdo. Está bien. —Se sentó en una silla que había cerca y se quedó mirando al infinito, como una niñita desamparada, con su cabello color mantequilla y las pestañas llenas de pegotes de máscara azul.

—Pero... le diré algo... seguro.

«¿Qué tal esto como buena acción del día, padre Bruce? Yo creo que sirve para un mes por lo menos.»

—¡Oh, gracias, azucarito! ¡Eres...! ¡Gracias, querida! Mira, lo tienes justo ahí. ¡Qué mejor momento que este!

—Allá voy —suspiré. Di una palmadita a Bev en el hombro lleno de pecas y atravesé la atestada pista de baile hasta llegar a un rincón del salón. Allí estaba mi siempre esquivo padre, tan guapo y solitario, sentado en una pequeña mesa con una cerveza—. Hola, papá.

—Harper. —Me saludó con un gesto.

—¿Te estás divirtiendo?

—Claro. ¿Y tú?

—Oh, sí.

Aquella se estaba convirtiendo en una de nuestras conversaciones más largas. Después de que mi madre nos abandonara, él solía preguntarme si me encontraba bien, a lo que yo siempre contestaba con un seco «no» cargado de resentimiento. Aquello, lógicamente, daba muy poco pie para continuar con la conversación y solo servía para que ambos nos sintiéramos peor.

Volví a suspirar.

—Y bueno, papá, ¿cómo te van las cosas con BeverLee?

Me miró.

—¿Por qué me lo preguntas?

—Mmm... por nada en especial... solo por saberlo.

Tomó un sorbo de su cerveza.

—En realidad, creo que estamos empezando a... ir por caminos distintos.

—¿En serio? —Empecé a alarmarme—. ¿Y eso?

—Simplemente nos estamos... alejando.

Me tensé en mi asiento.

—¿Eso quiere decir que has encontrado a otra? —En la mayoría de los casos solía ser lo más normal.

—Oh, no. No hay nadie más. No me van las infidelidades. Es solo que... ya sabes.

No. No sabía. BeverLee y mi padre llevaban juntos veinte años. Mi padre tenía sesenta y dos. Sí, la gente mayor también se divorciaba, pero no podía evitar sentirme un poco... rara. Con otro suspiro le pregunté a mi padre si había algo que pudiera hacer por ellos.

—Tal vez puedas encargarte de nuestro divorcio cuando llegue el momento —sugirió en voz baja.

—Rotundamente no, papá.

—Me ocuparé de ella, no te preocupes.

—Os recomendaré a alguien. Las cosas no tienen por qué terminar mal.

—De acuerdo. Gracias.

Nos quedamos sentados durante unos minutos y mi padre se bebió toda la cerveza.

—Papá —dije al fin—, ¿has hablado de esto con BeverLee? Me da la impresión de que ella no tiene ni idea de que estás pensando en divorciarte.

Volvió a mirarme, pero inmediatamente después apartó la vista de mí.

—Lo haré. Pronto.

Abrí la boca para decir algo, pero lo pensé mejor. Si alguien creía que quería divorciarse... bueno, yo no era quién para convencerle de lo contrario. Además, nunca había tenido con mi padre una conversación sobre sentimientos, emociones o amor. En ese aspecto, Willa y él siempre habían congeniado mejor. Ella solía sentarse en su regazo y bromear con él, mientras ambos se reían. Mucho más normal que la tensa relación que manteníamos él y yo. Después de todo, yo siempre había sido el ojito derecho de mi madre... hasta que se marchó.

Volví a pensar en el sobre que tenía en el maletín del ordenador, como si fuera un tumor oculto que estuviera esperando dar la cara en cualquier momento.

Cambié de posición y me fijé en que BeverLee me estaba mirando ansiosa. Me encogí de hombros y le sonreí en plan «hombres, ¿quién los entiende». Ella me respondió con un asentimiento. Con un triste asentimiento para ser más exactos. Pobre Bev. Esa mujer amaba a mi padre, aunque a veces me preguntaba si había llegado a conocerle de verdad después de todos esos años juntos. Según ella, mi progenitor prácticamente había inventado el aire. Puede que ese fuera el problema. El hombre que había idealizado en su cabeza se parecía muy poco al hombre real. Era algo que sucedía muchas veces.

De pronto me sentí exhausta y decidí irme a la cama también. Mi hermana y Christopher estaban bailando, pegados el uno al otro, metiéndose la lengua hasta la garganta. Me acerqué a ellos, di una suave palmadita al hombro de Willa y esbocé una sonrisa.

—Estoy muerta, muchachos, de veras. Os veo mañana en el desayuno, ¿de acuerdo?

—En realidad saldremos muy temprano —informó Chris—. Vamos a acampar en Two Medicine, al sur del parque.

Miré a Willa y sentí un pequeño tirón en el pecho.

—Bien, llámame cuando puedas. ¿Cuándo tenéis pensado regresar a casa?

La feliz pareja intercambió una mirada.

—Somos más bien de improvisar, Harper —comentó mi hermana.

Fantástico. Eso siempre funcionaba, sobre todo en un paisaje agreste con osos, lobos y potenciales tormentas de por medio. Pero me mordí la lengua y dejé que Willa me abrazara.

—Gracias por todo, Harper —dijo, dándome un beso en la mejilla.

—Sí, claro —murmuré. No es que hubiese hecho mucho, excepto intentar ser la voz de la razón—. Pues nada... Felicidades... —Ahora me sentía culpable—. Escucha... Te deseo lo mejor, de verdad. —Todavía culpable, pero un poquito mejor. Abracé a Willa un poco incómoda, siempre me pasaba lo mismo con los gestos de afecto en público, me despedí de mi cuñado con un ligero asentimiento y me dirigí a mi habitación.

Sin embargo, antes de empezar a subir las escaleras, alguien pronunció mi nombre.

Se trataba de Chris.

—Oye, Harper. Sé que esto ha tenido que resultarte difícil. Volver a ver a Nick, que me haya casado con tu hermana... Y también sé que no estabas de acuerdo con esta boda. Solo quería decirte que te agradezco mucho que hayas venido. Significaba mucho para tu hermana. Y también para mí. —Sonrió. Desde luego podía ser tan encantador como su hermano.

—Bien. Solo ten cuidado, Chris. El matrimonio puede llegar a ser muy duro. Y me gustaría que vosotros lo consiguierais. En serio.

—La quiero con locura —confesó con total sinceridad—. Soy consciente de que la conozco desde hace poco, pero estoy muy enamorado de ella.

—Mejor. Ahora estás casado. Todos los días de tu vida, recuerda. —Le di una palmada en el hombro—. Buena suerte. De corazón.

Mientras subía las escaleras, tuve la sensación de que Nick me estaba mirando, pero cuando me di la vuelta no le vi.

Aunque a lo largo del día me había pasado en varias ocasiones por mi habitación para ver cómo estaba *Coco* y Dennis la había sacado a pasear un par de veces, cuando entré en el dormitorio me la encontré en modo chihuahua huérfana total, con sus ojos enormes, el cuerpo inmóvil y sin levantar la cabeza de sus pequeñas patas, mirándome como si la hubiera encerrado en el sótano de cualquier maltratador de animales. Su conejito estaba tirado en el suelo —seguro que lo había hecho a propósito—, y todo porque llevaba dos horas sin hacerle una visita.

La subí a mi regazo y besé su diminuta cabeza.

—Lo siento mucho, preciosa. Por favor, perdóname, pequeña.

Mi perra adoptó su faceta Jack Russell y se retorció de placer. Luego me lamió la barbilla, dándome a entender que me había perdonado.

—Anda, estás aquí —dijo Dennis, saliendo del cuarto de baño con el neceser en la mano. Tenía la maleta sobre la cama, abierta, y se notaba que había metido la ropa sin orden ni concierto. Dejé a *Coco* y empecé a doblársela para que no se arrugara más de lo necesario durante el viaje de regreso—. ¿Te lo has pasado bien? —me preguntó.

Le miré de reojo.

—En realidad no, Den. —Puse los zapatos en la parte inferior de la maleta, para que no aplastaran las demás cosas y tomé una profunda bocanada de aire—. Den, creo que ya va siendo hora de que nos sentemos a hablar, ¿no te parece?

—Mmm... De acuerdo.

Se sentó en mi cama, yo me acomodé en la suya y nos miramos el uno al otro. Parecíamos el director de un colegio (yo) y el estudiante que acababa de cometer una travesura. Suspiré. Resultaba agotador ser siempre la que tenía que llevar las riendas de todo. Pero alguien tenía que hacerlo.

—Mira, Dennis. —Tomé sus enormes manos entre las mías—. Hace dos semanas te pregunté si querías casarte conmigo y todavía no me has dicho nada. Creo que tu silencio es en sí una respuesta, ¿no? —Hizo una mueca pero no me contradijo—. Está bien. No estoy enfadada. —Por extraño que pareciera, no lo estaba.

Ahora fue él el que suspiró.

—Es que... supongo que no estoy muy seguro de que ese sea el rumbo que debamos tomar. —Me miró con ojos tímidos. Era tan guapo. Su voz encerraba una nota de esperanza, y eso fue lo que más me dolió. Era como si Dennis fuera un preso que hubiera tenido muy buen comportamiento pero con pocas expectativas de ser indultado, y yo su carcelero que venía a informarle de su perdón gubernamental—. Si no estoy loco de contento ante la idea de contraer matrimonio, no creo que deba casarme, la verdad.

¡Ay! Pero tenía razón. Uno tenía que estar completamente mentalizado antes de enredarse en eso de hasta que la muerte nos separe. Y si no, mirad mi caso.

—Cierto.

—No es que no quiera... esto... ya sabes, Harp. Te quiero. De verdad.

Tuve que sonreír.

—Caramba. Como declaración es bastante pobre.

—Lo siento.

—No. Está bien.

—¿En serio?

—Sí. —Le apreté las manos y se las solté—. Y que sepas que me pareces un hombre estupendo. Tienes un corazón enorme y he pasado muy buenos momentos contigo. Y... bueno... te deseo lo mejor.

«Y tú pensabas que su declaración había sido pobre.»

Dennis esbozó una sonrisa de oreja a oreja.

—Yo también, nena.

Lo que estaba claro era que no echaría de menos que me llamaran nena. Pero sí que extrañaría a Dennis. Para mí era como una manta de esas que usan algunos niños para sentirse seguros, y ahora había llegado el momento de dejarla atrás. Pero por mucho que supiera que aquello era lo correcto, no por eso resultaba más fácil. Tenía que decir adiós a mi hombre fornido, a mis sueños de unos niños con ojos azules correteando a mi alrededor, a la sensación de saber que vas a llegar a casa y encontrarte con alguien que te haga compañía... Se me hizo un nudo enorme en la garganta y tragué saliva; lo que para mí era el equivalente a estar una semana llorando en la cama.

Dennis agarró mi mano y la besó en un gesto inesperado y caballeroso. Yo extendí la otra y le acaricié el pelo. Adiós mi buen Dennis.

—¿Te apetece que nos demos un revolcón? —preguntó, mirándome—. Ya sabes... una especie de despedida.

Solté una enorme carcajada.

—Oh... Creo que no, Den. Seguro que nos lo pasaríamos estupendamente, pero no creo que sea la mejor idea en este momento.

—Tenía que intentarlo —bromeó él—. Sacaré a *Coco* a dar un paseo. ¿Quieres dar una vuelta, *Coquito*? —preguntó. Mi perra volvió a la vida como si acabaran de darle una descarga eléctrica. En cuanto oyó la palabra que empezaba con «v» agarró su conejo de peluche con los dientes y se puso a dar saltos como una posesa—. Volvemos enseguida —dijo él, correa rosa en mano.

Un instante después la puerta de la habitación se cerraba. Me quedé sola.

Con un suspiro que comenzó en las plantas de mis pies, me tiré en la cama y me quedé mirando al techo. El plan para casarme con Dennis había llegado a su fin. Y pensar en el vacío que su ausencia dejaría en mí alma me encogió el corazón. Sí, tenía un montón de cosas maravillosas en Martha's Vineyard, pero Dennis había llenado un hueco muy importante en mi vida. El futuro se cernía sobre mí. De nuevo volvía a estar sola.

«No te desanimes», me dije, «tienes a *Coco*, tus helados, un trabajo en el que eres muy buena, a tus amigos, una casa con unas vistas maravillosas. Y todavía puedes seguir teniendo hijos... Está la adopción, los bancos de esperma, una nueva relación...»

Pero echaría mucho de menos a Dennis. No sentía ese pánico arrollador que experimenté cuando lo dejé con Nick, pero dolía de todos modos.

***

A la mañana siguiente me desperté sobresaltada y miré el reloj. Las ocho y cuarenta y siete de la mañana. La habitación estaba vacía; por lo visto ni me había enterado de la salida de Dennis. De hecho, si su vuelo salió a las siete, como estaba previsto, en este momento estaría de camino casa. Qué suerte. Me costó un esfuerzo enorme salir de la cama, estaba notando los efectos secundarios de los tres cócteles del día anterior. *Coco* dejó de apoyar la cabeza sobre su conejito de peluche, me miró con cara de «sí, estás hecha un desastre» y rodó sobre su espalda, con las patas hacia arriba, haciéndose la muerta. Miré a mi alrededor y vi que en la cómoda había una nota.

Harp, he sacado a *Coco* a dar un paseo rápido. Nos vemos en casa, de eso estoy seguro. Gracias por todo.

Den

Bien. Había que reconocer que había sido un bonito gesto por su parte. Solté un suspiro y me puse a escuchar los mensajes que me habían dejado en el buzón de voz del teléfono. Uf. Tenía un montón. Seis de Tommy, dos de ellos por motivos laborales y cuatro por asuntos personales (me hablaba de la montaña rusa emocional por la que estaba pasando pues la «santa» de su esposa le había prometido dejar de ver al repartidor el viernes, pero el sábado se fue a escondidas para volver a quedar con él y el pobre Tommy ya no sabía qué hacer). Dos mensajes de Theo, preguntándome por qué no había ido a trabajar el viernes (el hombre tenía la memoria de un colador). Uno de esa misma mañana de BeverLee (ella y papá iban de camino a Salt Lake City y querían que cenáramos juntos el viernes para hablar de lo bien que lo habíamos pasado en la boda de Willa). Un mensaje de texto de Kim, solo para ver qué tal estaba (me gustaba tener una amiga de «a diario», como yo la llamaba, pues el resto de mis amigas eran de la universidad y no solía verlas a menudo). Me prometí llamarla cuando estuviera en Denver, pues tenía una escala de dos horas entre vuelvo y vuelo. Y finalmente, otro mensaje de texto del padre Bruce. «Llámame cuando vuelvas. Espero que todo haya ido bien. No te olvides de tus BAD... Ya sabes que toda ayuda es poca para salvar tu alma inmortal.»

BAD. Buenas acciones diarias. Aquello me hizo reír. Le escribí un rápido mensaje de respuesta. A continuación, y tras un momento de vacilación, decidí escribir también a Willa. «Espero que estés pasando una luna de miel estupenda. Aquí tienes el número de mi tarjeta de crédito, por si la necesitas. Llámame cuando puedas.»

Una hora después estaba duchada, con la maleta hecha y lista para partir. Ajusté la correa de *Coco* y bajé las escaleras. El minibús que me llevaría al aeropuerto salía a las once; tenía un montón de tiempo para desayunar. Aunque el hotel ofrecía una suculenta combinación de desayuno-almuerzo, no vi a ninguno de los invitados de la boda. La temporada del parque llegaba a su fin; en una semana más o menos, la nieve haría intransitable la autopista del Sol. Me resultaría extraño volver a casa, donde todavía era verano.

Hogar, dulce hogar. Allí volvería a estar a salvo. Y soltera, me dije con cierta autocompasión. Seguro que no tardaría mucho en ver a Dennis con otra mujer. Suspiré e intenté evaluar mi estado de ánimo. Estaba melancólica, aunque no destrozada. Cuando Nick y yo lo dejamos... el mundo se vino abajo. Mejor no ir por ese camino. A nadie le hacía gracia recordar la época en la que se convirtió en una patética criatura temblorosa. Que ahora solo me sintiera levemente abatida era sin duda un signo de madurez... O tal vez de otra cosa.

Desayuné en el patio, leyendo el periódico local y dándole de vez en cuando a mi perra un poco de tostada y algún que otro trocito de tocino, que ella atrapaba a una velocidad supersónica antes de volver a mirarme fijamente con ojos ansiosos. Miré mi reloj de pulsera y me di cuenta de que había llegado la hora de marcharme, ya que el minibús salía en unos minutos.

En ese momento también me percaté, no sin cierta sorpresa, de que echaría de menos Montana. El lago McDonald tenía un profundo tono azul ese día. En la parte más alejada, la escarpada montaña se erguía majestuosa y el glaciar brillaba como nunca. Sentí una opresión en el pecho. Las probabilidades de que volviera aquí eran más bien nulas, pero por alguna razón, sentía que mi historia con este paraíso todavía no había terminado.

—Bueno, *Coco* —dije a mi perra—. Hora de irnos a casa.

La fila hasta el minibús era bastante larga, parecía que todo el mundo se iba hoy. Me alegré de haber hecho la reserva la noche anterior. La joven madre cuya niña había perdido el chupete se puso justo detrás de mí y me dio los buenos días. Yo le devolví el saludo y me quedé observando cómo el conductor recogía nuestros billetes y comprobaba nuestros nombres en la lista de pasajeros.

—Y doce —dijo, nombrándome en último lugar—. De acuerdo. Lo siento señora —se dirigió a la madre—. No puedo llevar a más pasajeros en este viaje. Todos tenían hechas sus reservas menos usted. Y el minibús va completo. Tendrá que esperar al siguiente del mediodía.

—¡Oh, no! Mi vuelo sale a las doce y treinta y cinco. ¿Cree que llegaré a tiempo?

—Seguramente no —contestó el conductor.

«Deberías haber sido más precavida», pensé, levantando a *Coco* y sujetando mi maleta. Pero entonces me detuve. Miré mi reloj de pulsera. Se tardaban unos cuarenta y cinco minutos en llegar al aeropuerto. Si tomaba el del mediodía, llegaría sin ningún problema a mi vuelo.

—Puede subir en mi lugar —ofrecí con tono magnánimo—. Mi avión no sale hasta la una y cuarenta y cinco.

La cara de la madre se iluminó.

—¿En serio? ¿Está segura? —Pero ya estaba con la bolsa de pañales al hombro y doblando la silla del bebé.

—Claro. Vaya usted.

La niña me miró solemnemente. Recordé que se llamaba Destiny; destino en inglés. Un nombre de lo más significativo, sin lugar a dudas. Era una criatura preciosa, con una piel inmaculada, la boca rosada con forma de corazón y unos enormes ojos azules.

—¡Muchas gracias! ¡Me ha salvado la vida! —exclamó la madre—. ¡Que tenga un buen día! ¡Y un viaje de regreso a casa estupendo!

—¡Igualmente! —dije yo. Ahí estaba, mi buena acción del día, y no una cualquiera. Apenas podía esperar para contárselo al padre Bruce. Sintiendo como si tuviera un halo de santidad sobre mi cabeza, me despedí de la madre y la niña con la mano y me fui a por otro café.

Con la humeante taza en la mano, regresé al patio a leer un poco más.

Allí estaba Nick, sentado en la mesa que había dejado vacante hacía diez minutos y mirando fijamente en dirección al lago. Frené en seco —maldición, todavía me impactaba verle—, y al segundo siguiente continué mi camino.

—Nick —dije a modo de saludo mientras pasaba delante de él.

—Harper —contestó él, apenas mirándome.

Me senté en otra mesa, no muy lejos de él. No quería dar a entender que no podía soportar verle.

Tenía que aceptar que si el matrimonio de Willa y Christopher terminaba durando, no me quedaría más remedio que ver a mi ex marido de vez en cuando. Alguna que otra fiesta, cumpleaños, o lo que fuera. Y aquello tampoco estaba mal. Habíamos tenido una turbulenta historia de amor en el pasado y siempre seguiríamos sintiendo algo el uno por el otro. Pero él no dejaba de ser un error de mi juventud. A todo el mundo le rompían el corazón por lo menos una vez en la vida. Aunque eso no significaba que no pudiera repararse y hacerse más fuerte.

Tomé un bolígrafo, abrí el periódico por la sección de los crucigramas y puse a *Coco* sobre mi regazo —le encantaba ayudarme a resolverlos—. El café estaba delicioso. El crucigrama, difícil. Mi perra, adorable. El ex marido, invisible gracias a un grupo de turistas de la tercera edad que acaban de bajar de un autobús, de modo que un mar de cabezas blancas me impedía ver hasta el más mínimo centímetro de Nick. Gracias a Dios.

Por desgracia, un rato después mi buena acción diaria me daba una patada en el trasero.

—¿Qué? ¿Cómo que lo han cerrado? —pregunté al conductor del minibús.

—Señora, lo único que sé es lo que me han dicho desde el aeropuerto. El último vuelo salió hace una hora, y desde entonces, toda la flota ha permanecido en tierra. Creo que está relacionado con un problema informático en el sistema de navegación. No se puede ni despegar ni aterrizar.

—No puede ser.

—Repito, lo único que me han dicho es que, hasta que no se solucione, ningunos aviones podrán abandonar el aeropuerto de Kalispell, ni tampoco aterrizar en él.

—«Ningún avión podrá.» Es singular. —El hombre puso los ojos en blanco y suspiró—. Lo siento —me disculpé—. Mmm... bueno, ¿y qué hay de los aeropuertos más cercanos?

—Los tres aeropuertos de la zona tienen el mismo problema.

—¿Me está tomando el pelo? —grité.

—No, señora. —Me miró con cara de estar perdiendo la paciencia.

—¿Cuándo se podrá volver a volar?

—El controlador del aeropuerto ha dicho que en dos días, como mínimo.

—¿Dos días? —chillé. *Coco* ladró, dando rienda suelta a su propia indignación—. En serio, ¿me está tomando el pelo? —repetí.

—No, señora. —Tuve el presentimiento de que, si pudiera, me pegaría. Respiré hondo.

—Está bien. ¿Puede llevarme al aeropuerto más cercano que no esté afectado por este problema?

—Estamos hablando de Yakima, en Washington, o Salt Lake City. Y no, señora, no puedo llevarla hasta allí.

—Maldita sea. —Me detuve a pensar un instante—. De acuerdo. ¿Puede llevarme a la franquicia de vehículos de alquiler? Mi novio ha devuelto un Honda esta misma mañana. Puedo realquilarlo y conducir yo misma hasta donde sea.

—Si quiere yo la acerco, pero primero debería llamar para comprobar si queda algún automóvil libre. Cuando dieron la noticia la gente se puso a alquilar vehículos como loca.

Por supuesto que no había. Diez minutos más tarde, había hablado con todas las empresas de alquiler de vehículos de la zona y comprobé que el conductor tenía razón. Aquello era una locura. Por lo visto, cuando anunciaron que no volvería a salir ningún vuelo, a todas las personas que estaban de camino al aeropuerto (entre las que debería haberme encontrado de no ser por mi estúpida buena acción) las llevaron a los locales de las compañías de alquiler de vehículos y se hicieron con todos los automóviles disponibles. Estaba atrapada.

Bueno, quizá no me viniera mal. Tenía mi portátil, así que podía trabajar desde allí. No tenía prevista ninguna vista oral en toda la semana, tan solo una reunión con un abogado de la parte contraria que podía resolver vía videoconferencia. Podía quedarme un par de días y seguir disfrutando del parque, y así ya no tendría esa sensación de que todavía me quedaba algo por ver allí.

Fui con mi equipaje y *Coco* hasta recepción.

—Hola —dije en mi tono más amable; aquel que usaba con la secretaria del juez McMurtry cuando necesitaba una prórroga—. Mire, tengo un pequeño problema. No puedo volver a casa, así que necesito seguir en mi habitación uno o dos días más.

—Oh, pues sí que es un problema —dijo la joven que en ese momento estaba a cargo—. Lo siento, no tenemos nada disponible.

—¿Cómo que nada? —farfullé.

Ella sonrió con dulzura.

—El grupo de la tercera edad que acaba de llegar ha reservado todas las habitaciones. Lo siento mucho. ¿Quiere que consulte en otros alojamientos del parque?

—Sí, por favor —dije, sintiendo cómo el pánico empezaba a apoderarse de mí. La joven empezó a teclear... y teclear... y teclear—. ¿Nada? —pregunté tensa.

—Lo siento muchísimo —contestó tras buscar en unas siete u ocho páginas más—. Muchos de los hoteles del parque ya han cerrado esta temporada, y otros grupos de la tercera edad han reservado todas las plazas que quedaban disponibles en la zona para toda la semana.

—Bien, ¿y qué se supone que tengo que hacer? —quise saber.

—Tenemos tiendas de campaña de alquiler —sugirió ella.

—¡No voy a dormir en una tienda! —protesté con voz chillona—. ¿Cree que tengo pinta de disfrutar con las acampadas? ¡Además, casi me come un oso! ¡Y hace un frío de mil demonios! ¡Anoche estábamos a cero grados!

—Harper.

Fenomenal. Más sal en la herida. Me volví.

—Ahora mismo estoy un poco ocupada, Nick.

Me miraba con expresión neutral.

—Puedes venir conmigo.

Abrí la boca de par en par.

—¿Contigo?

—Sí.

—Voy hacia el Este. Te puedo dejar en algún aeropuerto de camino.

—¿Vas conduciendo?

—Sí. —Se cruzó de brazos.

—¿Hasta dónde?

—Hasta Nueva York.

En mi estómago empezó a formarse un cosquilleo, trayéndome a la memoria un recuerdo antes de que mi cerebro pudiera procesarlo. Oh, sí. Eso. Me puse roja como un tomate.

—Decídete rápido, Harper —dijo Nick, mirando su reloj—, porque salgo en quince minutos.

Capítulo 10

Una hora más tarde estaba sentada en el Mustang de Nick, con *Coco* y su peluche a mi lado y un mapa sobre el regazo. Nos dirigíamos hacia el este por la carretera 2. El plan era que Nick me dejara en Bismarck, en Dakota del Norte, ya que el resto de aeropuertos en kilómetros a la redonda habían tenido que cancelar todos los vuelos debido a un problema con un *software* de tráfico de control aéreo. Malditos ordenadores.

Dejamos atrás el Parque de los Glaciares; por el espejo retrovisor podía ver cómo las nubes invadían poco a poco los picos de las Montañas Rocosas. «Gracias, Teddy», pensé con una punzada de dolor, y me di la vuelta para despedirme mentalmente de aquel paraíso. Estaba segura de que algún día volvería allí. Me iría con mi futuro hijo o hija de vacaciones y le enseñaría dónde estuve a punto de morir, devorada por un oso. O no. Puede que eso fuera demasiado sobrecogedor para un niño. «Nota mental: comprar cuanto antes un libro sobre cómo cuidar a un hijo.» Suspiré y volví a mirar de frente mientras acariciaba las suaves y pequeñas orejas de mi perra.

El Mustang de Nick era descapotable, por supuesto. Un hombre no puede tener una crisis de los cuarenta como Dios manda sin los dos trofeos más importantes: un descapotable y una rubia. El viento alborotaba el pelo de mi ex marido como si se tratara de un modelo de revista. Si a eso le añadías que llevaba unas gafas de sol con los cristales tintados de azul, una camiseta negra y unos *jeans*, tenía un aspecto irritantemente arrebatador. *Coco*, que bebía los vientos por Dennis, hasta ahora no había hecho ni caso a Nick. Buena, chica.

Justo en ese momento Nick me miró, dándome a entender que se había dado cuenta de que le estaba observando.

—¿Y Dennis? —preguntó.

—No... No pudimos reservar pasaje en el mismo avión y salió en otro vuelo a primera hora de la mañana.

—Claro. —Su tono sugería que sabía algo más.

—Ajá. —Como quería cambiar de tema cuanto antes, centré toda mi atención en el mapa—. Muy bien, la interestatal está a unos...

—No vamos a ir por ahí. —No me miró.

—Pero...

—Lo sé.

—Nick, eso significa que...

—Sí.

—¿En serio, Nick? ¿Eres consciente de que si no vamos por la interestatal añadiremos horas y horas a nuestro idílico viaje juntos?

—Sí, Harper. Pero es mi viaje. Y tú eres un mero equipaje, en todos los sentidos.

—Ja, ja.

Por fin se dignó a mirarme.

—Solo tardaremos unas trece horas.

Miré mi reloj.

—De acuerdo, ya llevamos una, así que si conducimos toda la noche, estaremos...

—No, por la noche pararemos.

Apreté los dientes.

—¡Fantástico! Así podremos disfrutar todavía más de nuestra mutua compañía. —Le sonreí con toda la dulzura que pude fingir, aunque él no me hizo ni caso. Bien. Entonces nos detendríamos en algún hotel. Estaría en Bismarck... más o menos a las diez del día siguiente, siempre y cuando condujéramos hasta las nueve de la noche y reanudáramos el camino a las siete de la mañana. No estaba mal. Podría sobrevivir al trayecto.

Lo que no me resultaba tan fácil era permanecer encerrada en ese espacio tan pequeño con Nick, sintiendo la energía que parecía fluir entre nosotros.

—De modo que un viaje por carretera, ¿no?

—Sí.

—Pues si que te ha dado bien la crisis de los cuarenta, Nicky.

—Tengo treinta y seis.

—Casi treinta y siete —maticé, sin poder evitarlo.

—Y es un sueño que tengo desde hace mucho tiempo. —Volvió a mirarme—. Como bien sabes.

Claro que lo sabía. Cambié de posición a *Coco* en mi regazo y me puse a mirar por la ventanilla. A pesar de que la carretera 2 recorría todo el noroeste de los Estados Unidos, no era más que un estrecha vía de doble sentido. Dejamos atrás las montañas sorprendentemente rápido y ahora estábamos rodeados por las grandes llanuras (solo se veían campos y campos de un tono amarillo). Sobre nosotros se elevaba un cielo azul, salpicado con algunas nubes. El aire era fresco y el sol implacable, así que me alegraba de haberme puesto la crema de protección solar factor cincuenta, ya que solía quemarme con relativa facilidad. Leyendo el mapa, vi que estaba plagado de pequeñas localidades con nombres pintorescos.

Nick había permanecido bastante callado desde que se ofreció a llevarme. Estaba más que segura de que ahora se arrepentía de haberlo hecho. Para ser alguien que me había dicho que no había dejado de amarme, que me había besado como si le fuera la vida en ello y que estaba haciendo de chófer, parecía un poco estreñido desde el punto de vista verbal. Quizás ahí residiera el problema.

—Nick, ¿no quieres hablar de lo que ha sucedido este fin de semana? —sugerí, volviendo la cara para mirarle. Se me habían soltado algunos mechones de la coleta por el aire que ahora tenía sobre los ojos.

Nick clavó la vista en mí.

—No. —A continuación echó una mano hacia atrás, rebuscó en el asiento trasero y, tras unos segundos, me ofreció una gorra de béisbol de los Yankees—. Toma.

La miré fijamente.

—No iré a convertirme en una estatua de sal por llevar algo como esto, ¿verdad? Como soy de los Red Sox...

Nick esbozó una deslumbrante sonrisa que hizo que el corazón me diera un vuelco.

—Póntela y compruébalo por ti misma —comentó, volviendo a fijarse en la carretera.

Me la puse. Y no solo porque así evitaría que se me enredara más el pelo, sino porque me protegería la cara del sol.

—Gracias. —Él me respondió con un gesto de asentimiento—. Bueno, si no quieres que hablemos yo sí que lo voy a hacer.

Nick cerró los ojos un instante.

—Veamos —continué—, eso que dijiste cuando creímos que el oso nos iba a devorar, y que fingí no oír, no debe preocuparte. Sé que lo hiciste en el calor del momento, llevado por el sentimentalismo, por la idea de estar a punto de morir.

Nick suspiró.

—No, Harper. Lo dije en serio.

Maldición.

—¿Todavía... me amas?

—Sí.

Mi capacidad de permanecer en silencio duró unos tres segundos.

—Pero también dijiste que me odiabas.

—Sí.

—No creo que eso sea verdad. Yo no te odio.

—Oh, qué alivio —ironizó él. Después bebió un sorbo de una botella de agua.

—En cuanto al beso... bueno. Ambos nos sentíamos un poco nostálgicos. Así que vamos a intentar olvidarlo, ¿te parece?

—¿Vas a seguir hablando de esto, Harper? Porque puedo parar ahora mismo y dejarte aquí. —Me miró con expresión inescrutable.

—Está bien. Lo siento. —Clavé la vista al frente. La carretera se extendía más allá del horizonte y los campos que había en los laterales parecían interminables. No era un paisaje de lo más variado, la verdad. Eché un vistazo al velocímetro. Pues qué bien. Íbamos a sesenta y cinco kilómetros por hora. El límite de velocidad estaba en ciento veinte.

Como neoyorquino de la cabeza a los pies, Nick era un usuario acérrimo del transporte público y solo se sacó el carné de conducir cuando estaba terminando la universidad, algo de lo que siempre me había burlado cuando estábamos juntos. Ya entonces, en las raras ocasiones en las que se ponía detrás del volante, se comportaba como un auténtico novato... manos estiradas, ojos fijos en la carretera, ir a la misma velocidad que un caracol con artrosis. Por lo visto las cosas seguían igual.

—¿Quieres que conduzca yo? —pregunté.

—No.

—Vas un «poquito» por debajo del límite de velocidad.

—Ya lo sé.

—Es una lástima que haya caído en tus manos un vehículo como este.

—Cierra el pico, Harper. —Se inclinó hacia delante y encendió la radio. Música *country*; típico de la tierra de *cowboys* en la que estábamos. La cantante había dejado a su pareja por otro hombre. Nada nuevo bajo el sol.

—He traído mi iPod —informé.

—Y yo —dijo él—. Pero ¿por qué no escuchamos las cadenas de radio locales y disfrutamos del paisaje, mi queridísima ex esposa?

—Oh, claro. Bueno, ¿y cómo te va la vida, semental mío?

—Muy bien, gracias.

—¿Eres un renombrado arquitecto?

—Sí.

—¿A qué tipo de edificios te dedicas? —Era incapaz de terminar con aquel dichoso interrogatorio. Pero ¿qué se suponía que teníamos que hacer encerrados en un vehículo como estábamos? ¿Revivir nuestros momentos más felices?

—Sobre todo edificios para albergar negocios.

—¿Rascacielos?

—No tanto, el más alto que he proyectado tenía ocho plantas. Hemos hecho algunos hoteles, dos alas de un museo. Pero algún día sí que diseñaré un rascacielos. Apenas estamos empezando.

—¿Y casas?

Se encogió de hombros.

—Alguna que otra. El prestigio lo proporcionan los grandes edificios.

Y prestigio era precisamente lo que siempre había buscado Nick. Tal vez para demostrar a su padre que estaba ahí, o quizá porque simplemente quería ser el mejor. No habíamos estado el suficiente tiempo juntos para averiguarlo.

—Bien por ti —dije.

—Estoy seguro de que tú también tienes mucho éxito en tu profesión —comentó con un poco de sarcasmo—. Muchos divorcios en poco tiempo.

—Pues mira, ahora que me lo recuerdas —dije, intentando no mostrar lo mal que me había sentado su comentario. Saqué mi teléfono móvil y me alegré al ver que tenía cobertura. Marqué el número de Tommy, que contestó después del primer tono—. Tommy, ¿cómo vas? —pregunté.

—Ah, hola, Harper. Mmm... No muy bien. Estoy bastante triste. —Su tono de voz me dijo que no mentía. Se le oía mucho más deprimido que el cantante que ahora sonaba en la radio, cuya caprichosa esposa había atropellado a su perro antes de desaparecer con su tractor. ¿Es que no podían poner un tipo de *country* menos casposo, como Carrie Underwood o Lady Antebellum?

—¿Qué te pasa? —volví a preguntar.

—No puedo dejar de pensar en Meggie. En lo felices que éramos. ¿Cuándo se fue todo al garete, Harper? Estaba enamorada de mí.

«Lo que no significa absolutamente nada», pensé, mirando a Nick.

—No lo sé, Tommy.

—Tiene que haber algo que pueda hacer para que recuperemos nuestra vida anterior. No quiero divorciarme. Me sentiría un... fracasado.

—No, Tommy, no pienses eso. A veces el divorcio es la única solución para rectificar un error. —Nick soltó un bufido que decidí ignorar. Más o menos—. El matrimonio no tiene el mismo significado para todo el mundo. No has sido tú el que ha decidido liarse con el repartidor de FedEx, ¿verdad? —Le lancé a Nick una mirada de suficiencia. «¿Lo ves? Este divorcio sí que tiene su razón de ser»—. Tú buscabas algo diferente. Fidelidad. Amistad. Amor. Querías pasar más tiempo con tu mujer. —Otra mirada llena de significado hacia mi ex—. Para ti, vuestro matrimonio ocupa el primer puesto en tu lista de prioridades, algo que no le sucede a Meggie, ¿tengo razón o no?

—Supongo que sí —admitió Tommy.

—Y aunque me gustaría consolarte y decirte que todo va a salir bien y que vais a vivir felices para siempre, no sería una buena amiga si lo hiciera. Si Meggie no quiere ir a ninguna terapia de pareja, no contesta a tus llamadas y se está acostando con otro hombre, está claro que no quiere seguir casada contigo. Lo siento mucho Tommy, de veras. Lo único que sucede es que tu corazón necesita un poco más de tiempo para asimilar lo que tu cabeza ya sabe.

Nick puso los ojos en blanco. *Coco* estornudó y apoyó la cabeza sobre mi regazo.

Pasé un par de minutos más tratando de consolar a mi asistente y a su destrozado corazón antes de que se fuera la cobertura. Después suspiré y volví a guardar el teléfono.

—Te lo estás pasando bomba, ¿verdad? —preguntó Nick. Me fijé en que estaba sujetando el volante con demasiada fuerza, aunque seguía sin superar la barrera de los setenta kilómetros por hora.

—No, Nick. Para nada. Tommy es mi amigo, y no me gusta verle así. —No contestó—. Además, ¿qué consejo quieres que le dé a alguien cuya recién estrenada esposa ya se está acostando con otro?

Tan pronto como aquellas palabras salieron de mi boca me puse roja como un tomate. El estómago se me encogió. Nick seguía sin decir una palabra. Ni siquiera se había vuelto para mirarme. En la radio comenzó a sonar una nueva canción; una que hablaba de soldados muertos, por si la situación no fuera ya lo suficientemente deprimente.

Coco gimoteó y me dio un golpecito con la cabeza en la mano.

—Nick, mi perra necesita parar un momento.

Levantó el pie del acelerador, puso el intermitente (algo que nunca nos molestábamos en hacer en Massachusetts) y despacio, muy, muy despacio, como si estuviéramos en un atasco en una gran ciudad, en vez de en una carretera en medio de la nada en la que apenas pasaba algún que otro camión, se detuvo en el arcén. En cuanto el vehículo se paró por completo, ajusté a *Coco* la correa y me dispuse a salir, pero entonces vacilé.

—Nunca te engañé, Nick —dije abruptamente. Para mi sorpresa se me formó un nudo en la garganta.

Él se quitó las gafas de sol, se frotó la frente y me miró.

—No, supongo que no. —Durante un breve instante, en mi interior brilló la esperanza. ¿De verdad me creía? Desgraciadamente agregó—: Por lo menos no en el sentido técnico de la palabra.

Apreté la mandíbula.

—Ni en el sentido técnico ni en ningún otro sentido.

—Eso es discutible.

—De acuerdo. Me encantaría hablarlo contigo, pero mi perra se está haciendo pis. —Salí del vehículo y dejé a *Coco* sobre el suelo.

Enfadarse con Nick era una pérdida de tiempo. No era de los que perdonaba, al menos en lo que a mí concernía. Sí, en su momento metí la pata. Igual que él. Pero yo lo había admitido y él no. De ahí nuestro divorcio. Y a pesar de que estábamos hablando de cosas que sucedieron hacía mucho tiempo, mi presión sanguínea estaba a punto de sobrepasar la peligrosa alerta roja.

Maldición. Había cometido un gran error al aceptar viajar con Nick en el mismo vehículo. Hubiera estado mejor congelándome en una tienda de campaña en compañía de un oso pardo. Me alejé unos metros del automóvil; al fin y al cabo *Coco* era una hembra y le gustaba tener un poco de privacidad a la hora de hacer sus necesidades. No había nada más que un inmenso páramo a la vista. Las Rocosas ya habían desaparecido en el horizonte. Ningún pueblo, ningún edificio, ningún otro vehículo. Solo *Coco*, Nick y yo.

Miré a mi ex y se me ablandó un poco el corazón. Le había ofrecido un trabajo a mi hermana cuando lo necesitaba, apoyaba a su hermano y sus cuestionables inventos (seguro que hasta los había financiado), y se había hecho cargo de su padre; un padre que no se había ocupado de él como era debido. Y por si fuera poco ahora estaba en su largamente soñado viaje por carretera, con su irascible ex mujer, a la que amaba y odiaba a la vez, como pasajera.

En ese momento estaba apoyado en el Mustang, estudiando el mapa con el cabello alborotado por el viento. Siempre me había gustado su pelo. Y sus manos. Y también su cuello. Cuando estábamos en la cama, después de hacer el amor, me encantaba esconder el rostro en ese hueco tan...

¡Basta ya! Regresé al vehículo, con *Coco* trotando alegremente a mi lado.

—¿Dónde tienes pensado que paremos a pasar la noche? —pregunté. Ya era media tarde.

—No lo sé —comentó él—. Quiero ver la estatua del pingüino más grande del mundo.

—Qué gracioso.

—No estoy bromeando —indicó, sonriendo de oreja a oreja—. ¿Lo ves? Justo aquí.

Me acerqué un poco más a él, inclinándome hacia el mapa. Craso error.

Ahí estaba su cuello, tan suave y bronceado, y tan apetecible. Sintiéndome un vampiro, resistí la tentación y me aclaré la garganta.

—Me encantan los mapas —dije con la voz un poco chillona.

—A mí también —repuso él, mirándome—. Todos esos lugares en los que nunca has estado...

—El misterio que encierran —continué yo—. Los GPS están bien, pero no es lo mismo.

—Eso es exactamente lo que pienso yo. —Sonrió abiertamente, lo que me provocó un placentero cosquilleo en mis partes más íntimas. Aparté la mirada y me acomodé la gorra de los Yankees.

—¿Has hecho esto alguna vez? —preguntó en voz baja—. ¿Conducir por el país sin un destino fijo?

—No.

—¿No te parece irónico? —Levantó la vista del mapa y me miró intensamente.

—Mucho. —Tenía el corazón a punto de salírseme del pecho.

Continuó mirándome un minuto más.

—Está bien —dijo, y dobló el mapa—. Hora de partir. Estatua del pingüino, ¡allá vamos!

Capítulo 11

Nick y yo teníamos pensado cruzar el país en nuestra luna de miel. La idea era ir en avión hasta California y regresar conduciendo. Ninguno de los dos había viajado mucho, pero íbamos a ponerle remedio a esa falta con ese gran viaje cuando cumpliéramos nuestro primer año de casados. Obviamente, nunca llegamos a hacerlo.

Nuestra boda fue... bueno, ya sabéis cómo son las bodas. Más o menos como todas. Un día muy bonito.

Mentira. Fue horrible. Estuve en un constante tira y afloja; lo mismo me asaltaban las dudas, que intentaba convencerme de que aquello era lo correcto. «¿Qué diablos estamos haciendo? No pasa nada. Te ama. Es un hombre estupendo. ¿Cómo hemos llegado hasta aquí? Somos demasiado jóvenes. No te preocupes, está muy enamorado de ti. ¿Por qué no estoy en la Facultad de Derecho? ¿Por qué estoy organizando mi vida en torno a un hombre? Tranquila, Nick te quiere. Todo va a salir bien. ¿Qué narices estoy haciendo?»

Cuando acepté la proposición de matrimonio de Nick en el puente de Brooklyn, no me imaginé que nos casaríamos tan pronto. Supuse que iría a la Facultad de Derecho de Georgetown, y que después de un tiempo prudencial, contraeríamos matrimonio. No tenía ningún inconveniente en seguir con una relación a distancia; al fin y al cabo era lo que habíamos tenido ese último año y no nos había ido mal. Pero Nick empezó a insistir. ¿Por qué estar separados cuando podíamos vivir juntos? Si me habían admitido en Georgetown no tendría ningún problema en entrar en Columbia o en la Universidad de Nueva York. Nos queríamos. Estábamos fenomenal juntos. Lo mejor era casarnos. No teníamos por qué esperar.

Nick podía ser muy convincente. Y persistente. Y yo le amaba.

Así que el primer día de verano, un mes después de terminar las clases, estaba a punto de casarme y sudando la gota gorda por las dudas. Me pasé toda la mañana, mientras colocábamos las sillas y las mesas en el jardín de mi padre, esperando a que Nick se arrepintiera y se diera cuenta de que éramos demasiado jóvenes e inmaduros como para jugar a eso de ser marido y mujer. Esperando a tener el coraje suficiente para cancelarlo todo. Esperando a que mi padre me dijera que estaba cometiendo un error.

Y también esperé a mi madre.

Ella también lo había dejado todo por un hombre. Mi madre era una muchacha de California que, a los veintiún años, vino de visita a Martha's Vineyard y conoció a mi padre, un hombre curtido, varonil, y siete años mayor que ella. Por lo visto, mi madre había ido a Boston a hacer un desfile de modelos y ella y sus compañeras decidieron hacer una escapada a la isla, donde mi padre estaba arreglando el tejado de la casa que alquilaron. Aquel trabajador alto, atractivo y callado la cautivó y le invitó a una fiesta que hicieron en la playa. A la semana siguiente, cuando sus amigas dejaron el Viñedo, ella decidió quedarse. Un mes más tarde, se quedó embarazada y... *voilà*, así surgió mi familia.

El día de mi boda, mi madre llevaba desaparecida ocho años. En todo ese tiempo solo recibí cuatro postales, y todas ellas durante el primer año y medio después de que nos dejara. Todas eran muy similares. La primera decía: «Florida es muy húmeda y calurosa y está llena de naranjos y de bichos enormes. ¡Espero que sigas sacando buenas notas!». La segunda llegó desde Arizona: «Aquí sí que hace calor. ¡Deberías ver cómo riegan los jardines! ¿Es que no se dan cuenta de que viven en pleno desierto?». La tercera, de San Luis (el arco, el estadio de béisbol) y la cuarta de Colorado (el Festival Bluegrass, las Montañas Rocosas...). En ninguna de ellas venía el remite y en todas firmó como Linda, nunca como «mamá».

Supongo que la odiaba, pero también la echaba muchísimo de menos.

En realidad no había ninguna razón de peso para esperar que se presentara, pero como se había anunciado nuestro compromiso en el periódico local y Martha's Vineyard era una comunidad relativamente pequeña, creí que si seguía manteniendo el contacto con alguien, tal vez se hubiera enterado de que su única hija iba a casarse ese día. De modo que no era tan imposible que se dejara caer por allí, solo muy improbable. Aún así, cada vez que oía la sirena del *ferry*, la velocidad de mi ritmo cardíaco se triplicaba.

Como era de esperar, al final no vino. Y aunque aquello era lo más lógico, me destrozó por dentro. No tenía ni idea de cómo hubiera reaccionado si la hubiera visto entrar por la puerta después de todos esos años, pero no dejé de imaginarme en todo momento que aparecería, y cómo todos nos alegraríamos sobremanera de volver a verla (era una fantasía, claro está) y pospondríamos la boda indefinidamente para celebrar la llegada del hijo pródigo (más bien la madre).

Entonces vi a Nick sonriéndome y me sentí tremendamente culpable, porque en el fondo estaba muy enamorada de él. Pero por mucho que quisiera tener buenas vibraciones con el que se suponía debía ser uno de los acontecimientos más felices de mi vida, no las tenía. Estaba aterrorizada. Sentía como si estuviera andando tranquilamente por la calle y de pronto me viera engullida por un enorme socavón. Desde el momento en que se arrodilló delante de mí en el puente de Brooklyn, había estado luchando por no caer dentro de ese inmenso precipicio.

A pesar de mis temores, cuando llegó la hora señalada, allí estaba yo, con un vestido de tubo blanco, unos zapatos de tacón que hacían un daño tremendo y el pelo suelto, porque sabía que a Nick le encantaba que lo llevara así. BeverLee intentó desempeñar el papel de perfecta madre de la novia, echándome laca cada vez que pasaba por su lado, arreglándome las flores y el vestido... Si mi madre hubiera estado allí —si nunca se hubiera ido—, nos hubiéramos pintado las uñas a juego, como hicimos cuando era pequeña, habría llevado un vestido de seda azul claro, no el de poliéster naranja que escogió Bev, y me habría tranquilizado diciendo que casarse joven fue la mejor decisión que tomó en su vida y que Nick y yo seríamos como ella y mi padre.

En vez de eso tuve a BeverLee, cotorreando constantemente y obligándome a comer un pedazo de la tarta nupcial. Aunque sabía que lo hacía con las mejores intenciones, me habría encantado haberle cosido la boca para que dejara de decirme «cariño, estás más bonita que una puesta de sol». ¿Cómo podía estar casándome sin mi madre? Es más, ¿cómo podía estar casándome siquiera? ¿Por qué había dejado que las cosas llegaran tan lejos?

A nadie pareció preocuparle aquello. Mi padre se limitó a decirme que Nick era «un buen muchacho» y que todo iría bien. El padre de Nick fue tan encantador y banal como siempre —y también ejerció de padrino—, Jason, que se había dejado el pelo largo, estilo Tom Cruise en *Entrevista con el vampiro*, terminó emborrachándose y Christopher, que por esa época estaba en el instituto, se dedicó a flirtear con Willa, a la que no volvería a ver durante trece años.

Y mientras caminé hacia el altar, del brazo de mi padre, esa pequeña voz interior no dejó de susurrarme furiosa: «No tienes por qué hacerlo. Esta boda lleva escrita la palabra desastre por todas partes». Nick me miró solemnemente, como si intentara adivinar qué era lo que estaba pensando. Recitó sus votos en tono serio, con sus oscuros ojos clavados en mí, e incluso entonces aquellas palabras me resultaron un tanto ingenuas. ¿De verdad alguien creía que significaban algo? Mis padres se habían dicho lo mismo y mira cómo habían terminado, los padres de Nick también se habían jurado amor eterno. ¿Quiénes éramos Nick y yo para creer que nuestros votos durarían más que los escasos segundos que tardamos en pronunciarlos?

Pero entonces llegó mi turno, «Yo, Harper, te tomo a ti, Nick, como esposo...», y de pronto se me humedecieron los ojos, mi voz se volvió ronca y quise creer con todo mi corazón que aquellas palabras eran ciertas. «Para amarte y respetarte...» Podíamos hacerlo. Podíamos convertirnos en la pareja de ancianos que seguían paseando de la mano, «... todos los días de mi vida». Miré a Nick y a sus ojos de gitano y tuve fe.

Después de la boda, pasamos unos días en una de las enormes casas coloniales de la calle North Water de Edgartown. Pertenecía, como todas las de ese estilo, a un multimillonario que venía a pasar algunas temporadas a la isla, al que mi padre solía hacerle algunos trabajos. Como no tenía previsto venir a Martha's Vineyard hasta el 4 de julio, nos la ofreció desinteresadamente para que pasáramos nuestra breve luna de miel. De ese modo, durante unos días, Nick y yo jugamos a hacer de marido y mujer, bebimos vino en el amplio porche y planeamos el fabuloso viaje que haríamos por carretera al verano siguiente; nuestro auténtico viaje de novios, lo llamamos. Hicimos el amor en una habitación con vistas al faro, nos abrazamos y vimos películas juntos, y durante esos cinco días creí en los finales felices. Creí que Nick y yo tendríamos una casa llena de niños, una vida juntos y que terminaríamos nuestros días el uno al lado del otro. Incluso pensé que tal vez había sido una estúpida por tener tantas dudas al respecto. Pero no lo fui.

El sexto día después nuestra boda nos fuimos a vivir a Manhattan, a un diminuto apartamento en el barrio industrial de Tribeca, y todo cambió. Nick regresó a su trabajo; un empleo al que tenía que dedicarle muchas horas. Su ambición no tenía límites y la que tuvo que quedarse en casa sola fui yo.

Claro que era consciente de que tenía que trabajar duro para impresionar a sus jefes y despuntar entre aquella manada de arquitectos jóvenes y ávidos de éxito. No eran las horas en soledad, aunque eso tampoco ayudó mucho, sino que Nick tenía un plan. Y el plan consistía en: graduarse el primero de su promoción (conseguido), encontrar un trabajo en un estudio de prestigio (conseguido), casarse (conseguido)... y una vez que marcó la casilla que había al lado de mi nombre, simplemente se olvidó de mí.

Como se me pasó la fecha límite de inscripción en las Facultades de Derecho de Nueva York, tenía todo un año por delante en el que no sabía muy bien qué hacer. Nuestra idea era —en realidad era la idea de Nick—, que enviara solicitudes a las universidades de Fordham, Columbia y Nueva York, convirtiera nuestro apartamento en un hogar y me enamorara de la ciudad. No hacía falta que trabajara, él ya ganaba lo suficiente para pagar todas nuestras facturas. Por desgracia, Tribeca era un barrio prácticamente fantasma en esa época, una zona en la que no podías comprar ni un mísero periódico durante los fines de semana, donde no parecía vivir nadie, donde el ruido de los vehículos que pasaban por la autopista West Side era interminable y el sonido del metro me despertaba por la noche.

Intenté hacer de él un lugar acogedor, pero no había nacido para ser ama de casa. Pinté el cuarto de baño, limpié los suelos hasta dejarlos brillantes, puse cojines en el sofá... pero no conseguí darle ese toque hogareño. Y aunque al principio preparaba la cena todos los días, estirando el dinero que Nick ganaba lo mejor que podía, él rara vez se presentaba en casa antes de las nueve o las diez.

Todos los esfuerzos que hizo por cortejarme, por acceder a que me casara con él —porque sí, sabía que era una mujer bastante arisca—, todas las cosas que había hecho para que me sintiera querida, deseada y a salvo, se esfumaron tan pronto como pisamos la Gran Manzana. Y de pronto me vi casada con un hombre al que apenas reconocía.

Estaba sola en una ciudad que no conocía y que, para ser honestos, tampoco me gustaba. Era ruidosa, sucia y húmeda. Por la noche tenía que lavarme la cara dos veces y aplicarme tónico en la piel para sentir que volvía a tenerla limpia. Nuestro apartamento olía a repollo, gracias a Ivan, el huraño ruso que vivía una planta por debajo de nosotros, que se pasaba todo el día escuchando telenovelas a todo volumen, que no salía casi nunca del edificio y que siempre parecía estar al acecho, sin camisa, plantado en la puerta de su casa, cada vez que bajaba las escaleras. Los camiones de basura pasaban a las cuatro de la mañana, haciendo un ruido infernal, y el perro de algún vecino se tiraba toda la noche ladrando. Para llegar a Central Park tenías que hacer un viaje interminable en metro, y Baterry Park, mucho más cerca, por aquel entonces estaba sucio y lleno de drogadictos y vagabundos durmiendo en sus bancos; un espectáculo que me encogía las entrañas.

Tenía dos amigas de la Universidad de Amherst allí; una en la Facultad de Derecho y otra trabajando en el mundo editorial, pero ambas estaban demasiado ocupadas viviendo sus glamurosas y excitantes vidas. Que yo me casara tan pronto las dejó desconcertadas. «¿Qué se siente», solían preguntarme; yo siempre ofrecía una respuesta ambigua y positiva, aunque en realidad la idea que tenía del matrimonio en ese momento era bastante negativa.

Nick se marchaba a trabajar veinte minutos después de levantarse, sobre las seis de la mañana. Si llegaba a casa antes de las diez, se quedaba hablando unos quince minutos conmigo y luego desaparecía con una sonrisa y una disculpa detrás de la pantalla del ordenador. Muchas noches no llegaba a casa hasta pasadas las once, yo ya estaba dormida y me daba cuenta de que había llegado cuando me daba la vuelta en la cama y lo notaba durmiendo a mi lado. En cinco meses que llevábamos casados, no se tomó ni un mísero fin de semana libre, sino que fue a trabajar todos los sábados y casi todos los domingos.

Llevando ese ritmo, pronto se hizo indispensable en el estudio. Su jefe, Bruce MacMillan, alias Big Mac, estaba encantado con el ingenio y la ética de trabajo de Nick, así que le invitó a participar en las cenas con clientes y en las reuniones con los arquitectos más experimentados, para que aprendiera de ellos y formara parte activa en los distintos proyectos. A Nick se le veía feliz.

Intenté ser una buena esposa, luché con todas mis fuerzas por no mostrarme resentida ni parecer egoísta, pues sabía que era una inversión para nuestro futuro. Pero no podía dejar de sentir que aquel era el futuro de Nick, aquel que siempre se había imaginado, y en el que no tenía cabida otra persona... o eso parecía. No formaba parte de su mundo y él no necesitaba ningún consejo sobre cómo tratar con las personas o cómo hacer su trabajo. Lo único que quería era sentirme incluida; sin embargo, conforme pasaban las semanas, tenía la sensación de estar más excluida que nunca. Era como si él ya hubiera cumplido su objetivo de casarse y tuviera que pasar a la siguiente fase de su lista, relegándome al olvido.

Lo intenté, de verdad que lo hice. Quise conocer todos los barrios de la ciudad y entender el descomunal sistema de paradas de metro. Me pasaba todo el día recogiendo anécdotas que compartir con Nick, pero al final terminaba enfadándome por no poder contárselas. Me apunté como voluntaria en la biblioteca pública, pero solo estaba allí unas pocas horas a la semana. Nueva York me aterrorizaba. Todo el mundo parecía tan... seguro de sí mismo. Tenían tan claro quiénes eran y adónde querían llegar. Cuando le conté a Nick cómo me sentía una mañana en la que se estaba afeitando a toda prisa, se quedó desconcertado.

—No sé, cariño —dijo—. Intenta pasártelo bien, no lo analices todo. Estás en la ciudad más maravillosa del planeta. Sal y diviértete. Vaya, ¿ya es la hora? Lo siento, cielo, tengo que irme. Tenemos una reunión con los clientes de Londres.

Y eso fue lo que hice, salir, aunque solo fuera para complacer al neoyorquino con el que me había casado. Pero Nick se conocía todos los barrios de la ciudad y era como una especie de grano en el culo, así que cada vez que le contaba lo que me había pasado (en las raras ocasiones en las que podíamos hablar), mis historias parecían aburrirle.

«En realidad estabas en Brooklyn Heights, cariño. Cobble Hill está un poco más para allá.» «Sí, claro que he estado en Governor's Island.» «Sé exactamente dónde estabas.» «Por supuesto que he estado en el Empire State Building. Un millón de veces.» Entonces me sonreía como si fuera una niña pequeña y volvía a prestar atención a su ordenador.

Creo que las cosas tomaron un giro irreversible a los tres meses de casarnos. Cuando le confesé a Nick lo sola que me sentía y me sugirió que tuviéramos un hijo.

Le miré durante un buen rato.

—¿Acaso te has vuelto loco? —le dije al ver que hablaba en serio.

Nick alzó la cabeza al instante.

—¿Qué?

—Nick, ¡apenas te veo! ¿Quieres que tengamos un hijo? ¿Para que los dos nos quedemos aquí atrapados mientras tú te dedicas a trabajar dieciocho horas al día? ¿Para que puedas vivir sin hacernos ni caso ni al niño ni a mí? ¡Ni lo sueñes!

—Tú eres la única que se queja de estar sola, Harper —indicó.

—Y no estaría sola si pasaras más tiempo conmigo, Nick. —Tenía la garganta como si acabaran de atravesármela con un cuchillo y los ojos me escocían por las lágrimas acumuladas y no derramadas.

—Harper, cariño, tengo que trabajar.

—¿Tienes que trabajar tanto? ¿No puedes venir a casa a cenar? ¿No puedes tomarte un fin de semana libre, Nick? ¿Nunca?

Fue una de nuestras peleas más acaloradas. Me odié por necesitarlo tanto y le odié por no entenderlo. Creo que mi reacción le asustó un poco y yo me di cuenta de que no estábamos en la misma página, ni siquiera en el mismo libro. Él prometió esforzarse más y me dijo que se tomaría libre el siguiente fin de semana. Los dos días. Iríamos a comer al parque, y puede que también nos pasáramos por el Museo Metropolitano o el Cooper Hewitt.

El viernes, sin embargo, cuando llegó de trabajar, las noticias no fueron las esperadas.

—Tengo que trabajar mañana. Solo una hora o dos. Lo siento mucho. Estaré de vuelta como muy tarde a las once.

Echando la vista atrás tengo que admitir que en ese momento supe que no cumpliría su promesa, pero quise tener bastante munición en la recámara y preparé un *picnic* muy elaborado. Pollo al *curry*, ensalada de pepino, pan recién horneado de una panadería que había en la zona, galletas de avena y una botella de vino. A las doce y cuarto todavía no había llegado a casa. A la una, tampoco. A las dos y veinticuatro me llamó: «Llegaré un poco más tarde», me dijo, «solo me queda terminar una cosa de nada y enseguida estoy en casa».

Se presentó a las cinco y treinta y siete minutos, con un ramo de margaritas en la mano.

—No me montes un número, cariño —comenzó de la forma menos apropiada posible—. Big Mac me necesitaba. Por lo visto a Jed se le olvidó por completo pedir las licencias de...

Agarré un trozo de pollo y se lo tiré a la cara.

—Aquí tienes lo que he preparado para comer. Espero que pilles la salmonela y te pases los próximos cuatro días sin parar de vomitar.

Nick se quitó un pedazo de pollo de la mejilla y se lo llevó a la boca.

—Está muy rico —comentó, enarcando una ceja.

Y eso fue todo.

Me fui al dormitorio, cerré la puerta de un portazo y me tiré en la cama, tapándome la cabeza con los brazos.

A los pocos segundos apareció en la habitación (no teníamos pestillos en las puertas), se limpió el pollo con exagerada paciencia, tiró la toalla al cesto de la ropa sucia se tumbó a mi lado y me abrazó. No se disculpó, sino que me besó el cuello y me dijo que me amaba. Me pidió que tuviera paciencia, que todo aquello era temporal. Que no volvería a suceder. Que todo iría bien. Después me dio la vuelta de modo que mi rostro quedó escondido en su hermoso cuello y pude sentir su pulso y deleitarme con su olor. Funcionó, y me dejé llevar.

—Odio estar aquí, Nick —susurré contra su piel—. Nunca te veo. Me siento como... como si fuera un apéndice.

—¿Un apéndice? —preguntó, separándose unos centímetros para poder mirarme.

Tragué saliva.

—Sí. Estoy aquí pero tú no pareces necesitarme. Podrías extirparme de tu vida y no pasaría nada. —Lo dije casi en un susurro, porque me resultaba muy duro admitirlo en voz alta.

Me miró durante un buen rato, con ojos inescrutables. Esperaba que me comprendiera, que recordara que me había quedado traumatizada por el abandono de mi madre, que la única persona que se suponía tenía que quererme más que a nada en el mundo me había dejado sin mirar atrás. Esperé que se diera cuenta de que necesitaba ser algo más que un objetivo en su lista, que me dijera que no era ningún apéndice... que era su corazón y que no podía vivir sin mí.

—Puede que te conviniera encontrar un trabajo, cariño —terminó diciendo entonces.

Aquello fue el principio del fin.

—¿Un trabajo?

—Sí. Pasas demasiado tiempo sola, y aunque odie admitirlo, en este momento no puedo bajar el ritmo en el estudio. Si consigues un empleo, tal vez hagas amigos y así tendrás más cosas que hacer. Un poco de dinero extra nos vendría muy bien, para qué negarlo. Y siempre puedes dejarlo cuando reanudes tus estudios.

Él había querido que nos casáramos, yo había accedido y... fin, al menos para él.

—Preguntaré en el estudio, a ver si alguien sabe de algo —agregó.

—No te preocupes, ya me ocupo yo. —El corazón se me iba enfriando por momentos, convirtiéndose poco a poco en una roca.

—Muy bien, cariño.

A continuación me hizo el amor, y fue su manera de decirme: «¿Lo ves? Todo va bien». Está claro que le supuso todo un alivio. Que yo buscara trabajo era mucho mejor que reconocer que para que un matrimonio funcionara hacía falta dedicarle tiempo; sobre todo si era tan reciente como el nuestro y con una pareja como yo. Sí, aquello le venía de perlas. Así no tenía que dejar de hacer horas extras, ni disculparse ante su jefe y decirle que no podía quedarse más tiempo porque tenía planes con su esposa. La solución no era que el marido se dejara ver más, sino que Harper buscara un trabajo.

En una actitud desafiante, contesté a un anuncio en el que necesitaban camareros; algo que se me daba muy bien, ya que durante la universidad había trabajado en ese sector. El restaurante se llamaba Claudia's; un floreciente negocio situado en el SoHo.

La mañana en que tuve la entrevista, como todavía seguía enfadada con Nick por no comprenderme, me pillé accidentalmente la mano izquierda con la puerta. No fue nada grave, pero mis dedos se llevaron la peor parte y, casi sin pensarlo, me cambié la alianza a la mano derecha. Casi nunca me ponía el anillo de compromiso, pues lo veía demasiado grande y mi mente de «chica provinciana» creía que era un reclamo muy jugoso para los ladrones de la gran ciudad. Cuando se lo conté a Nick soltó una carcajada y no pareció importarle mucho.

Pero mi alianza de boda era otra cosa. Me encantaba ese anillo con sus dos bandas de oro entrelazadas, una de un tono más oscuro que la otra. Era una delicada pieza de joyería única, pues la había hecho a mano un orfebre del Viñedo, y no parecía la clásica alianza... sobre todo si la llevabas en la mano equivocada.

El encargado de Claudia's no preguntó si estaba casada y yo tampoco se lo dije. Las camareras jóvenes y guapas, siempre consiguen mejores propinas si están solteras... o si los clientes creen que están solteras. Y como tuve los dedos hinchados durante algunos días, el anillo siguió en mi mano derecha. Lo que no significaba nada, aunque terminó significando mucho.

Trabajar en Claudia's resultó muy divertido. Al estar situado en el SoHo, solía tener una clientela estilo *Sexo en Nueva York*, es decir, mujeres con prendas de vestir que costaban más que mi salario mensual y hombres que olían a dinero y que no dudaban en dejarme una propina de veinte dólares por una consumición que apenas les había costado diez. En cuanto a mis compañeros... eran iguales que yo. Con grandes aspiraciones que habían dejado temporalmente aparcadas o universitarios estudiando el posgrado. Ninguno nos planteábamos quedarnos allí de por vida. Todos teníamos veintitantos y éramos atractivos, ya que el dueño creía que una buena apariencia del personal atraía mejor clientela.

Al ser la nueva, al principio me sentí un poco fuera de lugar, pero incluso así todo me resultó emocionante. De vez en cuando, alguno confiaba en mí y me contaba sus cosas —Jocasta salía con Ben, pero lo dejó por Peter; Ryan necesitaba compartir su apartamento para hacer frente a los gastos y Prish estaba buscando un sitio donde vivir, pero ambos eran reacios a trabajar y vivir juntos, sobre todo después de esa noche loca que habían tenido. Me gustaba que me contaran sus dramas, sus preocupaciones, aunque solía responderles con evasivas pues no quería tomar partido. Pero todos ellos me fascinaban. Eran tan... libres. Tenían grandes planes de futuro, mucho tiempo por delante y trabajaban en un sitio estupendo y sin grandes complicaciones. Como se suponía que tenía que vivir alguien de nuestra edad.

Durante las primeras semanas me dediqué a hacer mi trabajo y a ver, oír y callar. Nadie me preguntó si estaba casada y yo tampoco di ninguna explicación al respecto. ¿Era una forma de castigar a Nick? Por supuesto. Apenas le veía, y él me había dicho que se acercaría alguna noche para conocer el restaurante, pero todavía no se había dejado ver.

En ese momento yo era joven, estúpida e insegura. Y me sentía sola. Muchas noches, cuando volvía a casa, me daba la sensación de que tenía una oscuridad en mi interior que tiraba de mí, y me entraban unas ganas locas de llorar porque odiaba a Nick, aunque también le amaba con toda mi alma. Me sentía estafada, traicionada, pero seguía esperando a que él hiciera algo, cualquier cosa, que consiguiera que volviera a sentirme como antes de casarnos; amada, querida, única. Sin embargo, él también era joven e inmaduro y el océano que nos separaba se hizo cada vez más grande y más profundo.

Por si fuera poco, tampoco tenía el tipo de relación familiar que favorece que les cuentes a los tuyos todas tus penas, aunque sea por teléfono. Willa era solo una adolescente en el instituto y creía que Nick y yo éramos el súmmum del romanticismo. BeverLee... mejor no. Y en cuanto a mi padre, hacía muchos años que había dejado de hablarle de mis sentimientos.

Una noche, un camarero llamado Dare, me preguntó si me apetecía salir con ellos después del trabajo y de pronto tuve un grupo de amigos. Ahí fue cuando me di cuenta de lo profundamente sola que me había llegado a sentir. Mis amigas de la universidad se habían distanciado de mí, concentradas en sus carreras y másteres. Pero mis compañeros estaban en el mismo punto que yo, en esa extraña etapa en la que trabajas, pero no en tu campo, y en donde todavía ves la vida de verdad muy lejana. Eran como mariposas: hermosas, libres y que iban volando allá donde el aire las quisiera llevar, sin ninguna responsabilidad mayor que la de pagar el alquiler.

Ninguno estaba casado, por supuesto. En Manhattan uno empieza a pensar en el matrimonio después de llevar viviendo con su pareja al menos una década y más cerca de los cuarenta que de los veinte. ¿Casarse a los veintiuno? ¿Voluntariamente? ¡Venga ya! Me dije que se lo diría cuando se presentara la ocasión. Si seguía saliendo con ellos, lo dejaría caer como una broma o aprovecharía la oportunidad el día en que Nick apareciera en el Claudia's, como no dejaba de prometerme. Cualquier sentimiento de culpa que pudiera tener por ocultar un dato tan relevante como aquel, se vio mitigado por la sensación de pertenecer por fin a un grupo.

De modo que continué llevando mi alianza en la mano derecha. Nick no se dio cuenta, aunque nuestro matrimonio apenas consistía en algún interludio sexual de madrugada y unas pocas frases de cortesía, la mayoría vía buzón de voz. Le echaba tanto de menos que tuve que alejarme lo más posible de él para no morir de dolor. Y caramba, era una experta en ese tipo de comportamiento.

Mi nuevo círculo de amigos se fue haciendo cada vez más importante. Almorzábamos juntos antes de entrar a trabajar, comíamos a las cuatro y media, bromeábamos entre nosotros, hablábamos de la ciudad y de sus habitantes. Nos quedábamos en el Claudia's al terminar la jornada laboral y me encantaba inventarme cócteles para ellos. Un día Jocasta, Prish y yo nos fuimos a las rebajas del Century 21 y conseguimos unos zapatos de diseño a precio de ganga; otro, acudimos a una firma de libros en el Village. Cuando se acercó el día de Acción de Gracias, Nick tuvo que ir a Lisboa en el que fue su primer gran viaje internacional de trabajo. Yo le felicité, puse mi mejor sonrisa mientras hacía la maleta y le di un beso antes de que el taxi que le llevaba al aeropuerto se marchara.

—¿Estás segura de que estarás bien sola? —preguntó con tono vacilante en la sucia acera de nuestro barrio.

—Sí, no te preocupes. Cenaré en casa de Prish. Pásatelo bien. ¡Buena suerte!

Me despedí con un gesto de la mano y llamé a mis compañeros para hacerles saber que estaría libre para el festival de cine del teatro Angelika. Cuando acudí a la cita me sentí de lo más sofisticada. De hecho, todos ellos eran muy sofisticados... y un poco frívolos y crueles, pero aquello era mejor que no tener nada. Intenté seguirles el ritmo y no sentirme como una pueblerina.

El camarero que se llamaba Dare (en realidad era una abreviatura de Darrell, pero que nadie osara decirlo en voz alta) era un tipo muy intenso. Su sueño era escribir una de esas novelas torturadas y retorcidas que se convertían en éxito de ventas y tenía pensado sacarse el posgrado en Literatura en alguna facultad de prestigio. Jocasta y Prish andaban locas con él, al igual que casi todas las féminas que entraban en el Claudia's. Tenía el pelo rubio y largo y unos profundos ojos grises, era alto y tan delgado que a veces me entraban ganas de darle algo de comer. Se tomaba a sí mismo muy en serio, y eso era algo que le funcionaba bastante bien. Solía flirtear conmigo. Bueno, flirtear, lo que se dice flirtear, más bien no; eso era demasiado banal para él. Pero que sí que me miraba apasionadamente (mientras servíamos las mesas por supuesto). Sabía que estaba interesado en mí, pero nunca le alenté de ninguna manera.

La necesidad de hablarles de Nick crecía cada día; sin embargo, por alguna extraña razón, lo fui retrasando. Tal vez estaba esperando a que hiciera algo que me recordara lo mucho que me adoraba; algo tan memorable que disipara para siempre cualquier duda que pudiera tener y afianzara la seguridad de que viviríamos felices para siempre. Pero, como ya os he dicho, era joven y estúpida. Y si algo tienen los secretos es que, cuanto más tiempo los mantienes, más difícil se hace el desvelarlos.

La noche del fatídico evento llevaba trabajando en el Claudia's tres meses. Estábamos en diciembre, cuando más bonita está la ciudad de Nueva York, con todas esas luces de Navidad adornando cada restaurante y cafetería, las coronas de flores en las puertas de las casas, o las velas de *Janucá* brillando en las ventanas. Los grandes almacenes y tiendas lucían coloridos escaparates y podías encontrarte con un Santa Claus en cada esquina. Por fin me había enamorado de aquella ciudad.

De camino al restaurante, mientras los copos de nieve caían pesadamente, me detuve frente a un escaparate en el que había un modelo a escala del puente de Brooklyn hecho de bronce. Seguro que a Nick le encantaría, pensé. Se lo compraría como regalo de Navidad. Durante un segundo, volví a estar sobre ese puente, con Nick arrodillado delante de mí, con sus guantes de Charles Dickens y sus preciosos ojos mirándome radiantes...

En ese momento sentí que algo se derretía en mi interior, como si la capa de hielo que me cubría el corazón empezara a fundirse. Quería a mi marido. Podríamos superar aquella dura etapa. Incluso pensé en dejar de trabajar en Claudia's y encontrar otro empleo con un horario más compatible con el de Nick. Esa noche les diría a mis compañeros que estaba casada y nos reiríamos juntos.

Era lunes, y también era la noche en la que celebrábamos la cena de Navidad de la empresa, pues el restaurante cerraba al público ese día. Éramos unos veinte, incluidos el personal de cocina, y la fiesta estaba en pleno apogeo cuando llegué. Prish se había apropiado de la barra y me ofreció una copa con un empalagoso líquido de menta. El ambiente era festivo y ruidoso, y todos parecían encantados de verme. Pensé que quizás ese no fuera el momento más adecuado para contarles lo de Nick y que era preferible esperar a estar un poco más calmados.

El cóctel de Prish tenía un sabor asqueroso, así que ideé una mezcla de Martini con arándanos y vodka. La comida estaba buenísima; *pizza* de queso de cabra con tomate y pastel de cangrejo con salsa tártara. Ben llevaba un sombrero de renos y Jocasta un collar con luces parpadeantes y una minifalda roja brillante.

Sobre las diez, todos estábamos sentados alrededor de una mesa en medio del restaurante con algunas copas de más —algunos más achispados que otros— sonriendo y charlando animadamente. En un momento dado —no sabría decir exactamente cuándo—, Dare apoyó el brazo en el respaldo de mi silla. Lo hizo de forma despreocupada, al fin y al cabo éramos un grupo de compañeros pasándoselo bien con un poco de alcohol en la sangre y el ambiente daba pie a las muestras de afecto. Si le pedía a Dare que quitara la mano de ahí, solo conseguiría llamar la atención, así que dejé las cosas como estaban.

Cometí un gran error.

Cuando empezó a acariciarme la nuca me sobresalté. Dare me miró con los ojos entrecerrados pero no se detuvo y continuó hablando con Ben sobre política. Educadamente, aparté su mano de mi cuello. Él la dejó caer sobre su regazo y esbozó una sensual sonrisa. «No vuelvas a tocarme», pensé.

Tras la cena el nivel de ruido y alcohol aumentó aún más. Prish se puso a cantar, usando un tenedor como micrófono, Ryan le siguió el ritmo, sirviéndose de la mesa como batería, y Ben se fue en busca de otra botella de vino. De pronto, Dare se volvió hacia mí.

—Llevo queriendo besarte desde hace semanas —me dijo, y entonces tomó mi cara entre sus manos e hizo precisamente eso.

Fue un beso húmedo, descuidado, de esos que se dan cuando uno está medio borracho; bastante horrible, la verdad. Además, sabía a pimientos rojos. El resto de mis compañeros, sin embargo, prorrumpieron en aplausos.

—¡Ya era hora! —gritó Jocasta—. Lleva tiempo detrás de ti.

Le empujé.

—No se te ocurra volver a hacerlo —dije, con la adrenalina inundándome las venas.

Aquello estaba mal... No debería haber ocurrido nunca... Tenía que decirles la verdad...

Desesperada, miré hacia delante y me quedé paralizada.

Nick estaba en la acera que había frente al Claudia's, mirando desde el otro lado de la ventana. Mirándome a mí, para ser más exactos. Tenía la boca abierta, como si no se creyera lo que acababa de suceder.

Me quedé lívida.

Durante un instante, creí que se había ido, así que me levanté de un salto de la silla, golpeándome contra la mesa, dispuesta a seguirle.

—¡Nick! —grité, pero él estaba abriendo la puerta.

—¿Un amigo? —preguntó perezosamente Dare, sirviéndome más vino. No le hice caso, pero empezaron a temblarme las piernas.

Nick se acercó a la mesa.

—Hola —saludó en voz baja.

—Hola. —Suspiré. No parecía enfadado. Ni siquiera molesto. Seguro que se había dado cuenta de que se trataba de uno de esos besos que te pillan desprevenida. Miró a Dare, y luego a los demás—. Mmm... muchachos, este es Nick.

Supongo que mi voz debió de sonarles rara o asustada, porque todo el mundo dejó de hablar.

—¿Nick? ¿Qué Nick? —preguntó Ben, saliendo de la trastienda.

—¡Qué calladito te lo tenías, Harper —comentó Prish—. No sabía que estabas saliendo con alguien.

Ahí fue cuando me di cuenta de la magnitud de lo que había hecho. Nick me miró consternado, como si acabara de dispararle en pleno corazón. Lo que, en cierto sentido, había hecho. Parpadeó una vez... dos. Yo estaba hiperventilando. Sus ojos parecían un agujero negro.

—No está saliendo con nadie —dijo por fin—. Soy su marido.

Una sirena de un camión de bomberos sonó a lo lejos. En el hilo musical una banda de *jazz* destrozaba *White Christmas*. Y no se oyó nada más porque el restaurante se había sumido en un silencio sepulcral.

—Creía que estabas soltera, Harper, como solo tienes veintiún años... —comentó Ryan con voz de borracho—. ¿Estás metida en una secta religiosa o algo así? Una de esas en las que obligan a casarse entre parientes.

—¿Entonces estás casada? —preguntó una incrédula Jocasta—. Es una broma, ¿no?

Entonces Nick decidió salir de allí.

—Oh, oh —canturreó Ryan.

Me dispuse a rodear la mesa pero Dare me agarró de la mano.

—No tienes por qué seguirle —me dijo.

—Por supuesto que sí, imbécil —siseé, zafándome de él.

Las campanillas de la puerta sonaron alegres; un sonido que en ese momento me pareció obsceno. Salí al aire frío de la noche. No vi a Nick por ninguna parte. Al llegar a la esquina, miré a ambos lados de la calle y ahí estaba, con las manos en los bolsillos y andando a toda prisa con la cabeza baja.

—¡Nick! ¡Espera!

No me hizo caso, así que tuve que correr detrás de él, tropezándome con los adoquines de esa odiosa calle. Conseguí alcanzarle al llegar a la siguiente esquina.

—Nick —le llamé. No se molestó en mirarme. Le sujeté por el brazo—. Nick, espera —jadeé—. Por favor, deja que me explique.

—Adelante. —Su voz sonó extrañamente calmada.

—De acuerdo... Obviamente no les he...

—Hablado de mí. —La luz del semáforo cambió y Nick comenzó a andar de nuevo.

—Sí —admití, trotando detrás de él. Me había dejado el abrigo en el restaurante y hacía mucho frío. Tenía muchas ganas de ponerme a tiritar, pero conseguí que los dientes no me castañetearan.

—Estabas besando a ese tipo. —Seguía hablando con tono calmo y continuaba andando—. ¿Qué más cosas has hecho con él.

—¡Nada! Ese beso no ha significado nada, Nick. Es un idiota. Estaba borracho. No ha sido nada.

—Pero nadie sabía que estabas casada.

—No... Yo... Nick... Yo... —Oh, Dios, ¿qué podía decir?—. ¿Por qué no vamos a casa y hablamos mejor allí?

Por fin se detuvo e inmediatamente deseé que no lo hubiera hecho. Estaba furioso. Sus ojos parecían dos brasas al rojo vivo.

—Nunca les has hablado de mí.

—No —reconocí en un susurro.

—Ni una sola vez.

Me estremecí, y no de frío. Nick no me ofreció su abrigo. No le culpé.

—No, Nick. No les he dicho que estaba casada y nunca les he hablado de ti.

—Entiendo —dijo suavemente.

Reanudó la marcha, aunque se quitó el abrigo y lo tiró al suelo; un gesto que me rompió el corazón.

—Nick, por favor, ¡lo siento!

No volvió a pararse ni a contestarme. Recogí su abrigo pero no me sentí digna de llevarlo. Con aquella camiseta de tirantes plateada en pleno mes de diciembre y caminando en pos de un marido furioso con mis altos tacones me sentía absolutamente ridícula, aunque también muy culpable. Pero sobre todo estaba aterrada.

Y si había algo que odiaba en el mundo era estar asustada.

«Bueno, ya sabes que tiene su carácter», susurró una parte de mi cerebro. En ese momento, todo el resentimiento que había estado acumulando durante los meses anteriores explotó y el terror fue reemplazado por otra sensación bien distinta. ¿Que Nick estaba dolido conmigo por no haber hablado de él a mis compañeros? ¿En serio? Era a mí a la que había arrastrado a una ciudad desconocida para después darme un par de palmaditas condescendientes y decirme que me fuera a jugar y no molestara a los mayores. Era yo la que tenía un marido que no tenía tiempo ni para mirarme. Claro que había encontrado un grupo de amigos con el que salir. Por supuesto que necesitaba que me prestaran atención, porque él no lo hacía. ¿Cuándo había sido la última vez que habíamos mantenido una conversación de verdad? Él no quería hablar. Por lo menos no conmigo. No, yo solo estaba para lavarle la ropa sucia, tenerle el frigorífico lleno y procurarle algún que otro revolcón en mitad de la noche. ¿Y ahora se extrañaba que no hubiera hablado de él a mis compañeros? ¿En serio podía culparme de algo?

«Oh, Harper, no lo hagas», susurró mi ángel bueno. Pero era mucho más fácil ser la víctima. Así que plantee el caso en contra de Nick —estaba destinada a ser abogada— y sentencié a mi favor, encontrándome inocente. Sí, había cometido un error, pero no uno enorme, y por supuesto era completamente perdonable. ¿Y sus fallos? Mi ira fue creciendo a medida que la figura de Nick se iba haciendo más y más pequeña mientras se alejaba por la calle. ¿No quería escuchar lo que tenía que decirle? Perfecto. Tampoco era nada nuevo, ¿verdad?

Nueva York está bastante tranquila los lunes por la noche, y Tribeca en esa época más. Las sirenas de la policía sonaban a lo lejos. Una hoja suelta de un periódico revoloteó por el suelo empedrado; la única compañía que tuve a esa hora. La brisa helada del río Hudson me trajo el olor a sangre de las empresas cárnicas de la zona oeste.

Cuando llegué a nuestro edificio, Nick ya estaba en casa. Lo supe porque vi su cabeza a través de la ventana del cuarto piso que daba a nuestro dormitorio. Dejé la puerta del portal abierta detrás de mí y subí las escaleras haciendo todo el ruido que pude, decidida a mostrarle que venía dispuesta a plantarle cara. Entré en nuestro apartamento, crucé la diminuta cocina y fui directa a nuestra habitación.

Me lo encontré muy enfadado, moviéndose de un lado a otro.

Haciendo las maletas.

Cualquier pensamiento que en ese momento tuviera en mente se desvaneció por completo. Abrí la boca, pero fui incapaz de pronunciar palabra alguna. Observé cómo lo guardaba todo con brutal eficiencia. Pantalones, camisetas, ropa interior... fueron desapareciendo dentro de las maletas que nos regalaron en nuestra boda; unas maletas que aún no habíamos estrenado.

La última vez que había visto a alguien hacer eso fue en mi decimotercer cumpleaños. Nick me estaba abandonando y me sentí tan aterrorizada que creí que me desmayaría en cualquier momento. Se me nubló a visión, las piernas me fallaron y mi cuello se transformó en una ramita que apenas podía sostener mi cabeza.

Pero entonces algo dentro de mí cambió. Mi corazón se cerró en banda. Se me aclaró la visión y mis piernas y cuello volvieron a funcionar a la perfección. Tal vez, si me hubiera derrumbado o me hubiera lanzado a él, rogándole que me perdonara, si le hubiera dicho lo mucho que le quería, las cosas hubieran terminado de otro modo aquella noche.

Pero no era de las que se arrojaban temblorosas a los pies de sus hombres, ni tampoco se me daba bien rogar.

—Entonces eso de «hasta que la muerte nos separe» solo era una formalidad, ¿no? —inquirí.

Obviamente, fue lo peor que pude decir.

—Pasaré la noche en casa de Pete —informó, sin ni siquiera mirarme.

—Por todo lo que te llevas, veo que más de una noche.

—¿Cuánto llevas trabajando allí, Harper? ¿Dos? ¿Tres meses? —Se dirigió al minúsculo armario que teníamos y sacó sus camisas y trajes de vestir sin molestarse en quitar las perchas—. ¿En todo ese tiempo, ¿nunca encontraste la más mínima oportunidad para decir a tus compañeros que estabas casada? ¿Ni una sola vez?

—Quizá lo hubiera hecho si hubieras venido a verme algún día, tal y como me prometiste —respondí con voz helada.

—No me extraña que ese capullo te besara —continuó él—. ¿Por qué no iba a hacerlo? Para él eras una mujer libre, ¿verdad? —Bajó la vista hasta mi mano e hizo una mueca de dolor al darse cuenta de la importante ausencia que allí había—. ¡Por Dios, Harper! —murmuró, sin apenas voz.

La causa contra Nick Lowery empezó a hacer aguas por todas partes.

Me mordí el labio.

—Mira, Nick. Lo siento muchísimo. De veras. Es solo que... me sentía tan perdida que...

—¿Perdida?

—Bueno... ¡sí! Nunca estás aquí, Nick. No me escuchas, me siento sola y lo único que te preocupa es tu trabajo...

—¡Estoy intentando construir un futuro para ambos, Harper! —gritó él—. Trabajo tanto para que podamos llevar una vida decente.

—Lo sé, Nick, pero no esperaba que fuera o todo o nada...

—¡Tengo que hacerlo! ¡Creí que lo entendías! —Lanzó un par de zapatos a una de las maletas—. No me extraña que hayas estado tan... distante. Has debido de...

—¿Distante yo, Nick? ¿Lo dices en serio?

—... estar tonteando con un perdedor treintañero que se dedica a servir mesas mientras trata de averiguar qué es lo que quiere ser de mayor.

—No he estado tonteando con nadie, Nick. Pero, aunque lo hubiera hecho, ¿crees que podrías echármelo en cara? Tú eras el que estaba deseando que nos casáramos, y desde que nos mudamos a Nueva York, apenas recuerdas dónde vives. —Me había puesto a gritar también. Ambos nos habíamos transformado en dos locomotoras sin frenos que iban por el mismo carril, pero en dirección contraria.

Él cerró de un golpe uno de los cajones de la cómoda.

—Nick —continué yo, en un último intento por mantener la calma, por hacerle entender y conseguir que no se fuera—. Mira, Nick, me he comportado de forma estúpida e inmadura...

—¿Estúpida e inmadura? Sí, Harper, eso es un buen comienzo. ¿Por qué no añades que has sido una mentirosa? ¿Manipuladora? ¿Infiel?

—¡No te he sido infiel! Ese tipo... solo me besó. Me pilló desprevenida, ¡no quería que lo hiciera!

—Sí, claro.

Apreté la mandíbula.

—Está bien. Piensa lo que te dé la gana, Nick. Llevas meses sin escucharme, ¿por qué ibas a hacerlo ahora?

Iván el de los repollos escogió ese momento para dar un golpe en el techo.

—Callaos de una vez, idiotas —gritó.

Nick continuó metiendo sus cosas en las maletas.

—Me has eliminado de un plumazo, Harper —dijo él—. Ni siquiera existo en esta nueva vida que tienes.

—Mira quién habla —repliqué yo.

—¿Cómo puedes decir eso? —ladró él, cerrando la tapa de la maleta—. Mi despacho está lleno de tus fotos. Todos mis compañeros te conocen. ¡Lo único que hago es hablar de ti!

—¿Y por qué lo haces Nick? ¿Porque ganas puntos si tienes una mujer esperándote en casa?

—Esto no nos lleva a ninguna parte —concluyó él, yendo hacia el cuarto de baño. Una vez allí, se hizo con el cepillo de dientes y la maquinilla y la espuma de afeitar.

Me estaba dejando. Después de todo aquel acoso y derribo para convencerme de que me casara con él un mes después de la graduación, después de luchar contra todos mis temores, asegurándome que lo nuestro duraría para siempre, después de haber puesto toda la carne en el asador tras nuestra precipitada boda, Nick me estaba dejando. Solo había hecho falta un primer bache importante en el camino para tirar por el retrete la cláusula de «en lo bueno y en lo malo». Me ardía la cara y sentía tal opresión en el pecho que apenas podía respirar.

Tenía que haberlo sabido. Nunca debí creerle.

Abrió la puerta de entrada de un golpe y salió disparado hacia las escaleras, con las maletas a cuestas. Fui detrás de él sin poder hablar. Mi mente era un batiburrillo de emociones. Cuando llegamos a la calle vi que un taxi aparecía por la esquina y se acercaba lentamente a nosotros. Había llamado a un taxi, ¡me estaba dejando de verdad!

Nick se volvió hacia mí. Tenía la mandíbula apretada y los ojos rojos de cólera.

—Nunca tuviste fe en nosotros, ¿y sabes qué, Harper? Tenías razón. Bien por ti. Me voy a casa de Pete. Vuelve al restaurante y diviértete con tu camarero.

Furiosa por sus palabras, me quité el anillo de la mano derecha y se lo arrojé a la cara. La alianza —mi preciosa y adorada alianza— rebotó contra su pecho y se fue rodando hacia una alcantarilla.

—No podría estar en mejor lugar —dijo él. A continuación se subió al taxi y desapareció de mi vista.

No recuerdo cómo regresé al apartamento, aunque tuve que hacerlo porque al rato me encontré sentada en el suelo de la cocina temblando con tanta intensidad que hasta me castañeteaban los dientes. Tampoco fui consciente de haber llamado a nadie hasta que desde el otro lado de la línea me llegó la voz somnolienta de la única persona que sabía que me ayudaría.

—Necesito que vengas a por mí —susurré.

—¿Te encuentras bien?

—No.

—Ahora mismo salgo. —No hizo ninguna otra pregunta, aunque tampoco hizo falta.

Al día siguiente, en el despacho de Theo, firmé los papeles del divorcio entre lágrimas (era la segunda vez que lloraba en mi vida). Sabía que era lo mejor, aunque mi corazón solo necesitaba un poco más de tiempo para aceptar lo que mi cabeza ya sabía.

Que Nick y yo habíamos terminado para siempre.

Capítulo 12

Cuando por fin nos detuvimos para pasar la noche —sí, tras visitar la estatua del pingüino— estaba exhausta, y no solo por haber estado toda la tarde expuesta al sol y al viento, sino por los recuerdos que aquella situación me había traído sobre mi breve y malogrado matrimonio con Nick. A él también se le veía cansado; no habló mucho, aunque se comportó de forma educada en todo momento.

El pueblo donde paramos era microscópico; contaba con una única intersección (sin ningún semáforo), el ayuntamiento, la iglesia, un pequeño puesto de hamburguesas llamado Charlie's Burguer Box y un motel colindante con cuatro habitaciones, todas ellas vacías. Nick pagó por dos de ellas.

—No tienes por qué hacerlo —comenté yo.

—No te preocupes —repuso él.

—Les aconsejo que saquen un poco de tiempo para visitar las huellas de dinosaurios —dijo el recepcionista, guiñándome un ojo—. Son bastante grandes. Eso sí, estén atentos a los pronósticos del tiempo. Se prevé algo de nieve para mañana.

—Eso haremos —dijimos Nick y yo al unísono. Nos miramos el uno al otro durante un instante y después volvimos a mirar al frente.

—¿De dónde son? —preguntó el recepcionista.

—Nueva York —contestó Nick.

—Massachusetts —dije yo.

—¿En serio? Yo estudié en Harvard.

—Yo en la Facultad de Derecho de Tufts —indiqué.

Aquello dio pie a que iniciáramos una agradable conversación sobre las maravillas de Boston. Nick permaneció en silencio en todo momento, y su única contribución fue una mueca de escepticismo cuando hablamos de la paliza que esperábamos dieran los Red Sox a los Yankees en el próximo partido.

Como Charlie's Burguer Box era el único lugar donde se podía pedir algo de comida en la zona, decidimos encargar allí la cena. El educado recepcionista de Harvard, que también hacía las veces de cocinero, nos contó que años atrás se había dedicado a la banca de inversión, pero que decidió cambiar de vida y regresar a Montana. «Nunca he sido tan feliz como ahora», concluyó. Después, nos pasó nuestras bandejas de hamburguesas con patatas fritas, se despidió de nosotros deseándonos una feliz estancia y regresó al motel.

Nick y yo comimos en una mesa de *picnic* que había en el aparcamiento del motel. *Coco* se sentó a mi lado y esperó, quieta como una estatua, a que le diera un trozo de hamburguesa. De vez en cuando, veíamos pasar alguna camioneta, pero no vimos a mucha más gente.

—¿Te imaginabas que tu viaje por carretera sería así? —pregunté, limpiándome la boca con una servilleta de papel.

—Más o menos —contestó Nick sin mirarme.

—¿De verdad?

—Excepto por lo de tener que llevarte al aeropuerto, sí. Pueblos pequeños, granjas, la vida rural, el corazón palpitante de nuestra gran nación y todo eso... ya sabes.

—Y esto lo dice el neoyorquino que, si mal no recuerdo, no podía quedarse solo con una simple oveja.

Una de las veces que Nick me visitó en verano, cuando yo trabajaba en Connecticut, fuimos a una granja que había cerca. Allí, una oveja que creyó que Nick llevaba algo de comer en los bolsillos, empezó a embestirle con el hocico en la entrepierna, lo que me hizo tanta gracia, que estuve a punto de caerme de la risa que me entró.

El recuerdo me arrancó una sonrisa. Miré a Nick. No se estaba riendo en absoluto. Todo lo contrario, sus ojos eran sombríos. Como si le costara un enorme esfuerzo físico, dejó de mirarme y clavó la vista en el inmenso paisaje que teníamos frente a nosotros.

—Si salimos a las ocho, llegaremos al aeropuerto por la tarde —dijo él.

Lo haríamos mucho antes si pisaba más el acelerador, pero me guardé aquel pensamiento para mí.

—Estupendo. Gracias.

Hizo un gesto de asentimiento. Por lo visto nuestra breve conversación había llegado a su fin.

Dado que Nick no estaba por la labor de seguir hablando, saqué el teléfono y envié unos cuantos mensajes. Uno a Carol, con copia a Theo, en el que les decía que iba con retraso y que les llamaría al día siguiente. Tenía el teléfono particular de ambos, pero no me sentía bien llamándoles un domingo por la tarde. Los dos tenían familia y seguían a rajatabla la regla de no trabajar los fines de semana (no como yo). En otras palabras, eran normales. Mandé otro mensaje a BeverLee y a mi padre, diciéndoles lo mismo. Otro a Dennis, solo por si se preocupaba. Pensar en él me produjo una punzada de dolor. Nuestra relación había sido... bueno... había estado bien. Pero no había compartido con él la misma conexión e intensidad de emociones que tuve con Nick. Siempre había pensado que eso era algo bueno, que indicaba madurez y una mayor estabilidad. Ahora me daba cuenta de que solo indicaba algo que ya sabía. Dennis no quería casarse conmigo, fin de la historia. Me pregunté si él también se sentía un poco mal. Esperaba que sí, la verdad, porque si después del tiempo que llevábamos juntos, nuestra ruptura no le afectaba lo más mínimo, no hubiera dicho mucho de mí, ¿no?

De todos modos en ese momento el Viñedo me parecía algo muy lejano, como una especie de recuerdo. Supongo que era el efecto de estar a tanta distancia, en un lugar que no tenía nada que ver con los familiares acantilados de la isla, sus casas de techos grises y su verdor. Aquí el campo se extendía hasta el horizonte y el cielo parecía un poco despiadado de tan inmenso que se veía.

—Me voy allí —dijo Nick.

Miré en la dirección que me indicaba su dedo.

—Bar Stan. Suena bien. Cerveza, algún partido de béisbol y un poco de folclore local, ¿verdad?

—Exacto. —Hizo una pausa—. Si quieres puedes venir.

Respiré hondo.

—Mmm... Mejor no. Tengo que trabajar. Sacaré a *Coco* a dar un paseo y me pondré con el ordenador.

—De acuerdo. Que descanses.

Se puso de pie.

—¿Nick? —le llamé.

—Dime. —Parecía cansado, hasta daba la sensación de tener más arrugas. Se le veía como a un hombre de su edad... ya no era el muchacho con el que me casé. Se me encogió el corazón, aunque traté de no hacer caso de esa sensación—. Agradezco mucho todo lo que estás haciendo por mí.

Se encogió de hombros.

—No me quedaba más remedio. Ahora somos familia.

—Oh, Dios mío, ¿tú crees?

Esbozó su maravillosa sonrisa.

—Bueno, eres la cuñada de mi medio hermano. De modo que sí. Y sí, también espero que me regales algo en Navidad.

—Mmm... ¡Ya lo tengo! Una muñeca hinchable, edición especial.

Nick se rió y me dio un pequeño apretón en el hombro. El contacto provocó esa corriente de energía que siempre sentía cuando él me tocaba.

—Buenas noches, Harper.

—Buenas noches, Nick —dije con un débil susurro.

Me aclaré la garganta, tiré los restos de la comida en una papelera que había cerca y eché mano de la correa de *Coco*. Estaba jugueteando con una pelota de tenis que había encontrado en el Mustang, ¿a qué Jack Russell no le gustaba perseguir algo? Dimos un pequeño paseo por la calle, no había ninguna plaza o parque —algo que en Nueva Inglaterra dábamos por sentado—, pero sí que había prados, montones de prados interminables, así que nos adentramos en ellos unos cuantos metros.

—¿Te apetece jugar un rato? —Mi perra se detuvo al instante, con ojos expectantes. Le desabroché la correa y lancé la pelota lo más lejos que pude, sonriendo mientras la veía desaparecer por el campo. La encontró a los pocos segundos, después vino corriendo con ella, moviendo la cola alegremente, y la dejó a mis pies para que volviera a tirársela (a ser posible unas mil veces más).

Estar allí, bajo el manto púrpura del cielo y respirando aire fresco, era una buena terapia. Haberme pasado toda la tarde sentada en el Mustang me había dejado agarrotada y me dolían las articulaciones.

¿Cómo sería vivir en un lugar como aquel? Según el mapa, Sleeping Elk tenía una población de doscientos cincuenta habitantes. ¿Con qué se ganaba la vida la gente? ¿Cómo conocían a otras personas? Si tenían una cita, ¿a dónde iban? ¿Al puesto de hamburguesas o al bar Stan?

Tal vez este lugar era uno de ese tipo de sitios en los que mi madre se había detenido en su viaje por el país. Hasta podía haber estado aquí mismo, encontrar un empleo, trabajar un tiempo y después volver a marcharse. Apenas había sabido nada de ella en los últimos veinte años, pero gracias a Dirk Patrick y a su investigación, tenía constancia de que había sido camarera. Y también sabía dónde se encontraba en ese momento.

Empezó a levantarse aire, alcé la vista y vi que algunos nubarrones se acercaban desde el Este. Era hora de irse dentro, llamar a Kim, quitarle importancia a la situación con mi ex marido, redactar una demanda e intentar no pensar mucho en las personas que había perdido.

***

A la mañana siguiente descubrimos que el «desayuno incluido» significaba un vale descuento en la gasolinera que había al lado del motel, ya que el puesto de hamburguesas no abría hasta las once y media. El amable recepcionista nos había dejado una nota deseándonos buen viaje. Qué simpático.

—¿No podemos comer un poco de carne y huevos? —pregunté mientras observábamos la mísera selección de bollería industrial entre la que podíamos escoger—. ¿No dicen que Montana es la cuna de la carne? ¿Es imposible encontrar un filete y unos huevos en un lugar como este? ¿Nadie puede ofrecernos algo con un poco de colesterol?

—¿No puedes reducir el número de frases que dices antes de las diez de la mañana? —comentó Nick. Pero inmediatamente después se dirigió al mostrador y preguntó al dependiente dónde podíamos encontrar un restaurante.

El hombre, al que le faltaban varios dientes y que parecía el tipo de persona que nunca salía de casa sin tabaco de mascar y un rifle, se quedó reflexionando sobre tan difícil pregunta.

—Antes estaba el *Sissy's* —dijo finalmente—, pero se quemó hasta los cimientos hará unos seis o siete años. Menudo incendio, amigo, tendrías que haberlo visto. Yo y Herb Wilson, ¿conoces a Herb? ¿No? Bueno, da igual, Herb y yo formábamos parte del departamento de bomberos en esa época, y estuvimos a punto de arder cuando intentamos llegar a los tanques de gas, ¿sabes a lo que me refiero?

—¿Entonces no hay ningún restaurante? —interrumpí yo. Estaba claro que aquel hombre no solía hablar con mucha gente a lo largo del día y estaba deseando hacerlo, pero yo me moría de hambre y no estaba para muchas charlas.

—No, señora, antes estaba el *Sissy's* pero se quemó hará unos seis o siete años. ¿Conoce a Herb, Wilson? Pues él y yo...

—Nos llevamos esto —dije, dejando un paquete de seis rosquillas en el mostrador.

—Lléneme el tanque, por favor —agregó Nick—. Y disculpe las formas... groseras de mi acompañante. Es de Massachusetts.

—¿Y eso dónde está? —preguntó el dependiente.

—En Nueva Inglaterra, y no soy su acompañante. Soy su agente de libertad condicional. Gracias por su tiempo. —Dejé un billete de cinco dólares en el mostrador, agarré a Nick por el brazo y le arrastré fuera de la tienda.

Nick sonreía de oreja a oreja mientras llenaba el tanque del Mustang. Aquella mañana estaba de muy buen humor; todo lo contrario que la noche anterior. Siempre había sido una persona... taciturna. No, esa no era la descripción más justa. Expectante, esa era la palabra. Podía mostrarse dulce, divertido y con más energía que un zorro después de haberse tomado anfetaminas. Pero al instante siguiente, y sin saber muy bien por qué, empezaba a apagarse como si fuera una bombilla. En ocasiones, cuando estábamos juntos, se quedaba mirándome... no en plan embobado y romántico (que eso también lo hacía) sino simplemente mirándome y... esperando. Esperando algo que por lo visto nunca debí de darle, porque cuando empezaba a incomodarme y le pedía que dejara de mirarme él volvía a actuar como si nada.

Está claro que la comunicación nunca fue nuestro fuerte.

Pero hoy se le veía contento. Incluso había acariciado a *Coco*, que se dignó a dirigirle una de sus despectivas miradas a lo chihuahua antes de volverse hacia mí. Nick no era alguien a quien le encantaran los animales. Una de las —muchas— discusiones que tuvimos de recién casados fue precisamente por eso. A pesar de que nuestro contrato de arrendamiento prohibía tener animales de compañía, yo estaba dispuesta a saltármelo y conseguir un perro, pero Nick me estuvo sermoneando sobre lo mucho que le había costado encontrar un apartamento como el nuestro y lo cara que podía resultar una casa allí, en Nueva York, la «ciudad de verdad»; como muchos neoyorquinos, veía a Boston como un gran y mal diseñado asentamiento lleno de forofos del deporte (tampoco iba muy mal encaminado). Al final, nos quedamos sin perro. Por eso, en cuanto Theo me contrató (para ser exactos al día siguiente) me hice con *Coco*, y desde entonces habíamos sido inseparables. En ese momento, como si mi pequeña perra me estuviera leyendo la mente, me lamió la mano y se tumbó de espaldas para que le acariciara el vientre.

El paisaje era muy similar al del día anterior. Llano. El cielo era un precioso y enorme mar azul, salpicado por cremosas nubes. Cada veinte o treinta kilómetros veíamos algún que otro árbol y de vez en cuando atisbábamos unos pocos antílopes en el borde de la carretera. Nada especialmente emocionante. Miré el mapa. Miré al cielo. Luego por la ventanilla. En ocasiones, nos adelantaba alguno de esos enormes camiones de dieciocho ruedas, haciendo que el Mustang vibrara. Esas inmensas máquinas al menos iban a cierta velocidad, no como nosotros.

Después de tres horas conduciendo a paso de tortuga perdí la paciencia.

—Nick, ¿no crees que deberíamos agarrar al toro por los cuernos e ir un poquito más rápido de lo que vamos?

Sus ojos de gitano me miraron como si fuera una niña pequeña.

—Mi viaje, mi vehículo. O, citando a un clásico: «Estoy hablando en serio. O seguís mis normas o a la calle. El que no esté de acuerdo puede irse ahora».

—Mmm... déjame adivinar. ¿*Hamlet*? ¿*El rey Lear*?

—Casi. *De profesión duro*, la película de Patrick Swayze.

—Ah, sí, los clásicos. Pero si quieres que lleguemos al aeropuerto antes de que muera por causas naturales a los ciento cuatro años, tendrás que pisar un poco el acelerador. Adelante, inténtalo. Este Mustang puede con ello. No tengas miedo, Nick.

Me respondió con una sonrisa de oreja a oreja. A continuación puso el intermitente e hizo caso omiso de mi gruñido de frustración.

—Hora de hacer una foto —dijo, parando el Mustang en el arcén. Después salió de un salto, sin abrir la puerta. Buscó en los asientos traseros y sacó una cámara que, por el aspecto que tenía, debía de haberle costado muchísimo.

—La arisca de mi ex mujer con su perrita, en algún lugar de Montana —comentó, tomándome una foto.

—¿Tu próxima entrada en Facebook? —sugerí.

Nick se acercó a mí y me enseñó la foto que acaba de hacerme. Yo salía con el ceño fruncido. *Coco*, adorable.

—Y aquí están las que hice ayer. Mira qué mona estás en esta, con el pingüino —ironizó él. En esa también salía con cara de malas pulgas.

Al tenerlo tan cerca, no pude evitar inhalar su aroma. Olía bien. Demasiado bien. Aquello se estaba volviendo un poco incómodo y Nick también debió de notarlo.

—De acuerdo —dijo él, regresando al Mustang—. En cuanto tú y tu perra estéis listas, podemos ir a ver el dinosaurio de plástico más grande del mundo.

—Y ya que nos ponemos, podríamos visitar la cabaña de Unabomber, el tipo ese que se hizo tan famoso enviando cartas bomba —comenté con fingida alegría.

—Buena idea.

—Esto de ir por carreteras secundarias y haciendo absurdas paradas cada dos por tres es solo un ardid para pasar más tiempo conmigo, ¿verdad, Nick?

—Me has pillado. ¿Qué hombre no querría estar a todas horas contigo, Harpy? —Alzó la cámara y me hizo otra foto. Muy bien, en esta saldría levantando el dedo corazón.

—Por lo menos déjame conducir, Nick —refunfuñé, recogiendo a *Coco* para llevarla de nuevo al Mustang.

Para mi sorpresa, abrió la puerta del conductor y me hizo un gesto para que entrara.

—Por supuesto. Eres mi invitada. Y toma. —Se agachó, asió algo del suelo y volvió a incorporarse, ofreciéndome una florecilla azul—. Un regalo. Para ti.

Lo acepté con recelo.

—¿Belladona? —supuse. Nick esbozó una medio sonrisa. Los pétalos eran muy suaves, y cuando los toqué, hasta mis fosas nasales llegó un tenue olor a vainilla que me encantó—. Gracias.

—De nada.

Metí la flor en mi cartera y entré en el Mustang.

—Nicky, cariño, ponte el cinturón de seguridad.

Era emocionante estar sentada detrás del volante de un vehículo como aquel, ¡una auténtica y potente máquina fabricada en los Estados Unidos! A diferencia de mi ex marido, yo sí que sabía cómo usarlo. Me ajusté la gorra marcada con las siglas del diablo (NY, de los New York Yankees), me abroché el cinturón y miré a Nick para asegurarme de que también se lo hubiera puesto.

—Sujeta a *Coco* —dije. Tan pronto como vi que mi perra estaba bien colocada, puse a prueba el Mustang.

La grava salió disparada y los neumáticos chirriaron. *Coco* (o Nick, no supe muy bien quién) dejó escapar un gemido de sorpresa.

—¡Por Dios, Harper! ¡Ve con más cuidado! —exclamó Nick, agarrándose al salpicadero.

—Eres una nenaza, Nick —repliqué, sonriendo. Y el Mustang empezó a hacer lo que se suponía que tenía que hacer.

—Reza, *Coco*. San Cristóbal, patrón de los conductores, por favor protégenos a *Coco* y a mí de esta loca de Massachusetts. Amén.

Mi perra ladró y meneó la cola. Después mordió su conejito y lo sacudió. Le encantaba la velocidad. ¡No podía ser menos, teniéndome como dueña!

En ese momento el teléfono sonó.

—¡Esto es una pasada! —grité yo. Después me hice con el teléfono y contesté—: ¿Sí?

—Estás infringiendo la ley —indicó Nick.

—No, en este estado no —repliqué, aunque en realidad no lo sabía. El que llamaba era Dennis. ¡Qué sorpresa más agradable... y propicia!—. ¡Hola, Dennis! —exclamé alegremente.

—Hola, Harp, ¿qué tal?

—Oh, fenomenal, Den —contesté, sonriendo a Nick. En ese momento me acordé de que mi ex marido no sabía que había roto con mi novio. Decidí no contárselo, Dios sabe que, de enterarse, empezaría a bromear con la abogada de divorcios incapaz de conservar un novio. Es más, quise ponerle un poco celoso. Sí, podía ser divertido—. ¿Llegaste bien a casa?

—Sí. ¿Pero y tú? ¿Cerraron el aeropuerto?

—Sí. Por no sé qué de un problema informático. Ahora voy de camino a otra ciudad. Espero llegar mañana. Tal vez por la noche.

—Bien. Solo quería... ver cómo estabas.

Mmm. Aquello estaba bien.

—¿Qué estás haciendo ahora mismo? —pregunté en un intento por prolongar la conversación unos minutos más. Era muy fácil hablar con Dennis. Sin complicaciones. Sin frases llenas de doble sentido.

—Trabajando. Puede que después me vaya a tomar unas cervezas con mis compañeros.

—¿En serio? Me parece estupendo.

Tras un silencio, Den preguntó:

—¿De verdad estás bien, Harp?

¿Se refería a nuestra ruptura?

—Sí, Den. En serio. ¿Y tú? ¿Cómo lo llevas?

—Esta es la conversación más aburrida que he oído en mi vida —comentó Nick por lo bajo. Tenía a *Coco* sobre su regazo, con las patas apoyadas en su pecho. Estaba claro que mi perra había cambiado de opinión con respecto a él. La muy traidora se vendía por una simple caricia detrás de la oreja.

—¿Con quién estás? —preguntó Dennis al oír la voz de Nick.

—Mmm... Con Nick. Me está llevando al aeropuerto.

—¿Nick? —Otro silencio—. ¿Tu ex?

¿Acaso había más de un Nick en mi pasado?

—Sí. El mismo. Se ofreció a llevarme porque no pude conseguir ningún vehículo de alquiler. Es una larga historia.

—¿Puedo saludarle? —pidió Nick.

Me alejé el teléfono de la boca.

—¿Por qué? ¿Es que te has vuelto gay y no me lo has dicho?

—Déjame hablar con él —se limitó a decir.

—Den, Nick quiere saludarte. Te veo cuando llegue a casa.

—Sí. Ah, y Harp, cuídate, ¿de acuerdo?

—Lo mismo digo, Den.

Con bastante recelo, le pasé el teléfono a Nick, que sonrió de oreja a oreja.

—Hola, Dennis, amigo. ¿Qué tal? No me digas. ¿En serio? No, no tenía ni idea. —Me miró y enarcó una ceja. Maldición, como Dennis le estuviera contando que lo habíamos dejado me iba a enfadar de lo lindo. Era algo muy personal, y Den no debería...—. Tiene sus momentos —continuó Nick con una medio sonrisa. Después se quedó escuchando durante unos segundos—. ¿Sí? ¿De veras? Vaya. No, no tenías por qué decírmelo. —Soltó una carcajada y yo negué con la cabeza, disgustada—. Hombre, no está tan mal.

—Odio a los hombres —mascullé.

Nick se cambió el teléfono de oreja.

—Tal vez seas lesbiana —susurró.

—Ojalá lo fuera.

Nick se rió de algo que dijo Dennis.

—Bueno, por ahora es mía. —Me tensé y el Mustang hizo una pequeña ese—. Oh, sí. Es muy fácil de llevar. A su manera. Sí, eso también. Totalmente de acuerdo. Bueno, encantado de haber vuelto a hablar contigo. Tú también. —Colgó el teléfono—. Es un buen tipo —dijo.

—Hablar de mí, estando yo delante, es demasiado inmaduro para alguien como tú, Nick.

—¿Cómo sabes de qué estábamos hablando?

—Oh, por favor. Hablabais de mí. No te molestes en negarlo.

Su sonrisa se hizo aún más amplia.

—*Coco*, parece que tu mamá está teniendo una rabieta, ¿verdad? No sé por qué pero presiento que tiene muchas, ¿a que sí? Pobre perrita.

—¿Sabes qué, Nick? Eres un imbécil.

—¿Sabes qué, Harper? Vas a ciento cincuenta kilómetros.

Vaya. Aflojé el pie del acelerador y reduje la velocidad. Ese era el problema de conducir un vehículo como aquel, que costaba mucho controlarse. Debía de tener la cara roja como un tomate.

—Anda, *Coco*, di a tu mamá que el mundo no gira en torno ella —comentó Nick a mi perra, que seguía acurrucada en su regazo, mirándole con sus enormes ojos marrones.

—Está bien, Nick. No estabais hablando de mí. «No está tan mal», «tiene sus momentos», «es muy fácil de llevar, a su manera». Entonces, ¿de qué hablabais si no?

Nick seguía sonriendo. No era justo que los hombres se volvieran más atractivos con los años. Nada justo.

—Veo que tienes una memoria digna de admiración, Harper, pero lo cierto es que estábamos hablando de esta preciosidad —respondió, haciendo un gesto que abarcaba todo el Mustang.

Abrí la boca, pero volví a cerrarla inmediatamente.

—¿Por ahora es mía? —pregunté.

—Sí. —Me miró—. En realidad es de un amigo.

Maldición. Estaba convencida de que lo había hecho a propósito. Odiaba a los hombres. Sobre todo a ese.

A continuación Nick se puso a sintonizar la radio, pero al no encontrar canal alguno, abrió la guantera, sacó su iPod y lo enchufó en el salpicadero. Tras tocar algunos botones la voz ronca de Isaac Slade, el cantante de The Fray, se apoderó de los altavoces. *You Found Me.* Una de mis canciones favoritas, y por lo visto también de Nick. El siguiente grupo era Kings of Leon. Tenía la misma canción en mi iPod. No en el mismo orden, pero sí en la misma lista de reproducción. A continuación vino la última de U2. También la tenía. Después *Viva la vida* de Coldplay, una canción que debía de haber escuchado cientos de veces.

—Esta la he oído demasiado —indicó Nick—. ¿Te importa si la salto?

—No. Adelante —repuse. ¡Caramba!

De acuerdo, teníamos los mismos gustos musicales. Lo que tampoco era nada raro ya que ambos éramos del Noroeste y más o menos teníamos la misma edad. Sin embargo, me quedé un tanto sorprendida.

Hicimos un par de paradas más. Y cuando Nick se quedó fascinado con un embalse que había en un pueblo y con varios silos enormes de grano cerca de las vías de un tren, tuve que morderme la lengua con tal fuerza que casi me hice sangre. Al final nos detuvimos en una localidad que parecía una megaciudad comparada con los sitios que habíamos estado viendo durante el trayecto ya que tenía cuatro manzanas, un semáforo, y lo que era más importante, un restaurante. Dos, en realidad.

Era un lugar muy bonito, con edificios de ladrillo, limpio, con gente que parecía muy amable. Si estuviera buscando algún sitio donde esconderme, sin duda sería algo así. Puede que mi madre también hubiera estado allí.

—¿Tienes hambre? —preguntó Nick.

—Estoy famélica. —El paquete de rosquillas había volado hacía rato.

Entramos en uno de los restaurantes del lugar y vimos que estaba vacío. El camarero nos saludó con suma cordialidad, nos preguntó de dónde éramos y no pareció importarle que *Coco* viniera con nosotros. La gente era muy atenta por esa zona. No como los Yankees, que siempre íbamos con prisa a todas partes.

Nos sentamos en uno de los reservados y pedimos un sándwich de carne que resultó estar buenísimo. Nick se dedicó a leer el periódico local, mientras me robaba de vez en cuando las patatas fritas y le daba alguna *Coco*. Parecíamos un matrimonio bien avenido. En un momento dado, Nick hizo al camarero —se llamaba Lou— algunas preguntas sobre la zona que este respondió de buen grado, comentando que había estado en Nueva York en un par de ocasiones, lo que dio lugar a una conversación un poco más larga sobre los restaurantes de la Gran Manzana.

A Nick siempre se le había dado bien relacionarse con la gente. Mucho mejor que a mí.

Cuando Lou se disculpó para contestar a una llamada, Nick sacó un libro sobre las grandes redes de metro del mundo y se puso a leerlo.

—Creo que deberíamos ponernos en marcha, ¿no, Nick? Ya sabes, para poder llegar al aeropuerto cuanto antes y que me pierdas de vista y puedas regresar a casa.

No se molestó en levantar la vista del libro.

—Estamos a unas pocas horas de distancia, Harper. Intenta tomarte las cosas con calma, ¿de acuerdo? Quiero pedir una porción de tarta de arándanos. Nunca la he probado. —Ahora sí que me miró—. Hay que saborear las nuevas experiencias que te trae la vida, ¿no crees? *Carpe diem* y todo eso.

Puse los ojos en blanco. Aquel viaje por carretera estaba resultándome un poco... inquietante. Quería volver a casa. Todo este inmenso cielo, los campos abiertos, hacían que me sintiera expuesta. Entre nosotros existían demasiados recuerdos y todavía fluía cierta química. Nick regresó a la lectura de su libro.

Una pareja entró en el establecimiento, saludó al camarero por su nombre y se sentó cerca de nuestra mesa. Perfecto, así podía escucharles a hurtadillas, uno de mis pasatiempos favoritos.

El primero en hablar fue el hombre.

—¿Qué es lo que «quere» mi gatita preciosa?

¡Bingo! ¿Un hombre —y lo digo en términos generales— hablando como una cría pequeña? El tipo intentó tomar la mano de la «gatita», pero esta no le hizo ni caso.

—¿Qué le pasa a mi gorrioncito? ¿Es que hoy anda de morritos? —prosiguió él.

Por Dios. Di una patada a Nick por debajo de la mesa para llamar su atención.

—No me des patadas —dijo, continuando con su lectura.

—¿Qué te pasa, gatita mía?

—Jesús, Alec, ¿podrías dejar de llamarme así en voz alta? Sabes que odio estas cosas —siseó ella (con toda la razón, según mi opinión).

—Creía que te gustaban los gatos —replicó Alec, haciendo un mohín—. ¿Recuerdas, gatita bonita?

—Dios, Lou, ¿puedes ponerme una cerveza, por favor? Una Bud.

—Lainey, cariño —dijo Alec, usando ahora un tono normal—. Es solo la una.

—¿Lou? ¿Una Bud?

—En marcha —contestó el camarero, frunciendo el ceño.

El hombre recuperó el tono infantil.

—¿Y qué va a querer para comer mi tesorito?

La mujer suspiró como si estuviera a punto de perder la paciencia.

—Una quesadilla con pollo a la parrilla.

Alec sonrió.

—Lo mismo para mí, Lou.

—Muy bien —repuso Lou. A continuación nos miró—. ¿Algo más para ustedes, amigos?

—No, muchas gracias —dije yo—. Aunque le agradecería que nos trajera la cuenta. Tenemos un largo camino por delante.

—Yo tomaré un trozo de tarta de arándanos, por favor —indicó Nick—. Y un café.

De acuerdo. Tendría paciencia. Podía soportarlo. Respiré hondo y luché contra la necesidad de dar otra patada a Nick, en alguna parte más delicada esta vez. Como no tenía otra cosa que hacer, continué escuchando a la pareja.

—¿Quieres que hablemos de la boda, vida mía? —preguntó el hombre.

—¡Ahora no, Alec! —espetó Lainey—. ¿De acuerdo? ¿No podemos estar tranquilos, sentados en silencio? ¡Por el amor de Dios!

—Sí, cariño —convino él al instante.

Era imposible que lo de este par llegara a buen puerto.

Pero por lo visto Alec era el rey de los obtusos.

—¿Sabes, princesa? Creo que Caroline es un nombre precioso.

—¿Para qué? —preguntó Lainey.

—Para nuestra primera hija.

Ella le miró con una mezcla de disgusto e incredulidad.

—Me da lo mismo.

—Hola, ¿qué tal? —saludé a la feliz pareja.

—Ni se te ocurra —farfulló Nick entre dientes, sin dejar de leer.

—Me llamo Harper y no he podido evitar escucharles. —Me puse de pie y me acerqué a ellos—. ¿Les importa si me siento con ustedes un segundo?

—Claro que no —replicó el hombre—. Soy Alec y ella es Lainey, mi prometida.

—Encantada. Harper James. Abogada especializada en divorcios.

—Harper —me llamó Nick, alzando la vista de su libro. Había una nota de advertencia en su voz.

—Como les decía, no he podido evitar oírles —dije, sin hacer ni caso a mi ex marido—. Alec, parece un buen hombre. Y usted, Lainey, parece... Bueno, verán, me preguntaba cómo llevaban su relación.

—¡Fenomenal! —exclamó Alec completamente convencido. Pobre—. ¿Por qué lo pregunta?

—Llámelo deformación profesional. Escúchenme, no me gustaría parecer excesivamente ruda, pero el hecho de que ya estén teniendo problemas no es una buena señal.

—Métase en sus asuntos, señora —farfulló Lainey mostrándome los dientes. Me fijé en que llevaba aparato.

—Déjeme adivinar, Alec —continué, sin hacer caso a la mujer—. Al principio, Lainey era muy simpática, ¿verdad? Pero en cuanto le propuso matrimonio y le dio una American Express con su nombre...

Nick se materializó a mi lado como por arte de magia.

—Has ganado, nos vamos —dijo, tirando de mí—. Sentimos haberles molestado, amigos.

—¿Cómo sabe que le di una American Express? —quiso saber Alec con el ceño fruncido.

—Y también algún automóvil, ¿cierto? —pregunté yo.

—Métase en sus asuntos, señora —repitió Lainey.

—Alec, si ahora, que se supone que están al principio de la relación, cegados por la pasión, tiene que esforzarse tanto en complacerla...

—Cállate, Harper —ordenó Nick en voz baja.

—... imagínese cuando lleven más... —Nick me tapó la boca con la mano. Me levantó de la silla y empezó a empujarme hasta la puerta, con *Coco* siguiéndole obedientemente con la correa arrastrando.

—¡Oh, qué perro más mono! —exclamó Lainey. Después le dirigió a Alec una mirada lánguida hábilmente calculada—. Cómo me gustaría tener uno igual.

—¿Quieres que te compre uno? —preguntó Alec.

—¿De verdad, cosita mía? ¿Lo harías por mí? —Alargó la mano hacia *Coco* para acariciarla, pero mi perra fue más lista y consiguió esquivarla.

Nick me soltó y agarró la correa de mi perra.

—Solo va detrás de su dinero, Alec —dije a toda prisa—. Asegúrese de firmar un acuerdo prematrimonial.

—Lo siento —se disculpó Nick de nuevo. Me asió del brazo y me obligó a salir del restaurante. Una vez fuera me soltó. *Coco* se sentó y me miró decepcionada—. ¿Era necesario hacer algo así? —preguntó.

—¿El qué? ¿Decirle la verdad? ¿Ahorrarle a ese hombre un sufrimiento innecesario?

—No tienes que inmiscuirte, Harper —dijo, frotándose los ojos.

—Es igual que si veo un vehículo a punto de chocar con un poste telefónico. Necesito hacer algo para impedirlo.

—Déjales en paz. ¡No los conoces! No sabes absolutamente nada de ellos. Puede que su relación vaya bien.

Le quité la correa de *Coco* de la mano.

—Sí, claro, y yo soy la madre Teresa de Calcuta.

—Eres una cínica, Harper.

Aquellas palabras y la condescendencia con la que las dijo me sacaron de mis casillas.

—Soy realista, Nick. Esto es lo que hago para ganarme la vida, estoy harta de ver este tipo de relaciones todos los días. Él está loco por ella y ella apenas le soporta. Pero él está forrado, como demuestra la flamante Chevy que tenemos aquí. —Hice un gesto hacia una imponente camioneta negra de aspecto nuevo que había frente a nosotros—. Y que constituye la prueba número uno, Señoría. La prueba número dos la puede apreciar en que, aunque la «gatita» lleva un pedazo de diamante en el dedo, se nota que papá y mamá no pudieron pagarle el arreglo de la boca en su momento porque es ahora cuando lleva aparato. ¿Adivina quién lo está pagando? Él es un buen hombre que intenta por todos los medios hacerla feliz, pero ella no puede ni mirarlo. No es justo. No deberían casarse. Me apuesto mil dólares a que terminará engañándole, si es que no lo hace ya.

Me detuve para tomar aliento y me di cuenta de que Nick me estaba mirando de una manera extraña.

—La ventana está abierta —indicó en un susurro.

Vaya por Dios. Giré la cabeza y... sí, me habían oído. Una pálida Lainey nos miraba a mí y a su novio mientras se tocaba nerviosamente el anillo. Un gesto que confirmó que tenía razón.

Alec me contemplaba con la boca ligeramente abierta, como si acabara de darle una bofetada en plena cara. «Lo siento.» Poco a poco se volvió hacia su prometida.

—¿Tú me quieres, Lainey? —preguntó.

Ella vaciló durante unos segundos, pero inmediatamente después esbozó una sonrisa, tomó su mano y con las uñas acrílicas brillando cual garras, respondió:

—Pues claro que te quiero, semental mío. ¿Quién es mi *cowboy* favorito?

Él se lo creyó, como no podía ser de otro modo. Además, un hombre que hablaba como si fuera un niño pequeño y decía «gatita» no debía de respetarse mucho a sí mismo. Más pronto que tarde estaría llamando a la puerta de uno de mis colegas de profesión.

—Me voy a dar un paseo —comentó Nick en voz baja—. Nos vemos en el Mustang dentro de veinte minutos.

Yo también me puse a andar. Una extraña sensación me oprimía el estómago y me llevó un minuto ponerle nombre. Lástima. Sabía que tenía razón, que pasaría todo lo que había dicho. Me apostaba mis dos riñones y parte del hígado. Entonces, ¿qué había de malo en intentar evitar que el «gatito» terminara con el corazón roto? De acuerdo, puede que no fuera lo más conveniente que la verdad llegara de una desconocida, pero por lo menos debería haberme escuchado. Quizás esa misma noche tuviera una revelación divina o algo parecido, la mandara a paseo y encontrara a una mujer que le quisiera de verdad y le hiciera feliz.

Aunque lo más seguro era que terminara casándose con aquella manipuladora y fuera un desgraciado el resto de sus días.

Lo que más me dolía era la expresión de decepción que había visto en la cara de Nick.

Tener razón no lo era todo.

Coco trotó delante de mí con sus pequeñas y fuertes patas difuminándose de lo rápido que iba. Se detuvo a olisquear una farola; una de las cuatro que había en el centro de la localidad. Me crucé con varios lugareños. Los hombres llevaban *jeans*, camisas de franela y gorras verdes de John Deere, algunos incluso sombreros de *cowboy*. Las mujeres iban vestidas de forma similar, con ropa resistente. Con mis pantalones de lino y camisa de seda rosa, las pulseras de plata y unos zapatos caros, me sentía absolutamente fuera de lugar.

Echaba de menos a Kim, a la que le caía bien, y a Dennis, al que nunca antes había decepcionado ni me hacía sentir como si mis acciones no fueran las correctas. Añoraba a mi hermana, que siempre me quería, incluso cuando le decía lo que no tenía que hacer. Aunque en realidad ella siempre veía lo positivo en todas las personas.

¿Qué se sentiría al pensar de esa manera? ¿Al confiar en el universo y creer que todo el mundo era bueno, como hacía Willa? Con ella todo parecía tan fácil. Aunque también era cierto que no siempre se veía recompensada. Y ahora estaba casada. ¿Seguiríamos estando tan unidas? Como no habíamos pasado toda la vida juntas y nos habíamos perdido nuestras respectivas infancias, quizá nuestro vínculo no fuera tan fuerte como el de las hermanas de sangre.

Saqué el teléfono del bolsillo y tecleé su número. Para mi sorpresa, contestó.

—¡Hola! —exclamé yo—. ¿Cómo lo llevas?

—Hola, Harper —dijo ella—. Bien, ¿y tú? Chris me ha dicho que Nick y tú vais de camino a Dakota del Sur, ¿no? ¿Acaso tuviste algún problema con el vuelo?

—Sí. Ya casi hemos llegado, pero es a Dakota del Norte. No te preocupes. ¿Cómo estáis? ¿Dónde os encontráis ahora mismo?

—Estamos... bien. En algún lugar del Glaciar. Aquí hace muchísimo frío. Es... bonito.

Una señal de alarma se encendió en mi cabeza.

—¿Va todo bien?

—Bueno... sí. Esto es bastante... Las condiciones no son las mejores. Estamos acampando. Ahora mismo estamos acurrucados en una tienda de campaña. Christopher no consigue hacer una hoguera. Una para calentarnos.

—¿Volverás a casa pronto? Me refiero a Nueva York.

Permaneció en silencio más de un minuto.

—No lo sé. A Chris le apetece quedarse unos días más.

Su tono no era nada prometedor.

—¿Y tú estás de acuerdo?

—Todavía no lo sé. Me lo estoy pensando. —Vaciló unos segundos, cuando volvió a hablar su tono era más jovial—. ¿Y cómo es que has terminado viajando con Nick?

—Es una larga historia. Hubo un problema informático en los aeropuertos de la zona. Tendría que haberme ido de acampada como tú.

—Esto de acampar es un asco. Me alegro de que no lo hicieras —comentó con una sonrisa en la voz—. Tengo que dejarte. Creo que me estoy quedando sin batería.

—De acuerdo. Tienes el número de mi tarjeta de crédito, ¿verdad? Úsala si te hace falta.

—Sí. Eres fantástica. Te llamo en cuanto pueda.

Sintiéndome un poco melancólica, fui hasta la tienda de regalos que había calle abajo.

—¿Puedo entrar con la perra? —pregunté. *Coco*, al saber que estábamos hablando de ella, meneó el rabo, ladeó la cabeza de forma adorable y alzó una de sus patas delanteras.

—Por supuesto —contestó la dependienta detrás del mostrador—. Oh, qué cosita más linda.

Compré un «atrapasueños», fósiles, algunos *souvenirs* indios, unos pendientes de plata, unas hebillas para cinturones que podían cortar a una persona en dos de lo grandes que eran y un par de camisetas.

—¿Puedo quedarme con uno de estos? —pregunté, señalando un expositor con folletos.

—Claro.

Pagué la compra y salí de la tienda.

Me encontré a Nick, esperándome, apoyado en el Mustang.

—Siento haber montado una escena —me disculpé, dándole una de las bolsas que llevaba.

Nick la abrió y sacó una camiseta con el emblema: «Montana. Donde no hay nada».

Una sonrisa empezó a formarse en la comisura de sus labios.

—Gracias —dijo él.

—De nada —repliqué, mirando al suelo.

—No te preocupes por ellos, están bien —comentó como si me hubiera leído la mente—. Les dije que acababas de salir de una relación, que eras una bruja amargada y que te estaba llevando a uno de esos retiros espirituales hindúes en Dakota del Norte.

—¿Hay retiros de esos en Dakota del Norte?

—De nada —dijo, lanzándome una clara indirecta.

—Gracias. Aunque supongo que también podían haber implosionado por su cuenta.

—Esa es mi chica.

Me resultó extraño, pero aquellas palabras me hicieron sentir mejor.

Capítulo 13

Gracias a Dios, Nick me dejó seguir conduciendo y los campos continuaron volando a nuestro paso. El cielo se había vuelto de un tono grisáceo y la temperatura empezó a disminuir. En ocasiones, alguna ráfaga de viento desequilibraba durante un segundo al Mustang, pero el motor seguía vibrando de forma potente. Un dulce ronroneo, lo había llamado Nick. Extraño, viniendo de alguien que se había pasado media vida en el metro y que no aprendió a conducir hasta que fue a la universidad.

Llegamos a Dakota del Norte, que no era muy diferente a Montana. Puede que un poco más llana. A lo lejos, árboles aislados eran azotados por el aire bajo el cielo gris. De vez en cuando atisbábamos algún antílope o ciervo, pero por lo demás parecíamos estar completamente solos.

Según el mapa, nos quedaban unas dos horas para llegar a Bismarck.

A pocos kilómetros unas impresionantes nubes negras avanzaban a gran velocidad hacia nosotros.

—Nick, quizá deberíamos parar en algún sitio. El tiempo parece estar empeorando por momentos.

Se le veía absorto en el mapa.

—No te pongas histérica —dijo tras echar un rápido vistazo a las nubes—. Mujeres.

—Sí, Nick, soy una mujer, y no, Nick, no estoy histérica —puntualicé con toda la calma que pude—. Lo único que digo es que estamos conduciendo hacia una tormenta y me gustaría evitarla a toda costa. Piensa lo que quieras, pero pretendo llegar de una pieza a Massachusetts.

—No te preocupes. Esa tormenta está a kilómetros de distancia de aquí. Además, son solo unas pocas nubes grises.

No, no eran grises, eran negras y parecían cada vez más grandes. Un rayo iluminó su interior y a los pocos segundos oímos el trueno.

—¿Me estás llevando la contraria solo por diversión o tienes una buena base para apoyar tu teoría? Sería una novedad en nuestra relación, por cierto.

—Tranquilízate, Harper. Como mucho caerán unas cuantas gotas.

—O puede que se trate de un tornado. Sabes lo que es, ¿verdad?

De pronto, vimos como una bandada de mirlos —docenas... no, cientos— volaban en dirección contraria a nosotros, huyendo de la tormenta.

—Y ante nuestros ojos acabamos de contemplar una señal bíblica del Apocalipsis —dije yo.

—Relájate. Fíjate en *Coco*. No está nada nerviosa. —Miré a mi perra. Estaba sentada en el regazo de Nick, con su peluche en la boca, poniéndole ojitos para que la adorara el resto de su vida. Si no tuviera bastante con que mi padre, BeverLee y Willa estuvieran embelesados con Nick, ahora mi perra también había caído a sus pies. Suprimí un suspiro y volví a fijar la vista en la carretera. Eran las tres. Si Nick no hubiera conducido como una anciana y no hubiera tomado la interestatal, en ese momento estaría volando de vuelta a casa.

Aquello no podía traer nada bueno. Viajar con Nick era como ir paseando por el bosque, bajo los brillantes rayos del sol, con el canto de los pájaros de sonido de fondo, las flores perfumando el ambiente, y cuando menos te lo esperas, un lobo se abalanzaba sobre ti, yendo directamente a tu yugular.

—¿Te arrepientes de haberte divorciado de mí? —preguntó de pronto, mirándome fijamente.

«¿Lo ve, Señoría? No tengo nada más que decir.»

—Nick, mejor no vayamos por ahí, ¿de acuerdo? Nos divorciamos hace muchos años. En dos horas, puede que menos, estaremos en Bismarck. Dos horas y volveremos a tomar caminos separados. ¿No podemos dejar las cosas como están? —Le miré. El viento le alborotaba el pelo. Todavía llevábamos el techo abierto (ya sabéis, había que vivir el sueño de Nick hasta el final), y me miraba mortalmente serio.

—¿Te arrepientes? —insistió él.

—Me arrepiento de que nos casáramos tan jóvenes, Nick. Éramos unos ingenuos, por no decir absolutamente estúpidos.

—Yo no lo recuerdo así.

—Pues qué suerte la tuya.

—¿Te acuerdas de nuestra luna de miel?

Maldición.

—No. La terapia de electrochoque funcionó. Por favor, Nick. No hablemos de eso.

—¿Te asusta?

—No. Solo soy razonable. No tiene sentido que hablemos de esto. Ahora somos personas diferentes. ¿Por qué desenterrar el pasado? ¿Eh, Nick? Hay que avanzar.

—Claro. Ahora estás con Dennis.

No le saqué de su error. Se removió en su asiento y volvió a mirar al frente. Gracias a Dios, su teléfono sonó y yo pude aflojar un poco las manos sobre el volante —lo estaba agarrando con tanta fuerza que tenía los nudillos blancos—. Nick miró la pantalla y esbozó una sonrisa que le iluminó el rostro de la misma forma que lo había hecho el rayo que acabábamos de ver en el cielo.

—Hola, cariño —saludó él.

¿Cariño? ¿Quién demonios era «cariño»?

—Sí, estoy bien. ¿Y tú? No me digas. Eso está precioso. —Le miré de reojo y vi que seguía con esa estúpida sonrisa en la cara, mientras acariciaba a una ahora dormida *Coco* sobre su regazo—. Sí, sí, estoy bien. Estoy en... veamos... en algún lugar de Dakota del Norte. Sí, es muy llana. Todo campo abierto. Da un poco de miedo, la verdad —se rió—. De acuerdo. Yo también te quiero. Adiós.

De modo que tenía un «cariño»; un «cariño» a la que además quería. ¿Por qué no me había dicho nada? De pronto me costaba horrores respirar con normalidad. «Tranquilízate, Harper», me dije. Nick tenía una novia. Algo completamente previsible. Aunque me había pillado por sorpresa, para qué negarlo. Más que nada porque hacía cuatro días que nos habíamos vuelto a encontrar y no había dicho ni una sola palabra sobre el tema.

—¿Cómo se llama? —quise saber.

—Isabel.

Isabel. No uno de esos nombres de los que una podía burlarse como Farrah o Bitsy. No, un nombre como Dios manda. Isabel.

—¿A qué se dedica?

—Es estudiante —respondió él.

¡Esa sí que era buena! Un poco joven, por decirlo de algún modo. ¿Una estudiante? Qué gran cliché: «El hombre de mediana edad con cierto éxito en su trabajo que conduce un Mustang descapotable y que sale con una mujer mucho más joven para afianzar su virilidad». Tal vez estaba haciendo un doctorado.

—¿En qué se ha especializado?

—Todavía en nada. Está en su primer año universitario.

—¡Nick! —escupí yo—. ¿Estás saliendo con una cría de dieciocho años? Es... asqueroso. ¡Pero si le doblas la edad!

—Sé perfectamente los años que le saco, Harper —comentó como si nada—. Pero no estoy saliendo con ella. Isabel es mi hijastra.

Se me cayó la mandíbula al suelo del asombro. Acto seguido, volví la cabeza para mirarlo.

—¿Estás casado? —chillé.

—¡Cuidado, Harper! —exclamó Nick. Lo siguiente que oí fue un ruido sordo seguido de una violenta sacudida del Mustang. *Coco* gimoteó. El motor del vehículo hizo un extraño siseo y despidió un poco de vapor antes de pararse por completo.

Entonces los cielos se abrieron y el granizo empezó a caer sobre nosotros como si de la ira de Dios se tratara.

—¡Mierda! —gritó Nick—. Harper, has pasado por encima de un antílope.

—¿Qué? ¡Oh, no! —Agarré a *Coco* para proteger su pequeña cabeza del granizo.

Nick se dio la vuelta y tiró de la capota del Mustang para colocarla en su sitio. El ruido del granizo era ensordecedor. *Coco* ladró.

Cuando el techo estuvo debidamente ajustado, miré a Nick.

—¿Un antílope? —Tuve que alzar bastante la voz para que pudiera oírme.

—Más bien el cadáver de un antílope —declaró él, sacudiéndose el granizo de la ropa.

—¿Estás seguro de que ya estaba muerto?

—Me imagino que no estaba tumbado en la carretera, echándose una siesta, Harper.

—¿En la carretera?

—No, ¡en las nubes! ¡Pues claro que en la carretera! ¡Has pasado por encima de él! ¿No te acuerdas?

—¡Está bien! ¡Lo siento! Es que me dejaste un poco consternada con tu última declaración. —Hice una pausa—. ¿Y por qué se ha parado el Mustang?

—¡Y yo qué sé! ¡Si apenas sé conducir!

—Mira, por fin lo admites.

Me lanzó una mirada tan lúgubre que me dio por reír. Me reí tanto que se me saltaron las lágrimas. Nick siguió mirándome durante un instante y también se echó a reír. Durante un buen rato solo existió eso: el sonido del granizo cayendo sobre la capota, un rayo cruzando aquel inmenso cielo, mi risa y la encantadora y maravillosa risa de Nick.

El trueno que estalló a continuación rompió la magia del momento. Pegué un pequeño grito y *Coco* abandonó la valentía típica de los Jack Russell y se convirtió en un vulnerable chihuahua. Como la traidora que era, eligió a Nick como refugio y se acurrucó a toda prisa contra él.

—No te preocupes, pequeña —dijo él.

—Dale el conejo —indiqué yo. Nick así lo hizo y mi perra se calmó y soltó un sonoro suspiro. Al verla entre los brazos de mi ex marido, sentí una pequeña punzada de celos.

Sí, lo reconozco, estaba celosa de un perro, pero verla allí, pegada a Nick, y a este acariciándola lánguidamente con su hermosa mano...

«Suficiente, Harper. Deja de hacer el imbécil. Tiene una hijastra. Lo que significa que también tiene una esposa.»

Estudié el horizonte en busca de un tornado. No vi ninguno, aunque mi visibilidad no era muy buena debido al granizo. De pronto este terminó y empezó a llover copiosamente.

Me aclaré la garganta.

—¿No deberíamos ir hacia alguna zanja o algo por el estilo?

Nick abrió la puerta durante un segundo, examinó el exterior y volvió a cerrarla.

—Creo que deberíamos quedarnos. La franja donde suelen producirse los tornados está más al sur. Si salimos lo único que vamos a conseguir es mojarnos. Además no veo que haya cerca ninguna zanja o puente en el que podamos refugiarnos.

—Está bien. ¿Llamamos para pedir ayuda?

—Sí, eso suena mejor.

Saqué el teléfono.

—No tengo cobertura.

Nick también echó un vistazo al suyo.

—Yo tampoco. Pasemos entonces al Plan B, que no es otro que quedarnos aquí y esperar a que vengan los chicos del maíz[1].

Aquel comentario trajo otra ronda de risas.

—Más bien los chicos de la remolacha —dije, mirando por la ventanilla.

—No tiene el mismo efecto —comentó él, sonriendo. Me fijé en las arrugas que enmarcaban aquellos profundos ojos y sentí mariposas revoloteando en el estómago. Dios, ese hombre siempre tendría un intenso efecto sobre mí. Mis mejillas ardieron. Aunque no fue la única parte de mi cuerpo que sintió ese agradable calor. Por no hablar de mis rodillas, que empezaron a temblar. Intenté enderezarme y recorrí con las manos el volante forrado en cuero. La lluvia comenzó a amainar, lo que me dejó mucho más tranquila.

—De modo que tienes una hijastra, Nick. ¿Eso significa que estás casado?

No me respondió de inmediato, sino que continuó acariciando a *Coco*, que parecía haberse quedado dormida. A través de la lluvia que caía sobre el parabrisas vi cómo otro rayo surcaba el cielo.

—Divorciado —dijo tras un minuto.

Divorciado dos veces. Una de mí, y otra de la esposa número dos. Conociendo a Nick, aquello debía de haberle dolido. Mucho.

—Supongo que si tiene una hija en la universidad debe de ser mayor que tú, ¿no? —No sé por qué me importaba tanto ese dato.

—Sí. Ahora tiene... a ver... ¿cuarenta y tres? Sí, eso.

—¿Cuánto tiempo estuvisteis casados?

—Tres años. Llevamos separados casi cuatro. —Me miró. Ya no sonreía—. Se llama Jane. Es una mujer muy simpática. Trabaja en el sector financiero. Fue un divorcio amistoso. —Se quedó callado un segundo—. Seguimos siendo amigos.

Me quedé ahí sentada, oyendo el golpeteo de la lluvia contra la capota. Tragué saliva. Antes había estado celosa de mi perra, ahora lo estaba de su segunda ex mujer.

---

1   Hace referencia a la novela de Stephen King, *Los chicos del maíz,* en la que una pareja lucha por sobrevivir a una secta asesina de niños que lleva años matando a los adultos de su localidad. (N. de la T.)

Durante un instante, intenté imaginarme lo que hubiera sido tener a Nick como amigo durante los últimos doce años. No habría funcionado, pero no pude evitarlo. Hubiera sido muy reconfortante haber oído su risa, haber hablado con él, quedar para tomar un café. Nos vi a ambos caminando por la calle, el uno al lado del otro, con la cordialidad y calidez que se muestran los viejos amigos. Sí, claro.

Aún así me sorprendió lo que aquella imagen hizo en mi corazón.

—¿Por qué te divorciaste de ella si es tan simpática? —pregunté con un tono más mordaz de lo que me hubiera gustado.

De nuevo tardó unos segundos en contestar.

—Queríamos cosas diferentes en la vida.

Ah. ¿Cuántas veces había oído esa misma frase en mi trabajo? Y en esos casos, casi siempre había una infidelidad de por medio. Conociendo a Nick, me habría jugado el cuello a que no fue él.

—Pero todavía sois amigos, ¿no?

—Sí. Isabel no se merecía que desapareciera otra figura paterna en su vida. Jane trabaja en Wall Street, no muy lejos de donde lo hago yo, así que decidimos llevar el asunto de la forma más civilizada posible.

Qué maduro por su parte. Un resentimiento profundamente infantil se apoderó de mí. Seguro que cenaban juntos con frecuencia e iban al Metropolitan o a algún partido de los Yankees.

—¿Y cómo es Isabel?

A Nick se le iluminó la cara y los celos volvieron.

—Es una muchacha estupenda. Inteligente, extrovertida, preciosa. Tiene una voz espectacular. Su grupo cantó en el Carnegie el pasado otoño. Mira. —Como buen padre que se preciara, sacó la cartera y me enseñó una foto de ella—. Se la hice el día de su graduación. —Era una joven muy, muy guapa. Con ojos almendrados de color azul, pelo liso y rubio, una dulce sonrisa...

—Sí, es preciosa —asentí con sinceridad. Acaricié a *Coco* pero la muy desleal no sacó la cabeza del hueco que quedaba entre el brazo de Nick y su cuerpo.

—Gracias. Aunque no es que haya tenido mucho que ver en su físico. —Se guardó la cartera.

Se me encogió un poco el corazón. No porque Nick se hubiera casado con otra —aunque podía haberlo mencionado antes, ¿no?—, sino porque había una niña —una niña bastante crecida— que le quería, por no mencionar a su madre, a la que Nick una vez amó —puede que todavía lo hiciera— y a la que sin lugar a dudas no odiaba.

Desde luego que no iba a decir nada. Antes me mordería la lengua.

—Entonces, tú y tu ex mujer... Jane, ¿no? —Viva mi férrea determinación. Nick asintió y esbozó una sonrisa torcida que yo sentí como un dardo envenenado hacia mi garganta—. ¿Soléis ir a ver cantar a la pequeña Isabel, coméis juntos los domingos y todo eso?

—Sí —contestó él.

Ahora lo único que se oía en el interior del vehículo era el sonido de la lluvia. Las ventanas se habían empañado, aislándonos por completo del mundo exterior. Tracé con el dedo el camino que había dejado una piedra de granizo al derretirse por el salpicadero.

—¿Y dime, Nick? —dije al fin.

—¿Sí, Harper? —Debió de notar el cambio en mi tono de voz porque se volvió un poco para poder mirarme frente a frente.

Agarré con fuerza el volante otra vez y clavé la vista al frente.

—Hay algo que me intriga muchísimo.

—¿El qué?

—Tienes un padre que prácticamente pasó de ti durante parte de tu infancia y toda tu adolescencia, pero te estás ocupando de él, has procurado que viva cerca de ti y vas a visitarlo siempre que puedes. —Le miré. Su sonrisa se había desvanecido—. Tu hermanastro, Jason, es un imbécil que siempre que ha tenido ocasión ha intentando hacerte la vida imposible, pero te mostraste muy amable con él en la boda de Chris y Willa.

Ahora estaba frunciendo el ceño.

—Jane y tú queríais cosas distintas —continué con suavidad—, lo que, si mi instinto no me falla, significa que ella se enamoró de otro y puede que hasta tuviera una aventura. —Me detuve un segundo y volví a mirar al frente. El silencio de Nick confirmó mis sospechas—. Pero seguís siendo amigos, continúas viéndola y adoras a su hija.

—¿A dónde quieres llegar, Harper? —preguntó con voz tensa.

Tragué saliva. Cuando volví a hablar lo hice casi en un murmullo.

—Me pregunto por qué puedes perdonar a todo el mundo menos a mí.

La lluvia pareció perder intensidad, y el sonido que hacía al caer se convirtió en un susurro. Me fijé de nuevo en Nick. Estaba mirando a *Coco* y seguía acariciándola. La corriente eléctrica que fluía entre nosotros se intensificó hasta tal punto que pareció envolver mi corazón y tirar de él. «Por favor, Nick», pensé, «dímelo».

No me miró.

—No lo sé, Harper —respondió en voz baja.

Se me cerró la garganta, porque supe que estaba mintiendo.

A veces era mejor no ahondar en el pasado y dejar las cosas como estaban. Lo sabía.

De repente necesitaba centrarme en cualquier otra cosa, así que giré la llave en el contacto. Aunque el motor parecía haber muerto la batería seguía funcionando, así que pulsé el botón para desempañar las ventanas. La lluvia había disminuido considerablemente y entre las nubes empezaban a filtrarse algunos rayos de sol. *Coco* alzó la cabeza y bostezó.

—Ya que no llueve tanto, voy a ver qué le pasa al Mustang.

—Sí. —Mi voz volvía a sonar normal—. Aunque tampoco es que entiendas mucho de mecánica.

Nick me sonrió y salió al exterior. Yo hice lo mismo.

Tras la tormenta el aire era aún más puro. Revisé la carrocería del automóvil; si el cuerpo del antílope había dejado alguna mancha de sangre, afortunadamente había desaparecido con la lluvia. Me puse al lado de Nick, que se había tumbado en el suelo, examinando los bajos del Mustang mientras *Coco* le lamía las rodillas.

—¿Ves algo? —pregunté.

—Metal. Neumáticos. Una cosa por ahí que gotea. Ah, y mira. Un recuerdo. —Forcejeó con algo, sacó el brazo y yo me estremecí, dando un salto hacia atrás.

—¡Nick! —grité—. ¡Eso es asqueroso! —Se trataba de un cuerno del pobre antílope.

—¿Es que no lo quieres? —preguntó, poniéndose de pie con una sonrisa en los labios.

—No, y *Coco*, tú tampoco te lo puedes quedar. ¡Puaj! —Nick lo lanzó a un lado de la carretera—. Anda toma —dije, hurgando en mi bolso. Saqué una botellita de gel de manos—. Échate una buena cantidad. —Él obedeció y se quedó mirándome fijamente, poniéndome cada vez más nerviosa—. Entonces —continué—. ¿El Mustang ha muerto por culpa de un cuerno?

—Eso parece. Es una lástima que no vieras a un inmenso animal en medio de la carretera con el cuerno en alto —ironizó él.

—No pude verlo porque estaba demasiado conmocionada con la bomba que acababas de soltarme. Lo de tu adorable hijastra.

—¿Celosa?

Fingí una sonrisa.

—En realidad no. Dennis y yo pensamos tener niños. Unos hijos sanos, valientes, con el pelo negro. Como mínimo siete u ocho.

—Ponle a alguno mi nombre. —Sonrió de oreja a oreja. Seguro que sabía que le estaba mintiendo. Desgraciado. ¿No podía ponerse también celoso? Aunque fuera un poquito.

Le miré con los ojos entrecerrados pero no respondí. ¿Qué sentido tenía? Nick y yo no dejábamos de fastidiarnos. Estábamos resentidos el uno con el otro y éramos unos expertos en devolver las pullas, sobre todo si ambos estábamos involucrados. Cualquier cosa que hubiera pasado dentro del vehículo hacía unos minutos, cualquier palabra que me hubiera gustado oírle decir o que pudiera haber dicho... era mejor dejarlo así.

Además, lo importante era la situación en la que nos encontrábamos. Estábamos en medio de la nada. Por allí no pasaba ningún automóvil o camión, ni siquiera un antílope vivo sobre el que pudiéramos montarnos para llegar a algún sitio civilizado. Nick se acercó al asiento trasero del Mustang, hurgó en la nevera y sacó dos zumos. Me dio uno.

—¿No deberíamos racionarlos? —pregunté, solo medio en broma.

—No. Seguro que viene alguien dentro de poco.

—¿En serio, Nick? Porque no he visto ningún otro vehículo desde hace mucho tiempo.

Justo en ese momento, oímos el sonido de un motor. Nick me lanzó una mirada de autosuficiencia y se colocó en medio de la carretera, dispuesto a parar a nuestro salvador.

Capítulo 14

—¡Claro que tenemos un mecánico! Lars Fredicksen. Él se encargará de todo, no tenéis que preocuparos por nada.

Coco y yo íbamos sentadas en la camioneta entre Nick y Deacon McCabe, nuestro salvador, y sus palabras fueron un bálsamo para mi maltrecha alma. Suspiré aliviada y relajé los hombros. Deacon era todo lo simpático que una persona podía ser, campechano y con el típico acento de la región. Del espejo retrovisor colgaba un crucifijo. La camioneta, que debía de tener muchos años, olía a aceite de motor, lo que combinado con el olor a tabaco y a aceite del propio Deacon, me resultó bastante agradable.

Lo que también me resultó muy placentero fue ir pegada a Nick. Tenía un brazo a mi alrededor. Bueno, no en sentido literal. En realidad había dejado descansar el brazo sobre el asiento... pero de una forma muy íntima. Había empezado a hacer frío, pero el suéter que podía haber usado para abrigarme iba en la parte trasera del vehículo, y Nick desprendía un agradable calor. Además, olía fenomenal. Y no parecía en absoluto afectado por la presencia de una mujer a la que en teoría odiaba y amaba.

La idea era llevarnos hacia Harold, una pequeña localidad de seiscientos veintisiete habitantes situada en Dakota del Norte, conseguir un remolque para el Mustang y que el mecánico intentara repararlo.

—Pasaréis la noche en mi casa —comentó Deacon—. No tenemos motel en el pueblo, pero mi parienta y yo estaremos encantados de acogeros. No solemos recibir muchas visitas por aquí, no señor. Y justo esta noche celebramos la Fiesta de la Cosecha, así que será todo un honor contar con vuestra presencia. ¿De dónde me habéis dicho que sois?

—De Martha's Vineyard, en Massachusetts —respondí—. Vamos al aeropuerto de Bismarck. ¿Está muy lejos?

—Oh, no, para nada. Un par de horas, tres como mucho.

—¡Estupendo! —exclamé yo. Si tardaban en reparar el Mustang más de lo previsto podría pagar a alguien para que me llevara hasta la ciudad. Mañana a esa hora tenía muchas probabilidades de estar volando rumbo a casa, de vuelta a la normalidad. Lo estaba deseando.

—¿Y qué tal se vive en Martha's Vineyard, Massachusetts? —preguntó Deacon. Empecé a hablarle de Menemsha y la flota de pescadores, del viento y los pinos, la lluvia, el océano, las casas estilo victoriano de Oak Bluffs y las diminutas calles de Edgartown—. Por lo que cuentas debéis de vivir en un sitio muy bonito.

Nick no dijo nada, se limitó a mirarme con una expresión inescrutable en el rostro.

—Sí —dije yo después de un minuto—. A *Coco* le encanta, ¿verdad, cariño? —Mi perra movió el rabo feliz y después continuó mirando con ojos cariñosos a Deacon para convertirlo en su nuevo esclavo.

Pensar en casa me recordó todas las cosas que tenía que hacer: llamar a mi padre, ver cómo estaba Tommy, pensar en lo que podía hacer por BeverLee, asegurarme de que Willa tuviera dinero suficiente, preparar el juicio del próximo martes, acudir a la comida bimensual que compartía con el padre Bruce. Aquí, con aquellos campos interminables salpicados de fardos de heno y sin apenas árboles, todo era tan distinto. Mi hogar en comparación me parecía mucho más seguro, con su costa escarpada y pequeñas y acogedoras localidades, los muros de piedra y los pinares. Allí no me sentía tan vulnerable, el sol no era tan implacable... no estaba Nick.

***

Un par de horas más tarde era la reina del Baile de la Cosecha. Bueno, no la reina en sentido literal, pero sí que estaba rodeada de toda una corte. Seis mujeres me habían acorralado en una mesa de *picnic* mientras comíamos un sabroso guiso de carne con queso y verduras. *Coco*, que había recibido su buena ración de guiso, dormitaba a mis pies con la correa atada a una de las patas de la mesa.

—Entonces, si me voy, ¿se puede quedar con la casa? Dios, no me parece justo —dijo Darlene. Tenía veintiséis años, casada desde hacía siete y con dos hijos. Su marido era un camionero al que le gustaba parar demasiado en los burdeles.

—Es mejor que te quedes en casa, sobre todo por los niños —contesté yo, tomando un sorbo de Coca-Cola.

—Entendido —suspiró ella—. ¿Y si cambio las cerraduras?

—Bueno, eso le mandaría un mensaje muy claro —reconocí yo.

Darlene hizo un gesto de asentimiento mientras se acercaba mi siguiente consulta.

—Hola, querida, Harper, ¿verdad? Soy Nancy Michaelson, encantada de conocerte.

—Hola, Nancy —dije, metiéndome en la boca otro trozo del guiso. Teniendo en cuenta que el ingrediente principal parecía ser mayonesa, no quería ni imaginarme el daño que podía hacer al colesterol, pero estaba riquísimo—. ¿En qué puedo ayudarte?

Se sentó.

—Eres un encanto, respondiendo a todas nuestras preguntas, que lo sepas. Te cuento, mi madre, que Dios la bendiga, se acaba de casar con un vejestorio de la residencia de ancianos en la que está, en Beulah. Al principio creímos que era, ya sabes... que no era tan malo, pero resulta que está sacando dinero de la cuenta de mi madre. ¿Te lo puedes creer? ¿Qué podemos hacer? Pienso que lo mejor es que se divorcie de esa momia andante, pero ella dice que está enamorada de él. ¡A su edad! ¿Te imaginas?

Sonreí.

—Bueno, si te ha conferido su representación, podrías terminar con esto, pero si está capacitada...

—¿Capacitada en qué sentido?

—Si está en su sano juicio, si no ha perdido la cabeza.

Nancy suspiró.

—Bueno, yo creo que está loca por haberse enamorado a su edad, pero sí que tiene la cabeza perfectamente. Gracias de todos modos, cariño.

—Está bien. Démosle a nuestra invitada un respiro, ¿qué os parece? —Margie Schultz, mi nueva mejor amiga/guardaespaldas se acercó a mí. Parecía ser la que estaba a cargo de todo el evento. Después de que Deacon nos la presentara, ella se encargó de que conociéramos personalmente a las docenas de personas que habían acudido y que estaban encantadas de que el infortunio nos hubiera conducido hasta su localidad. Aquella era hospitalidad del Medio Oeste en estado puro, lo que no nos dejaba a los Yankees muy bien parados.

La Fiesta de la Cosecha era más o menos lo que uno se podía esperar. Habían habilitado una zona situada detrás de la iglesia luterana y la habían adornado con luces y unos cuantos puestos de perritos calientes, hamburguesas y carne a la parrilla, que hacían que en el aire flotara un aroma de lo más apetecible. En una mesa enorme se habían dispuesto docenas de cacerolas y platos de pasteles y galletas. Para beber teníamos refrescos y leche... nada de cerveza. Un pequeño grupo compuesto por un guitarrista, un contrabajo y un violinista, se estaba preparando para amenizar la velada. La reina de la fiesta de ese año, una joven robusta y muy guapa, que llevaba un vestido de noche de color rosa, botas y una gorra de John Deere, se encargaba de recaudar dinero para el programa de deporte de la escuela. Los niños correteaban de un lado a otro con bengalas. En conjunto parecía una escena sacada de una película de Ron Howard.

—¿Celebráis siempre la Fiesta de la Cosecha un lunes por la noche? —pregunté. Me resultaba increíble que solo estuviéramos a lunes, pues tenía la sensación de que habían pasado años desde que me embarqué en aquel viaje con Nick.

—¡Oh, no! —exclamó Margie—. Se suponía que teníamos que haberla hecho el sábado, pero cayó una tormenta de mil demonios y la aplazamos a hoy. Y mira que también esto ha sido un buen aguacero, casi me pilla fuera de casa, Harper, pensé que tendríamos que volver a retrasarla, pero el Señor ha debido de escuchar nuestras plegarias porque al final se ha quedado una tarde estupenda, ¿verdad?

—Sí. Y el tiempo no podía ser mejor —acordé.

—Bueno, hace un poquito de frío, eso seguro. Voy a tener que meter todas las plantas esta noche, porque puede que hiele, ¿no crees?

Sonreí. Si era sincera, me estaba enamorando de aquel pueblo. Era cierto que en los últimos dos días solo había tenido a Nick como compañero de conversación, pero aquellas eran las mejores personas con las que me había encontrado en mi vida, y las más hospitalarias también. No es que Martha's

Vineyard fuera un lecho de corrupción y maldad, pero sí que era una zona en la que vivían personas adineradas, y eso siempre conllevaba mucho... esnobismo, por decirlo de algún modo. Aquí la vida parecía un poco más sencilla, más auténtica, lo que, viniendo de mí, tuve que admitir que resultaba ridículamente condescendiente e ingenuo. Optimismo a ultranza. También era verdad que solo pasaría una noche allí y aferrarme a algunos estereotipos no era nada malo.

—¿Puedo llevarme a tu perrita a dar un paseo por aquí cerca? —preguntó una niña. Debía de tener unos doce años. Era alta, delgada y llevaba una trenza de raíz. Mi madre solía recogerme el pelo con ese mismo peinado cuando era pequeña—. Soy muy responsable —añadió.

—En ese caso, claro que puedes —dije yo.

La niña me dio las gracias y despertó a *Coco*, que dio un salto de alegría al ver que tenía una nueva admiradora.

—Tienes un marido muy guapo —indicó Margie.

Sí. Otra cosa que caracterizaba a los habitantes de Harold es que todos creían que Nick y yo estábamos casados, y eso que ninguno de los dos llevaba un anillo que lo confirmara. No les había sacado de su error, y aunque apenas había tenido oportunidad de hablar con Nick desde que Deacon nos rescató, estaba segura de que él tampoco lo había hecho.

Me fijé en Nick. Sí que estaba guapo, allí de pie, con las manos en los bolsillos y una media sonrisa en los labios mientras hablaba con el mecánico y Deacon. Dennis era increíblemente atractivo, pero Nick despertaba muchas sensaciones en mi interior.

—¿Cuánto tiempo lleváis juntos?

—Nos casamos cuando tenía veintiuno. —No era ninguna mentira. Además, era mejor que continuaran creyendo que estábamos casados. Contar la verdad solo haría que aquella noche perdiera ese brillo tan especial.

—¿Tenéis hijos? —preguntó otra mujer.

Durante un segundo, me imaginé a un niño con el pelo negro y ojos marrones. Estaría delgado, sería travieso y tendría una sonrisa irresistible. Siempre se saldría con la suya, porque me recordaría tanto a su padre que sería incapaz de negarle nada.

—No. Ninguno —respondí.

—Todavía estáis a tiempo —apuntó una anciana.

—Seguro —replique yo.

—Pero es mejor que os pongáis ya mismo —continuó la mujer—. No hay tiempo que perder.

Como si presintiera que estaba mintiendo sobre él, Nick volvió la cabeza y nuestros ojos se encontraron. ¡Bum! Ahí estaba de nuevo esa sensación. Éramos como dos imanes que vibraban antes de que las fuerzas de la naturaleza nos atrajeran irremediablemente. Durante un buen rato nos limitamos a mirarnos. Entonces yo esbocé una sonrisa, un poco renuente al principio, pero lo suficientemente visible como para que él se acercara al rincón en el que me encontraba con las tres mujeres.

—¿Ya estás rompiendo algún matrimonio, cariño? —inquirió él.

—¡Pero qué dices, Nick! —exclamó Margie—. Tu esposa ha tenido mucha paciencia con nosotras. Harper, eres muy comprensiva. Y ahora tengo que irme y meter un poco de presión a esos muchachos del escenario. Si no empiezan a tocar pronto, la gente se irá a su casa. ¡Os veo luego!

Las otras dos mujeres también se fueron y nos dejaron a Nick y a mí solos. Yo todavía tenía el plato de guiso caliente en la mano.

—¿Has venido a por algo de beber? —pregunté.

—De modo que mi esposa, ¿eh? —Enarcó una ceja.

Me encogí de hombros, y hasta puede que me sonrojara. Entonces el micrófono chirrió, seguido por la voz de un hombre.

—Está bien, amigos, que comience la fiesta. Vamos empezar con un clásico: *Crazy* de Patsy Cline.

—¿Quieres bailar, esposa mía?

—No mucho.

—Bien. —Tomó mi mano y me condujo hasta la pista de baile, que había sido delimitada usando fardos de heno.

—Típico de ti, ignorar mi opinión y hacer lo que te da la gana —masculle mientras me rodeada la cintura con el brazo.

—Calla, mujer, estás arruinando el momento —dijo, acercándome un poco más hacia sí.

Había unas cuantas parejas más moviéndose al son de la balada. La niña que se había llevado a *Coco* de paseo estaba bailando como mi perra, que estaba tan contenta, con la cabeza apoyada sobre el hombro de la muchacha y su trenza en la boca. El campanario blanco de la iglesia luterana resplandecía bajo el cielo cobalto. Y a pesar de que Nick era un experto en poner a prueba mi paciencia, mi corazón palpitó como si estuviéramos en 1950 y fuera nuestro baile de graduación.

Nick estaba esbozando aquella sonrisa irónica que transformaba su mirada de dramática a traviesa, como si compartiéramos un secreto que solo conocíamos nosotros dos. No era mucho más alto que yo, así que tenía una visión desconcertante de su rostro y aquellos ojos misteriosos que parecían verlo todo. En esa posición percibía todo su calor, y me aferró con más fuerza. Tenía su cuello a la altura de mi mejilla, y sentí la urgente necesidad de enterrar mi cara en él y besar su ardiente y aterciopelada piel. ¡Maldición! Cerré los ojos. Nunca me había sentido así de bien con nadie.

—¡Harper, Nick! Venid a conocer a mi marido. ¿Al? Mira Al, esta es la pareja tan simpática que encontró Deacon en la carretera comarcal.

—Hola —saludé yo.

—¿Qué tal? —dijo Al.

Nick me soltó para poder darle la mano.

—Muy bien —replicó mi ex marido—. Vivís en un pueblo encantador.

Margie y Al sonrieron al unísono.

—No podemos estar más de acuerdo contigo, Nick —canturreó Margie—. Me hace mucha ilusión que hayáis decidido venir a la fiesta.

—Lo mismo digo —acordó Al, guiñando un ojo.

Dicho esto se alejaron y Nick volvió a enlazarme el talle.

—¿Qué te han dicho del Mustang? —pregunté a toda prisa para evitar que se percatara de que me estaba derritiendo entre sus brazos.

—Veamos —empezó suavemente. Estábamos tan cerca que podía percibir la vibración de su pecho al hablar. Sentía las rodillas tan débiles que creía que terminaría cayéndome—, según Lars nos hemos cargado un manguito. Y aunque hable en plural, como te puedes imaginar, me estoy refiriendo a ti. —Su brazo me rodeó con más fuerza (¿o me lo estaba imaginando?)—. Pero cree que podrá reemplazarlo o arreglarlo para que podamos ponernos en marcha cuanto antes. Supongo que es una buena noticia para ti.

—Sí. Claro. Sí, es estupendo —suspiré—. Una noticia excelente.

Crazy for crying, crazy for trying, crazy for loving you. / Loca por llorar, loca por intentarlo, loca por amarte.

«Tú misma lo has dicho, Patsy. Nick más Harper igual a: desastre.»

Cuando me divorcié lo había pasado muy mal, todavía me quedaban cicatrices emocionales de aquello. Pero en ese momento, con el brazo de Nick rodeándome la cintura, su característico olor y la manera en que su barba de dos días me raspaba la mejilla, me olvidé muy fácilmente de ello. Sostenía mi mano como siempre lo había hecho. Con seguridad. Con entrega. Como si le perteneciera.

Tragué saliva y después tomé una profunda bocanada de aquel frío aire nocturno. El grupo tocaba ahora otra balada melancólica. *I'm Not Supposed to Love You* / Se supone que no debo amarte. Si aquello no era una señal divina, no sabía qué otra cosa podía ser.

Di un paso atrás.

—Ha estado muy bien. Gracias, Nick —dije, con la voz un poco baja—. Voy a buscar a *Coco.*

Y antes de permitirme cometer alguna estupidez, me alejé para recoger a mi perra y encontrar algo de paz.

***

Deacon vivía en una pequeña casa de una sola planta situada en medio de un gran terreno y rodeada de unos cuantos árboles que debían de haber perdido las hojas a consecuencia de la tormenta de ese día. Margie tenía razón, hacía bastante frío y el viento azotaba la casa, haciendo que los arbustos situados en la entrada oscilaran de un lado a otro. Acurruqué a *Coco* sobre mi regazo y le di un beso en la cabeza. Me preguntaba qué estaría pensando sobre aquel extraño viaje.

El salón estaba decorado con paneles de madera de pino, cabezas de alce —lo que le sacó a *Coco* un gruñido de lo más adorable—, una alfombra de pelo largo naranja y una estufa de leña que, a juzgar por la baja temperatura de la estancia, debía de haberse apagado hacía tiempo. Un perro carlino llegó trotando a saludar a su dueño. Deacon se inclinó y le acarició.

—*Lilly* —Así que era perra—, te presento a *Coco* y a sus papás —dijo, alzando en brazos al pequeño y regordete animal. *Lilly* jadeó e hizo varios sonidos a *Coco*, que me lanzó su mirada chihuahua de «¿En serio? ¿Tengo que dejar que esa cosa me babee?», aunque al final permitió que *Lilly* le diera unos cuantos lametones, lo que llevó a la otra perra al más absoluto de los éxtasis.

—Mi mujer ya debe de estar en la cama —informó Deacon, rascando la cabeza de *Lilly* que se retorció loca de alegría—. Estaba muy triste por haberse perdido la fiesta, pero el reuma la estaba matando. Una pena. Aunque estará encantada de conoceros mañana. Ahora, si no os importa, os llevo a vuestra habitación y me voy al catre yo también.

—Por supuesto —dije yo.

—Sí, estamos exhaustos —comentó Nick, mirándome. Eran las nueve y media.

—Os acercaré al pueblo por la mañana. Seguro que Lars ya habrá reparado el Mustang —aventuró mientras nos conducía por un estrecho pasillo. Se detuvo, metió el brazo en una habitación y encendió la luz. Yo me sobresalté un poco. Detrás de mí, Nick dio un respingo.

La habitación tenía una cama de matrimonio, una pequeña cómoda y... mmm... bueno...

—Mi mujer es muy devota —dijo Deacon a modo de explicación—. Esta habitación es... una especie de santuario para ella. Siento que tal vez os resulte un poco fría.

—No, no, está bien —se apresuró a decir Nick, con voz cuidadosamente controlada. La habitación estaba helada.

—Habéis sido muy amables por dejarnos dormir en vuestra casa —agregué yo. Era verdad.

—No sabéis cuánto os lo agradecemos —secundó Nick, apartando la vista de la decoración—. Esperamos no haberos causado ningún problema.

—Claro que no. Bueno, amigos, tenéis toallas limpias en el baño. Si necesitáis cualquier cosa no tenéis más que pedirla, ¿de acuerdo? —Deacon respiró hondo, examinó la habitación como si fuera la primera vez que la veía, y negó con la cabeza—. Pues nada, hasta mañana.

Cuando se marchó, cerrando la puerta tras de sí, Nick y yo nos quedamos parados en medio de la habitación.

Las paredes estaban llenas de docenas de imágenes de Jesucristo; uno rubio, con ojos azules, que tenía un increíble parecido a Brad Pitt en *Leyendas de Pasión*. ¡Amén!

—¿Es pecado pensar que el Señor está muy bueno? —pregunté. Nick soltó una carcajada a modo de contestación.

Giré sobre mí misma examinando la habitación con más detenimiento. Más Jesús. Caramba. Y no solo eso, también había una mesa llena de velas sin encender bajo una de las cruces más grandes que había visto en mi vida fuera de una iglesia. Una iglesia grande.

—¿Crees que estarán pensando en crucificarnos? —susurró Nick con un brillo travieso en la mirada. Dejó las maletas en el suelo—. Lo que quiero decir es que no sabemos mucho de estas personas.

Solo había una cama. Una de matrimonio pequeña que hubiera resultado de lo más acogedora si Nick y yo siguiéramos casados. En cuanto bajé a *Coco* saltó sobre un lado de la almohada, como era su costumbre. A continuación se hizo un ovillo y decidió ignorarnos.

Nick escogió ese momento para decirme:

—Puedes dormir en la cama. —¡Vaya! Parecía como si me hubiera leído la mente—. Yo lo haré en... mmm... en el altar. —Se me escapó una risa y él me regaló una de sus deslumbrantes sonrisas.

Intenté recobrar la compostura.

—Voy a lavarme los dientes. Vuelvo en un segundo —comenté.

En el cuarto de baño miré mi reflejo en el espejo. Estaba claro que la tensión de los últimos días se había cobrado su precio. Llevaba sin dormir unas cuantas noches y esa tampoco presagiaba lo contrario. Tenía ojeras y el pelo, que llevaba recogido en una coleta, había perdido su brillo habitual. Bueno. Lo último que me apetecía en ese momento era parecer atractiva y deseable, la verdad.

Si estuviéramos en una película, ese era el instante en el que los protagonistas, atrapados en un motel o en cualquier otro sitio, terminaban acostándose juntos. Pero Nick y yo no íbamos a hacerlo de ninguna de las maneras.

—Ni siquiera un arrumaco —susurré a mi reflejo para el caso de que se le olvidara. Porque era cierto que Nick seguía despertando sensaciones en mí y como me dejara llevar, aunque fuera un solo segundo, terminaría tirando toda mi resolución por la borda.

Con un suspiro, me lavé la cara con determinación, me cepillé los dientes, me puse los pantalones del pijama —unos de color amarillo chillón con dibujos de monos—, y la camiseta enorme de los Red Sox que Dennis me regaló por Navidad. Desde luego tenía un aspecto que echaría para atrás a cualquiera. El mejor cinturón de castidad que podía haber conseguido dadas las circunstancias.

Cuando salí del baño, Nick me estaba esperando, cepillo de dientes y neceser en mano e hicimos el típico movimiento de izquierda-derecha-izquierda hasta que Nick me puso las manos en los hombros para que me estuviera quieta. El calor y la fuerza que desprendían sus extremidades fue directo a mis partes más íntimas. A continuación esbozó una medio sonrisa y me hizo a un lado para poder entrar al aseo.

«Contente, Harper» me dije enfadada, apartando los ojos de la puerta del cuarto de baño. ¿Se estaría afeitando? Si era así estaba irremediablemente perdida porque, ¿había algo más *sexy* que un hombre afeitándose? ¿Se estaría lavando los dientes? Mmm... Seguro que lo encontraría atractivo hasta si estaba inclinado sobre la taza del váter vomitando.

—Eres patética —mascullé, sacudiendo la cabeza ante mi estupidez.

Bajo la mirada del Jesús con apariencia de Brad Pitt, me metí en la cama y di un pequeño empujón a mi perra, que me lanzó su acerada mirada de «No me molestes».

—Anda, pequeña, caliéntame los pies —susurré—. Aquí hace muchísimo frío. —Me tapé con las mantas hasta la barbilla. La cama parecía cómoda, aunque estaba helada. Siempre había odiado meterme en una cama fría, porque me ponía a temblar descontroladamente. Me acurruqué bajo las mantas, intentando entrar en calor cuanto antes. *Coco* decidió que no se le daba bien eso de hacer de calefacción y se trasladó al otro extremo de la cama, como la diva infiel que era.

La casa de Deacon estaba situada a las afueras del pueblo, por lo que era una zona muy tranquila. El viento ululaba con ferocidad y las ramas de los árboles golpeaban rítmicamente en las ventanas. En mi pequeño refugio de mantas, las sábanas olían a limpio, a la pureza de haber sido secadas al sol y al aire, pero aquel encantador aroma no consiguió ralentizar los latidos de mi corazón.

Instantes después, Nick salió del baño. Como en el fondo era una cobarde, cerré los ojos para no verle, pero al final cedí a la tentación y los abrí. Iba vestido con unos pantalones verdes de pijama y una desgastada camiseta de los Yankees. ¡Gracias, Dios mío!

Durante el tiempo que duró nuestro matrimonio siempre dormía desnudo. Yo solía ponerme una de sus camisetas, que él me quitaba gustoso y que a mí me encantaba que me quitara.

«Este es el tipo de recuerdos que solo pueden conducir al desastre», pensé. Tragué saliva e intenté centrarme en Brad en Getsemaní para disipar la añoranza de los viejos tiempos.

Nick suspiró, se pasó una mano por su despeinado pelo y se dirigió al otro lado de la cama para hacerse con la almohada. Después abrió el armario, sacó una manta y me miró.

—¿Todo bien? —preguntó.

—Ajá —respondí yo.

—Buenas noches, entonces.

Apagó la luz y la habitación quedó tenuemente iluminada por la luna. Oí cómo se tumbaba en el suelo, delante del improvisado altar.

El viento volvió a ulular y *Coco* suspiró.

Solo tenía una manta.

Y allí dentro hacía un frío de mil demonios.

—Nick.

—¿Sí? —Al escuchar su instantánea respuesta se me encogió el corazón.

—Ven a la cama —le dije con un tono perfectamente normal—. Hace demasiado frío para dormir en el suelo.

Transcurrieron unos interminables segundos en los que ninguno de los dos dijo nada.

—¿Estás segura? —dijo finalmente.

—Sí.

«Estás cometiendo un terrible error, imbécil», siseó mi cerebro sin misericordia. Pero tampoco éramos adolescentes con las hormonas revolucionadas como para terminar durmiendo juntos. Bueno sí, eso era precisamente lo que íbamos a hacer, dormir juntos. Nada más. Si alguno de mis clientes me hubiera contado que iba a dormir en la misma cama con su ex pareja me hubiera opuesto tajantemente. Sin embargo, aquello era diferente —eso era lo que solían decirse todas las mujeres antes de meter la pata—. Aquello era solo un acto de misericordia.

La cama crujió cuando Nick se metió en ella. *Coco* emitió un pequeño gruñido y decidió saltar de la cama, indignada porque hubiéramos osado molestarla. Me tumbé de lado, dándole la espalda y marcando una buena distancia de separación entre ambos, pero no pude evitar percibir su calor; un calor que parecía provenir del mismo diablo, tentándome para que cayera en sus redes.

—Gracias —dijo Nick.

—No hay de qué. No iba a permitir que te congelaras; no con Jesús aquí presente. —Sonreí en la oscuridad, agradeciendo en silencio que no pudiera ver que me había puesto roja como un tomate.

—¿Tienes frío?

—Estoy bien —mentí—. Cómoda y calentita.

—Pues me ha dado la sensación de que estabas tiritando.

—No, estoy perfectamente. —Mis pies eran dos témpanos de hielo.

—Vamos, reconoce que te estás muriendo de frío.

—¡Que no!

Deslizó un pie y tocó el mío.

—¿A eso le llamas estar calentita? —preguntó. Al segundo siguiente lo tenía a mi lado, envolviéndome con sus brazos. Mi espalda tocaba su pecho y empezó a acariciarme el pelo.

Se me hizo un nudo en la garganta. Estar tan cerca del único hombre que me había hecho sentir querida... era demasiado para mi pobre corazón.

—Qué descanses. —Fue lo único que se me ocurrió decir.

—Lo mismo digo.

Dios, cómo le echaba de menos.

Nos quedamos en silencio, sin hablar, sin movernos. Su piel estaba tan caliente como la mía fría. El viento seguía soplando. *Coco* se acomodó y soltó uno de los típicos resoplidos caninos. Nick respiraba de forma pausada. Estar tumbada con él era la sensación más reconfortante y maravillosa que había sentido jamás, y también la más horrible, porque mi alma sangraba de dolor. Nick y yo compartíamos algo especial y poco común. Nuestro matrimonio no solo había estado plagado de soledad y problemas de comunicación. No, también había tenido momentos como ese, en los que yacíamos juntos en la oscuridad. Esos momentos no habían resultado suficientes... pero habían sido preciosos.

Cuando estuve convencida de que se había quedado dormido, le acaricié la mano de forma muy sutil, solo un roce de mis dedos contra el dorso de su maravillosa mano.

—Antes me preguntaste por qué no te había perdonado —murmuró Nick en voz muy baja. Pegué un salto—. Harper, eras el amor de mi vida, pero tú no querías serlo. Y eso es muy difícil de digerir.

Aquellas palabras fueron como millones de alfileres directos a mi corazón. Volví a tragar saliva.

—Eso no es exactamente así, Nick —susurré, dándome la vuelta para tenerle cara a cara—. Yo sí que quería, pero... —¿Pero qué? Le había amado con todo mi maltrecho corazón, pero el miedo a que me lo destrozara me superó, nos arruinó a ambos—. Me hubiera resultado más fácil si hubieras pasado más tiempo conmigo, si me hubieras ayudado a creer en nosotros.

Él hizo un gesto de asentimiento que me pilló por sorpresa.

—Tienes razón. Todas las horas que pasé fuera de casa no nos beneficiaron. Pero creía que una vez que nos casáramos te sentirías más... segura. —Se detuvo un instante y movió la cabeza compungido—. ¿Sabes una cosa, Harpy? —preguntó. Su voz era apenas un susurro—. Nunca me imaginé que lo nuestro no pudiera funcionar. Y tú nunca creíste que pudiera hacerlo. Mientras tú esperabas que se desencadenara el desastre yo estaba convencido de que juntos lograríamos cualquier cosa que nos propusiéramos.

—Pero fuiste tú el que me dejó, Nick —dije yo con el corazón en un puño—. Aquella noche hiciste las maletas y te marchaste.

—Necesitaba tranquilizarme, Harper. Solo iba a quedarme en casa de un amigo un par de días. Nunca te hubiera pedido el divorcio, y lo sabes. Tú, en cambio, acudiste a un abogado al día siguiente. Al día siguiente, Harper.

Por primera vez en mucho, mucho tiempo, me entraron unas ganas locas de llorar. En vez de eso, medio asentí con la cabeza. *Coco* debió de percibir que estaba a punto de derrumbarme porque se subió a la cama de un salto y se hizo un ovillo contra mis piernas.

—¿Puedo preguntarte una cosa más? —dijo entonces Nick con tremenda amabilidad.

—Por supuesto —susurré—. ¿Por qué no?

Mi respuesta consiguió que esbozara una pequeña sonrisa, pero inmediatamente después se puso mortalmente serio.

—Cuando te pedí que te casaras conmigo... ¿por qué dijiste que sí?

Oh, Dios mío. Aquello no era remover las aguas, aquello era zambullirse hasta el punto más profundo del océano, y sin oxígeno.

—Nick... —Mi voz sonaba quebrada, así que me detuve.

—Sé que me querías —dijo él sin dejar de mirarme—. Pero ahora también sé que no querías casarte. Entonces, ¿por qué aceptaste?

—No podía decir que no. —La verdad acababa de salir de mi boca como un torrente—. No quería hacerte daño.

—Me lo hiciste cuando te divorciaste de mí. —Enarcó una ceja.

—¡Ya lo sé! Lo sé. —Bajé el tono para no despertar a los McCabe—. Y tienes razón. Sabía que solo era cuestión de tiempo que aquello nos explotara en la cara, pero no encontré la manera de decirte que no y que siguiéramos juntos, así que... seguí adelante.

Nick apartó la mirada durante un segundo. Volvió a pasarse la mano por el pelo y me miró de nuevo. Sus ojos reflejaban una profunda tristeza.

—Está bien. Gracias.

—¿Por qué?

—Por contarme la verdad.

Después de aquello no había nada más que decir.

Y por muy deprimente que fuera, no dejaba de esconder una gran verdad. El amor no había sido suficiente, y aunque en mi vida laboral tenía que lidiar con eso casi todos los días, el mundo de pronto me pareció terriblemente grande y hueco. Un enorme agujero negro.

Despacio, volví a ponerme de espaldas a él. Nick me rodeó de nuevo con el brazo y sentí su cálido aliento contra la nuca. *Coco* soltó otro suspiro.

Me quedé mirando los brillantes dígitos azules del reloj despertador durante un buen rato. Al final, la respiración de Nick se hizo más pausada y su mano cayó flácida sobre mi cintura, señal de que por fin se había dormido.

Permanecí despierta durante mucho, mucho tiempo. No quería caer en los brazos de Morfeo porque sabía que aquella sería nuestra última noche juntos.

Capítulo 15

Cuando me desperté a la mañana siguiente, estaba sola en la cama; ni siquiera contaba con la compañía de *Coco*. Oí la voz de Nick en el pasillo y la de una mujer que le contestaba, debía de tratarse de la señora McCabe. Me incorporé y me quedé mirando durante unos segundos la almohada de Nick. La sensación de pérdida me produjo una opresión en el pecho.

«Hora de ponerse en marcha», pensé. En un par de horas estaría de vuelta en casa, en el trabajo, en mi amada isla. Revisé los mensajes que tenía en el teléfono, tecleé otros cuantos y me dirigí al baño para ducharme y vestirme. Me encontré a Nick, afeitado y con el pelo todavía húmedo, sentado en la cocina de los McCabe.

—Buenos días, cariño —me saludó con una tenue sonrisa en los labios, dándome a entender que estábamos... bien. Tan bien como podíamos llegar a estar dadas las circunstancias. A continuación me presentó a la señora McCable, una mujer bastante atractiva con el pelo blanco ligeramente azulado—. Ruth y yo estábamos barajando nombres para ponerles a nuestros futuros hijos. Ambos sentimos especial predilección por el *Antiguo Testamento*.

—Siempre me ha gustado Zofar —dije yo. El que consuela en el trabajo, cinco letras. No se me daban mal los crucigramas.

—Bueno, preciosa, sabes que siempre me ha gustado Jabal —contraatacó el antiguo monaguillo.

—Podemos llegar a un acuerdo. ¿Qué te parece Esaú? —pregunté con una sonrisa de oreja a oreja. Era el hermano gemelo de Jacob, hijo de Isaac y de Rebeca.

—O Nabucodonosor —replicó él.

—Ese me chifla —dije, asintiendo con la cabeza pensativa.

—Bueno... creo que también deberíais pensar en cómo podrían reaccionar los demás niños al escucharlo —indicó la señora McCabe con el ceño fruncido—. No hay nada malo en David o Jesé, ¿no creéis? Harper, querida, ¿te apetece un poco de café?

Nuestra anfitriona nos preparó un desayuno estupendo. Después Deacon nos llevó al pueblo. Lars, el mecánico, no tuvo ningún problema a la hora de reemplazar el manguito del Mustang. Fue un arreglo tan fácil que me sentí un poco decepcionada.

—Bueno, muchachos, espero volver a veros por aquí algún día —comentó Deacon mientras yo pagaba la factura de la reparación (había insistido y Nick me dejó).

—Vives en un pueblo encantador —dije con total sinceridad—. Y te has portado maravillosamente bien con nosotros, Deacon.

—Mi mujer y yo disfrutamos teniendo compañía. Si volvéis a pasar por Dakota del Norte, espero que nos hagáis una visita.

—Por supuesto —dijo Nick, estrechándole la mano—. Gracias por vuestra hospitalidad.

—¡Cuidaos! ¡Y mandadnos alguna felicitación para Navidad! —gritó Deacon.

Y con eso le dijimos adiós a Harold, adiós a la breve ilusión de que Nick y yo seguíamos felizmente casados y adiós a las verdades susurradas bajo la luz de la luna. *Coco* se acurrucó en mi regazo, pues Nick quiso conducir —no sin antes soltar alguna que otra broma sobre atropellos—. Según el GPS, nos quedaban cuarenta y dos minutos para llegar al aeropuerto de Bismarck.

—Hay un sitio en el quiero detenerme antes de dejarte en el aeropuerto, ¿te importa? —preguntó Nick.

—No —respondí al instante—. No hay problema.

El tiempo, que en los últimos días se me había hecho eterno, pareció volar. Nick y yo elegimos un tema neutro sobre el que charlar —la previsión meteorológica— y escuchamos la radio. A medida que nos acercábamos a la capital, veíamos cada vez más árboles y edificaciones. *Coco* se desperezó, como si presintiera que estábamos llegando a nuestro destino. Bismarck era una ciudad relativamente nueva, al menos comparada con las de la Costa Este. La vegetación estaba adquiriendo los colores otoñales y muchas de las casas eran producto o del movimiento Artes y Oficios[2] o de estilo victoriano. Tenía abundantes parques y jardines y en conjunto resultaba encantadora... aunque también muy llana. Impactaba lo lejos que podías llegar a ver.

Habíamos bajado la capota del Mustang y el cielo era de un azul cristalino. Llevaba la gorra de los Yankees de Nick, pero se me habían soltado algunos mechones de pelo por la brisa que corría. Tampoco era que me importara mucho. Atravesamos una zona de restaurantes y tiendas y otra llena de bloques de pisos. Al llegar a la Universidad Whalem, Nick aminoró la velocidad y giró en la entrada. El cuidado campus se extendía ante nosotros, exuberante y verde, salpicado por árboles y estudiantes que descansaban sobre el césped. Nick sabía perfectamente dónde iba, torció a la derecha, luego a la izquierda y se detuvo frente a un edificio; la Biblioteca Hetting & Media Center, según apuntaba el cartel.

—¿Buscando algo de lectura? —pregunté.

No contestó, simplemente se bajó del Mustang y se puso a andar. Decidí seguirle. *Coco* vino trotando a mi lado. Su collar rosa de charol brillaba bajo la luz del sol.

La biblioteca estaba hecha de ladrillo y cristal, con líneas limpias y elegantes y un concepto muy abierto. Tenía un techo abovedado, también de cristal. Estudiar allí tenía que ser una auténtica delicia, pensé, con todo el cielo del Medio Oeste sobre ti, mientras abrías un libro o la pantalla del portátil. Había un pequeño patio de pizarra con una fuente de estilo moderno, con muchos ángulos y bordes, cuya agua caía produciendo un gorgoteo de lo más relajante. En un extremo del edificio había una torre de unas cuatro o cinco plantas que conjuntaba con el estilo arquitectónico más tradicional del resto del campus. Miré a Nick, que tenía la vista clavada en la torre con los ojos entrecerrados por el sol.

—Lo has hecho tú, ¿verdad?

---

2 Movimiento que surgió en Inglaterra a finales del s. XIX y principios del XX cuyo objetivo era potenciar la creatividad y el arte frente a la producción en serie que trajo la Revolución Industrial. (N. de la T.)

Asintió con ese «sí» tan característico suyo y luego se volvió para mirarme a la cara.

—Solo quería... que vieras algo mío.

Se me encogió el corazón. Nunca había visto ninguno de los edificios de Nick, al menos no de forma consciente.

—Bien. Entonces, enséñamelo.

Pasamos la hora siguiente paseándonos por el edificio, tanto dentro como fuera. Por primera vez vi al Nick arquitecto, conversando sobre luces, ángulos, simetrías, uniformidad... Hablaba rápido, como casi todos los neoyorquinos. Sus manos exquisitas señalaban de un punto a otro, y además de mostrar una perpetua sonrisa, sus ojos brillaban alegres. Cuando una bibliotecaria se acercó a nosotros para decirnos que *Coco* no podía estar allí, Nick se presentó. La mujer le reconoció al instante —por lo visto se habían conocido hacía cinco años, cuando la biblioteca todavía estaba en construcción— y dejó que mi perra se quedara. Algunos estudiantes lo miraron interesados, uno incluso se acercó para preguntarle si era el arquitecto que había construido el edificio. Cuando Nick respondió afirmativamente ambos se pusieron a charlar durante unos minutos sobre los distintos planes de estudio. Al final Nick le entregó una tarjeta y le animó a que le llamara si quería hacer unas prácticas en su estudio durante el próximo verano.

Estar en un edificio que Nick —mi Nick— había proyectado y convertido en realidad me resultó conmovedor.

—¿Es una de tus construcciones favoritas? —pregunté mientras volvíamos a salir al exterior, a la luz del sol.

—En cierta manera, sí —contestó él—. Sobre todo porque es una biblioteca. Todo lo que sucede ahí dentro es positivo, o al menos eso es lo que se espera. Siempre resulta mucho más motivador que, por ejemplo, un aparcamiento.

—Me alegra que me lo hayas enseñado, Nick —confesé cuando nos detuvimos cerca de la fuente—. Es un edificio precioso. Estoy... estoy muy orgullosa de ti. —Mis mejillas se tiñeron de rojo. ¡Fantástico! Me estaba ruborizando.

Nick me miró muy serio durante un minuto.

—Gracias —dijo por fin. —Entonces su rostro se iluminó y esbozó una enorme sonrisa. Yo también sonreí, aliviada de que no pensara que lo que acababa de decirle había sido una tontería.

Pero no podíamos quedarnos allí eternamente, así que miré mi reloj y Nick se puso de nuevo en marcha.

—Supongo que ya deberías estar en el aeropuerto.

—Sí, me imagino que sí.

—Muy bien.

Tardamos muy poco en llegar al aeropuerto de Bismarck, Nick aparcó frente a la terminal de salida, salió del Mustang, abrió el maletero y llevó mi maleta dentro. Después del mágico momento que habíamos compartido en la biblioteca, ahora esperamos en el mostrador un tanto incómodos, sonriéndonos de vez en cuando.

—Entonces está buscando un vuelo destino Boston, ¿verdad? —preguntó la auxiliar de aeropuerto encargada de vender los billetes. En su tarjeta de identificación ponía que se llamaba Suzie, y le lanzó a Nick una mirada llena de significado. Llevaba sus gafas de sol con cristales azules, una camiseta negra ajustada y *jeans* desteñidos; en otras palabras, estaba muy *sexy*. Suzie esbozó una deslumbrante sonrisa—. ¿Solo para usted, señora?

—Sí. El que salga antes, ¿de acuerdo? Me pilló todo el lío de Montana.

Suzie apartó la vista de Nick.

—¿Qué lío?

—Lo del problema informático. Ese que dejó sin vuelos a todos los aeropuertos de Montana el domingo.

La auxiliar frunció el ceño.

—Ah, sí, eso. Pero solo duró un par de horas. Le habría salido más a cuenta esperar. Los vuelos se reanudaron ese mismo día.

—Vaya. —Parpadeé sorprendida.

Miré a Nick, que se limitó a encogerse de hombros.

—Muy bien —continuó Suzie—. Veamos qué tenemos por aquí. —Transcurrieron unos segundos—. Bueno, en todos los casos va a tener que cambiar de avión un par de veces. Puede ir hasta Denver, y desde allí volar directamente hasta Boston, pero allí tendrá que esperar cinco horas. O puede ir a Dallas, y desde allí a Atlanta, donde esperará poco tiempo y tomará un vuelo que la llevará a Boston. Eso sí, no llegará allí hasta más o menos las diez de la mañana de mañana.

O lo que era lo mismo, veinte horas de un absoluto infierno. Miré a *Coco*, que me devolvió la mirada.

—¿Se va a quedar en Bismarck? —preguntó Suzie a Nick—. Tenemos unos restaurantes estupendos. Si quiere que le recomiende alguno termino de trabajar a...

—¿Y por cuánto sale la primera opción? —pregunté un tanto tensa.

—Bien, deme un momento para comprobarlo... —Sus dedos teclearon con asombrosa rapidez durante el minuto siguiente. Clic, clic, clic, clic, clic... Solté un suspiro, lo que hizo que Suzie me lanzara una mirada de fingida condescendencia y volviera a regalarle una deslumbrante sonrisa a Nick, que se la devolvió complacido, lo que no me sentó nada bien—. ¿Suzie? ¿Puedes darte un poco más de prisa? —inquirí con dulzura.

—Estoy en ello, señora. Lamento que no vaya lo suficientemente rápido para usted —contestó con el mismo tono dulzón que había usado con ella. Sonrió de nuevo a Nick.

Por el amor de Dios, ¿qué estaba haciendo? ¿Escribir una novela? ¿Enviarle un correo a su mejor amiga? «Hola, Lorna, deberías ver a la zorra pelirroja que tengo ahora mismo enfrente. La muy perra no me deja flirtear a gusto con mi futuro marido. ¡Es tan injusto! ¡Con todas las cosas de las que tenemos que hablar: nuestros gustos, cuándo nos casamos, qué nombres les vamos a poner a nuestros hijos...!»

Por fin se dignó a mirarme y esbozó una sonrisa forzada.

—El billete, con perro incluido, le sale por dos mil ochocientos treinta y cinco dólares con cuarenta y nueve.

—¡Joooder! —exclamé.

—Señora, ¡por favor! —me reprendió Suzie—. Tenga en cuenta que va todo incluido. ¿Quiere que le reserve el billete? Aceptamos todo tipo de tarjetas de crédito.

Le ofrecí mi mejor mirada de abogado y abrí la cartera.

—Harper —dijo Nick, tomándome del brazo y alejándome un poco del mostrador—. Mira, si quieres te puedo llevar hasta Mineápolis. Tengo que pasar por allí. No está tan lejos, tardaremos unas siete horas más o menos

—dijo, haciendo una pausa para luego añadir—: Seguro que allí podrás encontrar un vuelo mejor.

Las opciones parpadearon en rojo en mi mente como una señal de alarma. Siete horas más con Nick. Siete horas recordando el pasado. Siete horas luchando contra la atracción que sentía por él.

Riendo. Discutiendo. Hablando. Puede que hasta nos topásemos con otra Fiesta de la Cosecha.

Siete horas volviendo a enamorarme de él.

Me había costado años olvidarle. Años. Y ahora ni siquiera estaba segura de que lo hubiera logrado del todo.

Sus ojos oscuros me miraron expectantes.

—Es mejor que tome este vuelo, Nick.

Bajó la mirada al suelo.

—Sí. Claro. Buena idea. —Se cruzó de brazos y asintió.

—Necesito su permiso de circulación, señora —indicó Suzie. Estaba empezando a impacientarse.

—No tienes por qué quedarte conmigo a esperar, Nick —dije yo.

Alzó la mirada.

—De acuerdo. Bueno. Buen viaje, Harper. Nos vemos.

—Lo mismo digo, Nick. —Me dolía horrores la garganta—. Gracias por traerme hasta aquí.

Me dio un breve abrazo, y durante un instante, mi mejilla rozó su cuello. Me embebí de su masculino aroma. Alcé los brazos, pero antes de que pudiera rodearle con ellos, Nick se separó de mí. Después se inclinó sobre mi perra.

—Adiós, *Coco*. —El animal le dio unos rápidos lametazos en la mano. Se puso de pie, me miró y el tiempo pareció detenerse—. Cuídate —dijo con suavidad.

—Tú también, Nick.

Me quedé observándole mientras se marchaba y sentí como si una parte de mi corazón se fuera con él. *Coco* gimoteó.

—¿No quiere que le recomiende algunos restaurantes? —gritó Suzie, frunciendo el ceño.

Nick no contestó, y antes de que pudiera darme cuenta había desaparecido. La auxiliar soltó un resoplido.

—Está bien —masculló—. ¿Puede darme su tarjeta de crédito y el permiso de conducir, señora?

—Por supuesto. —Abrí mi cartera.

La flor azul que Nick me había regalado en la carretera cayó de repente, mustia y arrugada después de dos días. Aún así, todavía era bonita. Me agaché a recogerla y acaricié uno de sus pétalos.

—Su vuelo a Denver sale en cuarenta minutos, señora —me informó una tensa Suzie—. Y como bien sabrá, les gusta que los pasajeros lleguen con tiempo de antelación.

No hice caso de lo que me decía, miré la puerta de entrada al aeropuerto, y antes de detenerme a pensarlo, así mi maleta, tiré de la correa de *Coco* y fui directa hacia allí.

—Oh, qué bien. —Oí gritar a Suzie—. Vaya una forma de hacerme perder el tiempo.

El sol brillaba con tal intensidad en el exterior que, durante un segundo, fui incapaz de enfocar la vista. Pero en cuanto me fue posible, lo vi. Allí estaba, apoyado en el Mustang, con las manos en los bolsillos y mirando de nuevo al suelo. Entonces alzó la vista, frunció el ceño y se quedó inmóvil. Inmediatamente después esbozó su maravillosa sonrisa. Yo sonreí también y *Coco* ladró y empezó a saltar.

—¡Minnesota, allá vamos! —exclamé.

La risa de Nick llenó mi corazón de gozo.

Puede que todavía necesitara poner el punto final a lo nuestro. O puede que necesitara otra cosa. Pero fuera lo que fuese, todavía no estaba preparada para decirle adiós.

Capítulo 16

Como era de prever, no todo fue tan sencillo.

—Hay una cosa que no te he mencionado —dijo Nick, mientras nos alejábamos del aeropuerto.

—¿Qué? —pregunté, poniéndome de nuevo la gorra de los Yankees.

Nick tomó una profunda bocanada de aire y contuvo la respiración durante un instante.

—¿Te acuerdas de la biblioteca que hemos visitado antes?

—Claro.

—Pues tengo una reunión con el decano de la facultad. Están pensando en construir un nuevo edificio y quieren hablar conmigo.

—Oh.

—No me llevará mucho tiempo. Una hora. Dos como mucho.

—Sí. Claro. Está bien. ¿Te importa si buscamos una lavandería? No tenía pensando estar tanto tiempo fuera de casa.

—Por supuesto. —Me miró.

—¿A qué hora tienes la reunión?

—A las dos. No me quedó más remedio que retrasarla después de tu incidente con el antílope.

De modo que una reunión en Bismarck, en Dakota del Norte. Tendría que haberme acordado. Aunque hubiera intentado aparentar que aquel viaje por medio país era algo improvisado, Nick nunca hacía nada que no estuviera planeado.

Una hora y media después, estaba sentada delante de una lavadora de pago, mirando como mi ropa sucia daba vueltas y más vueltas. En cierto modo me sentía un poco... estafada. No es que Nick tuviera que darme ninguna explicación; al fin y al cabo me había hecho un favor enorme al ofrecerse a llevarme. Pero aún así, no podía evitarlo.

—¡Déjalo ya! —dije en voz alta, llamando la atención de una mujer de más o menos mi edad que miró a su hija para asegurarse de que estaba a salvo—. No se preocupe, estaba hablando conmigo misma —expliqué.

—No se preocupe. Yo lo hago a todas horas —replicó ella con tono alegre. Ah, los habitantes del Medio Oeste y su perpetua amabilidad.

Bueno, había llegado el momento de devolver algunas llamadas. Como siempre, tenía un gran número de mensajes esperándome. Tommy, Theo, Carol, BeverLee —me dio un salto el corazón al acordarme de la pobre Bev, esperaba que el divorcio no se alargara demasiado—, Willa y, ¡bingo!, Kim. Justo lo que necesitaba. Una amiga. No había hablado con ella desde el sábado por la noche, lo que me parecía una eternidad.

—Kim, soy yo.

—¿Y quién es yo? ¡Gus, deja de morder a tu hermano! ¡Para! ¡Para ya! ¡Gracias! ¿Hola?

—Hola. Soy Harper.

—¡Ya era hora! ¡Vaya unos santos ovarios que tienes! ¿Dónde estás?

—En Laundromat, en Dakota del Norte.

—Fascinante. ¿Sigues con tu ex?

—Ahora mismo está en una reunión.

—Ajá. ¿Y cómo crees que interpretaría Freud el que todavía estéis viajando juntos? Sí, sé que estás en medio de la nada, ¿Pero no hay ningún aeropuerto cerca donde puedas tomar un avión?

—En realidad estoy en la capital. Es una ciudad muy bonita.

—Sí, sí. Pero todavía estás con... ¿Cómo se llamaba?

—Nick.

—Eso. ¡Gus!, ¿qué quieres?, ¿que te meta en una jaula? ¡No me tientes porque sabes que soy capaz de hacerlo!

—Como abogada, me veo en la obligación de advertirte acerca de que nuestro ordenamiento jurídico recoge como infracción grave el encarcelar a un menor.

—Tienes razón. Pero me tomo tus palabras como un ofrecimiento para cuidar a mis angelitos cuando regreses a casa.

—Aunque también es cierto que hay jaulas muy, muy cómodas.

—Sonreí. Kim era todo fanfarronería, pero luego era incapaz de dejar a los niños sin postre, así que ni mucho menos tendría el valor de encerrarles en algún sitio lúgubre, como la caseta del perro (que, por cierto, los niños solían usar como fuerte).

—Volviendo a lo tuyo. ¿Te has acostado ya con el «buenorro» de tu ex? ¿Nick, no?

—¿Cómo sabes que está «buenorro», como tú dices?

—¿No lo está?

—Es... mmm... sí —admití, poniendo los ojos en blanco—. Y no. Todavía no ha pasado nada. —Al darme cuenta de lo que estaba diciendo añadí a toda prisa—. Ni va a pasar. Solo estamos... En realidad el vuelo salía...

—Sí, sí, no me des excusas. Entonces, ¿qué estás haciendo con él?

Solté un suspiro.

—No lo sé.

—Pero quieres algo de él, o no estarías lavándole los calzoncillos.

—Que conste en acta que solo estoy lavando mi ropa.

—Dios, Harper, ¡eres una maestra saliéndote por la tangente! Me has llamado tú, así que desembucha. Y rápido porque los gemelos se están peleando.

—Es solo que... No tengo ni idea de lo que estoy haciendo. Les llevaré a los niños algún regalo que sea afilado. Tengo que dejarte.

—Adiós, cobarde —dijo con tono cariñoso.

Con la siguiente llamada no tuve mucha suerte, ya que Willa no contestó. Tuve una momentánea punzada de ansiedad al recordar el incidente con el oso. No entendía cómo a la gente le gustaba acampar. De todos modos la última llamada que me había hecho mi hermana había sido esa misma mañana, cuando Nick y yo todavía estábamos en Harold, así que había muchas posibilidades de que aún siguiera con vida.

La siguiente de la lista era BeverLee.

—¿Qué tal, cariño? —dijo nada más contestar al teléfono.

—Hola, Bev, ¿cómo os va? Seguís en Salt Lake City.

Hubo una pausa.

—No, querida, estamos... estamos en casa. —Otra pausa—. Escucha, Harper, cariño, siento mucho tener que decirte esto por teléfono, pero tu padre y yo... bueno... parece que vamos a separarnos.

Hablaba con tranquilidad. Con demasiada tranquilidad. Qué horror.

—BeverLee, lo siento mucho —dije con la voz algo áspera por la emoción—. ¿Te encuentras bien?

—Bueno, ahora ya sí. ¡Ya sabes cómo soy! ¡Siempre caigo de pie! —Sin embargo, se había esfumado su euforia habitual.

—Sí, claro. —Me mordí el labio. ¿A dónde iría? ¿Querría quedarse en la isla? ¿Una tejana de pura cepa en el corazón de Nueva Inglaterra? ¿Y de qué viviría?—. Si necesitas algo, cualquier cosa, solo tienes que decírmelo —ofrecí inmediatamente, disgustada por lo poco convincentes que sonaron mis palabras.

—Por supuesto, cariño. ¿Quieres hablar con tu padre?

—Mmm... Sí, claro. Y Bev... Oh... ¡Hola, papá!

—¿Harper? ¿Va todo bien?

—Sí, no te preocupes. Solo estamos yendo por el camino más largo al aeropuerto para poder ver algo del maravilloso país en el que vivimos.

—Muy bien.

—¿Y vosotros, papá ¿Todo bien?

—Sí.

—¿BeverLee también?

—Sí.

—¿Y tú, papá?

—Estoy bien.

¿Cómo podía estar bien si iba a divorciarse de la mujer con la que llevaba veinte años? Y luego la gente pensaba que era yo la que estaba atrofiada emocionalmente. De tal palo tal astilla.

—De acuerdo. Cuídate, papá. Por cierto, ¿sabéis algo de Willa?

—Espera, que te paso otra vez con BeverLee.

Hubo un murmullo al otro lado de la línea y de nuevo oí la voz de mi madrastra.

—¿Qué quieres, cariño?

—Solo me preguntaba cómo estaba Willa.

—Oh, ¡está fenomenal. Ella y ese marido tan guapo que se ha echado, ¡están disfrutando del mejor momento de sus vidas! —Aquello podía ser o no verdad, porque BeverLee siempre veía el lado bueno de las cosas hasta que todo se derrumbaba delante de sus narices, e incluso cuando eso sucedía, costaba mucho hacerle cambiar de opinión. Y si no, no había más que ver el caso que ahora le concernía: Clifford «Jimmy» James, mi querido padre—. ¿Montana es tan espectacular, verdad? Esto parece tan pequeño en comparación. No es que me queje, por supuesto, me encanta ser una yanqui... —Dejó de hablar de repente, como si acabara de recordar que su condición de habitante del nordeste pendía de un hilo.

—Estoy en Dakota del Norte —comenté para llenar el silencio.

—¡Oh, qué bien! ¿Y cómo es?

—Llano —respondí—. Bonito. —Cerré los ojos—. Cuando vuelva, podríamos quedar para comer juntas algún día, ¿qué te parece?

—Es una idea estupenda —dijo con suavidad.

—Cuídate.

—Tú también, cariño.

Cuando colgó me vi invadida por una intensa sensación de pánico. A pesar de los intentos de BeverLee por demostrar que todo iba bien, su tono de voz me había resultado desgarrador. Maldición. ¿Por qué la gente tenía que separarse?

«Y eso lo dice la abogada especializada en divorcios», pensé.

Bueno, bueno. Desde luego, había muy buenas razones para que muchas parejas se divorciaran. Aunque había muchas más para que no se hubieran casado primero.

De pronto agradecí a Dennis el que no hubiera querido casarse conmigo. Tal vez él sabía algo que se me había pasado por alto. De pronto me acordé de la famosa lista y me sentí tremendamente culpable. «Una vez que hayas cumplido mis requisitos, estaré encantada de casarme contigo.» Qué bonito, Harper. El bueno de Dennis y su gran corazón se merecían a alguien mucho mejor. Alguien que lo viera como el amor de su vida. No una mujer que le entregara una lista.

Al menos él se había bajado del carro a tiempo.

Dejé aquellos pensamientos de lado y llamé a dos clientes. Después reorganicé mi agenda para la semana siguiente, y telefoneé al despacho. Apenas me quedaba batería y la noche anterior no fui capaz de encontrar el cargador en la maleta, así que más me valía ser rápida.

—Hola, Carol, soy Harper. Ponme con Tommy, por favor.

—¡Anda, Harper! Sí, estoy muy bien. ¡Buenos días a ti también! —dijo, poniéndome en espera antes de que pudiera disculparme por mi poca educación.

—¡Harper! ¡Hola! ¿Cómo te va?

Mi asistente parecía estar mucho más animado.

—Hola, Tommy. Pues bien... solo... me he tomado unos días para hacer un viaje.

—A Theo no le va a sentar nada bien.

—Bueno, pues dile amablemente de mi parte que estaré de vuelta en un día o dos. Y de paso le recuerdas que debo de tener acumulados por lo menos dos meses de vacaciones pagadas y que, aún así, estoy haciendo todo lo que puedo para cambiar todas mis citas de esta semana. ¿Y a ti qué tal te va?

—¡De fábula!

Oh, Dios mío. Parecía sincero. El piloto de mi alarma de malos presagios empezó a encenderse intermitentemente.

—¿De fábula?

Durante un largo instante ninguno de los dos habló.

—¡Meggie y yo hemos vuelto! —dijo con tono alegre.

Mierda.

—El otro día estuvimos hablando —continuó él—, y fue como en los viejos tiempos, Harper. ¡Fue estupendo! Estaba muy arrepentida y todo eso y, ¡y quería volver a vivir conmigo!

Respiré hondo, conté hasta diez y procedí con cautela.

—Tommy...

—¿A que es estupendo, Harper?

—Mmm... Tom. Solo un par de cosas. Acudid a terapia de pareja ya mismo, ¿de acuerdo? Y no se te ocurra nunca, repito, nunca, meter tu dinero en una cuenta conjunta. ¿Me lo prometes?

—¿Por qué? —preguntó él—. Ya hemos pasado lo peor.

—¿Tú crees? —Por mi mente pasaron imágenes de Alec, el «gatito» (y de todos y cada uno de los cónyuges a los que había representado en mi vida profesional)—. Hazme caso. Ve al banco y pon todo tu dinero en una cuenta en la que solo tú seas el titular. ¿De acuerdo? Confía en mí en esto, por favor.

—Mi teléfono empezó a sonar, avisándome de que mi batería estaba a punto de acabarse (igual que el matrimonio de Tom).

Tommy permaneció en silencio durante un segundo y cuando volvió a hablar lo hizo con tono helado.

—Mira. Sé que tu trabajo te obliga a ser una cínica —empezó—. Pero Meggie y yo nos amamos.

—Bueno... me parece muy... interesante —suspiré.

—Y estoy dispuesto a perdonarla. Por cierto, me encontré con Dennis y me dijo que habíais roto. Lo siento, jefa. Entiendo que estés un poco... decepcionada en el plano amoroso.

—¿Decepcionada en el plano amoroso? Tommy te hablo desde la experiencia. Si volvéis a vivir juntos, verá reforzada su posición en tu casa. Y esa casa ha pertenecido a tu familia, ¿desde cuándo? No te estoy diciendo que las cosas entre vosotros no vayan a funcionar —que no iban a hacerlo—, simplemente que te tomes las cosas con calma.

«Porque Meggie te dejará sin blanca en menos que canta un gallo», pensé, usando unas de las frases favoritas de BeverLee.

—Tengo que dejarte, Harper. ¿Quieres algo más?

Respiré hondo.

—Sí, por favor, cambia la cita con Joe Starling, dile que lo siento mucho pero que me es imposible y que la dejamos para el martes, ¿de acuerdo?

Otro pitido del teléfono.

—¿Quieres que te mande la documentación de los Mullens? Porque tienes Wi-Fi, ¿no?

—En realidad, no. Ahora mismo estoy en mitad de la nada. Ese asunto tendrá que esperar hasta que vuelva. Ah, ¿puedes mandarle algunas flores a Carol de mi parte? Pon en la tarjeta: «Siento ser un grano en el culo. Con cariño, Harper».

—Claro, jefa. —Había recuperado su habitual tono alegre—. Que tengas buen viaje de regreso. Te dejo, tengo a Meggie en la otra línea.

Colgué y me froté la frente. Las perspectivas no eran nada halagüeñas. Tommy podía perder los ahorros de toda una vida en cualquier momento, por no hablar de la mitad del valor de la casa construida por su tatarabuelo. Una vez más, estaba poniendo su corazón en la bandeja de Meggie para que esta se lo pisoteara con sus zapatos de saldo.

Tom era el claro ejemplo de por qué el divorcio era una buena idea. En cuanto a mi padre y Bev... Bueno, eso era otra historia. BeverLee le amaba con locura, a pesar de que lo tenía idealizado. Sí, era cierto que su incesante cháchara podía equipararse a la de un político en plena campaña electoral y que su mezcla a Cinnabar, tabaco y laca podía producirte un cáncer de pulmón, pero era una buena mujer.

Suspiré y me levanté para sacar mi ropa de la lavadora. La madre y la hija estaban doblando la colada en un mostrador. Mientras la madre pasaba a la hija los paños de cocina y las toallas, la alabó en voz alta por la ayuda que le estaba prestando. La niña pequeña sonrió con aire de suficiencia, como si fuera consciente de los avances que estaba haciendo en el maravilloso mundo de la colada. A continuación, ambas se pusieron a hablar sobre la inminente fiesta de cumpleaños de la pequeña y de lo importante que era agradecer a todo el mundo que decidiera acudir a ella.

Me imagino que debía de haberme quedado con la vista clavada en ellas, porque en un momento dado la madre se percató, me miró y me sonrió. Fue la sonrisa de una mujer satisfecha con la vida que llevaba y consciente de la hija tan maravillosa con la que había sido bendecida.

Siempre me pregunté si mi madre también se había sentido así en algún momento de su vida.

Cuando Nick llegó, *Coco* y yo éramos las únicas que quedábamos en la lavandería; la madre y la niña se habían marchado hacía una hora. Aparcó delante del local y me miró sonriendo detrás de la ventana.

—Vamos, Harper, entra en el coche —gritó, quitándose las gafas de sol y colocándoselas en la cabeza.

—He aquí la llamada de apareamiento del macho de Brooklyn —masculló, pero como ya tenía la ropa doblada y guardada, obedecí. Metí mi equipaje en el maletero y me senté en el asiento del copiloto. *Coco* se acurrucó en mis brazos y apoyó la cabeza en mi clavícula.

—¿Dónde vamos ahora, jefe? —pregunté—. ¿Volvemos a convertirnos en los reyes de la carretera?

—No. ¿Te importa si dejamos Minneapolis para mañana?

—¿Tienes otra reunión? —dije un poco irritada. Debería haber comprado el pasaje de avión.

—No. —Hizo un gesto hacia el asiento trasero—. Un *picnic*.

—Oh.

Nick y yo nunca nos habíamos ido de *picnic*. En ese momento me vino a la memoria aquel día en que lo intentamos, el malogrado pollo al *curry* y la discusión que marcó el principio de nuestro fin.

—¿Te parece bien? —inquirió Nick.

Cuando alcé la vista para mirarle me di cuenta de que él también lo estaba recordando.

—Sí, me parece estupendo —contesté, aclarándome la garganta.

Media hora más tarde, estábamos junto al río Missouri, mirando a unas extrañas estatuas de la indígena Sacagawea y de los expedicionarios Lewis y Clark señalando hacia lo que debía de ser un aparcamiento o, lo más probable, el río. Nick sacó una manta del maletero y la nevera portátil que contenía la comida.

Encontramos un lugar que nos gustó a ambos cerca del puente por el que pasaba el tren y nos sentamos tranquilamente a contemplar las aguas del ancho y azul Missouri.

—¿Qué te parece este puente? —pregunté.

Nick sonrió.

—No es el de Brooklyn, pero no está mal. —En la época que estuvimos juntos, mi ex marido tenía la costumbre de comparar todos los puentes con su adorado puente de Brooklyn. Ninguno pudo superarlo, ni siquiera el Golden Gate. «El naranja siempre será naranja», solía decir. «No importa el nombre que le quieras dar.»

Le quité la correa a *Coco* y la dejé corretear por ahí, lo que hizo durante aproximadamente cuatro minutos, antes de decidir que prefería echarse una siesta. Se tumbó a mi lado, de espaldas, con las patas arriba, olisqueó un par de veces el aire, movió la cola y se durmió.

—Oye —Nick me dio un golpecito en el brazo con algo. Se trataba de un pequeño paquete envuelto para regalo—. Felicidades.

Solté un jadeo. Era cierto, era mi cumpleaños. Supongo que todo aquel ajetreo del viaje por carretera y el hecho de no estar todo el día delante del ordenador habían hecho que me olvidara de la fecha. Además, dado mi historial, tampoco era mi día favorito del año. Me extrañaba que ni mi padre ni

BeverLee se hubieran acordado, aunque me imaginé que tendrían otras cosas más importantes en la cabeza.

—Ábrelo —dijo Nick.

Era un colgante; una piedra pulida en tonos grises muy bonita, engastada en plata. Era sencillo pero muy elegante, una pieza de joyería única.

—Gracias —susurré.

—Está hecho con una piedra de este río —explicó—. Un recuerdo.

—Es muy bonito.

—¿Quieres que te lo ponga? —preguntó. Cuando asentí se arrodilló detrás de mí. Sus manos fueron rápidas y suaves, apenas me rozaron la piel—. Feliz cumpleaños —repitió. Durante un segundo, creí que iba a besarme, pero no lo hizo.

—Gracias —susurré de nuevo, incapaz de mirarle a los ojos.

Sentí cómo se me derretía el corazón, porque el catorce de septiembre no era solo el día de mi cumpleaños o el día que me abandonó mi madre, también era el día en que conocí a Nick.

—¿Qué te apetecería hacer esta noche? —preguntó él después de unos minutos.

—Vayamos al cine.

Y eso fue lo que hicimos. Aunque primero fuimos a un hotel e hicimos una reserva. De dos habitaciones, por supuesto. Dejé a *Coco* en la mía con el programa *Animal Planet* puesto en la televisión e instrucciones precisas de que no molestara al servicio de habitaciones, y después me encontré con Nick en recepción. Fuimos caminando hasta el cine. Según la cartelera, teníamos para elegir entre dos películas de terror, tres comedias románticas y una de policías.

—*Pesadilla en Elm Street* o *Saw* —preguntó él.

—*Pesadilla en Elm Street*, evidentemente —sentencié yo.

—¡Qué romántica! —murmuró él. Sin preguntar, se fue directo a por dos envases de palomitas y un par de cervezas.

Entramos a la sala, nos sentamos e hicimos lo que en los viejos tiempos: no parar de hablar de los asesinatos de la película.

—Diez dólares a que la virgen muere antes que la fulana —dije antes de beber un sorbo de cerveza.

—De acuerdo. Oh, no, no, no. No te metas en la ducha, por el amor de Dios —avisó Nick a la estudiante escasamente vestida de la pantalla cuando esta entró de puntillas en el cuarto de baño. A continuación se metió un puñado de palomitas en la boca—. Mírala, allá que va de cabeza —agregó mientras la pobre desgraciada moría bajo las puñaladas de Freddy—. Luego no digas que no te lo advertí. Lo siento por tus padres.

—¿Pueden callarse un rato? —dijo un adolescente que teníamos sentado delante de nosotros.

—Mira, hijo —contempló Nick—. Voy a ahorrarte un poco de suspense. Al final mueren todos.

—Imbécil —masculló el joven, levantándose y yéndose a sentar diez filas más adelante.

No le hicimos ni caso.

—Nick —susurré en voz alta—, si alguna vez me ves bajar a un sótano armada solo con un cucharón después de que la policía me acabe de avisar de que hay un psicópata asesino suelto, te doy permiso para que me des una bofetada.

—¡Callaos! —siseó otro espectador.

—Lo haré, Harpy. Lo haré. ¡Oh, qué asco! No lo he visto venir. ¿Se puede hacer eso con un sacacorchos?

El espectador también se cambió de asiento.

¡Dios, qué divertido era! Las palomitas todavía estaban calientes, la cerveza aún no se había aguado, y mientras seguía sentada allí, viendo cómo íbamos echando a un adolescente tras otro, se me ocurrió que si Nick y yo hubiéramos hecho ese tipo de cosas durante nuestro matrimonio —ir al cine, salir de *picnic*, bailar en las fiestas de la cosecha...— quizá no nos hubiéramos divorciado.

Quizá.

Cuando terminó la película regresamos al hotel. Nick me acompañó hasta la habitación, murmurando algo sobre verme entrar sana y salva —sí, claro—. Deslicé la tarjeta-llave por la ranura de la puerta y abrí. Después me aseguré de que *Coco* estaba bien —estaba durmiendo boca arriba en la cama— y me volví hacia mi ex.

—Gracias por esta velada tan maravillosa —dije.

De pronto empezaron a temblarme las rodillas.

—De nada. Feliz cumpleaños —susurró él. Su miraba bajó hasta mi boca y yo tragué saliva.

«Acostarte con él es lo peor que puedes hacer», me aconsejó la parte abogada de mi cerebro. Por desgracia mi corazón no estaba bombeando sangre precisamente a esa zona, sino a otras partes más íntimas que en ese momento estaban ardiendo y palpitando. Nick me miró. Sus ojos eran como dos abismos negros en los que hubiera estado más que dispuesta a arrojarme. Mi yo abogado soltó un grito indignado desde algún lejano lugar de mi mente.

Sus pestañas eran tan espesas y largas, y cuando sonreía, como en ese momento, se le formaban alrededor de los ojos unas arrugas que le hacían aún más atractivo si cabe. Y aquellos ojos... qué decir de aquellos ojos trágicos de gitano que ahora brillaban felices.

Hacía una semana, ni en mis mejores sueños se me hubiera ocurrido acostarme con Nick. Ahora, sin embargo... Ahora... De acuerdo, mi cerebro luchaba con uñas y dientes por sobrevivir mientras que mis zonas erógenas lo único que querían era vernos a Nick y a mí desnudos sobre esa cama. Lo que me pareció una buenísima idea, además de perversa.

Mi parte abogada estaba preparándose para hacerse el *harakiri*.

Nick alzó una mano y me tocó la mejilla.

—Buenas noches, Harper. Nos vemos mañana.

—¡Sí! ¡Claro! Perfecto. Mañana. Nos vemos mañana. Por la mañana.

Y con esto, se marchó por el pasillo hacia su habitación. A mitad de camino, sin embargo, volvió la cabeza y me miró una última vez con una medio sonrisa en el rostro. Si hubiera estado más cerca, le hubiera agarrado por la camiseta, lo hubiera arrastrado hasta mi cama y me hubiera olvidado del sentido común y del pasado.

De todos modos, ¿por qué se había ido? ¿Eh? ¿Eh? ¡Hombres! ¿Quién sabía lo que pasaba por esos diminutos cerebros? ¿Me estaba salvando, cual guerrero de brillante armadura, de mí misma, o estaba insultándome? ¿Mmm? ¿Tenía que estarle agradecida o furiosa? Entré en la habitación, me puse el pijama, me lavé la cara, me cepillé los dientes y me metí en la cama, frustrada y... sí, también un poco aliviada.

Huelga decir que apenas dormí. Mi cabeza se dedicó a machacarme con pensamientos contradictorios, como si se tratara de dos equipos de debate enfrentados llenos de esteroides.

Nick y yo vivíamos en distintos estados.

«¿Y? Hay relaciones a distancia que funcionan.»

Llevábamos vidas separadas.

«No tienen por qué seguir estándolo.»

Ya lo intentamos en su momento y cometimos un tremendo error.

«Has cambiado.»

Venga ya. La gente no cambiaba.

«Todavía te quiere.»

Y se acababa de ir a su habitación.

«No te andes con tonterías.»

Nunca superaríamos nuestro pasado.

«Mmm... Ahí puede que tengas razón.»

Y el pasado al final terminaría atormentándome.

«De acuerdo. Tú ganas.»

Con un suspiro, retiré las mantas de una patada, salí de la cama y encendí la luz, ganándome un trágico y confuso parpadeo de mi perra. Fantástico. Eran las tres de la mañana, una hora nada adecuada para tomar cualquier decisión.

Entonces hice algo que llevaba tiempo sin hacer. Me senté frente al espejo y estudié mi reflejo de forma implacable.

Sabía —por lo menos desde un punto de vista racional— que era atractiva. Hasta se podría decir que guapa. Tenía un pelo que envidiaba la mayor parte de la población mundial. Ojos de color verde claro. Una estructura ósea fuerte, aunque no por ello menos femenina...

Los mismos rasgos faciales que mi madre.

No solo nos parecíamos un poco, éramos como un clon. Mi padre era alto, delgado, moreno y un hombre muy interesante, físicamente hablando. Yo también era alta, pelirroja y hermosa. Todos los días de esos últimos veintiún años, cada vez que me había mirado en el espejo, había visto el rostro de la mujer que me abandonó. No había oído su voz en más de dos décadas. En todo ese tiempo, solo me había enviado cuatro postales con unas doce frases en total.

Y justo hoy había cumplido los mismos años que ella tenía la última vez que la vi.

Una idea se abrió paso en mi mente. Toda una idea, de hecho.

Todavía llevaba el sobre en mi maletín para el ordenador. Despacio, me levanté y fui a por él. Una vez lo tuve en mi poder, volví a sentarme, y tras echar un último vistazo a mi reflejo en el espejo, lo abrí.

Capítulo 17

A la mañana siguiente, cuando entré con *Coco* en el restaurante del pequeño hotel en el que nos alojábamos, Nick ya estaba tomando un café, mirando a través de la ventana. Mi perra se subió de un salto al asiento que había junto a él y le robó un trozo de tocino; yo le revolví el pelo antes de sentarme.

—Hola —saludó él, un poco confuso por el gesto de afecto.

—Hola. ¿Has dormido bien?

—No mucho —dijo él—. Estuve tumbado durante horas, sin poder pegar ojo, como si fuera un adolescente cachondo.

—Tomo nota. Bueno, ¿estás completamente decidido a llegar hoy a Minneapolis, Nick?

Entrecerró los ojos.

—¿Por qué?

—¿No te apetecería dar un pequeño rodeo?

Debió de notar que algo estaba pasando porque me miró con ojos de sorpresa durante un buen rato, como si estuviera tratando de leerme el alma. (Caramba, qué sensiblera que me estaba poniendo.)

—¿Dónde quieres ir?

—A Aberdeen, en Dakota del Sur. A unas tres o cuatro horas de aquí... siempre que conduzca yo, claro.

—¿Y qué se supone que hay en Aberdeen?

—¿Además del monumento a Toro Sentado? —Sí, había hecho una pequeña visita a Google.

Al ver que bebía un sorbo de su café hizo una mueca.

—Sí, además de eso —dijo él.

—Mi madre.

Pronunciar aquellas dos palabras en voz alta debió de encender algún interruptor en mi interior, porque de pronto ya no podía continuar con las bromas. Las manos empezaron a temblarme y derramé un poco de café. Nick me quitó la taza y asió mis manos, en un intento por calmarme.

Cuando volvió a hablar fue de lo más conciso.

—Cuando quieras.

***

Mi decimotercer cumpleaños cayó en sábado, pero mis padres y yo viajamos a Boston el viernes. En avión. El *ferry* solo iba hasta Woods Hole, donde hubiéramos tenido que, o tomar un autobús, o conducir nuestro viejo Toyota, lo que no encajaba con la glamurosa noche que mi madre había planeado.

Ambas habíamos pasado semanas buscando los mejores restaurantes en la ciudad, comparando vistas, la decoración, el estilo de la calle donde estaban situados, los menús, las cartas de vino... por supuesto que yo no iba a beber, pero aquello decía mucho de la «clase» o no del lugar. Y es que la clase era algo muy importante para mi madre. Por eso al final escogimos *Les Étoiles*.

—Perfecto —había dicho ella—. Ahora ya solo nos queda convencer a tu padre.

Dejó que me quedara en casa ese día, en vez de ir al colegio. Yo estaba entusiasmada. Mi madre era la persona que más quería en el mundo y siempre lo sería. Era la más joven de todas las progenitoras de las niñas de mi edad; en algunos casos incluso con una generación de diferencia. ¡Y era tan guapa! Había sido modelo y nunca perdió ese aspecto tan fantástico que tienen todas las personas que se dedican al mundo de la moda. Seguía usando una talla treinta y ocho, con ese pelo tan maravilloso y aquellos hechizantes ojos verdes. Parecía tener veinticuatro, en vez de los diez años más que tenía y era muy consciente de aquello. Le encantaba flirtear con todo el mundo. Los padres de mis compañeras de clase la adoraban y eran incapaces de apartar la vista de su trasero y sus generosos pechos, que siempre mostraba bajo blusas escotadas o ceñidos *jeans* o minifaldas. Era una mujer con estilo y además muy divertida. Estaba tan orgullosa de ser su hija, que era incapaz de expresarlo con palabras. Lo único que nos diferenciaba era que yo era buena estudiante, cosa que no le había sucedido a ella. Excepto por aquello, parecíamos gemelas.

Cuando mis amigas se quejaban de sus madres, las escuchaba consternaba. ¿En serio? ¿Por qué no las dejaban ver *Pretty Woman*? ¿Y qué si la protagonista era una fulana? ¿Tenían un horario para irse a la cama? Vaya, la mía me dejaba acostarme cuando quisiera, y veíamos la televisión juntas mientras cenábamos solo cosas que nos gustaban y nos pintábamos las uñas. ¿Tampoco les dejaban maquillarse? Qué mal, ¿no?

Mi madre no era así. Estaba a kilómetros de distancia de esas otras tan anticuadas que llevaban media melena y faldas con pinzas en tonos pastel, o aún peor, de aquellas que no cuidaban su aspecto, llevaban las raíces del pelo sin teñir e iban vestidas con pantalones y sudaderas holgados. No, Linda —la llevaba llamando así desde que cumplí los nueve años— era especial. Me enseñó a vestir y siempre me traía aquellos vestidos monísimos, nada de medias de rejilla al estilo de Madonna. Linda y yo teníamos clase, y aunque no éramos precisamente ricos, sí que lo parecíamos. Es más, el hecho de que la gente acaudalada que veraneaba en la isla nos tomara por unas de ellos era motivo de orgullo para mi madre. También me instruyó en el arte del flirteo y en cómo conseguir ser la más popular —tanto entre el sexo masculino como entre el femenino—. Y por si fuera poco, me enseñó todas y cada una de mis mejores miradas, porque, «seamos sinceras, Harper, estamos estupendas». Así que mientras muchas personas intentaban pasar de puntillas por su adolescencia, yo me sentía preciosa, segura de mí misma, iba bien vestida y era la alegría de todas las fiestas. Y todo gracias a mi madre.

La noche anterior a la de mi decimotercer cumpleaños, bajé las escaleras de mi casa con un diminuto vestido palabra de honor de color azul, unos tacones de casi ocho centímetros, los ojos maquillados con estilo ahumado y un toque de brillo en los labios. Llevaba el pelo recogido en lo alto, con algunos rizos enmarcando mi cara para mostrar mejor mi elegante y largo cuello. Mi padre estuvo a punto de atragantarse con la cerveza en cuanto me vio.

—¡Linda! —ladró—. Solo tiene trece años, ¡por el amor de Dios!

Mi madre salió del dormitorio.

—¡Y está fabulosa! ¡Mírate, Harper! ¡Oh, Dios mío! ¡Fíjate, parecemos hermanas!

Tenía razón. Había escogido un vestido color plateado con perlas incrustadas y unos tacones de infarto y se había maquillado de forma que toda la atención se centrara en sus carnosos labios pintados en un tono rojo a lo estrella de Hollywood.

—Va demasiado... sofisticada, ¿no te parece, Lin? —Mi padre lo intentó de nuevo—. Parece que tuviera... veinte años.

—¿Has oído eso? ¡Tu padre cree que tienes veinte! ¡Qué bien! Esta noche vas a pedirte un Martini, solo para ver qué dice el camarero —comentó mi madre, poniéndome un collar.

—¡Linda!

—Jimmy, no voy a dejar que se lo beba —suspiró ella, haciendo una mueca—. Bueno, quizás un sorbito —agregó en voz baja, guiñándome un ojo.

Yo sonreí de oreja a oreja, dispuesta a formar parte activa en aquella conspiración contra mi pobre padre. También le quería mucho, pero a veces era tan... pueblerino.

Papá se mantuvo en silencio todo el trayecto hasta el aeropuerto y durante el tiempo que duró nuestro breve vuelo hasta Boston. Linda y yo no le hicimos caso, dando grititos y chocando las manos mientras un taxi nos llevaba al restaurante.

—Muy bien. Ya hemos llegado. Comportaos de la forma más natural posible. Y Jimmy, por favor, intenta no actuar como un paleto.

Linda y yo nos reímos, formando nuestra habitual piña en contra de mi padre, aunque yo le di una cariñosa palmadita en la mejilla.

Ahora veo las cosas de forma distinta. El trabajo de contratista de mi padre nos permitía llevar una vida decente en la isla, pero no éramos ricos, y aquella noche supuso un gran desembolso para nuestra economía. Los vestidos de diseño exclusivo —«Nos lo merecemos», había dicho Linda—, los zapatos, las joyas, las manicuras, la sesión de lujo en el *spa*, el vuelo y, sobre todo, la comida en aquel lugar, debían de haberle costado a mi padre su sueldo de un mes. Incluso el de dos.

Pero aquella noche Linda y yo éramos las protagonistas. Nos bajamos del taxi de forma displicente, aunque no dejamos de lanzar miradas furtivas a todo lo que nos rodeaba: la elegante decoración, la legión de personal del restaurante (*maître*, camareros, ayudantes, sumiller...), el suave tintineo de cristales y el murmullo de voces. Y sí, los allí presentes se volvieron para mirarnos mientras nos dirigíamos a la mejor mesa de todo el restaurante, situada en un segundo nivel, por encima del resto de comensales. Éramos la familia perfecta.

—Qué lástima que no hayamos podido permitirnos Nueva York —dejó caer Linda nada más sentarnos—. O aún mejor, Los Ángeles. Harper, si viviéramos allí ahora serías una estrella de cine —comentó cargada de razón. Al haberse criado en California sabía más que nosotros de esas cosas.

Lo primero que hicimos fue pedir las bebidas. Una tónica con limón para mí. Tenía un sabor raro, la verdad, pero mi madre me dijo que parecería mucho más sofisticada que si pedía un Shirley Temple o un Ginger Ale. Mi padre optó por una cerveza, con lo que se ganó un sonoro suspiro de mi madre que pidió un Martini.

Ahí fue cuando mi padre miró el menú e intentó no ponerse lívido. ¡Dios bendito, qué precios! ¿Cuarenta y cinco dólares por un plato de pescado? ¿En serio? ¿Quince por una ensalada?

—Pide lo que quieras, Harper —dijo Linda, mirando con fingida apatía el menú—. Es tu noche. Y ya que he trabajado tanto porque todo saliera bien, también la mía. —Volvió a guiñarme un ojo y procedió a recitar al camarero lo que iba a cenar. Langosta con aguacate como aperitivo, ensalada César y *filet mignon*. Podía comer todo lo que quisiera. Nunca necesitó ponerse a dieta.

La cena fue... Bueno, estuvo bien. Lo cierto era que los zapatos no dejaron de hacerme daño y con aquel escaso vestido pasé bastante frío. En cuanto a la comida, hubiera preferido los Súper Nachos que hacían en el Sharky, un restaurante de la isla. Pero dije que era lo mejor que había comido en mi vida mientras mi madre empezó a contarnos historias sobre su vida en California con esa manera tan divertida de expresarse que tenía, al tiempo que flirteaba con mi padre, acariciándole de vez en cuando el brazo.

Eso último fue lo que más me gustó.

Me constaba que el matrimonio de mis padres no era precisamente sólido. Linda gastaba demasiado y no pasaba mucho tiempo en casa, lo que a menudo frustraba a mi padre. A veces, sobre todo por la noche, les oía discutir. Papá gritaba y Linda se mostraba desafiante. Pero ella no era como las demás madres o esposas, y seguro que él también lo sabía. Era especial, más divertida, más vivaz, y todo el mundo la envidiaba. Mi padre no la tenía en un pedestal tan alto como yo. Sin embargo, aquella noche, fuimos muy felices. Nos comportamos como una piña. En aquella ciudad tan bonita, dentro de un restaurante tan elegante, fuimos una auténtica familia.

Pedimos postre. Una tarta de queso pero sin velas —aquello no hubiera sido muy distinguido— y cuando casi estábamos terminando la velada, un hombre se acercó a nuestra mesa.

—Perdonen si les molesto, pero ¿podrían concederme un minuto, por favor? —preguntó.

Tenía el cabello rubio, con canas, y llevaba un traje que parecía muy caro. Saludó a mis padres con un apretón de manos —a mi madre la miró como si fuera el mismísimo Lanzarote frente a Ginebra— y se sentó en una silla vacía que había entre ellos.

Se llamaba Marcus No-Sé-Qué, era de Nueva York y trabajaba para la agencia de modelos Elite.

En cuanto mi madre oyó el nombre de la agencia abrió los ojos como platos y sus labios formaron un perfecto «oh». Miró inmediatamente a mi padre, al que enseguida se le notó que no le hacía mucha gracia lo que estaba sucediendo.

—Por supuesto que hemos oído hablar de Elite, Marcus —comentó Linda, ladeando un poco la cabeza—. ¿Es que hay alguien en este mundo que no sepa quiénes sois?

El hombre sonrió.

—Señor y señora James, tienen una hija preciosa —dijo, volviéndose a mí—. ¿Cuántos años tienes, guapa?

—Trece. Bueno, todavía no. Mañana es mi cumpleaños —respondí.

—¿Mañana cumples trece años?

—Eso es. —Me fijé en que hacía un leve gesto de aprobación, señal de que mi respuesta le había gustado.

—¿Cuánto mides?

—Uno setenta y cinco. Aunque creo que todavía estoy creciendo. —Sonreí y él me devolvió la sonrisa.

—No quiero que mi hija se haga modelo —intervino mi padre, con su habitual ceño fruncido.

Abrí la boca indignada y miré a mi madre en busca de apoyo. Seguro que no permitiría que dejáramos pasar una oportunidad como aquella, ¿verdad? Pero si hasta me había enseñado a desfilar como ella. ¿Ser modelo de Elite? ¡Era un sueño hecho realidad! ¡Mis amigas se iban a morir de envidia! Linda y yo viajaríamos por todo el mundo y...

—Bueno, antes de tomar una decisión, solo le pido que considere mi oferta. Algunas de nuestras modelos más jóvenes trabajan por temporadas para poder compatibilizarlo con sus estudios —indicó Marcus. Hablaba con mucha soltura—. Tendríamos que hacerle unas fotos primero, por supuesto. Los gastos corren por nuestra cuenta, claro está. Les pagaríamos los billetes de avión hasta Nueva York, les llevaríamos a cenar, les invitaríamos a que vieran algún espectáculo de su gusto... Y luego hablaríamos en función de lo que digan las fotos.

Aunque estaba intentando parecer lo más glamurosa posible, no pude evitar dar un pequeño salto en la silla. ¿Estaba hablando en serio? ¡Por favor! ¡Era el mejor cumpleaños de mi vida!

—Veo que están celebrando un evento familiar y no quiero molestarles más —continuó Marcus—. Pero me dedico a esto y tengo muy buen olfato para estas cosas. —Me guiñó el ojo—. Estoy en la ciudad con Christy Turlington. ¿Saben quién es?

¡Pues claro que sabía quién era Christy Turlington! ¿La modelo de Calvin Klein? Debíamos de tener por lo menos diez revistas en casa llenas de fotos de ella.

—Creo que puedes tener un futuro muy prometedor en el mundo de la moda, Harper. Aquí tienes mi tarjeta. Por favor, llama a mi secretaria en cuanto te sientas preparada para dar el paso. —Me ofreció una pequeña cartulina que se veía muy profesional y cara, con letras en relieve.

Marcus me dio un apretón de manos, hizo lo propio con mis padres y se despidió de nosotros con una sonrisa en la boca. Un minuto después, uno de los camareros nos sirvió otra ronda de bebidas que rompió el silencio de estupefacción en el que nos habíamos sumido.

—Cortesía del caballero que acaba de marcharse —anunció el hombre.

—Gracias —masculló mi padre.

—¿Te lo puedes creer? —grité yo.

—No —respondió mi madre. Fue entonces cuando me percaté de que bajo todo aquel colorete perfectamente aplicado su cara estaba lívida.

—¿Puedo? —pregunté impaciente—. ¿Puedo llamarle, mamá?

—¡Harper! Muestra un poco de clase, por favor —siseó ella. A continuación tomó su copa y se la bebió de un trago—. Ya lo hablaremos más tarde.

Nunca lo hicimos.

Durante mucho tiempo, pensé que se había enfadado porque la había llamado «mamá» y no Linda. O porque aquel hombre había interrumpido una cena en la que nos lo estábamos pasando estupendamente.

Tardé años en darme cuenta de que mi madre creyó que el tal Marcus de la agencia Elite se había acercado a nuestra mesa porque quería hablar con ella, no conmigo.

Terminamos la velada sin el buen humor del que habíamos hecho gala durante toda la cena. El viaje de regreso fue tranquilo y, por extraño que pareciera, fue papá el que trató de llenar el tenso silencio que reinaba en el ambiente. Cuando llegamos a casa, me puse el pijama, me lavé la cara, quitándome el maquillaje que con tanto esmero me había aplicado, y me fui a la cama, esperando que al día siguiente mi madre estuviera de mejor humor y me dejara llamar a la secretaria de Marcus. Aunque en ese momento no me hacía tanta ilusión como en el restaurante.

A la mañana siguiente encontré una nota de mi padre en la almohada en la que me felicitaba por mi cumpleaños y me decía que tenía que terminar de hacer unos arreglos en una casa de Oak Bluffs y que me vería luego. Tras leerla, me dirigí al dormitorio de mi madre para darle los buenos días.

Me la encontré haciendo las maletas.

—Me voy de viaje unos días —dijo como si tal cosa—. Necesito tener un poco más de tiempo para mí, ya sabes a lo que me refiero. Anoche nos lo pasamos muy bien, ¿verdad?

Mi madre solo había viajado sin mí una vez; una sola vez. A California, cuando fue a visitar a su familia y nos dejó solos durante una semana. Regresó tres días antes de lo planeado, diciendo que los suyos no eran más que una panda de imbéciles y que había hecho bien en dejarles como les dejó. De modo que me extrañó que de pronto se fuera de viaje.

—¿Dónde vas? —pregunté.

—Todavía no lo sé —contestó sin mirarme—. Pero ya sabes cómo me siento, Harper. No estoy hecha para la vida de un pequeño pueblo como este. Necesito un poco de aire fresco, alejarme de tu padre y de esta isla tan provinciana.

—Pero... ¿Cuándo vas a volver, ma... Linda?

—¿Ma... Linda? —inquirió con voz cruel—. Bueno, llevo aquí trece años y nueve meses. Supongo que volveré cuando me apetezca, si es que alguna vez quiero hacerlo.

Habíamos invitado a diez de mis amigas a casa esa misma tarde. Mi madre y yo nos habíamos pasado la mitad del día anterior organizando esa fiesta antes de prepararnos para la glamurosa noche en Boston. Se suponía que iríamos a la playa, luego volveríamos a casa y prepararíamos margaritas sin alcohol y una bandeja de fresas bañadas en chocolate.

Linda abrió otro cajón y empezó a sacar ropa con movimientos bruscos, fiel reflejo de su estado de ánimo.

—¿Puedo ir contigo? —Apenas reconocí mi voz, tan aguda y asustada.

Ahí fue cuando por fin se dignó a mirarme.

—No —dijo, apartando de nuevo la mirada—. Esta vez no.

Media hora más tarde se había ido.

***

Nick me dejó conducir. Tardé tres horas y cuarto en llegar a Aberdeen, y para entonces tenía las manos rígidas, sudorosas y prácticamente no podía despegarlas del volante.

Siendo novios, le había contado una versión muy superficial de lo sucedido cuando mi madre nos abandonó, manteniendo una actitud fría y distante en plan «bueno, así es la vida», pero se lo había confesado en mitad de la noche, a oscuras, y le hice prometer que no sacaría jamás a colación ese asunto. Una promesa que cumplió durante todo el tiempo que estuvimos juntos.

Hoy, sin embargo, le ofrecí la versión completa de camino a Aberdeen. Él dejó que se lo contara todo sin interrumpirme ni una sola vez. Cuando terminé, simplemente tomó mi mano y la sostuvo durante unos minutos.

Y ahora, allí estábamos.

De acuerdo con el informe de Dirk Kilpatrick, mi madre llevaba trabajando en aquella ciudad desde hacía tres años. Era camarera en un lugar llamado Flopsy's, donde se jactaban de preparar los mejores batidos de todo el Medio Oeste. El sistema de navegación nos llevó hasta la cafetería, que resultó tener un aire retro muy logrado, con un rótulo cromado en el que se leía «Flopsy's!» con grandes letras verdes y un cono de helado de neón al lado.

¿Se encontraría allí en ese momento? Solo de pensarlo se me hizo un nudo en la garganta, aunque por fuera mantuve una expresión perfectamente controlada. Pasé delante de la cafetería y aparqué a una manzana de distancia. Apagué el motor y me quedé sentada mirando al frente durante un buen rato. El cielo estaba nublado y hacía frío, pero yo estaba sudando como si acabara de ganar una maratón.

—Harper —dijo Nick, mirándome a la cara—. ¿Qué es lo que esperas que suceda exactamente ahí dentro? —Era la primera vez que hablaba en mucho tiempo.

Respiré hondo.

—Bueno —Al igual que me había sucedido el día en que mi madre se fue, mi voz me sonó extraña—. Me imagino que solo quiero volver a verla. Preguntarle por qué se marchó y nunca más... regresó. Por qué no me escribió. En realidad, sí lo hizo. Cuatro postales.

Nick asintió.

—¿Tienes idea de lo que quieres decirle?

—Supongo que... «Hola, mamá.» ¿Crees que debería decirle eso? ¿O mejor un «Hola Linda»? ¿Se te ocurre alguna otra cosa?

Hizo un gesto de negación.

—Puedes decirle lo que te dé la gana, cariño. Hasta escupirle a la cara si te apetece. O darle una patada en la espinilla. —Sonrió, aunque sus ojos estaban mortalmente serios.

Ahora la que asentí fui yo, aunque el corazón me palpitaba con tal fuerza que parecía como si tuviera una mula enfurecida en el pecho dando coces a diestro y siniestro.

Cuando mi madre nos dejó, me pasé noche tras noche retorciéndome en los brazos del insomnio, preguntándome qué era lo que había podido hacer para que me abandonara. ¿Debería haberme comportado de un modo distinto? ¿Haber sido mejor hija? ¿Más dulce? ¿Por qué no me había percatado de que no era feliz para poder ponerle remedio? ¿Cómo había sido tan estúpida? Años después me di cuenta —al menos a un nivel racional— de que no había tenido la culpa. Era solo una cría de trece años y no había hecho nada malo. Pero nunca conseguí dejar atrás aquella sensación de haber fallado en algo.

Me había imaginado nuestro reencuentro miles de veces. Siendo todavía adolescente creía que, cuando volviéramos a vernos, el rostro de mi madre reflejaría una felicidad absoluta y que me explicaría que había tenido que marcharse porque su familia estaba al frente de alguna organización mafiosa y había tenido que testificar en contra de ellos, o que era algún agente encubierto de la CIA, y seguir viviendo con nosotros hubiera puesto en peligro nuestras vidas, pero que todo había terminado y podíamos volver a estar juntos. Con el paso del tiempo la fantasía cambió; ella era la que había intentado localizarme (nunca se imaginó que siguiera viviendo en Martha's Vineyard), se arrepentía muchísimo de haber tomado aquella decisión y me confesaba entre lágrimas que no había pasado ni un solo día en que no pensara en mí, que me quería con locura y que yo era lo único que le importaba en la vida.

Durante los últimos años, sin embargo, supuse que estaba muerta y solo me imaginaba cómo reaccionaría ante la llamada en que me comunicaban su fallecimiento. Creo que por eso le pedí a Dirk que investigara sobre su paradero.

Y ahora que había llegado el momento, no sabía muy bien qué hacer.

Nick me dio un apretón en la mano.

—Voy contigo —dijo.

—Eso estaría muy bien —susurré—. Pero ¿y *Coco*? —pregunté, súbitamente aterrorizada—. ¿Y si no permiten la entrada de perros?

—¿Por qué no la dejamos en el Mustang? —sugirió él—. Estará bien. No hace calor y bajaremos algunos centímetros una de las ventanas para que no le falte oxígeno.

—¿Tú crees?

Asintió.

—Si quieres puedo volver dentro de un rato para ver cómo está.

—De acuerdo. Gracias, Nick.

Esbozó una leve sonrisa.

—¿Preparada?

—No mucho —repliqué, pero abrí la puerta de todos modos. Sentía las piernas como si las tuviera hechas de gelatina. Nick me dio la mano mientras caminamos calle abajo, hacía mi pasado, hacía mis respuestas, hacía ella.

Llegamos al cruce para peatones. Justo ahí, al otro lado de la calle, mi madre podía estar dentro. ¿Tendría el mismo aspecto? ¿Y si hoy no le tocaba trabajar? ¿Y si ya no trabajada allí? Tragué saliva.

—¿Estás segura, cariño? —preguntó Nick.

Le miré a los ojos.

—Sí. Muy segura.

Cruzamos la calle. Nick abrió el primer par de puertas que daban a la entrada de la cafetería. Me quedé paralizada.

—No la veo —indiqué.

—¿Quieres que continuemos? —preguntó de nuevo.

Al ver que asentía procedió a abrir el segundo par de puertas. Eché un vistazo al interior. Una caja registradora. Decoración en tonos verdes y blancos. Una barra con algunos taburetes. Varios reservados...

Y allí estaba ella.

Mi madre.

Nick debió de percatarse de nuestro enorme parecido porque se le cortó la respiración en cuanto la vio y volvió a apretarme la mano.

Iba vestida con unos pantalones negros, una camiseta verde lima y unas deportivas blancas. Su pelo, que una vez fue del mismo tono que el mío, ahora era de un rojo más intenso, y lo llevaba cortado a capas, a la altura de la nuca, en forma de «v». Iba maquillada de manera muy natural, con los labios de un tono melocotón. Tenía cincuenta y cinco años, pero parecía mucho más joven. Seguía siendo muy guapa. Era como verme dentro de veinte años, y recé en silencio para madurar tan bien como ella. De pronto me vi invadida por una sensación de anhelo tan intensa que casi se me doblaron las rodillas. Apenas podía respirar.

—Bienvenidos a Flopsy's —gritó una voz, sobresaltándome—. ¿Puedo ayudarles en algo?

Me di la vuelta y vi a una joven de unos dieciséis años, peinada con una trenza de raíz tirante.

—Sí. Una mesa para dos, por favor —dijo Nick.

—Por supuesto. ¡Síganme! —canturreó ella, haciéndose con dos menús.

Mientras la muchacha nos conducía hacia una mesa situada bajo una de las ventanas, mi corazón comenzó a latir desbocado. Estaba tan cerca de ella...

Entonces comenzó a alejarse. ¿Me habría visto? ¿Se iba? «¡No!» No, no se iba, solo había ido a hablar con el cocinero.

—Dos cafés —pidió Nick.

—¡Ahora mismo llamo a la persona que les atenderá! —exclamó la adolescente, marchándose a toda prisa.

—Harper —me llamó Nick en voz baja—. Harper, ¿te encuentras bien? —Alargó los brazos y tomó mis manos entre las suyas—. ¿Cariño?

—Me alegra mucho que hayas venido conmigo —susurré.

De pronto las puertas de la cocina se abrieron de par en par y apareció mi madre, libreta en mano, mientras se acercaba a nosotros.

—¡Hola! —nos saludó.

¡Esa voz! ¡Dios mío! Llevaba años sin oírla. Seguía siendo la misma. Me vi inundada por el amor y la esperanza.

—Hola —murmuré, embebiéndome de cada detalle. Su perfecto maquillaje, sus cejas, mucho más finas de lo que solía llevarlas, ese lunar en la mejilla... ¡Lo había olvidado! ¿Cómo podía haberme olvidado de aquel lunar?

—¿Qué les apetece tomar? ¡Tenemos los mejores batidos de todo el Medio Oeste!

Y entonces me miró, solo a mí, y yo le devolví la mirada esperando a que llegara el momento exacto en que me reconociera, las lágrimas, las explicaciones, la felicidad por el reencuentro. El mismo amor que en ese momento yo estaba sintiendo.

—¿O prefieren un café? —continuó ella.

Me estaba mirando, sí. Pero su expresión continuaba siendo la misma. Amable, aunque inquisitiva. Dirigió la vista a Nick y sonrió.

—Bueno, ¿qué me dicen?

—Un café estaría bien —contestó alguien. Oh. Era yo.

—¡Pues marchando un café! —exclamó ella alegremente—. Hoy tenemos un sándwich de atún riquísimo y les aconsejo que dejen un poco de espacio para nuestra tarta de arándanos que está recién salida del horno. ¡Vuelvo en un segundo!

Y se marchó sin más.

—¡Jesús! —jadeó Nick.

No dije nada. Mi corazón empezó a recuperar su latido normal poco a poco... y pareció congelarse. Hasta puede que se parara por completo. No, seguía latiendo. De acuerdo, estaba bien. Daba igual. Me di cuenta de que llevaba mucho tiempo sin parpadear, así que cerré los ojos durante un segundo.

—Oh, cielo —dijo Nick con dulzura.

—Adiós, Carrie, que tengas un buen día. —Mi madre se estaba despidiendo de alguien. Después se acercó a nuestra mesa con dos tazas y una jarra de café—. ¿Ya han decidido lo que quieren tomar para comer? —preguntó.

¿De verdad no me reconocía? Pero si yo era su niña... su única hija. Era su pequeña. ¡Si era su viva imagen, maldita sea!

—Quiero el sándwich de atún —indiqué con voz perfectamente normal.

—Lo mismo para mí —dijo Nick.

—¿Con patatas fritas o ensalada de col?

Odiaba la ensalada de col con toda mi alma. ¿Tampoco se acordaba?

—Patatas fritas para ambos —respondió Nick.

—¡Muy bien! —Recogió las cartas de menú de la mesa y volvió a marcharse. Cuando llegó a la barra se detuvo a conversar con alguien y después desapareció de nuevo en la cocina.

—Harper, dile algo. —Nick se había levantado de su asiento y se había sentado a mi lado, rodeándome los hombros con un brazo—. ¡Dile quién eres! No puedo creerme que no te haya reconocido.

Abrí la boca, la cerré, y volví a abrirla.

—No pasa nada. Si no quiere... eh... —A mi cerebro le costaba horrores pensar con claridad—. Creo que lo mejor es que nos larguemos de aquí —susurré.

—Cariño, esa mujer te debe una explicación —dijo con ferocidad—. ¿Quieres que sea yo el que dé el paso? ¿Que le diga quién eres?

—¡No! —siseé—. ¡No, Nick! Solo quiero salir de aquí, ¿de acuerdo? Por favor, Nick. Llévame a cualquier otro sitio. Por favor, por favor, por favor...

Él pareció vacilar durante un segundo, pero al final asintió y acto seguido sacó su cartera.

—No. Déjame a mí. —Abrí mi bolso, busqué el monedero, extraje un billete de cien dólares y lo dejé debajo del azucarero—. Vámonos.

No tuve la sensación de estar caminando, sino más bien flotando. ¿Me detendría? ¿Gritaría mi nombre? ¿Vendría hacia mí corriendo, a abrazarme y besarme y pedirme perdón?

No. Nada de eso sucedió.

Nick me abrió la puerta y salimos al exterior.

Y si mi madre se dio cuenta, no dijo ni una sola palabra.

Capítulo 18

No me fijé en qué dirección tomaba cuando salimos de la cafetería, sino que me limité a andar sin más, pero cuando quise darme cuenta estábamos al lado del Mustang. Nick abrió la puerta del asiento del copiloto, entré y me abroché el cinturón. Mi mente parecía haberse transformado en un enorme espacio en blanco, aún así me percaté de todo lo que había a mi alrededor. El grupo de nubes que venía del Oeste. Un Mini Cooper amarillo igual que el que tenía en casa. Nick toqueteando su teléfono. La pequeña nariz de *Coco* apoyada contra mi barbilla (por lo visto la había debido de alzar en mis brazos nada más entrar en el vehículo). Besé su cabecita y acaricié su suave cuerpo, tan fuerte y frágil a la vez. En cuanto regresáramos al Viñedo, mi perra iba a tener todo lo que quisiera: una hora de juegos con la pelota en la playa, una noche entera de arrumacos, un *filet mignon* para cenar... cualquier cosa.

—¿De verdad quieres que nos marchemos? —preguntó Nick, mirándome.

Clavé la vista en el horizonte.

—Sí.

—De acuerdo. —Puso en marcha el motor y salimos de allí.

Minutos más tarde, aparcó delante de un enorme edificio de ladrillos. «Hotel Ward», leí. Parecía un sitio bastante bonito. Salimos del Mustang y entramos en el vestíbulo, Nick fue directo a recepción y preguntó si había habitaciones disponibles. Tras una discusión sobre *Coco*, Nick sacó la cartera y extrajo unos cuantos billetes, con lo que puso fin a la polémica.

Después de tantos años, había vuelto a ver a mi madre.

De pronto empecé a sentir una oleada de... algo... ascendiendo por mis entrañas como si se tratara de un violento géiser. Oh... mierda. No iba a ponerme a... No podía... Yo no era como esas mujeres que se echaban a llorar a las primeras de cambio, ¿verdad? Pues claro que no. Respiré hondo e intenté contener esa oscura sensación, empujándola hacia abajo con todas mis fuerzas.

Nick regresó a mi lado, cargando las maletas.

—¿Todo listo? —pregunté.

Él me miró de forma extraña y asintió. A continuación me dio la mano y caminamos hacia el ascensor.

Ding. Perfecto. No teníamos que esperar.

Intenté abstraerme de cualquier pensamiento y centrarme única y exclusivamente en los espejos... o en el panel de botones... o en *Coco*.

Llegamos a nuestra planta, salimos al pasillo y bajé la mirada hacia el suelo. El dibujo de la alfombra que cubría gran parte del suelo me gustó.

Nick abrió la puerta de la habitación. Entramos. Mmm. Era bonita. Más de lo que me había esperado. *Coco* empezó a olisquear todos los rincones en busca de algún hombre lobo. Al ver que no había ninguno, saltó satisfecha encima de la cama.

Nick se volvió hacia mí y abrió la boca para decirme algo.

—No. Espera —dije, retrocediendo un paso. Mi cara se contrajo y aquella sensación oscura surgió de nuevo, haciendo que alzara las manos en un gesto de defensa—. Déjame hablar a mí primero.

De repente me costó mucho respirar. Mis pulmones parecían haber menguado considerablemente. Abrí la boca, la cerré y volví a abrirla de nuevo.

—Nick —dije con voz áspera—. Todo lo que me dijiste sobre ser una atrofiada emocional y no tener corazón... Tenías razón. Y lo siento. Siento mucho todo lo que te hice en el pasado. Creí que podría ser normal, pero supongo que... bueno... si tienes en cuenta mis genes... creo que soy como ella.

Tenía tal nudo en la garganta que me era imposible dejar pasar el oxígeno necesario.

—Ni siquiera me reconoció —susurré—. Soy su única hija y no me ha reconocido. O lo que es peor, sí lo ha hecho. Mi madre... mi... Lo siento tanto, Nick. Tanto.

Entonces Nick me atrajo hacia sí y me abrazó con fuerza.

—Oh, cariño —murmuró.

Aquella dulzura fue lo que terminó de romperme. Debía de pasarme algo malo porque de pronto empecé a ahogarme; me escocían los ojos y los sentía húmedos. Mi pecho no dejaba de subir y bajar, por no hablar de los extraños sonidos que salían de mi boca. Estaba... ¡Llorando! Y aunque una parte de mi cerebro estaba profundamente disgustada por haberme derrumbado de esa forma, la otra era incapaz de hacerme recuperar el control. ¡Dios bendito!, no sabía cómo Nick podía soportar esos gimoteos, esos berridos que salían de mi garganta, cómo me aferraba a la parte trasera de su camiseta o mi cara inundada de lágrimas enterrada en su cuello.

Después de un rato, Nick me alzó en brazos, me llevó hasta la cama y me depositó en ella. Me tumbé de lado, adoptando una posición fetal; lo que me resultó de lo más irónico, teniendo en cuenta las circunstancias. Aquel llanto era asqueroso, con todos esos sollozos que hacían que me doliera el pecho, pero no podía hacer nada para impedirlo.

Nick se descalzó, se acostó a mi lado y me atrajo hacía sí. Hundí la cabeza entre su hombro y él comenzó a acariciarme el pelo. Alargó una mano hacia la mesita de noche y me pasó una caja de pañuelos de papel, después me dio un beso en la cabeza, volvió a abrazarme y se quedó así mientras yo seguía llorando, y llorando... y llorando. En mi corazón solo había una palabra. Una palabra única, cruel y decepcionante.

«Mami.»

Durante mucho —demasiado— tiempo, había estado convencida de que mi madre volvería a por mí. Había sido su mejor amiga, su muñequita, su hija. Con los años, alrededor de aquella esperanza se fue formando una dura costra y aprendí que, aunque las personas se lastimaban las unas a las otras todos los días, si uno protegía su corazón con una coraza de indiferencia, las heridas cicatrizaban y terminaban por dejar de doler.

Y había creído firmemente en esa teoría hasta hoy. En ese momento, sin embargo, cuando me acordaba de lo mucho que la había querido, de lo mucho que la había añorado, de todas las veces que recé para que volviera, de cómo incluso ese mismo día había esperado recuperar el amor de mi madre... Dolía. Cómo dolía.

No me había conocido. O lo que era aún peor, sí lo había hecho.

Nunca me hubiera imaginado la cantidad de lágrimas que podía generar un cuerpo humano. Nick fue pasándome un pañuelo tras otro, dándome algún que otro beso en la cabeza, y *Coco* se acurrucó contra mi espalda, gimoteando; Dios sabía que la pobre jamás me había visto gritar de ese modo. Y yo seguía llora que te llora.

Pero lo que tiene el llanto es que no puede durar eternamente —tal vez por una cuestión de deshidratación—, así que poco a poco mis sollozos se convirtieron en suspiros, el torrente de lágrimas en un reguero, y al final en un goteo, y mi respiración se fue ralentizando hasta que terminé tranquilizándome.

En ese momento Nick cambió de posición para poder mirarme a la cara con esos hechizantes y oscuros ojos de gitano.

—No eres como ella. No te pareces en nada a ella —dijo muy serio.

La teoría sobre el llanto que no dura eternamente se fue al garete mientras mis ojos volvían a inundarse de lágrimas.

—Sí que lo soy, Nick —insistí con la voz deshecha de tanto llorar—. Me divorcié de ti, te rompí el corazón y no volví a mirar atrás. Soy exactamente igual que ella.

—No. No lo eres, cariño.

—¿En qué soy diferente, Nick? Porque si ese es el tipo de persona que soy, creo que lo mejor que puedo hacer es pegarme un tiro.

Nick me enmarcó la cara con las manos y enjugó con ambos pulgares las lágrimas que había debajo de mis ojos.

—Tú me amabas, Harper. Lo sabes. Y sí, puede que estuvieras hecha un lío, ¿quién no lo ha estado alguna vez? Y sí, también te divorciaste de mí, pero me amabas. —Me besó en la frente—. Esa mujer, sin embargo, solo te vio como una prolongación de sí misma, y en cuanto le robaste un poco de protagonismo, se deshizo de ti. Después de lo que he visto, ni siquiera creo que sea capaz de amar a nadie.

Tragué saliva ruidosamente.

—Yo tampoco lo creo de mí misma —admití en un susurro.

—Pues yo sí, lo sé y punto. Así que no discutas conmigo, mujer —dijo con ojos sonrientes—. Quieres a Willa, ¿verdad? —Asentí—. Y a tu padre, y a BeverLee... Seguro que también tienes amigos y compañeros de trabajo a los que quieres, y me apuesto lo que sea a que ese sentimiento es correspondido.

Volví a tragar saliva y cerré los ojos.

—Nick, si fuera tú, me dejaría en el área de servicio más cercana y saldría tan deprisa que quemaría las ruedas.

—Bueno, es una idea.

Abrí los ojos. Nick estaba sonriendo.

—Lo sé —repitió él—. No eres como ella. —Bajó la voz hasta convertirla en un murmullo—. Y mírate. Sigues conmigo. Ahora mismo podrías estar en tu casa, pero sigues aquí.

Mis ojos se volvieron a inundar de lágrimas.

—Corre, Nick.

—No puedo, Harper. Puede que seas una autista emocional, es cierto, pero te quiero.

Los sollozos regresaron.

—Nick, no te compadezcas de mí, por lo que más quieras.

—No me estoy compadeciendo de ti. Sí que me da pena que hayas tenido a una zorra egoísta por madre, pero no me compadezco de ti. Y sigo queriéndote.

—Cállate, Nick. No puedo...

—Harper, te amo.

—Creo que...

—Eres el amor de mi vida. Te he amado desde el mismo día en que te conocí y nunca he dejado de hacerlo. No puedo evitarlo, eres como las anfetaminas o el LSD, aunque no sea la comparación más halagüeña, pero es la verdad, te amo, Harper. Aunque seas un grano en el c...

Solo había una forma de hacer que se callara y me serví de ella. Le besé. Apreté mis labios contra los suyos y me eché hacia atrás y le miré.

Sus ojos eran tan dulces. Sus labios empezaron a esbozar una sonrisa.

—Veo que mi maquiavélico plan está funcionando —susurró.

Volví a besarle, aunque esta vez en serio, no solo para callarle. En el mismo instante en que mis labios rozaron los suyos, una oleada de sensaciones recorrió mi cuerpo. Después de tantos años, besarle me seguía resultando lo más natural del mundo, nuestras bocas se compenetraban a la perfección, hambrientas y gentiles al mismo tiempo. Cuánto le había echado de menos, a él, a derretirme de esa manera contra el cuerpo de ese hombre. Perdonad que me ponga melodramática, pero la desesperación por estar con él y la maravillosa plenitud que sentía a su lado me decían a las claras que Nick era mi destino. El único hombre al que había amado y el único al que amaría. Mi primer y único amor. Ahora lo sabía, aunque también me di cuenta que, en el fondo, siempre lo había sabido.

Me abrazó con más fuerza. Su mano se deslizó por mi pelo, ladeándome la cabeza para tener un mejor acceso a mi boca. Me besó con ferocidad, fundiendo su lengua con la mía. Me aferré a él como si me fuera la vida en ello. Mío. Era mío, del mismo modo que yo era suya. Eso era lo único que importaba.

—Te amo —dijo de nuevo.

Volvió a besarme con el mismo ímpetu. Nick y Harper. Harper y Nick. Por fin volvíamos a estar juntos. Gracias, Dios mío.

De pronto, Nick se apartó un poco, me dio un último beso y se detuvo.

—Tengo que... No puedo... —Cerró los ojos durante un segundo antes de volver a mirarme—. No puedo hacerte esto, Harper. No cuando estás en este estado.

—¿Hacerme qué? —pregunté, recorriendo con un dedo la curva de su cuello. Su cara ardía y tenía los ojos entrecerrados por la pasión. Estaba tan guapo.

—Hacerte el amor —dijo con la respiración entrecortada.

—¿No puedes?

—No.

—Pues creo que deberías. —Deposité un húmedo beso en su cuello, deleitándome con su sabor. Él se estremeció.

—Para, por favor, Harper. Detente. Esto no está bien. Es como si estuviera aprovechándome de ti.

Aquello me arrancó una sonrisa.

—Tengo treinta y cuatro años. —Le saqué el borde de la camiseta de entre los *jeans*.

—Bueno, pues a mí me sigue dando esa sensación. No sería justo. Ahora estás muy... sensible. —Cómo me gustaba el contacto de su piel—. Harper, cariño...

Rodé sobre la cama.

—Voy a empezar a desnudarme en este mismo instante, Nick Lowery —anuncié, quitándome la camiseta. Afortunadamente llevaba un sujetador muy sugerente de un color azul claro con un pequeño lazo en el centro. Ahora fue el turno de Nick de tragar saliva y su mirada se volvió aún más oscura—. Haz lo que te apetezca, pero tengo toda la intención de tumbarme a tu lado sin nada de ropa y no pienso quedarme de brazos cruzados.

Me desabroché la falda, me la quité y la tiré al suelo.

—Está bien, tú ganas —espetó él.

Dicho eso, saltó de la cama y prácticamente se abalanzó sobre mí. Ahí estaba lo más importante de todo, y es que, sin importar cuáles fueran las circunstancias, siempre conseguíamos hacernos reír el uno al otro. Incluso cuando estábamos enfadados, o tristes, o excitados. Sin embargo, cuando me desabrochó el sujetador y su boca encontró aquel punto en mi cuello que tanto me gustaba, cuando sus dedos se entrelazaron con los míos, las risas se desvanecieron, dando paso a algo todavía más dulce.

Nunca nada me había parecido tan correcto como aquello. Cuando sentí su piel ardiente contra la mía, su delicioso peso encima de mí, su boca y sus manos, acariciándome con pasión, comprendí una vez más el auténtico significado de hacer el amor.

Capítulo 19

Más tarde, ese mismo día, cuando las sombras se cernían sobre la habitación, confiriéndole diferentes tonos de gris, me dediqué a contemplar el rostro dormido de Nick. Estaba tumbado boca abajo, con la cabeza apoyada en un brazo; sus largas pestañas proyectaban pequeños puntos oscuros sobre sus mejillas, que estaban sonrosadas como las de los niños pequeños. A diferencia de él, no había caído dormida tras el «segundo *round*», sino que me había quedado observándole, memorizando su cara una vez más, los efectos que el transcurso de doce años habían dejado en él, como las canas que salpicaban su espeso cabello y las arrugas alrededor de los ojos. No obstante, seguía siendo el mismo muchacho que se acercó a mí, hacía ya tanto tiempo, para decirme que terminaría siendo su mujer y la madre de sus hijos.

Guardé el lamentable suceso con mi madre en el sótano de mi conciencia, donde debía estar, y me centré en analizar lo que sentía —y seamos honestos, lo que siempre había sentido— por Nick. No tenía ni idea de lo que pasaría entre nosotros a partir de ese momento, ni a dónde nos conduciría lo sucedido esa noche, por lo que un escalofrío de temor me recorrió la columna. Puede que acostarme con mi ex fuera un error, pero en mi interior no lo sentía así en absoluto, sino que era algo más parecido al... amor.

Nick se despertó de golpe, como siempre hacía, y miró a su alrededor un tanto confuso. Entonces me encontró con la mirada.

—Hola —dijo.

—Hola —susurré.

—Pensé que te habías ido —confesó, alargando la mano para colocarme un mechón de pelo detrás de la oreja.

—No. Todavía sigo aquí.

Nos miramos durante un buen rato, sin decir nada, hasta que yo rompí el silencio.

—Nick... Lo que pasó aquella noche...

No hacía falta que dijera a qué noche me refería. Todavía tenía la garganta un poco irritada por la sesión de llanto anterior, así que mantuve la voz baja.

—No le dije a nadie que estaba casada porque, en cierto modo, te estaba castigando. Tenía pensado decírselo, lo único que... Bueno, da igual, lo que quiero que sepas es que nunca te fui infiel, Nick.

El asintió, así que continué.

—Cuando te vi haciendo las maletas... yo... no pude soportarlo. No pensé que fuera algo temporal, sino que creí que te ibas para siempre. Así que yo también te dejé, pero de forma más categórica, ¿entiendes? De esa manera era yo la que daba el paso y no me volvía a convertir en la abandonada.

—Harper —murmuró después de un segundo—. Yo también tuve mi parte de culpa.

Aquello era nuevo. En todas nuestras discusiones anteriores, Nick nunca reconoció haber cometido ningún error, siempre era yo la que tenía que cambiar, la que tenía que aceptar las cosas, ser más comprensiva. Él solo intentaba construirnos el futuro que siempre había querido para nosotros, mientras que yo me comportaba como la esposa desconcertada y abatida.

—Di muchas cosas por sentadas —admitió él. Tomó mi mano y la estudió detenidamente—. Intentaste decirme que no eras feliz y no quise escucharte. Debería haber actuado de otra forma, hacerlo mejor. —Hizo una pausa y me miró a los ojos—. No volverá a suceder.

Deslizó una mano sobre mi pelo y me atrajo hacia sí. Cuando me besó, mi corazón se llenó de dicha, si es que aquello era posible.

—Te he echado de menos —susurré contra su boca.

—No lo digas tan sorprendida —ironizó, sonriendo.

—Supongo que tendré que tirar a la basura mi muñeco vudú de Nick.

Él se echó hacia atrás y me miró sonriendo.

—¿En serio? ¿Harías eso por mí?

—Puede.

—Es un buen comienzo. —Me dio un beso en la barbilla—. ¿Puedo tener también un «te quiero, Nick»?

—Creo que ya hemos tenido bastantes declaraciones ñoñas por hoy.

Se tumbó de espaldas, me puso encima de él y me acarició la columna.

—Dilo, mujer.

—Lo. Mujer.

—Dios, eres un auténtico grano en el trasero.

—Te quiero. —Aquellas palabras, que tanto me costaba decir, salieron de mi boca con suma facilidad.

Nick se echó a reír y me miró con ternura.

—Muy bien —susurró, volviendo a besarme.

Después de eso estuvimos un buen rato sin hablar. A menos que las frases entrecortadas como «Oh, Dios, sigue» o «No pares» cuenten como una verdadera conversación.

***

Cuando ya estábamos muertos de hambre y nos fue imposible seguir sin hacer caso a *Coco*, que se pasó todo el tiempo mirándonos sin pestañear a los pies de la cama, nos duchamos, nos vestimos y salimos de la habitación. Encontramos un pequeño parque cerca del hotel, nos sentamos debajo de un árbol de la mano y nos turnamos para lanzarle a *Coco* su andrajosa pelota de tenis.

No me preocupó toparme con mi madre. Por alguna razón, estaba convencida de que no sucedería. Además, lo único que quería era quedarme ahí y disfrutar del momento. No sabía lo que me depararía el futuro, el pasado era una especie de ciénaga, pero el presente, el aquí y el ahora eran maravillosos.

—Harper. ¿Qué va a pasar con Dennis? —preguntó Nick con expresión sombría.

—Rompimos en el Glaciar.

—¿Qué? ¿Por qué no me...? Da igual. Así que lo habéis dejado, ¿eh? ¿Y se puede saber la razón?

Le miré. Después le lancé a *Coco* la pelota por millonésima vez.

—Si te soy sincera, porque quería casarme con él y él no —contesté.

Nick enarcó una ceja.

—¿En serio? ¿Querías casarte con ese hombre?

—Ya no. —Todavía me sentía culpable al pensar en Dennis. Y más si tenía en cuenta mi lista y la fría proposición de matrimonio que le hice. Me sorprendía no haber puesto en un Excel los pros y contras de nuestra relación para calcular nuestras probabilidades de éxito.

—¿Estás segura? —dijo Nick.

Le besé el dorso de la mano.

—Sí.

—¿Completamente segura? —repitió él.

—Ya he respondido a esa pregunta, Señoría. ¿Podemos seguir adelante o necesitas que te asegure cada cinco minutos que he elegido estar contigo? Por ahora, claro está, y siempre que juegues bien tus cartas.

Nick sonrió.

—¿Qué he hecho yo para merecer esto, Señor? —exclamó mirando al cielo—. Vamos, me muero de hambre. Vayamos a comer algo.

Dimos con un pequeño restaurante donde no importaba que perros tan educados como mi *Coco* entraran y pedimos la cena. Mientras nos comíamos unas hamburguesas, estuvimos jugueteando con los pies como si fuéramos dos adolescentes. Hablamos un poco —y con mucho cuidado— sobre Chris y Willa, y luego tocamos asuntos menos peliagudos, como a qué sitios habíamos viajado los últimos años y qué nos gustaría conocer. Como sabía que a Nick le gustaba conversar sobre todo tipo de edificios, le describí el juzgado de Martha's Vineyard: su estilo típico de las construcciones de Nueva Inglaterra, el precioso tejado azul, las filas de bancos, la escalera curva y los retratos de todos los jueces que habían pasado por allí. Nick me habló del proyecto que tenía entre manos con Industrias Drachen, una empresa de inversión alemana.

—Va a ser nuestra construcción más importante —comentó—. Quieren que lo levantemos en la orilla del río Volme y nos gustaría utilizar todo lo posible la energía hidráulica. Y emplear mucho cristal, por supuesto. No tiene sentido estar prácticamente sobre el agua y no poder verla. —Sonreí, escuchando su torrente de rápidas palabras a lo neoyorquino mientras le veía gesticular con las manos—. De todos modos nos enfrentamos a Foster, y su compañía siempre suele llevarse todos los trabajos a los que opta, aunque este puede que carezca de la relevancia a la que están acostumbrados, así que nunca se sabe.

—Constrúyeme algo —dije yo—. Ahora mismo, señor arquitecto.

Nick enarcó una ceja. Después tomó mi plato —me habían puesto patatas fritas para alimentar a un regimiento— y se puso manos a la obra. Partió algunas patatas, envolvió un palillo de dientes con un trozo de lechuga y quitó la miga de lo que quedaba de mi pan. De vez en cuando se detenía y me miraba, como si estuviera analizando mis necesidades como cliente, pero yo no le dije nada, simplemente me limité a mirar a sus hermosas manos trabajar. Incluso en una estupidez como aquella se le veía tan... inteligente, tan concentrado en lo que hacía.

—Aquí tienes. Tu casa. —anunció—. Completamente ecológica, por supuesto.

Y ahí estaba, una pequeña y para mi sorpresa sofisticada casita hecha de patatas fritas, con vigas, ventanas y un pequeño puente que conducía a la entrada principal.

—¡Cuánto talento! —reconocí.

Él sonrió de oreja a oreja.

—Es un poco pequeña —indicó—. Tendremos que ampliarla cuando nazcan los trillizos.

Me estremecí por dentro. Sabía por experiencia que Nick no decía nada que no quisiera decir. Al fin al cabo era el hombre que me había llamado su «mujer» antes de saber mi nombre. El hombre con un plan que no admitía desvíos de ningún tipo. No es que no quisiera pensar en esas cosas con Nick, pero teniendo en cuenta que desde hacía doce horas me sentía como una centrifugadora emocional, no...

—¡Oh, Dios mío! —exclamó la camarera, salvándome de tener que darle una réplica—. ¿Ha hecho usted esto?

Pedimos café y un pastel de chocolate fundido para Nick, y no volvimos a abordar el asunto del futuro ni de los hijos. Aquella cena fue una especie de mezcla; por un lado, parecía una primera cita, y por otro, un reencuentro con un viejo amigo. Y la sensación que siempre había tenido de que lo nuestro no llegaría a buen puerto parecía haber desaparecido. Puede que esta vez sí que funcionara.

Cuando salimos del restaurante, estaba cayendo una suave llovizna. Volvimos a ir de la mano, caminando mientras *Coco* se paraba cada cierto tiempo a olisquear algún que otro árbol. El sonido de los vehículos al pasar, el murmullo del agua cayendo por los canalones y el estruendo de un trueno a lo lejos fueron como música celestial para nuestros oídos.

—¿Qué te gustaría hacer mañana? —preguntó Nick cuando casi estábamos llegando al hotel.

Coco se sacudió, mojando aún más mis ya húmedos *jeans*.

Me detuve a pensarlo durante un instante. Tenía bajo control el asunto del trabajo ya que había enviado varios correos electrónicos a los clientes con los que tenía asuntos pendientes esa semana y nadie parecía haberse rasgado las vestiduras. Así que...

—Solo quiero estar contigo —dije, dándome cuenta de que no solo decía la verdad sino que me sentía de maravilla por haberlo dicho en voz alta.

A Nick pareció gustarle la respuesta porque me empujó contra la pared de ladrillos del hotel —todavía caliente por los rayos del sol del día y a la vez húmeda por la llovizna— y me besó hasta que mis rodillas fueron incapaces de sostenerme, antes de subir a toda prisa las escaleras que llevaban hasta nuestra habitación.

Sentía como si hubiera vuelto a casa después de mucho tiempo.

***

A la mañana siguiente, antes de que amaneciera, nos despertamos con los cuerpos deliciosamente enredados —que tardamos bastante en desenredar— y decidimos visitar el monumento a Toro Sentado. Nos despedimos de aquel hotel en el que habíamos creado tan buenos recuerdos, compramos magdalenas y café para llevar en una panadería cercana, algo de comida para *Coco*, agua y patatas fritas en un supermercado, y nos dirigimos al lugar donde se erigía el busto del jefe indio.

Mientras me dejaba llevar por mi vena de Nueva Inglaterra de pedir perdón por todos los agravios cometidos por mis antepasados contra los indígenas y murmuraba un compungido «lo siento» a la estatua, Nick recibió una llamada de teléfono. En cuanto contestó y oí su voz me di cuenta de que algo andaba mal.

—¿Hola? Sí, soy yo. ¿Qué? ¿Cuándo? ¿Cómo que se marchó? ¿Por qué no...? Ah, sí lo has hecho. Bien. No, ahora mismo estoy en Dakota del Sur. —Se quedó callado, escuchando, durante un minuto—. No, está en su luna de miel. Jason debería... No, está bien, salgo ahora mismo.

Todo mi buen ánimo se vino abajo.

—Nick, ¿va todo bien?

Clavó la vista en el teléfono durante unos segundos y se volvió hacía mí.

—Tengo que ir a Nueva York ahora mismo. Mi padre ha desaparecido.

—¡Oh, no!

Frunció el ceño, aunque no me miró.

—Por lo visto, se marchó esta mañana temprano, cuando el personal estaba atendiendo a otro residente. La policía le está buscando, pero ya han pasado dos horas y no tienen noticias de él. —Por fin alzó la vista y me miró—. Lo siento, Harper. Tengo que volver lo antes posible.

—Por supuesto. Tienes que ir. —Hice una pausa—. Voy contigo.

Alzó las cejas sorprendido.

—¿En serio?

—Claro. Venga, pongámonos en marcha ya.

¿Qué otra cosa podía hacer? ¿Dejarle solo? No podía evitar sentirme un poco decepcionada y triste por tener que regresar tan pronto, justo ahora que estábamos comenzando de nuevo. Pero no se podía hacer otra cosa.

Como era evidente que a mi pie de Massachusetts le gustaba pisar más el acelerador y nos llevaría al aeropuerto antes, me encargué de conducir yo. Nick, mientras tanto, se dedicó a hacer algunas llamadas. Avisó a su estudio, le mandó un mensaje a Cristopher, habló con un amigo y finalmente lo intentó con su hermanastro.

—Jason, soy Nick. Papá ha desaparecido, salió de la Roosevelt esta mañana y no sabemos nada de él. Estoy en Dakota del Sur, de camino al aeropuerto. Llámame en cuanto oigas este mensaje. —Colgó, lo intentó con otro número y repitió el mensaje. Probó con un tercero pero corrió la misma suerte—. Mierda —masculló.

—¿Y tu madrastra? —pregunté, recordando vagamente el rostro artificialmente terso y sin expresión de Lila Cruise Lowery de las dos veces que la había visto.

—Con ella no podemos contar —dijo Nick con tono seco—. Hace un par de años dijo que le dolía demasiado verle así y que no podía soportarlo, así que se fue a vivir a Carolina del Norte. Además, ahora mismo está en un crucero por las islas griegas.

Cierto. Por eso se había perdido la boda de su hijo con Willa.

—¿Y Jason, Nick? ¿Vive cerca?

—En Filadelfia, pero no consigo localizarle.

Coco debió de percibir que Nick necesitaba un poco de cariño porque se puso a lamerle la muñeca. Él esbozó una breve sonrisa y le acarició la cabeza, lo que mi perra interpretó como una bienvenida para que se acurrucara en su regazo.

—Lo encontraremos, Nick, ya verás —dije, alargando mi mano en busca de la suya.

—Lo siento mucho, Harper —volvió a repetir.

—Seguro que cuando lleguemos al aeropuerto te llaman para decirte que ya lo han encontrado.

Por desgracia no sucedió así, aunque sí que nos encontramos con una buena noticia: el agente de viajes de Nick nos había conseguido un vuelo directo a Nueva York. A *Coco* no le hizo mucha gracia tener que volver al trasportín y me lanzó una mirada triste antes de hacerse un ovillo con su peluche y soltar un suspiro de reproche.

Lo peor de una situación de emergencia como aquella era la impotencia que uno sentía al no poder hacer nada, y en cuanto el avión despegó Nick se puso cada vez más tenso. Estuvimos todo el tiempo que duró el vuelo agarrados de la mano, aunque no hablamos demasiado. La prohibición de hacer y recibir llamadas en el avión nos mantuvo en una total ignorancia de lo que estaba pasando en Nueva York, pero en cuanto las ruedas tocaron la pista de aterrizaje, Nick se puso a llamar de nuevo. Sin embargo, seguía sin saberse nada de su padre.

Cuando salimos a la terminal, el ruido del JFK era ensordecedor. Se me había olvidado lo avasalladora que podía resultar esa ciudad; los diferentes idiomas que podías oír, los colores, la gente corriendo de un lado a otro. Tras una semana parando en lugares dejados de la mano de Dios, el cambio me resultó un poco duro. Nick, por el contrario, enseguida sacó al neoyorquino que llevaba dentro. Recogimos a *Coco* y nuestras maletas, y después de recorrer lo que me parecieron kilómetros, salimos a la calle, donde el calor, el ruido y el olor a combustible nos dieron la bienvenida a la Gran Manzana como si de un puñetazo en el estómago se tratara.

Un servicio privado de transporte nos estaba esperando. Nick saludó al conductor por su nombre y le ayudó a meter nuestro equipaje en el maletero. A continuación nos dirigimos hacia Manhattan, el lugar que una vez, y durante un breve período de tiempo, fue mi hogar. Los edificios perfilados en el horizonte, brillaban inmensos e implacables bajo la abrasadora luz del sol.

Pobre señor Lowery. Puede que antaño no fuera más que un imbécil, pero ahora era un anciano confuso, perdido y solo entre las fauces de aquella ciudad. Miré a *Coco*. Parecía que mi perra estaba de acuerdo conmigo porque no paraba de estremecerse y temblar, aunque probablemente se debiera al atronador sonido del tráfico que teníamos a nuestro alrededor. El conductor se metió por el puente Queensboro haciendo caso omiso de los cláxones del resto de automóviles.

—¿Cuál es el plan, Nick? —pregunté. Estaba mirando por la ventanilla, con la boca apretada y los ojos muy serios.

—El agente al cargo está esperándonos en la residencia. Cuando lleguemos allí nos pondrá al tanto de todo. De cómo mi padre ha podido salir de allí sin... —Hizo un gesto de negación y no dijo nada más.

Coco se sentó en silencio en mi regazo, temblando de vez en cuando mientras nos dirigíamos a Park Avenue. Era una zona muy elegante; en una ocasión pasé una tarde deambulando por allí, intentando enamorarme de la ciudad que tanto significaba para Nick. Hice a un lado aquel recuerdo y miré por la ventanilla, con la esperanza de ver a su padre.

Cuando paramos frente a la entrada del Centro para personas de la tercera edad Roosevelt, en la calle 65 Este, eran las tres y media de la tarde, y todo gracias al pequeño milagro que había realizado el agente de viajes de Nick. Sin embargo, el señor Lowery seguía sin dar señales de vida. Un detective y la directora de la residencia, una mujer comprensiblemente angustiada llamada Alicia, nos saludaron y nos condujeron hasta una sala de estar.

—Señor Lowery —dijo a Nick—, le ruego acepte mis más sinceras disculpas por este incidente. Por lo visto uno de los miembros más recientes de nuestro personal desconectó la alarma de la puerta de entrada sin darse cuenta y...

—Ya hablaremos de lo que pasó más tarde —repuso Nick con tono cortante—. Lo que me interesa saber es qué están haciendo en este mismo instante, dónde le han estado buscando, qué llevaba puesto mi padre y cuántas personas están buscándole.

Inmediatamente nos pusieron al tanto de todos los esfuerzos que estaban realizando (cobertura informativa en los medios de comunicación, carteles con fotos en las inmediaciones, uso de unidades caninas especializadas...). Nos entregaron uno de los folletos que estaban dando con la imagen del padre de Nick. En cuanto lo vi se me encogió el corazón. El señor «llámame Ted» Lowery había envejecido considerablemente. Tenía el cabello fino y blanco y un rostro flácido con expresión dulce. Por lo que recordaba, no debía de tener más de sesenta y cinco años, pero aparentaba ochenta.

—¿Hay algún lugar al que pudiera haber querido ir, Nick? —pregunté cuando terminaron de informarnos. De algo tenía que servirme haber visto todos los capítulos de *Ley y Orden*.

—Estaba a punto de hacerle esa misma pregunta —reconoció el detective García.

Nick se pasó una mano por el pelo.

—¿Han llamado a su antigua empresa? —quiso saber él—. Puede que haya ido allí.

Una rápida llamada al lugar confirmó que el señor Lowery no había pasado por el edificio de Madison Avenue, y aunque era poco probable que en sus condiciones pudiera encontrar el camino de regreso a su anterior domicilio, en Westchester County, avisaron a los actuales propietarios para que llamaran en caso de que lo vieran.

Ni Lila ni Jason habían respondido a las llamadas de Nick.

—¿Algún lugar al que le tuviera especial cariño, Nick? —seguí preguntando—. ¿Central Park? ¿Su restaurante favorito? ¿El zoo? —Vacilé un segundo—. ¿Algún sitio al que os llevara cuando erais niños?

Nick me miró durante un instante y se dejó caer sobre una silla.

—No tengo ni idea —admitió. Por supuesto, Ted no se había tomado la molestia de llevarle a ningún sitio—. Puede que Jason sí que lo sepa. —Cerró los ojos—. Está bien, no pienso quedarme aquí sentado sin hacer nada. Iré al parque. ¿Qué llevaba puesto esta mañana?

La directora miró con inquietud al detective García.

—Bueno —dijo tras unos segundos—, tenemos la grabación de la cámara de seguridad que hay en la entrada. En ella se ve perfectamente a su padre salir en dirección oeste.

La directora señaló una pantalla, pulsó el botón correspondiente y ante nuestros ojos apareció la entrada del Centro Roosevelt. Instantes después aparecía un hombre atravesando la puerta.

La calidad de la imagen era perfecta. Efectivamente se trataba del señor Lowery, llevando lo que parecía ser una americana encima de una camiseta negra y unas zapatillas de deporte.

Y nada más. Nada de pantalones ni ninguna otra cosa.

Agarré a *Coco* con un poco más de fuerza.

—Maldita sea —masculló Nick—. ¿Se está paseando por la ciudad, con el trasero al aire? —Me mordí el labio. Nick me miró—. No se te ocurra reírte —me advirtió, pero su boca ya se estaba torciendo hacia arriba.

—Claro que no. No tiene ninguna gracia —acordé—. Voy contigo, Nick.

Coco, Nick y yo, nos hicimos con un montón de folletos y nos dirigimos al oeste, hacia el parque y el Museo Mile, más allá de las casas de caliza y ladrillo adornadas con balcones de hierro forjado de los ricos. En un momento dado pasamos delante de un vagabundo que dormitaba junto a unos contenedores de basura, frente a una preciosa casa de piedra rojiza. No era el señor Lowery, pero Nick lo miró detenidamente para cerciorarse y después sacó un billete de veinte dólares de su cartera y lo entremetió en una de las botas del hombre.

—Creía que el alcalde estaba en contra de esto.

—Que le den al alcalde —repuso Nick.

Prácticamente tuve que ir corriendo para mantenerme a su altura. A *Coco*, sin embargo, le encantó aquel ritmo y trotó felizmente a nuestro lado. A pesar de ir casi todos los días en bicicleta al trabajo, cuando llegamos a la Quinta Avenida estaba jadeando. Hacía mucho calor y el ambiente estaba cargado de humedad.

—Nick, ¿podemos ir un poco más despacio?

—Mi padre está aquí fuera, Dios sabe dónde —respondió tenso, cruzando la calle con el semáforo en rojo. Tragué saliva y fui detrás de él. Nunca había sido una experta en el arte de cruzar en plan temerario.

—Nick, espera. —Le agarré de la mano y le hice detenerse—. Solo... espera.

—Harper... —Tenía la voz quebrada. Le abracé y le di un beso en el cuello.

—Tranquilo, todo va a salir bien, ya lo verás. Pero estamos en una ciudad inmensa. Vamos a intentar razonar un poco porque no podemos recorrernos todo Manhattan sin más. ¿Dónde crees que podría ir?

Se echó hacia atrás y se frotó los ojos.

—No lo sé, Harper. Nunca hicimos muchas cosas juntos. Si el imbécil de Jason me devolviera la llamada, tal vez me diera alguna idea. Pero ahora mismo no se me ocurre ningún lugar.

—Está bien. ¿Qué es lo que sabemos? No ha ido a su antiguo trabajo. ¿Hay algo que le gustara en especial? No sé... ¿Los dinosaurios? Puede que haya ido al Museo de Ciencias Naturales.

Nick se encogió de hombros.

—No creo.

—¿Qué me dices de los caballos? Solía montar, ¿verdad? ¿No hay ningún picadero cerca?

El rostro de Nick se iluminó.

—Eres un genio, Harper. —Y se fue corriendo a parar a un taxi.

***

Dos horas más tarde, regresamos con las manos vacías. No habíamos encontrado rastro alguno del señor Lowery, ni en ninguno de los dos picaderos de la zona, ni en el centro recreativo del parque, donde se podía pasear a caballo. Nick había llamado a la policía, comentándoles que su padre podía estar en algún sitio donde hubiera caballos, y también se pusieron a buscarle con esa premisa en mente, pero obtuvieron los mismos resultados que nosotros.

Repartimos un montón de folletos, hablamos con todo el mundo que pudimos, pero las expectativas cada vez eran peores. En ese momento estábamos andando por Central Park, que estaba lleno de sus habituales visitantes: turistas de todo el mundo, gente corriendo, estudiantes descansando sobre la hierba, niños subiéndose por las piedras... Me había olvidado de lo ruidosa que era Nueva York con todo ese tráfico, los cláxones pitando constantemente, las sirenas de la policía, bomberos y ambulancias, las conversaciones de la gente, los músicos que se ganaban la vida en la calle...

Nick había estado en contacto con la policía y la residencia cada quince minutos. Por lo visto, habían tenido varios avisos de personas que decían haber visto a algún hombre parecido a su padre, pero ninguno resultó ser el verdadero señor Lowery.

A media que iba avanzando el día me sentía más pegajosa y sucia, y la ansiedad estaba ganando la batalla. Estaba muerta de hambre ya que mi última comida, si es que podía llamarse así, había sido una bolsa de galletitas saladas que me dieron en el avión. Mientras Nick seguía al teléfono, compré un perrito caliente en un puesto de comida rápida —solo tenía dinero en efectivo para uno—. Había llevado durante bastante tiempo a *Coco* en brazos, preocupada por los efectos que el asfalto podía tener en sus pequeñas patas, y los tenía un poco entumecidos. Puede que pesara poco más de tres kilos y medio, pero llegó un momento en que tuve la sensación de estar llevando en brazos a un gran danés.

Resultaba difícil no ponerse en el peor de los casos. El pobre señor Lowery vagando en mitad de la autopista, o cayéndose en el río East, o que algún delincuente le hiciera algo. Me dolía en el alma ver así a Nick. Estaba demostrando ser un hijo de lo más devoto, a pesar del poco caso que le había hecho su padre.

Jason llamó. Estaba en un casino en Las Vegas y tampoco tenía ni idea de dónde podía haber ido su padre adoptivo. Chris seguía fuera de cobertura, pero Nick le dejó otro mensaje.

—Lo encontraremos —dije, no muy convencida de mis palabras. Nick asintió, aunque le noté muy desanimado.

Entonces el teléfono sonó de nuevo. Nick contestó y su expresión cambió al instante.

—¿Dónde? Está bien. Vamos para allá. —Colgó, me tomó de la mano y empezó a correr por la calle—. Tenías razón —comentó—. Alguien ha visto a un hombre sin pantalones en la zona de los coches de caballos. ¡Taxi! —Un vehículo amarillo se salió del tráfico y se acercó a nosotros. Nick abrió la puerta y nos metimos dentro. *Coco* se subió a mi regazo y yo agradecí al cielo el poder descansar un poco.

—Déjeme en la esquina de la Quinta con la 59 —explicó Nick al taxista. Después se volvió hacia mí—. Cuando llegó la policía, mi padre ya se había ido, pero otra persona le vio ir calle abajo por la Quinta, así que... —Su voz estaba llena de esperanza y no dejaba de mover insistentemente la rodilla.

Estaba claro que la policía estaba haciendo su trabajo, porque había un buen número de patrullas en la zona de la Quinta donde se alineaban los coches de caballos frente al hotel Plaza. El teléfono de Nick volvió a sonar.

—¿Sí? De acuerdo. Sí, está bien. —Colgó—. Otro posible avistamiento en la catedral de San Patricio. —Dio un pequeño golpe a la mampara de plexiglás—. Continúe por la Quinta. Y vaya muy despacio, por favor. Estoy buscando a mi padre.

Pasamos la enorme tienda de juguetes FAO Schwartz, los estudios de la CBS, el lujoso gran almacén Bergdorf Goodman y Tiffany's, así como otros negocios que no estaban cuando viví allí, como Niketown o Abercrombie. También vi la tienda de Rolex, la joyería de Cartier y la iglesia episcopaliana de Santo Tomás, un precioso templo con vidrieras azules y un altar de mármol blanco en el que me refugié del calor una tarde de un día de verano. El centro de la ciudad estaba atestado, lo que era de lo más normal teniendo en cuenta que estábamos en plena hora punta.

—Qué raro que nadie haya parado a un anciano sin pantalones —murmuré, mirando por la ventanilla. Aunque tratándose de Nueva York, pocas cosas podían ser raras.

—Sí —asintió Nick, mordisqueándose la uña del pulgar. Cuando estábamos a la altura de la catedral, su teléfono volvió a sonar justo cuando el taxista se disponía a aparcar—. Mierda. ¿Dónde? De acuerdo. —Colgó—. Continúe, por favor —pidió al conductor.

—Lo que usted diga, señor —respondió el hombre, mirando por el espejo retrovisor.

—Han recibido una llamada de alguien que le ha visto deambulando un poco más lejos —me informó Nick, sin apartar la vista de la ventanilla—. Hay agentes por todo San Patricio, pero todavía no han dado con él.

Solo media manzana después, Nick se echó bruscamente hacia delante.

—¡Alto! ¡Pare! Ahí está.

Seguí la dirección hacia donde apuntaba su dedo y sí, se trataba del señor Lowery, aunque si me lo hubiera encontrado por la calle en otras circunstancias no le hubiera reconocido. Iba arrastrando los pies frente al engalanado edificio de Saks, y sin pantalones, como pude observar. Había mucho tráfico, así que Nick no se molestó en esperar a que el taxista nos dejara junto a la acera, sino que le dio unos cuantos billetes y se bajó del taxi antes de que este se parara por completo. Después, trató de esquivar a los automóviles como mejor pudo, acompañado de un coro de bocinazos.

—¡Ten cuidado! —grité.

El taxista se detuvo por fin, pero en la acera de enfrente de Saks. Salí del vehículo con *Coco* y comprobé que el tráfico se cernía frente a mí como si de un sólido muro se tratara.

—Buena suerte —se despidió el hombre.

—Gracias.

Maldije por lo bajo, pues era incapaz de ver a Nick o a su padre. Un momento... Sí, ahí estaba Nick, metiéndose dentro de Saks. Seguro que los vigilantes de seguridad habían parado al señor Lowery.

Llevando a *Coco* en brazos —cada vez me pesaba más— corrí hasta la esquina de la calle para cruzar por el semáforo, esquivando y chocándome con mucha gente.

—Lo siento —me disculpé, mientras esperaba impacientemente a que la luz cambiara, determinada a no desafiar a la muerte cruzando en rojo.

Pero entonces vi al señor Lowery. No estaba en Saks, sino que seguía andando por la calle, sin pantalones y rascándose la... ¡Dios!, ¿dónde estaba la policía cuando la necesitabas? Y Nick estaba dentro de los grandes almacenes.

Por lo menos ahora el señor Lowery estaba llamando algo la atención; los transeúntes le miraban, agarraban a sus hijos y se alejaban de él mientras cruzaba la intersección. Entonces el padre de Nick alzó la mirada hacia la tienda que estaba situada en la esquina y decidió entrar.

Se trataba de American Girl Place, el bastión de la feminidad juvenil y un lugar lleno de muñecas, ropa y fiestas de té... al que ahora había que añadirle un hombre medio desnudo.

—Joder —masculé.

En ese preciso instante cambió la luz del semáforo, así que salí disparada hacia el vestíbulo de la tienda, que estaba lleno de docenas de niñas con sus padres, portando bolsas rojas con el logotipo blanco de la casa. Sujeté con más fuerza a *Coco*, que se retorcía entusiasmada, me puse de puntillas y miré en todas las direcciones. No veía al señor Lowery por ninguna parte. ¡Por Dios! ¿Dónde se había metido? Era imposible que pasara desapercibido en un lugar como aquel.

Ah, allí estaba, desapareciendo detrás de una vitrina de sonrientes muñecas con leotardos de color púrpura.

—¡Mami! —dijo una niña—. Le estoy viendo a ese hombre el...

—¡Oh, Dios mío! —grité a pleno pulmón—. ¡Justin Bieber está ahí fuera! ¡Acabo de ver a Justin Bieber!

El aire se llenó de chillidos histéricos y decenas de preadolescentes salieron en estampida hacia la puerta. Como estaba en medio, recibí unos cuantos pisotones y codazos, pero salí indemne y satisfecha por haber evitado que cientos de niñas conocieran de primera mano la anatomía masculina de la tercera edad. Esquivando a las últimas chillonas, corrí hacia el lugar donde había visto por última vez al padre de Nick.

Al pasar delante de una vigilante de seguridad —que obviamente no estaba haciendo bien su trabajo— *Coco* ladró.

—No se admiten perros, señora —informó cortante.

—Sí, y tampoco hombres desnudos, pero eso es lo que tiene ahora mismo aquí dentro, así que será mejor que haga la vista gorda. —Grité por encima del hombro. Frente a mí tenía unas escaleras mecánicas y un pasillo a la derecha. Vacilé durante un segundo y decidí subir las escaleras. ¡Menos mal! Allí estaba, justo al lado del mostrador para envolver los regalos. Iba despeinado y llevaba el calzado sucio. La joven dependienta que había detrás del mostrador no debió de darse cuenta de que iba desnudo de cintura para abajo, excepto por las zapatillas, porque le preguntó muy amablemente:

—¿En qué puedo ayudarle, señor?

—¿Señor Lowery? —le llamé. No se dio la vuelta. La vigilante de seguridad llegó en ese momento, respirando con dificultad—. ¿Tiene algo de ropa que podamos ponerle? —pregunté en un susurro.

—¿Como qué? ¿Un pijama de princesa? —masculló—. Mi turno terminó hace dos minutos.

—Ayúdeme un poco. Considérelo como su buena acción del día, ¿de acuerdo? —Me aclaré la garganta—. ¿Señor Lowery? ¿Ted? —Cuando se dio la vuelta y le vi de cerca se me cayó el alma a los pies—. Hola —dije—. ¿Cómo se encuentra? Hace mucho tiempo que no nos vemos. —Sonreí, en un intento por deshacer el nudo que se me había formado en la garganta. Se parecía muy poco al hombre que una vez conocí; aquel petulante que había ignorado por completo a su primogénito. No, aquel anciano parecía confuso, perdido y mucho mayor de lo que era.

—¿La... conozco? —balbuceó él.

—Soy la mujer de su hijo —dije.

—¿De Jason? ¿Jason se ha casado? —Frunció el ceño.

—No. Soy la mujer de Nick. Harper. ¿Recuerda?

—¿Nick?

—Sí. Nick, su hijo mayor. —Volví a sonreír y me acerqué a él muy despacio. Al fin y al cabo aquel hombre llevaba burlando a la policía de Nueva York todo el día y no lo quería paseando de esa guisa por una tienda llena de niñas.

—Oh, sí. Tengo varios hijos. Todos muchachos.

—Y muy buenos. Tan guapos como su padre, ¿verdad?

El comentario le arrancó una sonrisa y ahí pude ver un reflejo del hombre que una vez fue.

—Qué perro tan bonito —comentó, extendiendo una mano para acariciar a *Coco*. Bendito fuera el noble corazón de mi pequeña, porque le dio un lametazo a modo de saludo. El señor Lowery sonrió de nuevo—. ¿Me lo deja un rato?

—Claro. Pero es una hembra.

—Yo solo tengo hijos.

La vigilante se acercó con una manta.

—Es lo mejor que he podido encontrar. Tenga —informó con mejor humor esta vez.

—Ahora voy a llamar a Nick, ¿de acuerdo, señor Lowery? Ha estado de viaje y está deseando verle.

El que antaño fuera mi suegro me miró y sonrió de oreja a oreja. La sombra de su antigua personalidad revoloteó en su rostro.

—Puedes llamarme Ted.

Capítulo 20

Tres horas más tarde, estaba sentada sola en un cómodo sillón del salón de la residencia Roosevelt, con *Coco* en mi regazo. Mi perra estaba feliz; se había comido una hamburguesa tan grande como ella y después se había transformado en una de esas mascotas terapéuticas, haciendo todos sus trucos a los residentes para que le hicieran carantoñas. Nick había estado muy ocupado, supervisando el regreso de su padre, yendo al despacho de la directora para recibir sus disculpas, inspeccionando el sistema de alarma y Dios sabía qué más.

Suspiré agotada. Me resultaba increíble que ese mismo día hubiera comenzado con Nick y yo en la cama, en algún lugar del interior del país. El día anterior —sí, ayer mismo—, había visto a mi madre. Hacía menos de una semana, mi hermana se había vuelto a casar. Mi padre se iba a divorciar y no tenía ni idea de lo que pasaría con BeverLee.

Pensé en mi pequeña casa en Menemsha, en las conversaciones que mantenía con Kim, sentadas en la terraza con una copa de vino en la mano, en el sonido de las olas golpeando los cascos de los barcos, en el ulular del viento cuando acariciaba los pastos. Tenía la sensación de llevar fuera de allí un siglo.

Por lo visto no estaba para pensar demasiado, porque me quedé dormida y lo siguiente que vi fue a Nick arrodillado delante de mí.

—Hola —dijo con una sonrisa.

—Hola. —Me incorporé con algo de esfuerzo—. ¿Cómo está tu padre?

—Durmiendo. Está perfectamente. Un poco deshidratado, pero nada importante. —Me miró y el tiempo pareció detenerse—. Hoy has estado increíble, Harper. —Apoyó la cabeza en mi regazo y cerró los ojos. En ese momento sentí un amor tan inmenso por él que me quedé sin aliento.

—Bueno, tengo por *hobby* perseguir a hombres medio desnudos —susurré—. Incluso hay una página web para la gente como yo. «MejorSinPantalones.com». —Le revolví el pelo, como solía hacer en el pasado, pero en cuanto vi el destello de las canas sobre su cabello oscuro sentí una punzada de dolor. ¿Quién cuidaba de Nick?, me pregunté. Él siempre se encargaba de proteger a todo el mundo, Christopher, Willa, su padre... y yo estos últimos días.

Aunque solo fuera por esa noche, me iba a ocupar de él.

—¿Listo para irte a casa, guapo? —pregunté.

Nick alzó la vista y entrecerró los ojos.

—Sí, por muy divertido que me haya parecido el día, estoy deseando que se termine.

Pedimos un taxi. Cuando llegó y nos metimos en él, Nick le dio la dirección al conductor y yo me quedé con la boca abierta.

—¿En serio? —pregunté.

Él se encogió de hombros. Hasta puede que se sonrojara, aunque me resultó muy difícil apreciarlo bajo la tenue luz de la luna. *Coco* bostezó, pero se sobresaltó en cuanto oyó un claxon.

Veinte minutos después me di cuenta de que, efectivamente, lo había dicho en serio.

Nick seguía viviendo en el mismo edificio que cuando nos casamos.

Al bajarme del taxi, el chirrido del metro pasando rasgó el aire, igual que años atrás. *Coco* se retorció entre mis brazos.

Todavía consternada por regresar a mi antiguo vecindario, me quedé mirando fijamente el complejo de apartamentos mientras Nick sacaba el equipaje del maletero del taxi. Allí seguían los mismos pilares, las mismas ventanas alargadas y estrechas. Nick tecleó un código en la entrada y la puerta principal se abrió. Entramos en el vestíbulo y me asaltó el mismo olor a fresco y a piedra... y a repollo.

—No me digas que Ivan sigue viviendo aquí.

—Me temo que sí —repuso Nick.

Subimos las escaleras; cuatro plantas, las mismas que cuando vivía aquí. Él corazón empezó a latirme a toda velocidad por los recuerdos que iban sucediéndose en mi mente: días en soledad, un montón de dudas, de miedos, de nostalgia.

Y sobre todo el echar de menos a Nick.

Por suerte todo era completamente diferente dentro. ¡Menudo alivio! Deposité a *Coco* en el suelo, que salió trotando a curiosear por ahí y olisquearlo todo.

Durante el tiempo que viví allí, el apartamento ocupaba un cuarto de la cuarta planta y era un espacio muy mal distribuido e incómodo. Ahora, en cambio ocupaba toda la planta y ya no había ni rastro de las paredes de yeso, el linóleo despegado del rincón de la cocina y el diminuto armario en el que colgábamos los abrigos nada más entrar.

Ahora aquella vivienda era mucho más parecida a lo que uno podía esperarse de la actual zona de Tribeca —paredes de ladrillo visto y suelos de madera—. Nick siempre había sido de la opinión de que debajo de aquella moqueta barata se escondía una bonita madera de roble, y aunque tenía en mente encontrarla, nunca sacó tiempo para hacerlo. Al menos no mientras estuvo conmigo. Me detuve unos momentos a contemplar lo que tenía ante mí. La cocina era mucho más amplia, con encimeras de piedra, lámparas de acero inoxidable y una isla con dos taburetes de aspecto moderno. También había un despacho, pequeño pero cómodo, con una impresionante pantalla de ordenador y una pared llena de libros de arquitectura. Los sofás del salón eran de cuero negro y conjuntaban perfectamente con las mesas de acero y cristal. En una de las paredes colgaba un viejo cartel en blanco y negro en el que se enumeraban las distintas estaciones de una de las líneas de metro.

—¿Pottery Barn? —pregunté.

Nick me miró.

—El original. Pues bueno, esto es todo. ¿Qué te parece?

—Muy bonito, Nick. Es muy... tú.

—Gracias.

Y así era... o suponía que era. Cuando conocí a Nick, todo eso era lo que había querido para demostrar, al mundo y a su padre, lo lejos que podía llegar en la vida. Pero estar de nuevo en ese apartamento, donde había sido tan desgraciada, también me estaba poniendo un poco frenética, para qué negarlo.

Nos miramos el uno al otro durante un minuto.

—¿Tienes hambre? —pregunté—. Soy una experta en preparar sándwiches de crema de cacahuete.

—No te preocupes —contestó él—. Comí algo en la residencia. —Vaya, había esperado tener que cocinar para él y sacar a la mujer de los cincuenta que llevaba dentro—. ¿Y tú? ¿Quieres algo?

—No, gracias.

Estuvimos mirándonos otro rato. Y entonces me di cuenta de que quizá Nick también estuviera un poco nervioso. ¿Qué se suponía que teníamos que hacer ahora? ¿Abrazarnos? ¿Irnos directamente a la cama y hacer el amor? Después de todo el día de un lado para otro, necesitaba una ducha.

—¿Puedo ducharme?

—Por supuesto. Por aquí. —Caminamos por un pasillo (uno que no había antes, ya que el apartamento era demasiado pequeño) y entramos en un baño impresionante, alicatado con granito marrón moteado, con una enorme ducha acristalada y un lavamanos que parecía más una pieza de arte moderno que un lugar en el que escupir la pasta de dientes—. Aquí tienes toallas limpias —indicó hacia una pila de ellas pulcramente dispuestas—. ¿Necesitas alguna otra cosa? He puesto tu maleta en... mmm... el dormitorio.

Ah, sí que estaba nervioso. Por alguna extraña razón, aquello me resultó muy excitante. Se había ruborizado y tenía el pelo de punta de todas las veces que se había pasado las manos frustrado ese día. En ese momento se le veía esperanzado y agotado.

Abrí el grifo y me quedé observando cómo brotaba el agua del enorme cabezal de ducha.

—¿Nick? —dije al fin.

—¿Sí?

—¿Quieres ahorrar agua?

Me miró fijamente durante unos segundos y a continuación esbozó esa deslumbrante sonrisa suya. Cuando estábamos en la universidad, mucho antes de que las cosas se complicaran entre nosotros, solíamos bromear con eso: ahorrar agua, ducharnos juntos y, ¿por qué no?, disfrutar de un poco de sexo tórrido en medio de una nube de vapor.

—Por supuesto. Hay sequía.

Dicho esto atravesó la pequeña distancia que nos separaba, me envolvió en sus brazos y ambos nos metimos en la ducha completamente vestidos. Empapada, sonreí contra su boca, le desabotoné la camisa y puse todo mi empeño en cuidarle como se merecía.

Capítulo 21

A la mañana siguiente, después del desayuno —pan *bagel*, por supuesto, Nueva York tenía algunas cosas a su favor—, Nick llamó a la residencia para ver cómo se encontraba su padre. Mientras estaba al teléfono, abrí mi ordenador portátil y aproveché para leer algunos correos. Ahí estaba mi vida real, esperando mi regreso. Tommy seguía inmerso en la dicha conyugal con la infiel de su esposa y me había enviado una foto de ambos frente al faro Gay Head. Él estaba sonriendo. Ella no. Hice una mueca, preguntándome si no sería muy grosero por mi parte aconsejarle que se hiciera la prueba del herpes, y terminé respondiéndole de forma evasiva. En otro mensaje, Theo me preguntaba cuándo tendría a bien honrarles con mi presencia —lo que era su florida forma de decirme «mueve el culo y ven aquí cuanto antes», vaya—. Le contesté diciendo que todavía tenía acumuladas nueve semanas de vacaciones y que estaría encantada de recordarle la política que en ese tema recogía el convenio de la empresa que yo misma redacté hacía unos años. También escribí un correo a Carol, con copia a Theo, comentándole que si este no se relajaba un poco, podía inyectarle el primer tranquilizante para caballos que encontrara y que ya veríamos cómo le afectaba aquello a su juego de golf.

No tenía noticia alguna de mi padre —lo que no me sorprendió en absoluto, ya que no recordaba que me hubiera enviado nunca ningún correo electrónico o telefoneado motu proprio—, ni tampoco de BeverLee, y eso sí que no era normal. Tampoco sabía nada de Willa, lo que me dio muy mala espina.

Miré de reojo a Nick, que seguía hablando en el pasillo, ahora con un médico, y entré a consultar el extracto de mi cuenta bancaria. Solo por simple curiosidad. Ahí me percaté de que el día anterior había un movimiento de ciento ocho dólares a favor de un hotel en Rufus, Montana. Bien. Los muchachos habían cambiado el aire libre por una buena ducha y una cama. No podía culparles.

Antes, cuando Willa usaba mi tarjeta de crédito, siempre había sido muy específica en cuanto a lo que iba a hacer; no es que me pidiera permiso, pero sí que me dejaba ver que no la usaría así como así. Aquella era la primera vez que hacía algo de ese estilo.

Mi portátil sonó. Volví a la ventana del correo y vi un mensaje en la bandeja de entrada de Carol.

> Le acabo de administrar uno de esos tranquilizantes, doña cascarrabias. ¿Dónde demonios estás?

A lo que contesté:

> En Nueva York, rodeada de fanáticos de los Yankees. Nos vemos el lunes.

A continuación escribí un mensaje a Kim, pidiéndole que regara la única planta que tenía en casa —un cactus, sí, sí, reíros todo lo que queráis— y si quería que le llevara algo de la Gran Manzana. Me respondió prácticamente al instante.

> ¿Por qué no me traes a Hugh Jackman? ¿Y qué haces en Nueva York? ¿Sigues con tu ex marido? ¿Os estáis acostando juntos? Te llamo ahora mismo.

Justo en ese momento en mi teléfono sonó *Crazy Train* de Ozzy Osbourne, la canción favorita de Kim. Decidí no contestar y seguir escribiendo.

> Ahora no puedo hablar. Ya te contaré. Es una larga historia. Estaré por allí este fin de semana. Tengo que irme. Lo siento.

—¿Te apetece venir al estudio y ver dónde trabajo? —preguntó Nick en el umbral de la puerta con una taza de café en la mano.

Estaba irresistible y parecía mejorar con cada hora que pasaba. Iba vestido con una camisa blanca y pantalones caquis. Y no se había afeitado. Suspiré mentalmente.

—Claro que sí. —Cerré el portátil, aunque permanecí sentada—. Pero Nick, también tengo que volver a Martha's Vineyard. —Hice una pequeña pausa—. No tenía planeado hacer este... viaje. Necesito volver a casa y pensar en todo esto.

—Oh, por supuesto. Pero no hoy, ¿verdad? Me refiero a que lo de ayer no cuenta. Deberías quedarte hasta el domingo. En realidad el tráfico los domingos es un asco. Así que mejor hasta el lunes. —Se quedó mirando su taza unos segundos—. O más.

Una alarma empezó a sonar en mi cabeza, no muy alto, pero sí lo suficiente para que la oyera.

—Bueno, tengo una vista el martes y necesito tiempo para prepararla y... ya sabes, deshacer las maletas y todo eso.

—Claro. A menos que... Bueno, no importa. Venga, vámonos.

***

—¡Jefe! ¡Has vuelto!

Segundos después de entrar en la quinta planta del edificio Singer, Nick fue recibido con entusiasmo por sus empleados. Saludó a todo el mundo por su nombre, les dio la mano, respondió a las preguntas sobre la boda. Reconocí a Emily nada más verla; me miró esbozando una leve sonrisa y yo le devolví el saludo con un gesto de la mano, sintiéndome extrañamente tímida.

—Os presento a Harper —dijo Nick—. La hermana de Willa. —Colocó suavemente una mano sobre mi espalda; tal vez como una tácita señal de que tenían que tratarme bien. Las siete u ocho personas que se habían congregado en torno a la recepción se quedaron en silencio. Vaya.

—Joder —espetó alguien—. No me lo puedo creer.

Mis ojos volaron hacia el propietario de la voz.

—Hola. Peter, ¿verdad?

Peter Camden había trabajado en MacMillan con Nick. Habían sido los dos novatos favoritos del estudio, los niños prodigio. Aunque solo le había visto una vez, llevaba grabado a fuego su nombre en la memoria, ya que la noche de la gran pelea, Nick se había ido a su casa.

—¡Jesús! De verdad eres tú. —Me miró con frialdad.

—Pete, veo que te acuerdas de Harper —dijo Nick.

—Por supuesto que me acuerdo —repuso Peter.

Nadie dijo nada durante un segundo que se hizo eterno.

—Bueno, ¿empezamos con la visita guiada? —Nick me tomó de la mano y empezó a alejarme del grupo que se había formado.

—Nick —llamó Peter, acercándose a nosotros—, cuando tengas un minuto, pásate por mi despacho, ¿de acuerdo? Tengo que comentarte algo sobre lo de Drachen. —Le dio una palmada en el hombro—. Me alegro de que estés de vuelta, compañero. —Dicho esto se marchó, sin hacerme ni caso.

—De modo que la leyenda me precede, ¿no? —pregunté a Nick mientras avanzábamos por un pasillo.

Él se limitó a mirarme pero no contestó.

—Este es mi despacho —informó, abriendo una puerta. Era una sala amplia y abierta, decorada con muebles de madera clara y un sofá de cuero rojo. En la otra punta, había una mesa de dibujo, que por su aspecto debía de tratarse de una antigüedad, y un enorme escritorio con una silla ergonómica muy elegante. A través de las ventanas se veía la calle Prince y el edificio tan famoso con la fachada de hierro forjado. En el centro de la estancia había una inmensa mesa de reuniones de cristal ahumado llena de planos perfectamente enrollados y una maqueta de un edificio de unas diez o doce plantas.

—¿La maqueta de Drachen? —pregunté.

—Sí —contestó Nick—. ¿Qué te parece?

Era una maqueta muy sofisticada y cuidada. Me incliné para estudiarla mejor, sonriendo ante los pequeños detalles que había dentro, los muñecos de personas paseando en el exterior y los árboles y jardines que rodeaban la entrada. Seguro que Nick conseguía el trabajo.

—Es preciosa.

—Gracias —dijo él con una sonrisa—. Aquí tienes algunos de los edificios que hemos hecho. —Señaló varias fotografías que colgaban de la pared.

Eran asombrosos. No entendía mucho de arquitectura, salvo por lo que Nick me había contado cuando estuvimos juntos, pero todas aquellas fotos mostraban algo especial, de un estilo moderno, aunque sin rayar en lo ridículo. En otras palabras, ninguno tenía la forma de un falo ni nada por el estilo. Los edificios de Nick tenían muchos de los elementos arquitectónicos propios de aquellos que los colindaban, pero a la vez eran únicos. Miré detenidamente cada una de las fotos, consciente de que él no dejaba de observarme.

—Me encantan las líneas curvas de este.

—Es un pequeño hotel en Beijing —explicó él—. Como da al jardín botánico, quería que tuviera un aspecto sencillo. El vestíbulo tiene forma de hoja de *gingko*, ¿ves?

Asentí fascinada.

—¿Y este? —señalé la siguiente foto.

—Un museo privado en Budapest. Nos supuso una auténtica odisea hacerlo. Tiene una fachada curva aquí y aquí. En la cafetería ideamos un sistema de energía solar en cascada por aquí... —Mientras hablaba iba señalando con el dedo. Se le veía entusiasmado, como un niño pequeño. En su expresión se reflejaba el amor por su trabajo. Estaba claro que este era su mundo.

—Nick, ¿tienes un segundo? —Peter apareció en el umbral de la puerta—. Siento interrumpir. —Me miró y me di cuenta de que no estaba para nada arrepentido.

—Ve —murmuré—. Me quedaré por aquí curioseando un poco.

—De acuerdo. Vuelvo en un minuto —dijo Nick, y me dejó sola.

Detrás del escritorio encontré otras fotos enmarcadas que captaron mi interés, como una de Nick y Christopher, ambos de esmoquin, quizá de su segunda boda.

Caray. Casi me había olvidado de eso. En algún lugar de la ciudad había otra ex señora de Nick —y su adorable hija—. Justo en ese momento me fijé en otra foto; una de Isabel (si mal no recordaba), al lado de Nick enfrente del Guggenheim. Y *voilà*, ahí estaba, otra imagen de mi ex marido con una atractiva mujer rubia, con el pelo cortado estilo Bob, e Isabel, que en ese momento debía de tener unos trece años, sonriendo todos en una playa de arena blanca. Sin duda se la habían tomado en una de sus vacaciones en familia.

Lo que demostraba que Nick no siempre había sido un adicto al trabajo.

Reprimí un ramalazo de celos y asomé la cabeza por la puerta. No vi ni rastro de Nick. Caminé por el pasillo hasta el vestíbulo y oí a dos empleados del estudio, un hombre y una mujer, hablando en el mostrador de recepción en voz baja:

—Por lo visto —dijo el hombre—, estuvieron casados, pero ella le fue infiel y le rompió el corazón.

—¿En serio? —preguntó ella.

—No le fui infiel —dije alto y claro. Ambos se sobresaltaron y me miraron asustados—. ¿Hay algo más que queráis saber? —Ladeé la cabeza y les ofrecí mi mejor sonrisa angelical.

La mujer se escabulló de vuelta a su escritorio. El hombre, por desgracia para él, era el recepcionista, así que no tenía ningún otro lugar en el que esconderse.

—¿Trabajas aquí desde hace mucho tiempo? —pregunté con tono jovial.

—Cinco años —farfulló él.

—¿Entonces conoces a mi hermana?

—Claro. Es un encanto. —Hizo una pausa—. Me llamo Miguel. Siento lo del cotilleo. Es solo que... Bueno, todos adoramos a Nick. —Sonrió arrepentido.

—Encantada de conocerte. —Decidí ser magnánima (y de paso hacer mi buena acción del día). Le di la mano y Miguel me la estrechó.

—No te pareces mucho a la bruja que Pete describió. —Se sonrojó intensamente—. ¡Dios! Pero ¿qué me pasa hoy? Y eso que ni siquiera estoy borracho.

Solté una carcajada.

—Y bueno, Miguel, ¿cuántas personas trabajáis aquí?

—Unos quince. Aunque también tenemos subcontratas, dependiendo del trabajo que haya.

Asentí.

—Chris Lowery también trabaja con vosotros, ¿verdad?

—A veces —respondió Miguel de buena gana—. Nick suele hacerle algunos encargos de carpintería de vez en cuando. Trabajó a tiempo completo una temporada, pero Nick terminó despidiéndole y le dijo que no volvería a contratarle hasta que no estuviera completamente sobrio.

Sentí como si acabaran de dispararme con un cañón, pero el recepcionista no se dio cuenta y siguió hablando.

—Volvió... espera que recuerde, ¿como hace un año? Puede que menos. Sí, justo después de Navidad, y se le veía fenomenal.

—¿Christopher es alcohólico? —Mi voz había perdido todo viso de amabilidad.

Miguel abrió los ojos alarmado.

—Yo... ¿He dicho eso? Creo que... mmm... no sé... quizá deberías preguntárselo a Nick.

Miré a Miguel sin pestañear. Mi corazón pareció detenerse. Recordé vagamente lo que Nick me dijo sobre que los últimos años habían sido un poco duros para Chris. Misterio resuelto. Ahora la pregunta que me hacía era, ¿lo sabía Willa?

—¡Mira! —Miguel parecía nervioso—. Hablando del rey de Roma. ¡Nick! ¿Qué tal? ¿Vais a ir a comer a algún sitio? ¿Quieres que os haga alguna reserva?

Nick nos miró a ambos.

—¿Tienes hambre? —me preguntó.

No respondí.

—¿Harper? ¿Quieres ir a algún sitio?

—Sí —me limité a decir.

Nick ladeó la cabeza y me miró frunciendo el ceño.

—Está bien, vayámonos entonces. Te veo luego, Miggy.

—¡Pasadlo bien! Jefe, ¿vendrás más tarde?

—No —dijo Nick—. Pero os llamaré para que me pongáis al día.

Me mantuve en silencio hasta que salimos del edificio.

—Harper —comentó él en cuanto empezamos a andar calle abajo—, ¿va todo bien?

—En realidad no.

—Ya decía yo que parecía que estabas a punto de matar a alguien —dijo, agarrándome de un brazo para evitar que pisara un pequeño socavón que había en la acera.

Me zafé de él.

—No voy a matar a nadie, Nick. Solo...

—¿Solo qué?

—Que acabo de enterarme de algo que no me esperaba.

Él se detuvo de golpe.

—¿De qué?

—De que mi hermana se ha casado con un alcohólico que lleva sobrio menos de un año. —Me resultó tremendamente difícil mantener un tono de voz calmo—. Y estoy muy preocupada.

Nick bajó la vista al suelo.

—Y por alguna razón, me echas la culpa, ¿verdad?

—Pues hubiera estado bien que me lo dijeras, Nick.

—Ven. No vamos a discutir en mitad de la acera. —Me llevó hasta un restaurante—. Mesa para dos, por favor —dijo a una joven que estaba en el mostrador de la entrada.

—Está cerrado —dijo con tono seco mientras pasaba una hoja de la revista que estaba leyendo. Me fijé en que llevaba un tatuaje en el hombro. Uno de Hello Kitty con un parche en el ojo—. No abrimos hasta las once y media.

—Pero si son las once y veintinueve —indiqué cortante.

—Muy bien. —Agarró con desgana dos menús con tapas de cuero, nos condujo hasta una mesa situada debajo de un gran reloj y se marchó.

Respiré hondo una vez, y luego otra. Nick no me miró, sino que se puso a construir una torre con dos paquetitos de azúcar.

—De acuerdo —dijo tras unos segundos—. Christopher empezó a seguir un programa de desintoxicación el invierno pasado. Lleva sobrio unos diez meses más o menos.

—¿Y desde cuándo tiene problemas con el alcohol? —pregunté con calma. Sentía como si estuviera interrogando a un testigo.

—Desde que iba al instituto.

O sea, la mitad de su vida. Mierda. Tomé un buen sorbo de agua. Era incapaz de mirar a Nick a los ojos.

—Harper, sé que no es lo que querías oír, pero no es problema tuyo. Chris es un buen hombre y lo está intentando con todas sus fuerzas. —Más bolsitas de azúcar.

Dejé de apretar los dientes.

—Nick, Willa ya se ha casado dos veces con dos hombres de buen corazón que también lo intentaron con todas sus fuerzas. El marido número uno intentó mantenerse fuera de la cárcel. Duró unas tres semanas. Y el marido número dos, intentó no ser gay. Ese duró un mes y medio.

—Sabe cómo escogerlos —Nick alzó la vista y sonrió.

Me mordí el labio, empecé a decir algo, pero me detuve.

—Nick —susurré al fin—. No quiero que mi hermana pase por otro divorcio. Divorciarse siempre es un mal trago, como bien sabemos. Y no me hace ninguna gracia que Willa tenga un juicio nefasto en lo que a hombres se refiere.

Añadió otro nivel a su improvisaba torre.

—¿Puedes parar un poco? —dije, quitando todos los paquetes y colocándolos en su sitio.

—Te acabas de cargar el Taipei 101 —indicó él. Después soltó un suspiro y se recostó en la silla—. Mira, Harper, no sé qué decir. Sé que quieres proteger a Willa, pero es una mujer adulta. Igual que Chris.

—¿En serio, Nick? ¿El inventor del *pulgarete* y la que no sabe conservar un trabajo más de dos meses seguidos?

Apretó los labios.

—No es algo de tu incumbencia, Harper.

—Y hay otra cosa, Nick. —Intenté mantener un tono lo más neutral posible—. Ahora estamos... juntos. O algo parecido. Te has acostado conmigo pero no me has contado nada de esto y cuando me he enterado me he sentido un poco... traicionada.

—No he tenido tiempo para hacerlo, Harper.

Sí que lo había tenido. Durante la cena en Aberdeen, cuando me hizo la casa de patatas fritas. O la noche anterior, cuando hicimos una pequeña incursión a la cocina, después de hacer el amor. Sin embargo, opté por no replicarle con aquello y continué.

—Bueno, al menos tenías intención de contármelo, ¿no?

No contestó. Lo que era de por sí una respuesta.

—Así que no tienes ningún reparo en acostarte conmigo, pero no quieres que esté al tanto de algunas cosas —dije—. Y por supuesto tú eres el que decide qué cosas son.

Levantó las manos.

—Está bien. Solo... —La camarera llegó en ese momento y Nick se disculpó con una sonrisa—. Danos un minuto, ¿de acuerdo? Todavía no hemos decido lo que vamos a pedir.

—Sin problema —convino ella—. Son ustedes los que parecían tener mucha prisa por entrar.

—Largo —espeté bruscamente.

—Sin problema —repitió ella, poniendo los ojos en blanco.

—Sabes que ahora nos escupirá en la comida, ¿verdad? —dijo él.

—Nick, no cambies de tema —farfullé.

Soltó un suspiro.

—Mira. No quiero discutir sobre Chris y Willa porque es algo que no nos lleva a ninguna parte.

—¿Lo sabe Willa?

—¿Te refieres a si me senté con ella a decirle que Christopher bebía? No. No lo hice. No me competía hacerlo a mí.

—¿Sabes que ocultar una adicción puede ser motivo suficiente para conseguir la nulidad de un matrimonio?

Volvió a apretar los labios.

—Harper, lo que hagan con su matrimonio es un problema de ellos. No nuestro. Así que, por favor, no arruinemos las cosas hablando de los asuntos de otra pareja.

Intenté controlar mi temperamento.

—Nick, voy a hacer dos puntualizaciones. Primero, teniendo en cuenta que me paso la vida sacando a Willa de los líos en que se mete, creo que es algo que debería haber sabido. Me siento un poco... dolida porque no me lo contaras. Pero no le voy a dar más importancia. O al menos lo intentaré. Y segundo, ¡sí que nos afectan sus «asuntos»! Son nuestros hermanos, Nick, no unos extraños. Si terminan divorciándose, nos pillará en medio.

—Eres una cínica —repuso, haciendo un gesto de negación.

—No empecemos con eso. Soy realista, ¿de acuerdo? No olvides que me dedico a ello.

—Como si fueras a dejar que me olvidara.

Nos miramos el uno al otro. La sensación de estancamiento me resultó demasiado familiar.

—Cambiemos de tema, ¿de acuerdo? —sugirió Nick con suavidad. Alargó la mano a través de la mesa y tocó la mía.

—Claro —dije al instante—. ¿De qué te gustaría hablar? ¿Del tiempo? ¿De béisbol?

Nick sonrió de oreja a oreja.

—Los Yankees dieron una paliza a los Sox anoche. Ganaron por diez a tres.

—Así no vas a conseguir que se me pase el enfado, Nick. —Pero me permití una leve sonrisa.

Su sonrisa se ensanchó aún más.

—Está bien, hablemos de tu profesión. Creo que pasarás el examen para poder ejercer en Nueva York sin ningún problema. Si es que no lo aprobaste ya, dado que llevas casos en otro estado.

Me sentí igual que cuando me enteré del alcoholismo de Christopher.

—¿El examen? —Parpadeé sorprendida.

El teléfono de Nick sonó.

—Seguro que son de la residencia —dijo, sacando el teléfono. Miró la pantalla—. No. Es solo Pete.

—Responde —repuse sin pensar.

—Puede esperar.

—No. Venga, responde. Solo te llevará un minuto.

Él pareció vacilar, aunque terminó poniéndose de pie.

—De acuerdo. Vuelvo en un segundo. Salió fuera y yo me quedé observándole a través de la ventana mientras primero hablaba y luego escuchaba. En un momento dado me miró. Después habló otro poco más, negó con la cabeza, volvió a mirar, me hizo un gesto con la mano y siguió hablando.

¿El examen de Nueva York? Aquello me había pillado completamente desprevenida. Todavía me temblaban las rodillas por la sorpresa. La corriente eléctrica que fluía entre Nick y yo... siempre habíamos corrido el peligro de electrocutarnos. Un compromiso, una boda rápida. Encontró nuestro apartamento y firmó el contrato de arrendamiento antes de dejar que le echara un vistazo, alegando que, de no haberlo hecho, lo hubiéramos perdido. Y por supuesto, en cuanto nos casamos todo giró en torno a sus planes y a su carrera.

Esta vez... Ahora tendría que ser diferente. Lo último que quería era cometer el mismo error.

Nick regresó a la mesa y se sentó. Empezó a mover la rodilla convulsivamente como hacía siempre que algo le preocupaba.

—¿Va todo bien? —pregunté.

—Sí. Todo perfecto. —Dudó un segundo y añadió—: ¿Te acuerdas del proyecto que tenemos en ciernes con Drachen? —Asentí—. Pues el director ejecutivo de la empresa está en Nueva York y Peter ha conseguido concertar un almuerzo rápido con él.

—¡Estupendo! —dije.

—No voy a ir —me informó. Seguía con el tic de la rodilla—. ¿Pedimos ya?

—Mmm... No. —Respiré hondo—. Nick. Deberías... Deberías ir.

—No —repuso él de inmediato—. Hoy solo me preocupa estar contigo.

—No. Deberías ir. Quieres hacerlo. Es la oportunidad que estabais esperando. —No contestó—. No pasa nada. Además, ese director ejecutivo, ¿suele venir a menudo a los Estados Unidos?

—No —reconoció él.

—¡Pues entonces tienes que ir!

Nick se limitó a mirarme, examinándome con sus ojos oscuros, y como siempre, el tiempo pareció detenerse. Aunque lógicamente no lo hizo y las agujas del enorme reloj del restaurante sonaron rompiendo el hechizo.

—Tengo un millón de correos que responder —dije—. Nick, quieres conseguir este proyecto. Así que ve. ¿De acuerdo? Te veré luego en tu casa. —Me levanté, le besé en la mejilla y me fui.

Capítulo 22

Cuando llegué a casa de Nick, saqué a *Coco* para dar un paseo. Mi pobre perra odiaba los ruidos de la ciudad; saltó detrás de un contenedor cuando un vehículo pasó muy cerca de nosotras y se ponía a temblar cada vez que oía algún claxon o frenazo más fuerte de lo normal. Lo más seguro era que terminara acostumbrándose, pero me parecía demasiado cruel tener que obligarla a algo así. *Coco* estaba acostumbrada al ulular del viento, a la arena de la playa y al aire salobre de la isla. No a esto.

De nuevo en el apartamento, comprobé los correos que tenía, contesté a unos cuantos y, como necesitaba hacer algo, me puse a curiosear un poco. Abrí algún que otro armario y varios cajones. Encontré un par de fotos de Isabel. Otra de Nick, Christopher, Jason y el señor Lowery y otra de mi ex marido con Peter frente a un templo. Puede que en Japón.

Me fijé en una agenda forrada en cuero que había en su escritorio. Me resultó divertido que en la era de los teléfonos, donde podías encontrar una aplicación para casi todo —masajes de pies, percepción de entes fantasmales...—, Nick siguiera anotando a mano sus reuniones. Había caligrafiado «Boda C&W», y esa misma semana «Universidad de Whalen, Facultad de Ingeniería».

La semana que viene, por lo visto tenía que viajar a Dubai. Al final de mes, a Seattle. En octubre a Houston, Londres y Seattle otra vez.

El estudio iba viento en popa.

Me senté en la silla de su escritorio durante un rato. *Coco* debió de percibir mi melancolía, porque saltó sobre mi regazo y apoyó la cabeza en mi hombro. Ella tampoco debía estar muy animada y la cosa empeoró cuando pasó el metro por debajo de nosotros, haciendo que el edificio retumbase, pues empezó a temblar de miedo.

—Parece que lo tengamos aquí mismo, ¿eh preciosa? —La acaricié detrás de las orejas.

Del apartamento de abajo nos llegaron unas voces amortiguadas y el sonido de una música animada. Debía de tratarse de Ivan viendo sus telenovelas.

Algunas cosas nunca cambiaban y no me refería precisamente al gusto televisivo del que antaño fuera mi vecino. Nick estaba en pleno apogeo profesional. Solo Dios sabía lo duro que había trabajado todos aquellos años; se merecía todo el éxito que estaba teniendo. No quería que fuera de otro modo... pero aún así... todo aquello me estaba resultando demasiado familiar. Él quería que me mudara a Nueva York, que reorganizara mi vida en torno a la suya. Otra vez. Y por lo convencido y seguro de sí mismo que sonó cuando me comentó lo del examen, daba por sentado que volvería a dejarlo todo por él, aunque ni siquiera supiéramos qué nos depararía la semana siguiente.

Y luego estaba lo de Chris, que tampoco presagiaba nada bueno. Nick me había ocultado algo que yo consideraba de vital importancia. No sin razón —entendía su punto de vista sobre hablar o no de las intimidades de su hermano—, pero aún así, no estaba bien. Por no hablar de la reunión que tenía concertada en Bismarck, de la que tampoco me dijo nada y que transformó un viaje que había parecido improvisado, en algo completamente programado.

La telenovela de turno de Ivan dio paso a los anuncios y los méritos de los pañales Huggies alcanzaron un insoportable nivel de decibelios. Me resultaba tan desconcertante encontrarme de nuevo allí. Era diferente pero igual a la vez. Ya no estaba la pequeña cocina donde Nick y yo habíamos compartido algunas cenas, donde se oía el siseo de los radiadores mientras esperaba que volviera a casa. Tampoco estaba el estrecho rincón en el salón en el que Nick había establecido su pequeño escritorio desde el que trabajar en las raras ocasiones en las que había llegado antes de las nueve o las diez. Ni el viejo dormitorio en el que nuestros cuerpos se habían encontrado tantas veces. Y sin embargo, ahí estaba, en el mismo edificio, con la misma estructura e idénticos cimientos. Ahora era más elegante y sofisticado, pero seguía siendo el mismo.

Igual que Nick y yo.

Aquel pensamiento me dejó petrificada. Me di cuenta de que estaba apretando con todas mis fuerzas los reposabrazos de la silla giratoria de Nick. Estar sentada allí solo hacía que recordara con facilidad la sensación de amarga soledad que me invadió en el pasado. La impotencia que había sentido al ver cómo poco a poco me volvía invisible para el hombre al que había amado más que a mi vida. El terror en estado puro que paralizó mi corazón cuando le vi hacer las maletas. Si cerraba los ojos, todavía podía oír el sonido de mi adorada alianza cayendo por la alcantarilla, mientras Nick me miraba con ojos acusadores antes de subirse a aquel taxi.

El sonido avisando que tenía un correo nuevo me sacó de aquellos recuerdos. Tomé una profunda bocanada de aire —por lo visto había dejado de respirar—, me levanté de la silla, me acerqué al lugar donde había dejado el portátil y eché un vistazo. Se trataba de BeverLee. Abrí el mensaje y parpadeé hasta acostumbrarme al color rosa chicle que siempre usaba.

Hola, cariño, ¿qué tal estás? Me has tenido un poco preocupada estos días, parece como si no te viera desde hace años. Sé buena y dime por dónde andas, ¿de acuerdo? Te echo mucho de menos.

Montones de besitos.

BeverLee.

P.D. Llámame si puedes.

Se me contrajo el corazón. Nunca había considerado que BeverLee y yo tuviéramos una relación muy estrecha, pero era evidente que para ella estábamos más unidas que Thelma y Louise. Como mi madrastra considerase que eras su mejor amiga, actuaba contigo como tal y ni el equipo SWAT mejor entrenado, ni el perro de presa más fiero, lograrían apartarla de ti. Y ahora tenía que lidiar con un esposo que quería divorciarse de ella. Mi familia, aunque extraña, llevaba veinte años muy unida... e iba a romperse una vez más.

Tenía que volver a casa.

Aquel pensamiento inundó mis ojos de lágrimas inesperadas. No quería dejar a Nick... pero tenía que hacerlo. Seguro que no le haría ninguna gracia, hasta puede que se pusiera furioso. Pensar en volver a decepcionarle, en marcharme de nuevo, hizo que mi alma muriera un poco. Amaba a Nick Lowery, siempre lo había hecho, eso era innegable. Sin embargo, puede que lo mejor para ambos fuera que nos separáramos unos días y pensáramos las cosas mejor. Si queríamos que lo nuestro funcionara teníamos que ser más inteligentes que en nuestro primer intento. Por no mencionar el hecho de que tenía una familia, una carrera, gente que estaba esperándome... un cactus.

Me enjugué las lágrimas. Por Dios bendito, estaba llorando por segunda vez en una década, ¿acaso no iban a terminarse nunca los milagros? *Coco* ladeó la cabeza y me miró como si me estuviera leyendo el pensamiento.

—Hora de volver a casa, pequeña —susurré.

Ella me lamió el codo. Los fuertes latidos de mi corazón me dijeron que estaba huyendo de nuevo, pero algunas veces, aquello era lo mejor que podía pasarle a uno. Al fin y al cabo, nunca había podido ganar en una pelea a Nick. Ese hombre era capaz de enfrentarse con un delfín en una piscina y salir victorioso.

Tomé una profunda bocanada de aire y escribí una rápida respuesta a Bev.

En principio, estaré por allí esta misma noche. Te llamo luego, ¿de acuerdo?

A continuación abrí el navegador y me metí en la página de una agencia de viajes por Internet. Reservé un asiento para el vuelo de las cinco a Boston y otro para la avioneta que me llevaría a la isla. Mandé un correo al despacho. Hice la maleta —ahí me di cuenta de lo mucho que me estaban temblando las manos— y me dediqué a buscar el conejo de peluche de *Coco*, que ella tanto disfrutaba escondiendo para que lo encontrara. Mi perra trotó detrás de mí, divertida porque mi condición de humana no me permitiera limitarme a olisquear el aire y dar con él en una milésima de segundo.

Ah, ahí estaba, debajo del elegante sofá del salón. *Coco* ladró un par de veces, felicitándome.

—¡Lo encontré! —confirmé, agachándome para atraparlo.

Justo en ese momento, sonó mi teléfono. Me fijé en la luz parpadeante que indicaba que mi batería estaba a punto de agotarse. Cierto. Seguía sin encontrar el cargador; puede que me lo dejara en una de las varias paradas que hicimos a lo largo del país. Lancé a *Coco* su amado peluche y corrí a contestar la llamada. Miré la pantalla, se trataba de Dennis. Una repentina punzada de culpa se instaló en mi estómago.

—¡Hola, Den! ¿Va todo bien?

—¡Hola, Harper! ¿Cómo estás?

Bip.

—Mmm... Bien... Bien —contesté—. Ya casi no me queda batería. ¿Pasa algo?

—No, no. Todo bien. Solo me preguntaba si ya sabías más o menos cuándo regresarías a casa. Llevas fuera mucho tiempo, eso es todo.

Aquello era nuevo. Dennis no era de los que llamaba a la gente preocupado. Eso solía dejármelo a mí.

—En realidad acabo de reservar un vuelo para hoy.

—¡Qué bien! ¡Voy a recogerte!

Bip.

—No, no. No hace falta Dennis. Pillaré un taxi. Después de todo, son solo quince kilómetros.

—Ni hablar, nena. ¡Claro que voy! Necesitas que alguien te lleve a casa. ¿Sobre qué hora estarás?

—Mmm... sobre las siete y media. Pero Dennis no hace...

Bip.

—¡Estupendo! Te veo luego.

Con eso mi batería pasó a mejor vida —hasta la próxima recarga—. Solté un gruñido de frustración, fui a por el teléfono de Nick y llamé a Dennis. Si algo tenía claro era que no quería que él fuera la primera persona que viera nada más aterrizar. La vida ya resultaba lo bastante complicada como para echar más leña al fuego. Además, ¿desde cuándo era Dennis tan solícito? Puede que se sintiera culpable por no aceptar mi propuesta de matrimonio. Bueno, daba igual.

Tras un par de tonos, saltó el buzón de voz... Qué típico.

—Hola de nuevo, Den —dije—. Mira, es muy amable de tu parte el ofrecerte a llevarme, pero como te he dicho, tomaré un taxi, ¿de acuerdo? De todos modos, te lo agradezco mucho. Bueno, nos vemos pronto. —Colgué, solté un suspiro y miré a mi pequeña compañera marrón y blanca—. ¿Quieres volver a casa, *Coco*? —Ladeó la cabeza y se quedó inmóvil y expectante, como si aquello fuera demasiado bueno para ser cierto—. Sé cómo te sientes.

Cuando Nick llegó a casa, eran casi las cuatro. Yo estaba intentando leer, sin mucho éxito, un ejemplar del *New Yorker* y en cuanto oí la llave me puse de pie, tremendamente nerviosa.

—¡Hola! ¿Cómo ha ido la comida? —pregunté exultante—. ¿Todo bien?

No contestó. Mi tono excesivamente alegre debió de ponerle sobre aviso porque bajó la mirada y clavó los ojos en mi maleta, situada al lado de la puerta principal.

—No debería sorprenderme en absoluto —comentó con tono tenso. Se cruzó de brazos.

—Esto... mira... necesito...

—Me estás dejando. —Su voz no podía ser más neutra.

—Nick, no saques conclusiones antes de tiempo. Sí, tengo que volver a casa. Tengo un montón de cosas que hacer. —Al ver que arqueaba una ceja exploté—. Es verdad, Nick. Aunque te parezca mentira, tengo una vida.

Mi perra debió de pensar que aquello era una despedida porque, como si de un resorte se tratara, saltó al suelo y se abalanzó sobre Nick, que la alzó en sus brazos con torpeza y no en la forma de adoración suprema a la que estaba acostumbrada. A continuación, comenzó a lamerle la barbilla, sin ser consciente de que los adultos estábamos a punto de enfrascarnos en una conversación seria.

Tras unos segundos, Nick depositó en el suelo a mi perra y respiró hondo, como si estuviera intentando mantener la calma.

—Entonces, ¿qué pasa con lo nuestro?

Hice un gesto de asentimiento. Volví a sentarme en el sofá y crucé los tobillos.

—Podrías pasarte por el Viñedo —sugerí, mordiéndome nerviosa una cutícula—. ¿Qué te parece el próximo fin de semana? Siempre que tu agenda lo permita, claro.

Me miró durante un momento con aquellos ojos tan trágicos.

—No te estoy dejando, Nick —continué—. Es que no sé si esto va a funcionar y no quiero volver a cometer los mismos errores.

Al instante siguiente lo tenía delante de mí, de rodillas, sujetándome las manos.

—Harper, te quiero.

Dios, esos ojos. Esos malditos ojos de gitano.

—Lo sé. Y yo también te quiero, Nick, y lo sabes. Pero ¿cómo se traduce eso? Muchas parejas se quieren y sin embargo no terminan bien. A nosotros nos pasó y también nos amábamos.

—Y con esto ella acaba de escribir el final de la historia —masculló Nick, soltándome las manos y apartándose un poco de mí.

—No estoy poniéndole fin a nada —protesté, mordiéndome de nuevo la pobre cutícula—. Estoy siendo realista. No puedo dejarlo todo solo porque todavía sentimos algo el uno por el otro.

Entrecerró los ojos.

—Esos sentimientos sí que importan, Harper. Al menos para mí.

—Claro que importan —dije en voz baja—. Pero no... no son lo único que importa.

Se puso de pie y se sentó a mi lado. Permanecimos en silencio durante un minuto.

—Mira —dijo con voz suave—. Te amo y quiero que esto funcione. La última vez tuviste un pie fuera todo el tiempo que estuvimos juntos. No puedo volver a pasar por lo mismo, Harper. Tienes que decidir si quieres esto o no, y a juzgar por la maleta que hay en la puerta, veo que no estás muy por la labor.

Tragué saliva.

—Nick —susurré—. Creo que necesitamos tiempo para... pensarlo un poco mejor.

—Yo no necesito tiempo, Harper. Lo tengo claro. Pero tú... —Alzó la voz—. Creo en nosotros y quiero que estemos juntos, sin embargo tú ya has hecho el equipaje. Te estás marchando. Otra vez.

—¡No, Nick! —grité. Tengo cosas que hacer en casa, ¿de acuerdo? Tengo una vida y no puedo venirme aquí sin más. Además, tú estás todo el tiempo viajando. No pienso liarme la manta a la cabeza y cometer los mismos errores que en el pasado. No quiero volver a sentirme una desgraciada. No lo haré, Nick.

Ahí estaba otra vez esa mirada. Le había vuelto a decepcionar, a pesar de que lo que le había dicho era lo más sensato.

En la calle sonó un claxon.

—Ya ha llegado mi taxi —informé.

—Qué rápido —masculló él.

—Yo tampoco sabía que tu almuerzo duraría cuatro horas —repuse cortante—. ¿De acuerdo?

Tuve una sensación de *déjà vu*. ¿Cuándo había conseguido que Nick diera su brazo a torcer? Nunca.

Nick caminó hacia la puerta y recogió mi maleta y el maletín con el portátil enfadado. Después se hizo a un lado para dejar que *Coco* y yo saliéramos y bajamos las escaleras. Los olores de la ciudad, junto con el ruido y la humedad, invadieron mis fosas nasales en cuanto salimos a la calle.

Me volví hacia Nick.

—Te veo pronto —dije a toda prisa

Él asintió.

Entonces, sin mediar palabra alguna, nos fundimos en un intenso abrazo. Yo le apreté contra mí como si me fuera la vida en ello y enterré la cara en su maravilloso cuello. Él me sostuvo con tanta fuerza que creí que no me dejaría marchar, que diría algo que me convenciera de que todo iba a ir bien.

Pero no dijo nada y dejó que me fuera.

***

Mi cerebro decidió hacer un debate cara a cara durante todo el tiempo que duró el vuelo a Boston. ¡Qué bien!

«Irte era lo mejor que podías hacer.»

«¿Estás loca? ¿Cómo va a ser lo mejor?»

«A ver. No te pongas histérica. Nick y yo no hemos terminado, solo...»

«Por favor, por favor, vuelve. ¿En qué estabas pensando? ¡Ese hombre es el amor de tu vida!»

«Como te estaba diciendo antes de que me interrumpieras de esa forma tan grosera, solo estamos dándonos un tiempo para pensar. Además, como bien sabes, en la isla tengo una vida, familia, responsabilidades...»

«¿Es que no has visto la tristeza que había en sus ojos? Has vuelto a hacerlo. Le has dejado.»

Agarré el maletín de mi ordenador y vi el sobre amarillo que contenía la información sobre mi madre. ¡Para lo que me había servido! Más que para cerrar una herida, había sido como una puñalada en toda la yugular. ¿Qué habría hecho si ese día no hubiera tenido a Nick a mi lado? «¿Lo ves, imbécil? ¿No podemos secuestrar el avión y obligarlo a que regrese a Nueva York?», me decía. Evité seguir por el embarrado camino de los recueros maternos, saqué el portátil y miré mi agenda. Tenía una vista el martes, Schultz contra Schultz, y con el juez Keller. Un caso relativamente fácil ya que se trataba de una pareja que quería que su divorcio fuera lo más civilizado posible. Comida con el padre Bruce. Se suponía que Kim y yo tendríamos nuestra «noche de chicas» el jueves, lo que me vendría estupendamente porque necesitaba mantener una buena charla con una amiga.

«¿Y Nick qué? ¿Cuándo volverás a verle?»

«No tengo ni idea. Le llamaré mañana. O esta noche. Y ahora haz el favor de dejarme en paz.»

Cuando aterrizamos en Boston, *Coco* me obsequió con su mirada de desprecio de pasajero de tercera clase.

—Lo siento. Te mereces algo mucho mejor —le dije mientras cargaba con el trasportín, la maleta y el maletín del portátil, y me dirigía a la zona de embarque de la avioneta que me llevaría al Viñedo. Mi perra me ignoró (con razón)—. No creas que yo he viajado mucho mejor —le aseguré—. Venga, otro vuelo más y estaremos en casa. Ten un poquito de paciencia.

Un rato después, estábamos sobrevolando el Atlántico. Apenas habíamos despegado cuando la avioneta empezó el descenso hacia Martha's Vineyard. En cuanto contemplé la isla se me hizo un nudo en la garganta. Ahí estaban los acantilados de Gay Head con sus tonos marrones y blancos. Pude ver a las gaviotas revoloteando por sus escarpadas costas, en busca del marisco que las olas dejaban al romper contra las rocas. Más allá de la curva de Aquinnah, se encontraba Menemsha, el muelle y mi hogar.

La avioneta aterrizó con suavidad. En cuanto me bajé, tomé una profunda bocanada del aire salobre de la isla con aroma a pino. Parecía que llevaba fuera un año, en vez de una semana. Los rayos del sol bañaron mi pelo y el viento hizo que algunos mechones cayeran sobre mis ojos. Un ruiseñor cantó desde lo alto de la terminal con techos de pizarra.

Este era el lugar al que pertenecía. Era una isleña de pura cepa, cuatro generaciones lo avalaban, y la nieta de un pescador.

Bajé a *Coco* al suelo, la até con su correa y me las apañé para transportar todo mi equipaje hasta la puerta. Mi perra se detuvo, nunca le habían gustado las puertas automáticas.

—Vamos *Coco*, pequeña, no te pongas ahora en plan chihuahua... ¡Oh, Dios mío!

¿Oh, Dios mío? Más bien, «¡oh, mierda!».

Porque allí, frente a la puerta de salida de la terminal, estaba el camión de bomberos de Martha's Vineyard con ocho de sus muchachos, un pequeño grupo de civiles con algunos niños...

Y Dennis Patrick Costello, con una rodilla apoyada en el suelo.

Capítulo 23

—¡Por Dios bendito, Dennis! —jadeé.

Lo absurdo de la situación me explotó en las narices. Después de dos años y medio de evasivas, una propuesta de matrimonio fallida y una ruptura, el que fuera mi novio hasta hacía una semana estaba a punto de hacer la pregunta del millón.

Mis ojos, que todavía tenía demasiado abiertos por la sorpresa, se movieron de un lado a otro. ¿Eran aquellos los padres de Dennis? Sí, lo eran. Los adorables Sarah y Jack. Y sus dos hermanas con sus maridos e hijos. La familia Costello al completo, incluido el hermano propietario del apartamento-garaje donde Dennis vivía. Y mi padre, que me saludó con un somero gesto de asentimiento. Y los bomberos de su unidad, con Chuck, que me odiaba, y el jefe Rogers. Todos.

—Hola, Dennis —fingí una sonrisa de oreja a oreja. Estaba sosteniendo algo. Dos cosas en realidad. Un... ¿trozo de cable negro? y una cajita de terciopelo, que en ese momento abrió, mostrando el anillo que yo misma había comprado hacia cuatro semanas.

«¡No, no, no, no, no!»

Aquello no podía estar pasando. Era un desastre de proporciones épicas, como las plagas de Egipto.

En cuanto vio a su compañero del alma, *Coco* se fue trotando hacia él. Por lo visto yo debía de haber caído en una especie de parálisis cerebral, porque la correa se deslizó por mis dedos sin que me diera cuenta.

—¡Hola, *Coco*! ¿Cómo estás, preciosa? ¿Me has echado de menos?

Dennis, todavía con la rodilla apoyada en el suelo, dejó que mi perra le lamiera a placer y le dio la correa a uno de sus sobrinos.

—Dennis, ¿qué se supone que estás haciendo? —chilló alguien. Ah, era yo.

Él esbozó una sonrisa deslumbrante.

—Harper... —comenzó.

—Den... —dije yo, pero era incapaz de seguir pronunciando palabra alguna, lo único que salía de mi garganta eran jadeos entrecortados.

—Se ha quedado sin habla —comentó una voz que me resultó familiar. Se trataba de Theo. Mi jefe también estaba allí—. Y eso es algo que no se ve todos los días.

A su lado estaba Carol, con una sonrisa en los labios. Y Tommy.

¡Ay, Dios mío!

—Harp —continuó Dennis—. Esta semana he aprendido una gran lección, nena.

—Dennis...

—Déjame terminar. Mmm... —Se detuvo un momento, frunció el ceño, y se acordó del discurso que obviamente había memorizado—. Supongo que no me había dado cuenta de la... ¿joya? —Miró a su madre, que asintió infundiéndole valor. Chuck soltó una especie de sonido ahogado—. De la joya que tenía en ti, pero ahora que hemos estado... ya sabes... separados... yo... —Volvió a parar y miró hacia el cielo—. Maldita sea, lo había escrito todo, pero ahora no consigo acordarme. Da igual. Harp, creo que eres una mujer estupenda, te quiero, y aunque sé que no he sido el más maravilloso de los novios, encontré tu lista. —¡Oh, mierda! ¡La lista! Me odiaba a mí misma por aquello. Dennis rebuscó en el bolsillo de su camisa, sacó un trozo de papel y me lo pasó—. Adelante —dijo—. Échale un vistazo.

Como si mi espíritu hubiera abandonado mi cuerpo, me observé desdoblando el papel desde lo alto. Se trataba de mi famosa lista, pero ahora Dennis había marcado todas las casillas... Conseguir un vehículo mejor, mudarse del garaje-apartamento de su hermano, buscar un segundo empleo. Todas las cosas que yo había querido mejorar en él.

Me sentí tan avergonzada que tuve que hacer un esfuerzo titánico para mirarle a la cara. Cuando lo hice, él continuaba sonriendo y todavía tenía el trozo de cable negro en la mano. Un segundo... No era un cable.

—Aquí tienes, nena.

Era su trenza. Extendí la mano automáticamente y tomé aquella cosa asquerosa, mientras una sensación de surrealismo se apoderaba de mí por momentos.

—¿Lo ves, nena? Al final te has salido con la tuya.

Todo el mundo se echó a reír. Menos yo, por supuesto.

—Así que, Harper, cariño. ¿Quieres casarte conmigo y hacerme el hombre más feliz de la tierra?

Le miré fijamente. Se le veía exultante, con los ojos brillantes por la emoción. Todos parecían entusiasmados; su madre, su padre, sus hermanos, todos aquellos niños, sus compañeros, hasta Chuck, estaban sonriendo. El único que permanecía serio era mi padre.

Volví a mirarle.

Y entonces, como me vi incapaz de humillarle delante de todas aquellas personas a las que Dennis tanto quería... dije que sí.

***

—Te dejaste la lista esa noche. Cuando dijiste que teníamos que casarnos —explicó Dennis mientras me llevaba a casa en su nueva camioneta. Por desgracia el viaje era demasiado corto como para decirle que no iba a casarme con él. *Coco*, que no tenía ni idea del lío en el que se había metido su dueña, olisqueó feliz los aromas que le resultaban tan familiares—. Además, toda esta semana sin ti ha hecho que me diera cuenta de lo bien que estamos juntos. —Extendió su enorme mano y me tocó la rodilla.

Esbocé una sonrisa forzada.

—¿Y tus padres? ¿Cuánto tiempo van a quedarse? —pregunté.

—Solo el fin de semana. Después se irán un par de días con Becky a Boston. Mamá quiere hablar contigo de toda la historia de la boda, así que prepárate, ¿de acuerdo? —Me miró y sonrió.

Tragué saliva. Por supuesto que no iba a casarme con Dennis. Pero ¿qué narices había pasado? No podía creerme que hubiera seguido al pie de la letra todo lo que había escrito en esa estúpida lista. Quizá se hubiera sentido un poco celoso al saber que estaba con Nick.

Fueran los que fuesen los motivos que le habían llevado a dar ese paso, se había tomado muchas molestias a la hora de organizar aquella proposición. ¡Sus padres habían venido desde Carolina del Norte! Y eran unas personas tan encantadoras; los típicos y maravillosos padres norteamericanos, orgu-

325

llosos de sus hijos, que adoraban a sus nietos y que disfrutaban de su jubilación apuntándose a clubes de lectura y a partidos de golf.

—Bueno, le ha llevado su tiempo, pero al final se ha decidido —me había dicho su madre, enjugándose las lágrimas de felicidad que caían por sus mejillas y abrazándome—. No sabes lo mucho que detestaba esa trenza, Harper. Eres lo mejor que le ha podido pasar.

«Si usted supiera, señora», había pensado en ese momento, estremeciéndome en mi interior mientras recibía su abrazo.

—Dennis, tenemos que hablar —dije en cuanto nos detuvimos en el camino de acceso a mi casa.

Me mordí el labio.

—Por supuesto —convino él—. Pero ahora mismo han venido todos, ¿no podríamos hacerlo más tarde? —esbozó otra deslumbrante sonrisa.

Dennis había organizado una fiesta —una fiesta de compromiso— en mi casa y el camino de acceso estaba lleno de vehículos aparcados. La música sonaba, la gente llenaba el porche, los niños correteaban alrededor, alguien había encontrado una cometa y la estaba volando... En resumen, ante mis ojos se desplegaba una hermosa estampa familiar, excepto por el profundo terror que envolvía mi corazón.

En el mismo instante en que puse un pie fuera de la nueva camioneta de Dennis Costello, Kim vino corriendo hacia mí con su hijo más pequeño en brazos.

—¡Harper! —exclamó, mirándome con los ojos muy abiertos—. ¡Te he estado llamando! ¡Un montón de veces!

—¡Hola! —dije un poco desesperada—. ¡Hola, Desmond? ¿Cómo está mi... mmm... pequeño hombrecito?

El niño me lanzó una mirada llena de suspicacia. No podía culparle.

—¿Qué tal, Kim? —preguntó Dennis amigablemente.

—¡Dennis! —Los ojos de mi amiga volaron a mi mano izquierda, donde el diamante resplandeció como si fuera una fuerza del mal (no, no me estaba volviendo loca)—. ¡Caramba! Entonces, ¿debo felicitaros?

—Totalmente —respondió Dennis, rodeándome con un brazo la cintura para darme un beso.

Conseguí zafarme.

—Den, ¿puedes llevar mis cosas dentro? Estoy un poco... cansada —indiqué—. Gracias... cariño.

—Claro, nena. ¡Vamos, *Coquito*! —Sacó mi equipaje de la parte trasera de la camioneta y se metió en casa.

Kim bajó a su hijo al suelo y le dio un beso de esos que suenan en sus rizos de querubín.

—Ve con papá. —A continuación soltó un grito en dirección a la casa—. ¡Lou! ¡Vigila a Desmond!

Lou hizo un gesto de asentimiento y llamó a su hijo. A continuación lo llevó hacia el porche trasero de mi casa, donde la fiesta parecía estar en pleno apogeo.

Kim me miró y se cruzó de brazos.

—¿Y? —se limitó a decir.

—Lo sé.

—Dennis me llamó esta tarde. Me contó lo que tenía pensado hacer y quiero que sepas que le dije que seguramente preferirías pasar la noche tranquila. También le comenté que no eras el tipo de mujer a la que le gustan las declaraciones en público. Después te llamé como unas dieciséis veces, pero no respondiste.

Me froté la frente.

—Me quedé sin batería. Perdí el cargador no sé dónde. ¡Maldita sea!

—¿Le has dicho que sí? —preguntó ella—. Harper...

—Lo sé, lo sé. ¡Pero no podía decirle que no frente a toda su familia y la mitad del departamento de bomberos!

—Se ha mudado a vivir aquí. ¿Lo sabías?

Hice una mueca.

—Eso ocupaba el cuarto lugar en mi lista.

—¿Le diste una lista?

—No te molestes. Tengo programada una sesión de autoflagelación para más tarde.

Kim miró en dirección al mar.

—¿Y cómo están las cosas con Nick?

—Pues... ¡Mierda! En menudo lío me he metido, Kim.

—Por cierto, ¿dónde está BeverLee?

Cerré los ojos.

—No lo sé. Ella y mi padre se van a divorciar.

—¡No! ¡Me estás tomando el pelo!

—Lo digo en serio. —Solté un profundo suspiro.

En ese momento una figura vestida de negro apareció por el camino de entrada a mi casa. El suelo de conchas marinas crujió bajo su peso a medida que se acercaba a nosotras.

—¡Hola, Kim! ¡Bienvenida, Harper! —me saludó efusivamente—. ¡Felicidades! Tengo que admitir que nunca pensé que llegaría este día.

—Hola, padre Bruce —dije—. Mmm... ¿Qué tal?

Él frunció el ceño.

—¿Va todo bien? Te veo un poco abatida.

—Sí.

—Pero... ¿no era esto lo que querías?

Kim y yo intercambiamos una miraba.

—Bueno —empecé—. En realidad...

—¡Oh, no! —exclamó él—. ¿Te acostaste con tu ex marido?

—Padre Bruce, no estoy preparada para discutir de eso con...

Él alzó las manos.

—Lo hizo. Oh, Kim, no me lo puedo creer.

—¡Harp! —Dennis asomó la cabeza por un lateral de la casa—. ¡Ven, nena! ¡Que la fiesta es por nosotros! ¡La feliz pareja!

***

Cuando por fin se marcharon todos los invitados, a eso de la una de la madrugada, me quedé sola con Dennis. Quien efectivamente se había mudado. Cajas de DVD, CD y videojuegos, así como unas cuantas bolsas de basura con ropa, se esparcían por mi, hasta hacia poco, pulcro y ordenado hogar.

—Esto va a ser increíble —dijo Dennis con la voz un poco pastosa desde el sofá en el que estaba medio tumbado. No había llevado la cuenta, pero debía de haberse bebido unas cuantas cervezas. Tenía los ojos cerrados y sus largas pestañas negras le daban un aspecto infantil.

—Cariño —comencé de la forma más suave que pude.

—Siento haber tardado tanto en darme cuenta —murmuró.

—Oh, no. No te preocupes. Pero Den... —Tomé su mano, con la esperanza de abordar nuestra ruptura de la forma más elegante posible. Dennis se merecía que lo tratara con cariño—. Escucha, creía que ambos teníamos claro que habíamos roto en el Glaciar.

—Sí —reconoció él—, pero te he echado tanto de menos. Y tenías razón. Soy un imbécil...

Cerré los ojos y le apreté la mano.

—No, no lo eres, Dennis. Eres una persona magnífica.

—... y necesitaba una buena patada en el trasero. Y tú me las has dado. Sonrió. Seguía con los ojos cerrados—. Te quiero.

Maldición. Aquel era, con diferencia, el pozo más grande de mierda en el que me había metido en mucho tiempo.

—Dennis —susurré—, el caso es que... no estoy muy segura de que debamos casarnos. Eres un encanto, pero... creo que te he forzado a dar este paso. Hay una razón por la que dijiste que no, ¿verdad? Además, si alguien te quiere de verdad no debería darte una lista que tengas que cumplir como si la vida de un montón de rehenes dependiera de ello, ¿no crees? Dennis, te mereces a alguien mucho mejor y... ¿Den?

Se había quedado dormido.

Me quedé mirándole un minuto. Parecía un héroe recién salido de una novela romántica. Tenía las mejillas un tanto rosadas por el alcohol.

—Venga, hombretón —dije—. Vamos a meterte en la cama —Con un poco de dificultad, conseguí que se levantara y le llevé hasta mi habitación.

Cuando le estaba cubriendo con la colcha, Dennis me agarró de la mano.

—Me has hecho muy feliz al decirme que sí —murmuró adormilado.

«Oh, Den.»

—Ya hablaremos mañana —susurré.

A continuación, dejé que mi habitual coraza protegiera mi endurecido corazón y me puse a recoger un poco la casa. Separé las botellas para reciclarlas, guardé las sobras, barrí el suelo. Cuando terminé, salí a la terraza y contemplé el mar. Las olas rompían contra los botes; a lo lejos, una lechuza ululó, un sonido que me resultó de lo más conmovedor y melancólico.

Sabía que la paz que tanto añoraba tardaría en llegar. A la mañana siguiente rompería definitivamente con Dennis. Sus padres nos habían programado un fin de semana completo de diversión: comidas campestres y maratones de juegos en familia. Dar a Dennis todo el fin de semana, fingir que estábamos comprometidos hasta que los suyos se marcharan el domingo, me resultó muy tentador. Hasta podría hacerle creer que la idea de romper era suya. Pero era incapaz de hacerlo. No me parecía justo. Cuanto antes se supiera la verdad, mejor... ¿o no? Estaba hecha un lío. Lo que sí sabía era que nunca se me habían dado bien las emociones.

Por extraño que pareciera, en ese momento me hubiera encantado hablar con BeverLee, pero era demasiado tarde para llamarla. Había notado terriblemente su ausencia aquella noche. Y tenía que ver cómo le iba a Willa. Dios, esperaba que estuviera al tanto del problema de Cristopher. Con un poco de suerte, mañana estaría en alguna zona que tuviera cobertura y podría saber de ella, porque, aunque no solíamos hablar todos los días, tenía el presentimiento de que la falta de noticias no presagiaba nada bueno.

También tenía que llamar a Nick. Aquello me iba a resultar más difícil. Apenas llevábamos tres días juntos y ya empezábamos a no ponernos de acuerdo. Pero también le echaba de menos. Le añoraba tanto que me dolía el pecho. La expresión de su rostro cuando me subí al taxi fue como si vertieran ácido en mi corazón. Me había mirado con resignación y una enorme tristeza en los ojos. La misma mirada que solía poner cuando se refería a su padre. Sin embargo, antes de pensar en lo que me deparaba el futuro con Nick, tenía que aclarar las cosas con Dennis. Mierda.

Coco me lamió una mano, recordándome que era muy tarde y que no le gustaba dormir sin mí. Tenía razón. No había nada que pudiera hacer esa noche. Con un suspiro, me fui al baño, me lavé y me dirigí a la habitación de invitados. *Coco* me miró confundida, como si estuviera preguntándome en silencio por qué no me iba a dormir con Dennis.

Una vez en la cama, estuve contemplando el techo durante un buen rato, cavilando sobre qué hacer y cómo hacerlo. Al final, con otro suspiro, me tumbé sobre mi estómago y me tapé la cabeza con la almohada. Hora de dormir. Seguro que a la mañana siguiente todo iría mejor.

Capítulo 24

Pero las cosas no mejoraron.

Me levanté temprano y cuando los rayos del sol entraron a través de la ventana, dejé salir a *Coco* para que hiciera sus necesidades y me preparé una taza de café. Dennis seguía durmiendo y, a juzgar por el número de cervezas que se tomó la noche anterior, seguiría haciéndolo un buen rato más. Me estremecí ante la idea de nuestra inminente conversación; la culpa me impedía respirar, del mismo modo que si tuviera una enorme pitón constriñéndome el cuello. Eran las seis y cuarenta y cinco de la mañana. Dennis continuaría durmiendo durante otro par de horas más. Llamadme cobarde, pero no iba a entrar en mi habitación y despertarle con la noticia de que no quería casarme con él.

Había llegado el momento de usar el armamento pesado. Iba a hacer magdalenas. A Dennis le encantaban y eso es lo que tendría. Si iba a dejarle, al menos le quedaría ese consuelo. Saqué un libro de cocina —*El gran libro de la cocina texana*, regalo de BeverLee, por supuesto— y me puse a trabajar. Aquel libro contenía recetas en las que había que echar tal cantidad de ingredientes que se podía alimentar a un equipo entero de fútbol, así que bastaría para mantener saciado a Den durante, por lo menos, la primera ronda del desayuno. Mi madre y yo no solíamos cocinar mucho; casi siempre hacíamos galletas, que luego nos comíamos viendo alguna película no apropiada para mi edad. A Bev, sin embargo, se le daba muy bien el arte culinario. De todos los regalos que le había hecho, el que más le gustó fue una freidora que le regalé las Navidades pasadas. Se puso tan contenta que cualquiera hubiera pensado que era una semana de vacaciones en las islas griegas en vez de un pequeño electrodoméstico. Pero es que Bev siempre había sido muy fácil de complacer.

Mientras se horneaban las magdalenas, revisé mi teléfono, que por fin había podido cargar. Sí, tenía nueve mensajes de Kim en el buzón de voz, advirtiéndome sobre la sorpresa que me esperaba en el aeropuerto, y otro de Willa, en el que me decía que le hubiera gustado haber podido hablar conmigo. Ninguno de BeverLee, a pesar de que le había dejado un mensaje mientras esperaba en el aeropuerto. Y tampoco de Nick.

¡Lo que hubiera dado por oír su voz en ese instante!

Aquel pensamiento me causó una extraña opresión en el pecho. Puede que se debiera a que la cantidad de comida basura que había ingerido durante toda la semana me estaba obstruyendo las arterias. O tal vez tenía miedo de que Nick se hubiera dado por vencido con respecto a lo nuestro. Sí, eso último era mucho más probable —y también más horrible— que la teoría del ataque al corazón.

Quizá Nick me había enviado un correo. Al fin y al cabo le había dejado todos mis teléfonos y dirección de correo electrónico encima de su escritorio de Nueva York, para que supiera que quería que siguiéramos en contacto. Fui corriendo a por el portátil, lo abrí y esperé impacientemente a que se encendiera.

Nada. Mientras los mensajes iban apareciendo ante mi vista me di cuenta de que no tenía ninguno de Nick. La decepción que me llevé me sorprendió un poco. Sin embargo, antes de cerrarlo, hubo algo que llamó mi atención.

Vaya. Tenía un correo en el que se me informaba de que en el día de ayer había desembolsado quinientos veintinueve dólares a favor de United Airlines.

Aquello no pintaba nada bien.

Antes de que un funesto pensamiento se formulara en mi mente, vi cómo un taxi aparcaba delante de mi puerta. Miré a través de la ventana con un mal presentimiento... Sí, se trataba de Willa. Venía con los ojos hinchados y rojos y el pelo hecho un desastre.

Y lo peor de todo, venía sin Chris.

—¡Willa! —exclamé, saliendo disparada hacia la puerta.

En cuanto mi hermana me vio, se lanzó a mis brazos.

—Harper, he sido una estúpida —lloriqueó—. ¡Tenías razón! ¡No tenía que haberme casado con él!

Cuarenta y cinco minutos más tarde, mi hermana se había duchado, vestido con uno de mis pantalones cortos y una camiseta, y estaba sentada en mi cocina con una taza de café intacta al lado.

—¿Quieres algo de comer? —le ofrecí—. ¿Magdalenas? ¿Tostadas? ¿Huevos? ¿Un helado?

—No. No tengo hambre. —Estaba completamente pálida.

—Cuéntame qué ha pasado, cariño. —Me puse a mordisquear mi cutícula, pero en cuanto me di cuenta, bajé la mano.

—Pues —comentó con una sonrisa forzada—, que debería haberte escuchado. Voy a tatuármelo en la frente. «Escucha a Harper, porque eres una imbécil.» A ver si así aprendo de una vez.

—No eres ninguna imbécil. Aunque está claro que algo ha pasado. —Hice una pausa—. ¿Ha vuelto a empinar el codo?

Willa me miró.

—Ya te has enterado de eso, ¿eh?

Hice una mueca y luego asentí.

—No. Sigue sobrio. Al menos cuando le dejé lo estaba. —De nuevo se le llenaron los ojos de lágrimas. Asió la taza, pero volvió a dejarla después de un segundo sin haber bebido ni una gota.

—¿Entonces qué ha pasado, Wills?

Le tembló la boca.

—Harper... quiere que nos vayamos a vivir a Montana y que encuentre trabajo para mantenerle mientras, según sus propias palabras, se centra en sus inventos e intenta que el *pulgarete* funcione.

Me mordí el labio, aquel era el nombre más ridículo que había oído en mi vida para un invento.

—En serio —continuó Willa, limpiándose los ojos con una servilleta de papel—, ¿qué se supone que tengo que hacer? ¿Ser camarera? ¿Convertirme en vaquera para que él pueda quedarse en casa a jugar con sus cosas? Quiero tener un hijo, no ponerme a trabajar.

—Esto... Willa... solo llevas casada una semana —señalé.

—Ya lo sé, Harper —repuso tensa—. Por favor, no empieces a darme la tabarra otra vez. Tenías razón. Christopher no es lo suficientemente bueno para mí...

—Yo no te dije exactamente eso.

—Da igual. Me aconsejaste que no me casara con él y no te hice caso.

—¿Y dónde se ha quedado Chris?

—Supongo que en Montana. Ahí es donde le dejé. —Las lágrimas cayeron por sus preciosos ojos azules—. Harper, no sé qué es lo que salió mal. Antes de casarnos todo iba tan bien... ¡y ahora todo se ha ido al garete! Nuestra luna de miel ha sido un asco. Mosquitos del tamaño de dinosaurios por el día, un frío aterrador por la noche. Y Chris ni siquiera sabe prepararse un huevo frito...

—Bueno, a ti se te da muy bien cocinar.

—¡No sin un fuego! ¡No soy una cavernícola, por el amor de Dios! —Suspiró, volvió a limpiarse los ojos y me miró contrita—. Lo siento, Harper. Eres la única que me entiende. Me lancé al vacío sin un paracaídas, como siempre hago. Soy una imbécil, eso es lo que soy.

—No lo eres —repetí, dándole un par de palmaditas en la mano.

—De todos modos, prefiero no hablar de esto ahora. Lo siento, pero estoy exhausta. ¿Puedo quedarme aquí? No estoy en condiciones de hablar con mamá y papá. A mamá se le va a romper el corazón cuando se entere.

Me pregunté si Willa sabía algo de la situación en la que se encontraban mi padre y BeverLee. Parecía que no.

—Sí, claro —dije—. Pero mira, Dennis está aquí y vamos a necesitar un poco de privacidad esta tarde. —Estupendo, ahora parecía que Den y yo estábamos deseando darnos un revolcón—. Tenemos que... hablar.

Wills asintió resignada.

—¿Te importa si duermo un rato, Harper? Estoy tan cansada.

—¡Por supuesto! Venga, te acompaño.

Willa se levantó de la mesa.

—Por cierto, gracias por la tarjeta de crédito. Ha sido mi salvación.

Cinco minutos después, mi hermana estaba tumbada en la cama de la habitación de invitados, con *Coco* y su peluche acurrucados contra su espalda.

—Llámame si necesitas algo —dije, corriendo las cortinas.

—Lo haré —replicó ella con los ojos prácticamente cerrados.

Regresé a la cocina y volví a sentarme. Agarré una magdalena y empecé a diseccionarla con un cuchillo. En mi cerebro se estaba formando un nuevo pensamiento que iba adquiriendo fuerza por momentos. Willa era... Maldita sea. Era una consentida. Era dulce, optimista, llena de energía, simpática... y una malcriada.

Y yo era la principal culpable de todo aquello. Se había casado dos veces sin pensárselo si quiera; yo la había sacado de aquellos atolladeros al instante y ahora todo apuntaba a que se iba a repetir la misma historia. Le había dejado miles de dólares que nunca me había devuelto; tampoco le había pedido que me los devolviera o ni lo había esperado. Le había costeado la escuela de maquillaje y estética, en la que apenas duró tres meses; en el curso de asistente legal había durado un poco más, cuatro. Cuando me convenció que ser tallista era el sueño de toda su vida, también se lo pagué y corrí con los gastos de su manutención las dos semanas que estuvo preguntándose si había hecho lo correcto o no.

En el pasado, siempre que había que proteger y cuidar a Willa, allí estaba yo la primera. Pero quizás ahora lo mejor para ella fuera aprender a valerse por sí misma. ¿Cómo no me había dado cuenta antes? Puede que acudir rauda en su ayuda me hiciera sentir una persona noble y protectora, pero también había sido un poco egoísta por mi parte. Después de todo, si Willa maduraba ya no podría actuar como la hermana mayor nunca más.

Otro vehículo aparcó en mi camino de entrada. ¡Oh, Dios! Los padres de Dennis, ambos vestidos con pantalones cortos y polos rosas, como si fueran un par de gemelos jubilados. ¿Qué estaban haciendo aquí? Apenas eran las nueve, su hijo no se había despertado aún, y yo, como me había dedicado a postergarlo lo más posible, todavía no había tenido oportunidad de hablar con él. Reprimí el impulso de esconderme debajo de la mesa, y me dirigí hacia la puerta de entrada.

—¡Hola! —les saludé—. ¿Qué tal? ¿Teníamos algún plan del que no me haya enterado?

—Oh, ¿eso son magdalenas? —preguntó Jack, dándome un beso en la mejilla y saliendo disparado hacia la cocina—. ¿De arándanos?

—Sí. Pero Den no se ha levantado todavía.

—¡Buenos días, Harper, cielo! —canturreó Sarah, entrando detrás de su marido—. Hemos venido tan temprano porque queríamos ayudarte a recoger un poco después de la fiesta. ¡Pero veo que está todo inmaculado! Oh, no te imaginas lo bien que le vas a venir a Dennis, ¡mi hijo es un cerdo! Y a pesar de todas las veces que le he regañado, no me ha hecho ni caso. Espero que tengas mejor suerte. —Se rió alegremente y me dio un gran abrazo—. ¡Mira lo que tenemos aquí! —Sacó varios tomos de su enorme bolso de paja—. ¡Revistas de boda!

«Oh, Dios mío, ¿por qué no me das un cuchillo con el que cortarme las venas?»

—Mmm... puede que este no sea un buen momento. Dennis se pasó anoche con las cervezas y sigue durmiendo. Y mi hermana acaba de llegar y también se ha ido a acostar.

—Bien, seremos muy silenciosas —explicó Sarah en voz baja. A continuación se fue con Jack, que ya se había terminado una magdalena y estaba untando mantequilla en otra—. Supongo que lo primero que tenemos que hacer es fijar la fecha —continuó Sarah—. Estaba pensando en junio, ¡ya sabes lo que me gustan las bodas en esa época! ¡Y los esmóquines! ¿A que estás deseando ver a Dennis vestido de esmoquin? No quiero echarme flores, ¡pero es que Jack y yo tenemos unos hijos tan guapos! Harper, cariño, no te muerdas las uñas. ¿Dónde tienes el anillo?

Bajé la mano.

—Oh... sí... el anillo... Está ahí. En la repisa de la ventana. Estaba fregando unos platos y...

—Póntelo, querida —me animó Jack—. ¡Es magnífico!

Obedecí, preguntándome si sabían que lo había comprado yo.

—Habíamos pensado en comer todos juntos en el hotel —comentó Sarah—. Bonnie, Kevin, los niños... Y después podíamos dar algún paseo por la zona, ¿qué te parece?

—Pues... La verdad es que... Si no os importa, voy a ducharme. Mi hermana acaba de llegar y no me ha dado tiempo...

—Me muero por empezar a hablar de la boda —indicó Sarah—. Una ceremonia exótica sería muy divertida, ¿verdad, Jack? Sí, sí, Harper, ve a ducharte. ¡Tómate todo el tiempo que quieras! Con un poco de suerte el perezoso de nuestro hijo se habrá levantado y podremos ponernos manos a la obra.

Salí de la cocina prácticamente tambaleándome bajo el peso de todo aquel entusiasmo y el temor a cómo se sentirían más tarde. «Lo siento», pensé, «lo siento tanto».

Mi cabeza se había transformado en un avión de combate en caída libre. En una habitación tenía a un futuro ex prometido durmiendo. En la otra, a una hermana agotada que no paraba de llorar. Y en la cocina a las dos personas más exultantes del planeta. El único consuelo que me quedaba era que al menos podría relajarme durante los minutos que durara la ducha que estaba a punto de darme. ¿Estaba escondiéndome? Absolutamente. Pero solo durante un rato. Tenía por delante una mañana difícil y necesitaba aclarar mis ideas. Lo primero que tenía que hacer era deshacerme de los Costello. Después, librarme de Willa, al menos por un tiempo. Y finalmente, hablar con Dennis cuanto antes.

Tras la ducha me puse un poco de maquillaje y me dejé el pelo suelto, ya que no encontré ninguna goma; *Coco* solía destrozarlas. Luego entré de puntillas en mi dormitorio y me puse un veraniego vestido amarillo, con cuidado de no despertar a Dennis, aunque por lo profundamente dormido que estaba hubiera sido imposible.

Cuando estuve lista fui a encontrarme con mis futuros no-suegros, que estaban sentados en la terraza.

—¡Ven aquí con nosotros, cariño! —gritó Jack.

—Ya voy —respondí.

Respiré hondo, me alisé el vestido y me puse el anillo. Lo único que tenía que decirles era que me habían pillado un poco liada y que Den les llamaría más tarde. Después despertaría a Willa y la mandaría con Kim, y luego levantaría a Dennis y...

El sonido de alguien llamando a la puerta de la cocina captó mi atención. Alcé la vista.

Y me encontré a Nick esperando en el porche de entrada.

Capítulo 25

—¡Mierda! —jadeé.

—Hola —saludó Nick, con una sonrisa de oreja a oreja.

Estaba ahí. Nick estaba ahí. En mi porche. ¿Por qué a todos los hombres les había dado por sorprenderme?

Alzó una mano para protegerse los ojos del sol y miró a través del cristal de la puerta. ¡Cómo me gustaba su sonrisa! Y aquellos ojos de gitano. Y ahora estaba aquí mismo. ¡Maldición! No, espera, eso estaba bien, ¿verdad? Sí, estaba muy bien... ¡pero también era terrible! Horrible, porque había elegido un momento pésimo para presentarse en mi casa.

—Te he echado de menos, mujer.

Llevaba un ramo de flores. Lirios. Mis favoritos. ¿Quién narices era capaz de encontrar lirios en septiembre antes de las diez de la mañana y en una isla? ¿Eh? ¿Quién?

Fui hacia la puerta —más bien floté, no sentía los pies—, pero no abrí.

—Mmm... Hola... —dije con vacilación.

—Pasaba por aquí y decidí hacerte una visita. —Sus ojos brillaban de felicidad.

¡Dios!, tenía el mismo aspecto que el primer día que posó su mirada en mí, tan seguro de sí mismo y tan comestible.

—¿Qué estás haciendo aquí, Nick? —susurré.

—¿Tú qué crees?

—¿Eres un testigo de Jehová y has venido a venderme algún libro? —No era mi mejor chiste, pero mi cerebro acababa de sufrir un colapso.

—Vaya. ¿Acaso eres adivina? —Dio un paso al frente y yo retrocedí—. Mira, Harper. Cuando te fuiste ayer, me sentí morir. Morir, Harper. —Enarcó una ceja, pero inmediatamente después esbozó esa sonrisa suya y me desarmó por completo.

¡Mierda, mierda, mierda! Si hubieran sido otras las circunstancias me habría abalanzado sobre él como una garrapata sobre un turista, pero... ¡No!

—Nick... yo... mmm... —Miré hacia atrás y vi a Jack y a Sarah por las puertas correderas que daban a la terraza. Sarah estaba mostrando a Jack algo de una de esas revistas de boda. Cambié de posición para tapar con mi cuerpo la vista de los Costello a Nick.

—Tenías razón —reconoció él. ¡Jesús!, acababa de pronunciar las dos mejores palabras del mundo. «Tenías razón.» ¿A qué mujer no le gustaba oír algo así?—. Sé que tenemos que cambiar algunas cosas, y estoy completamente dispuesto a... —Hizo una pausa—. ¿Crees que podrías dejarme entrar? No creo que pueda besarte a través del cristal.

Mis rodillas amenazaron con dejar de funcionar.

—Nick... ahora mismo... ¡Ay, Dios mío!... Ahora mismo tengo visita. Una visita inesperada. ¿Podemos vernos luego?

—No. —Su sonrisa se había desvanecido—. Harper, te amo y esta vez no pienso dejarte marchar. Abre la maldita puerta para que pueda pedirte perdón, besarte y quizás hasta meterte mano. Y ya veremos luego cómo solucionamos las cosas, ¿de acuerdo?

—¡Hola! —Saludó Kim, acercándose por el camino que conectaba nuestras casas. Gracias a Dios los refuerzos habían llegado—. ¡Hola, Harper! ¡Buenos días! ¿Y a quién tenemos aquí? Hola, soy Kim, vecina y amiga de Harper.

—¡Kim! —exclamé yo—. ¡Qué alegría verte! Este... este es Nick. Nick Lowery. Nick, te presento a Kim, la madre de cuatro criaturas maravillosas y... Sí, eso. Bueno. ¿Te gustaría conocer su casa?

Nick me miró entrecerrando los ojos. ¿Quién no lo haría? Parecía que me había vuelto loca. Sin embargo, le dio la mano a Kim.

—Hola. Encantado de conocerte.

—Oh —gimió Kim—. Caramba. De acuerdo. Sí, ahora lo pillo, Harper. Lo entiendo. Te ha traído flores, qué amable. ¿Así que tú eres Nick? —Mi amiga me miró con ojos desorbitados.

—Kim, le estaba hablando a Nick de mi visita inesperada. Ya sabes.

—Oh, claro, claro. Nick, ¿te apetece venir un rato a mi casa? Tengo hijos. Son muy entretenidos. Y se portan fenomenal. Apenas me rompen nada.

Nick nos miró a ambas, que no dejábamos de balbucear como un par de imbéciles, y volvió a entrecerrar los ojos.

—¿Qué está pasando aquí, Harper?

Tragué saliva.

—Bueno, Nick, me hace tan feliz que hayas venido. Muy, muy feliz. Pero... mi visita...

—¿Dónde estás, Harper, cariño? —gritó Sarah.

—¿Quién es? —preguntó Nick.

Empecé a hiperventilar un poco.

—Pues, verás, esto te va a hacer mucha gracia...

—¡Nick! ¿Qué estás haciendo aquí? ¿Te ha dicho Chris que vinieras?

Oh, por todos los demonios del infierno. Willa se había levantado y la tenía justo detrás de mí.

—Willa —dijo él, aunque seguía mirándome fijamente. La calidez que había en sus ojos hasta hacía un instante se transformó en un témpano de hielo—. Qué sorpresa.

—¿No te ha enviado Chris?

—¿Y por qué tendría que haberlo hecho? —preguntó él con voz engañosamente suave.

—Porque le he dejado —indicó Willa, echándose a llorar—. Harper tenía razón. ¡No es lo suficiente bueno para mí! Nuestra boda era la crónica de un desastre anunciado.

—Bueno, esas no fueron mis palabras exactas —aclaré yo, encogiéndome por dentro.

Nick tomó la iniciativa e intentó abrir la puerta. Yo, como era de esperar, traté de impedírselo.

—Harper, ¿qué estás haciendo? —masculló él, venciendo mi resistencia. No era justo. Era mucho más fuerte que yo. Se paró en la cocina entre mi hermana y yo, mirándonos alternativamente, hasta que terminó clavando la vista en Willa—. ¿Una semana? ¿Eso es todo lo que has dado, Willa?

—Ni siquiera tendría que haberme casado con él. —Mi hermana empezó a hacer esos pucheros, preludio de que iba a volver a llorar.

Kim, que Dios la bendijera, decidió intervenir y agarró a Willa por el brazo, guiándola hasta la mesa. Miré en dirección a la terraza, donde los Costello se habían dado la vuelta para ser testigos del culebrón que estábamos protagonizando en la cocina.

—Nick —dije—. Tienes que irte un rato, ¿de acuerdo? Este no es un buen momento.

—Ya me he dado cuenta —replicó tenso. Y eso que no sabía la mitad de la historia—. Creí que habías dicho que no interferirías.

—Mira, en realidad no lo he hecho.

—¿Cómo has conseguido llegar a casa, Willa? —preguntó cada vez más enfadado.

—Harper me dio su número de tarjeta de crédito por si las cosas se torcían —respondió mi hermana, sorbiéndose la nariz.

Nick apretó la mandíbula.

—Qué bonito, Harper.

—No fue exactamente así... ¡Oh, no!

Jack y Sarah escogieron ese momento para unirse a nosotros.

—Hola —saludó Sarah, parpadeando al pararse en la zona donde entraba con más intensidad la luz del sol, que la cegaba—. Somos Jack y Sarah Costello. ¿Y usted es...?

—Nick es mi cuñado —contestó mi hermana entre sollozos—. Hola, señor y señora Costello. Encantada de volver a verles.

—¿Costello? —inquirió Nick con voz espantosamente calma.

—¿Qué te ha pasado, querida? —preguntó Jack a Willa.

—Nada —mintió mi hermana, contrayendo el rostro.

Me quedé ahí parada, incapaz de encontrar una salida al enorme lío en el que me había metido, asfixiándome en silencio por el abrazo mortal de la pitón.

Entonces oí cómo la puerta de mi dormitorio se abría. Instantes después aparecía Dennis, vestido solo con unos bóxer, mostrándonos su musculoso cuerpo en todo su esplendor.

—Hola a todos. No sabía que teníamos una multitud en casa. Hola, mamá, papá. ¿Qué tal Willa? —Se frotó los ojos y se fijó en Nick—. ¡Hombre! ¿Cómo te va? ¿Has venido a felicitarnos?

Los ojos de Nick se deslizaron hacia mí con suma lentitud.

—Felicitaros, ¿por qué? —preguntó.

Cerré los ojos.

Dennis me rodeó los hombros con un brazo.

—Porque vamos a casarnos, amigo.

—Y no quisiera sonar demasiado presuntuosa —intervino Sarah, inclinándose hacia delante con una de esas revistas para novias—, pero creo que te hemos encontrado un vestido. Mira. ¡Es tan elegante!

Nick me taladró con la mirada. En cuanto noté la magnitud de su decepción el mundo se me cayó encima. No, más que decepción era furia.

—Bien —dijo con tranquilidad—. Os deseo una vida llena de felicidad. —Miró su reloj—. Siento decir esto, pero tengo que marcharme.

Sin más, salió por la puerta a la luz del día.

—Pensaba que había venido para algo más que eso —murmuró Willa.

—No está aquí por ti sino... ¡Da igual! Vuelvo enseguida. —La parálisis que hasta ese momento había sentido se desvaneció al instante. Salí disparada hacia el exterior, con mis sandalias crujiendo sobre el camino de entrada mientras pequeños fragmentos de conchas se me metían entre los pies, clavándoseme en las plantas—. ¡Nick! —grité—. ¡Espera un segundo!

No lo hizo. Estaba al teléfono, seguramente llamando a un taxi. O a un asesino a sueldo.

—¡Nick! ¡Cuelga, por favor!

Logré ponerme a su altura cuando llegamos al pie de la colina, justo en frente del muelle, donde los turistas se preparaban para pasar un día de pesca.

—Nick, esto no es lo que parece. —Intenté agarrarle del brazo, pero él se zafó de mí—. ¡Nick! ¡No me voy a casar con Dennis! —El viento me alborotó el pelo, haciendo que varios mechones cayeran sobre mis ojos. Los aparté de un manotazo.

—No me lo puedo creer —dijo él por fin—. Me imaginaba que tendrías algún plan de escape, ¿pero comprometerte con otro hombre? Caramba, Harper. Has sido muy rápida. O quizá no. Puede que nunca rompieras con Dennis. Solo hace falta mirarte. Con el pelo suelto, llevando un vestido precioso, un anillo capaz de ahogar a un poni, rompiendo el matrimonio de mi hermano, mientras lo tienes todo preparado para pasar un día memorable con tu prometido y su familia.

—¡Nick, por Dios! Te repito que no me voy a casar con Dennis.

Él alzó la vista hacia el cielo e hizo un gesto de negación.

—¿Sabe que has estado conmigo, Harper?

—¿Por «estar contigo» te refieres a «acostarme contigo»? —pregunté. Volví a morderme la cutícula.

—Sí, Harper. ¿Sabe Dennis que te has acostado conmigo?

—Pues... bueno... en realidad... No.

Nick me fulminó con la mirada.

—Eso es lo que haces, ¿verdad? Me borras de tu vida y me dejas. Durante todo el tiempo que hemos estado juntos, tanto ahora como en el pasado, siempre has tenido un pie fuera. Solo por si acaso.

—Nick, cuando aterricé me estaba esperando con toda su familia y...

—Y no encontraste una forma de decir que no.

Hice una pausa. Tal vez lo entendiera.

—Exacto. Solo necesitaba un par de días para...

—Tampoco supiste decirme que no a mí. Por eso te casaste conmigo. Me lo contaste esta misma semana.

Empecé a responder, pero me detuve.

—No fue así...

—Así que te casarás con Dennis porque no sabes cómo salir de la situación. —Sus ojos ardían de ira.

Respiré hondo.

—No, Nick. Ni siquiera me he planteado remotamente la idea de casarme con Dennis.

Se metió las manos en los bolsillos. El viento también le revolvió el pelo. Tras unos segundos, me miró fijamente con sus ojos de gitano.

—Bueno, déjame que te pregunte esto, Harper. ¿Estás considerando el casarte conmigo?

La pregunta quedó suspendida en el aire. Vacilé durante un instante.

—Me parece que antes de eso tenemos mucho de qué hablar, Nick. Tenemos que...

Él alzó las manos.

—Detente —dijo—. Solo... para.

Obedecí, luchando con todas mis fuerzas contra la imperiosa necesidad de empezar a morderme no una, sino todas las cutículas. Nick miró hacia el horizonte, a través de los botes, a través de la estación de los guardacostas, hacia el mar abierto. Era incapaz de mirarme a la cara.

Un taxi se detuvo delante de nosotros; el mismo que había dejado a Willa en mi casa.

—¿Alguien ha llamado a un taxi? —preguntó el conductor con tono jovial.

—Sí —contestó Nick.

Mi corazón empezó a latir como un energúmeno y se me secó la boca.

—Nick, no te vayas. No me dejes, por favor —supliqué con voz entre-cortada—. Mira, no voy a... ya sabes... esto ha sido muy repentino y es duro...

—¡No lo es para mí! —bramó él. Tanto el taxista como yo nos sobre-saltamos sorprendidos—. Harper, te he amado toda mi vida, pero tú no te lo crees y no puedo hacer nada para cambiarlo. Quieres una garantía, una jodida bola de cristal para poder ver nuestro futuro y yo no puedo dártela. Lo único que puedo decirte es que te amo, que siempre te he querido y que siempre lo haré. Pero por alguna razón eso no es suficiente para ti. Lo siento, pero no puedo seguir así. —Abrió la puerta, inspiró profundamente y me miró—. Cuídate.

A continuación subió al taxi y cerró la puerta de un portazo.

El automóvil empezó a alejarse mientras las gaviotas revoloteaban y emi-tían sus típicos graznidos. Un cuervo se posó sobre un cable de teléfono y el motor de un barco de langostas pareció griparse.

Mi cerebro, casi siempre hiperactivo, se detuvo de pronto, y la cavidad donde hasta ese momento había estado mi corazón, se transformó en un hueco lúgubre y vacío.

***

Cuando regresé, todo el mundo seguía en mi cocina. Sobre la mesa que había al lado de Willa estaban los lirios de Nick, y mi hermana estaba acariciando distraída uno de los pétalos. Kim estaba apoyada en la encimera, hablando con los Costello. En cuanto puse un pie dentro, todo el mundo me miró.

—¿A dónde has ido, querida? —preguntó Sarah—. ¿Va todo bien? Con este tiempo, como no te pongas un sombrero te vas a quemar. ¿Tienes crema protectora?

—¿Dónde está Dennis? —quise saber.

—Vistiéndose —respondió la señora Costello—. ¿Por qué, cariño? Deslicé la vista hacia ella.

—Porque necesito hablar con él —dije. Debió de notar algo en mi expresión porque su boca formó una «o» de sorpresa y un destello de cautela cruzó su rostro.

—Tal vez deberíamos irnos y quedar con vosotros un poco más tarde —comentó Jack.

—¡Sí! —agregó Sarah de inmediato—. Muy bien, querida. Mmm... Adiós. Contemplé cómo se iban y después cerré los ojos.

—Willa, ¿por qué no te vienes un rato a mi casa? —sugirió Kim.

—¿Te encuentras bien? —me preguntó mi hermana.

—En realidad... no —reconocí—. Tengo que hablar con Dennis a solas.

—Oh —dijo ella—. Oh, demonios. Lo siento.

—Estaremos en casa —murmuró Kim, dándome una rápida palmadita en la espalda mientras guiaba a Willa hacia la puerta.

La quietud de la casa era casi palpable. Inhalé profundamente un par de veces pero no conseguí ralentizar mi corazón. Dennis todavía no había salido del dormitorio, tras cuatro o cinco minutos, me dirigí hacia allí para ver por qué tardaba tanto.

Lo encontré sentado en el borde la cama, acariciando a *Coco* y con la vista clavada en el suelo.

—Hola —susurré.

—Espera —indicó él—. Dame solo un segundo. —Miró al techo. Cuando volvió a mirarme, sus encantadores ojos estaban llenos de lágrimas—. Hice todo lo que ponía en la lista.

Me llevé la mano a la boca y asentí. Aquello iba a ser más duro de lo que pensaba. Tragué saliva.

—Lo sé.

—Pero no quieres casarte conmigo.

—Den, lo siento tanto —murmuré, sentándome a su lado.

—Se trata de Nick, ¿verdad?

Volví a asentir. Me sentía demasiado miserable para hablar.

Dennis negó con la cabeza.

—Debería haberme dado cuenta. La forma cómo os peleabais en Montana... o cómo le mirabas... —Se frotó la cara—. Nunca me has mirado así.

Mil puntos para Dennis. Puede que a veces fuera un despistado, pero no era tonto. Me sequé los ojos. Por lo visto la presa de mi lago de lágrimas había terminado por romperse.

Permanecimos sentados otro minuto, hasta que Dennis soltó un suspiro.

—Bueno. Me imagino que yo tampoco te he mirado así. —Sus ojos se posaron en los míos—. De modo que, ¿por qué dijiste que te casarías conmigo, Harper?

Giré el brazalete que llevaba en la muñeca hasta que casi se me clavó en la piel. Después me aclaré la garganta.

—No quise rechazarte delante de todo el mundo.

Meditó mi respuesta.

—Gracias, supongo.

—Lo siento —susurré de nuevo.

—No me puedo creer que me haya cortado la trenza.

Sorprendida, solté una carcajada. Dennis sonrió a su pesar. A continuación tomó una profunda bocanada de aire, la exhaló con lentitud y me miró durante un buen rato.

—Entonces creo que lo nuestro ha terminado —dijo.

—De verdad que lo siento, Den —repetí.

—Sí. Da igual. —Ninguno de nosotros habló durante unos minutos. Al final Den fue el que decidió romper el silencio—. Te quiero, Harper. Lo sabes. Muchísimo.

Me estaba resultando increíblemente difícil hacer frente a toda esa bondad, toda esa generosidad. Dios sabía que no me la merecía.

—Yo también, Den. —Entonces me quité el anillo y se lo ofrecí. Él lo miró con recelo.

—Lo compraste tú, nena,

—Te lo has ganado. Por aguantarme tanto.

Sonrió.

—Por favor, no soy tan patético. —Se puso de pie—. Bueno, supongo que tendré que irme de esta casa.

—Lo siento —volví a decir.

—No te preocupes. Pero oye, nena, ¿te importa si le digo a todo el mundo que lo hemos dejado porque eres una zorra insensible en vez de porque te has enamorado de tu ex? —Debió de percatarse de que lo de «zorra sin corazón» no era precisamente un cumplido porque hizo una mueca—. Lo siento. No importa.

—Den, puedes decir lo que te dé la gana —dije, tragando saliva para deshacer el nudo que se había instalado en mi garganta.

—¿En serio?

—Sí.

—Estupendo. Gracias, nena. Y oye. Puedes quedarte con mi trenza.

—Oh... Esto... Gracias, Den. —Sonreí.

Me puse de pie y le abracé.

Una hora después Dennis había metido en el maletero todas las bolsas, todavía sin abrir, con sus cosas.

—Tengo que darte las gracias por esto —comentó, dando una palmada a la puerta de su camioneta—. Esta maravilla me tiene loco. Y encima fue una ganga.

—Me alegro.

Se metió en el vehículo y se puso al volante.

—Pues nada. Supongo que esto es todo. Te echaré de menos.

—Yo también —susurré.

Y era verdad. Estar con el dulce y bonachón de Dennis había sido todo un placer, además de divertido y algo sin muchas complicaciones. Habríamos tenido una vida juntos de lo más agradable, con unos hijos maravillosos y muy pocas peleas.

O quizá hubiera llegado una noche en la que nos hubiéramos sentado el uno al lado de otro para ver un partido de los Sox, nos hubiéramos mirado y hubiéramos pensado: «¿Eso es todo?».

De todos modos, ahora ya no lo sabríamos.

Además, Dennis se merecía a alguien que lo quisiera con todo su corazón. Algo que yo no podía darle. Por lo visto, no estaba hecha para la vida en pareja, ni para el matrimonio o los niños. No tenía lo que se necesitaba.

Capítulo 26

Yo no era de las que se regodeaban en la autocompasión. No, era más bien de las que se ponían a trabajar como locas. Así que me sentencié a pasar el resto del fin de semana condenada a trabajos forzados. Muchos. Limpié de arriba a abajo la casa con amoníaco y lejía —no combinados... aquello hubiera sido un suicidio— y cuando la tuve impoluta, sin una mota de polvo, decidí —a eso de las nueve y media de la noche— que el porche necesitaba un buen lijado y me puse a ello.

Durante todo ese tiempo, *Coco* me observó con ojos brillantes y ladeando de vez en cuando la cabeza.

—Solo se trata de una pequeña reparación —le grité desde el tejado el domingo por la tarde—. No me pasará nada.

Kim vino a hablar conmigo sobre lo de Nick, pero le dije que estaba perfectamente.

—¿Sabes qué? —comenté desde lo alto de la escalera a la que había subido para limpiar el ventilador de techo—. Creo que a veces algunas personas quieren más de lo que otras pueden darles. Nick es... y yo... —Estaba empezando a hiperventilar—. Solo porque sientas algo por alguien no significa que terminéis viviendo felices para siempre. —Aquello tenía sentido, ¿verdad. No era lo que solía contarse en las películas románticas, pero sí resultaba igual de válido.

—No lo sé. Creo que si los dos os queréis...

—Nick y yo juntos somos altamente inflamables —espeté—. Y no me gusta quemarme. Quemarse duele. Y mucho. Prefiero... Prefiero quedarme aquí y limpiar. ¡Mierda! Estas bombillas son un crimen contra la humanidad. ¿Has visto cómo atraen la suciedad?

—Si quieres que hablemos de cosas que atraen la suciedad, puedo traerte a los niños. Entonces sabrás lo que es la suciedad y cómo mimetizarse con ella.

Aliviada porque me dejara cambiar de tema, continué con mi gira Don Limpio. Y cuando ya no quedó nada que abrillantar en mi casa, la emprendí con la cocina de Kim.

La imagen de Nick subiéndose al taxi cruzó por mi mente como un corte con un bisturí, rápido, limpio e indoloro... hasta que toda la sangre empezaba a manar a borbotones. Una oleada de... algo a lo que no supe ponerle nombre, asoló mi cuerpo, amenazando con noquearme. Mi corazón empezó a palpitar a toda prisa y me temblaron las manos, de modo que alejé aquel pensamiento lo más rápido que pude. Necesitaba encontrar algo más que limpiar. Encendí la televisión. Y la radio.

Pero los recuerdos seguían bullendo en mi cabeza. Nick con la cabeza sobre mi regazo cuando encontramos a su padre... su sonrisa cuando estuvimos hablando, tumbados en la cama... cómo se le iluminó la cara cuando salí del aeropuerto de Bismarck, decidida a continuar el viaje por carretera... Todo aquello, unido al amor y desesperación que en ese momento sentía, hicieron que estuviera a punto de derrumbarme, así que luché con todas mis fuerzas por centrarme en otra cosa. No me quedaba más remedio que hacerlo. Podía conseguirlo. Lo había hecho toda mi vida. Y al menos, de ese modo, estaba a salvo. Además, era incapaz de ofrecer amor de verdad, de ese que dura toda una eternidad. Al fin y al cabo, era la digna hija de mi madre. Una atrofiada emocional.

El lunes di un beso a *Coco*, me aseguré de que tenía su conejito y unos cuantos juguetes con los que entretenerse y me fui a trabajar. Pero no lo hice en bicicleta. A pesar de que había añorado enormemente el Viñedo durante los días que estuve de viaje, apenas me fijé en el paisaje que tenía a mi alrededor mientras conducía hacia Edgartown. El sol brillaba en todo su esplendor, corría una brisa suave, el olor a café inundaba la calle en la que estaba situada la concurrida cafetería a la que solía ir. Sí, era un día precioso, pero apenas lo noté.

—Vaya, vaya, vaya. ¡Mira quién ha vuelto! —canturreó Theo cuando entré en el edificio que albergaba el despacho Bainbrook, Bainbrook & Howe; una antigua casa que había pertenecido a un capitán ballenero—. Qué alegría verte. ¿De verdad te quedan tantas vacaciones pendientes? No vuelvas a dejarnos así. ¿Sabías que tuve que hablar con un cliente la semana pasada?

¡Hacía años que no lo hacía! —Me agarró por los hombros y me miró con los ojos llenos de alegría—. Bueno, me ha encantado hablar contigo. Ahora, ¡a trabajar!

Dicho esto, se fue hacia su despacho.

—¿Estás bien? —preguntó Carol, entregándome un montón de papeles.

—Fenomenal —mentí—. ¿Y tú?

—Mejor que nunca.

—Estupendo. —Tenía demasiado trabajo acumulado como para seguir hablando, de modo que fui directa al grano—. Carol, a ver si puedes conseguirme el teléfono de la nueva secretaria del juez McMurtry, ¿de acuerdo? También necesito el expediente de Denver.

—A la orden, mi general —replicó ella—. ¿Alguna cosa más? ¿Quieres también que te limpie el trasero o mastique tu comida para que no tengas que trabajar tanto?

—Pues no estaría mal. Pero primero la llamada y el expediente, Carol.

En cuanto entré en mi despacho se desvaneció mi fingida alegría.

Mi oficina era un lugar muy acogedor, con títulos en las paredes, flores que se cambiaban todos los lunes, un cuadro de un paisaje de un pintor local en tonos suaves, destinado a aliviar los maltrechos corazones de los clientes que acudían a mí llorosos, furiosos o entumecidos y que no sabían qué habían hecho mal, o por qué no habían podido comprometerse, o salvar la relación, o dar y recibir amor.

Bueno, ya era hora de dejarme de tonterías y volver al trabajo, a ayudar a las parejas antaño felices a tomar caminos separados. Hablando de lo cual, me acordé de que tenía que llamar a Willa, para ver si quería que comenzara con los trámites de divorcio. Maldición. Quizás esta vez tendría que dejar que se las apañara ella sola.

También tenía que ir a ver a BeverLee. Ese fin de semana la había llamado dos veces, pero debía de haber tenido a mi padre cerca en ambas ocasiones porque la noté excesivamente dicharachera y soltando sus típicas expresiones sureñas una y otra vez. Además, Willa había vuelto a casa, de modo que Bev estaría ocupada al cien por cien animando a su pequeña. En resumidas cuentas, que mi madrastra y yo no habíamos mantenido una conversación de verdad y necesitábamos hacerlo. Pero imaginarme a BeverLee marchándose de la isla me producía la misma sensación de pánico que cuando pensaba en Nick.

***

Tardé un par de días en volver a la normalidad. Quedé con el padre Bruce una tarde lluviosa en el Offshore Ale, ya que al sacerdote le gustaba tomarse la hamburguesa con una cerveza. Cuando le conté que lo había dejado con Dennis no dijo absolutamente nada, tan solo me dio unas palmaditas en la mano y empezó a hablarme de las siete parejas a las que estaba dando los cursillos prematrimoniales.

—Podría pasarme un día de estos —me ofrecí.

—¿Como una especie de ángel de la muerte? —sugirió él, bebiendo un sorbo de su cerveza.

—Más bien como la voz de la experiencia. —Jugueteé con la pajita que había en mi refresco—. Ya sabe, hablarles de por qué tantas parejas... no lo consiguen.

—¿Y por qué crees que no lo hacen? —preguntó con suavidad.

Para mi sorpresa, los ojos se me llenaron de lágrimas.

—No tengo ni idea —susurré.

—¿En serio?

—En fin, creo que es mejor que decirle «porque muchos la cagan». Usted es un cura y no me gusta hablar mal cuando está delante.

Él sonrió.

—Bueno, yo también suelto alguna que otra palabra malsonante en ocasiones especiales. Hablando de ser cura, tengo que irme. Me toca dar una charla sobre la vocación del sacerdocio.

—Buena suerte. Ya me encargo yo de la cuenta, puesto que se enfrenta a una misión imposible, y eso pese a que la iglesia católica es la más rica de...

—Oh, para. He oído ese discurso miles de veces —dijo, dándome una palmada en el hombro mientras se levantaba de la mesa—. Gracias por la comida, Harper. Ya hablaremos.

Cuando volví al trabajo, donde había pasado más horas de lo normal desde mi regreso —para deleite de Theo—, me encontré a Tommy esperándome frente al escritorio como si fuera un antiguo estudiante a punto de ser castigado por su profesor.

—Hola —le saludé mientras colgaba mi gabardina—. ¿Cómo te va?

Tommy no me miró.

—Me gustaría que llevaras mi divorcio.

Me quedé paralizada.

—Pero...

—Sigue acostándose con ese tipo. La noche que volví de tu fiesta, la encontré con él. Ya me he cansado de ser un estúpido. Así que encárgate de mi divorcio, ¿de acuerdo? Porque no lo soporto más.

A pesar de que lo había visto venir desde el principio, de que nunca confié en Meggie, a pesar de que sabía que Tommy aprendería de esta experiencia y con un poco de suerte encontraría a alguien que le mereciera más, no pude evitar que se me contrajera el corazón.

—Lo siento mucho. —Vacilé durante un segundo, pero enseguida me acerqué a él y le abracé—. No sabes cuánto lo siento, Tom.

Durante un buen rato, estuve acariciándole la espalda mientras lloraba sobre mi hombro como si fuera un niño pequeño, a pesar de que medía un metro noventa y cinco y mi carácter era de todo menos maternal. Por más que le dije mis frases típicas —que el corazón necesitaba tiempo para asumir lo que la cabeza ya sabía, que el divorcio era la eutanasia de una relación moribunda...—, aquello no fue consuelo suficiente. Tommy había amado a su mujer y ella no le había querido, así que ni toda la lógica del mundo lograría que se sintiera mejor.

Ese mismo día, más tarde, acudí al despacho de Theo y cerré la puerta detrás de mí.

—Tengo que hablar contigo, jefe.

—Por supuesto, querida. —Miró su reloj—. Tienes cuatro minutos.

Iba vestido con un polo de manga corta verde lima y unos pantalones a cuadros, también cortos, que hacían daño a la vista.

—¿Preparado para acertar unos cuantos hoyos? —pregunté.

Theo sonrió con aire de suficiencia.

—Sí, el senador Lewis ha venido a pasar unos días a la isla para librarse de la prensa.

—¿Qué ha hecho esta vez?

—Parece que encontrar a su alma gemela.

—Oh, Dios mío.

—Ajá. Y ella se ha dedicado a subir sus momentos más íntimos a Internet. Ha tenido más de tres millones de visitas en apenas dos horas. Toda una hazaña.

—¡El amor en plena juventud! —exclamé con ironía. Y eso que el senador Lewis tenía setenta y tantos años. Lo que hacía que uno se preguntara quiénes eran esos tres millones de personas y por qué querían profanar sus almas viendo las partes íntimas de un hombre de la tercera edad, entrado en carnes, montándoselo con su antigua señora de la limpieza.

—Y bien, querida, ¿de qué quieres hablar? Te quedan tres minutos y veinte segundos.

—Cierto. Theo, me gustaría hacer algo distinto, no siempre lo mismo.

—¿A qué te refieres con «lo mismo», Harper? —Sacó uno de sus palos de golf e imitó un golpe.

—Lo de los divorcios.

Alzó la mirada horrorizado.

—¿Qué? ¿Por qué? ¡No!

—Estoy un poco quemada, Theo. Seguiré llevando algunos casos, pero... me está pasando factura.

—¡Imposible! ¡Creí que eras diferente! ¡Pero si esto es lo tuyo! A veces a nuestro corazón le cuesta un poco más aceptar lo que nuestra cabeza ya sabe.

Inspiré lentamente.

—Cierto. Pero a veces nuestra cabeza no sabe lo que quiere, Theo.

Me miró desconcertado.

—Bueno, sí claro. ¿A dónde quieres llegar?

—Necesito llevar otro tipo de casos... o dejarlo.

Dio un paso hacia atrás, dejando caer el palo.

—¡Ni siquiera te atrevas a pronunciarlo! ¡Eres una chantajista! Está bien. Haz lo que te dé la gana.

—Y quiero ser socia —agregué.

—¿Perdón?

—Que también quiero ser socia de la firma.

Theo se dejó caer en su silla.

—Bueno, bueno. ¿Te vale con un aumento?

Sonreí. Mi primera sonrisa auténtica en años.

—No.

***

Antes de que Carol se marchara a casa, entró en mi despacho.

—Hoy han traído este sobre a tu nombre. Lo siento. Se traspapeló con otros documentos y no me di cuenta hasta ahora.

—Gracias —dije, tomando distraídamente el sobre y dejándolo en la mesa mientras tecleaba en el portátil—. Que pases buena tarde, Carol.

—No me digas lo que tengo que hacer —espetó ella, cerrando la puerta tras de sí.

Terminé con el correo electrónico que estaba escribiendo y me fijé en lo que Carol acababa de dejarme. Mi nombre y la dirección postal del despacho estaban escritos a mano, pero no había ningún remitente.

El matasellos era de Dakota del Sur.

De pronto el oxígeno pareció abandonar mis pulmones.

Con suma lentitud, lo abrí con manos temblorosas. Desdoblé la carta que contenía con sumo cuidado y un billete de cien dólares cayó sobre mi regazo. Tomé una profunda bocanada de aire, la dejé escapar y empecé a leerla. La letra era redondeada y un poco infantil, y a pesar de no haberla visto desde hacía años, la reconocí al instante.

Querida Harper:

La verdad es que no sé muy bien qué decir. El otro día me pillaste desprevenida. Por supuesto que te reconocí, ya que eres mi viva imagen. Me hubiera gustado que me avisaras antes de venir. No estaba preparada para que me montaras una escena, entiéndeme. Fue toda una sorpresa verte. ¿Cómo es posible que me haya hecho tan vieja como para tener una hija tan mayor? Bueno, da igual. Busqué tu nombre en Google y me encontré con que sigues en esa isla dejada de la mano de

355

Dios, aunque parece que no te ha ido nada mal. ¡Una abogada! Supongo que siempre fuiste muy inteligente.

Me imagino que querrás saber por qué me fui. Primero deja que te diga que estoy estupendamente. Mi vida ha sido como una carrera salvaje, pero no la cambiaría por nada. Nunca me gustó sentirme atada a nadie y descubrí que ni estaba hecha para ser madre, ni quería vivir en una isla de mala muerte. Me quedé todo el tiempo que pude, pero al final, tuve que hacer lo mejor para mí. Tenía un montón de planes antes de que nacieras y no me pareció justo renunciar a ellos para siempre. Siento que todo esto te pillara en medio, aunque tienes que reconocer que nos lo pasamos bien juntas, ¿verdad?

Si alguna vez decides volver a venir y saludarme, llámame antes. Por cierto, no me parece justo quedarme con tu dinero, no soy de las que les gusta deber nada a nadie. Cómprate algo bonito y piensa en mí cuando te lo pongas.

Cuídate.

Linda.

Leí la carta unas siete veces. Y cada vez se me hacía más repugnante.

¿Que tuvo que hacer lo mejor para ella? ¿Que no estaba hecha para ser madre?

Por Dios bendito.

¿En serio quería que me comprara algo y pensara en ella? ¿En la mujer que me abandonó cuando yo era una niña y que, después de veintiún años, fingió no reconocerme?

«Parece que no te ha ido nada mal.»

—En realidad soy un desastre, mamá. —Mi voz sonó demasiado alta en la quietud de mi despacho.

Durante un buen rato me quedé sentada entre las sombras del atardecer, oyendo cómo la lluvia repiqueteaba contra las ventanas. Entonces en mi mente se iluminó una pequeña lucecilla que fue ganando intensidad poco a poco. Y con ella llegó una nueva posibilidad.

Ya había tenido suficiente.

Las acciones de mi madre —en realidad una sola, la de abandonarme— habían creado una coraza en torno a mi corazón. Una coraza que había llevado durante toda una vida, desde que tenía trece años. Ya era hora de romperla.

«Parece que no te ha ido nada mal.»

—¿Sabes qué? Olvídate de mi anterior comentario, mamá —dije—. Tienes razón. Me ha ido fenomenal, y no gracias a ti.

Antes de darme cuenta, estaba con la gabardina en la mano, bajando las escaleras, saliendo del despacho y entrando en mi pequeño automóvil amarillo. Salí a tal velocidad que las ruedas derraparon en la calzada, aunque no me importó. Quebranté todos los límites de velocidad desde Edgartown hasta Tisbury y solo pisé el freno cuando llegué al camino de entrada de la casa de mi padre. Ahí estaba la casa que me había visto crecer, el hogar que había evitado todo lo posible durante mi vida de adulta desde el mismo instante en que me fui a la universidad. Me bajé del vehículo y entré corriendo.

Y allí estaba ella. Parecía mayor de lo que era y, al no llevar ni un ápice de maquillaje, se la veía muy demacrada. Sus dedos sostenían un cigarro y llevaba el pelo unos centímetros más «alejado de Dios» de lo normal. Cuando me vio, esbozó una sonrisa cansada.

—Qué alegría verte, cariño —dijo—. ¿Qué tal estás?

—Hola, BeverLee —jadeé. En la radio sonaba una balada *country*, que no se oía demasiado bien por la mala cobertura radiofónica, algo que a Bev no parecía importarle. Como sabía que no me gustaba nada que fumara, apagó el cigarro de inmediato.

—Siéntate, querida. ¿Quieres comer algo? —Hizo ademán de levantarse.

—No, por favor, no te levantes. Estoy bien —indiqué, mientras me hacía con una silla—. ¿Está Willa?

—Estaba, pero creo que se ha ido con tu padre al taller.

Ahora que había llegado el momento, no sabía muy bien qué decirle. Me mordí la cutícula y después bajé las manos.

—¿Cómo estás llevando lo de haber vuelto a ver a Nick?

Levanté la mirada ipso facto y me la encontré sonriendo. Nadie se había molestado en preguntarme aquello.

—Mmm... creo que bien, Bev. Pero no he venido a... Bueno, no estoy aquí por... ¿Y tú qué tal? ¿Cómo estás?

—Pues supongo que bien. —Dobló unas servilletas que tenía al lado y las colocó en un soporte de plástico espantoso con la forma de una baraja de cartas. A continuación me miró—. Me he enterado de tu ruptura con Dennis. Lo siento mucho. Aunque si tras todo este tiempo todavía no os habíais casado será por algo, ¿no crees? Tu padre y yo nos casamos una semana después de conocernos... Bueno, teniendo en cuenta que estamos a punto de divorciarnos, no creo que seamos el mejor ejemplo. —Esbozó una medio sonrisa y se encogió de hombros.

—Bev, en cuanto a ese asunto, tengo que decirte algo. Yo... —Mierda. No sabía cómo empezar. Tragué saliva. Bev estaba esperando. La lluvia golpeó las ventanas y en la radio empezaron a sonar unos acordes que conocíamos muy bien. *Sweet Home Alabama*, el himno sureño.

—Oh, me encanta esta canción —comentó Bev, mirando al vacío—. Tenía una cinta atascada en el reproductor de mi furgoneta, ¿te acuerdas? Y esta era la única canción que sonaba.

A mi mente acudió la imagen de BeverLee, conduciendo por el camino de entrada a nuestra casa, con la canción de Lynyrd Skynyrd como banda sonora de sus idas y venidas.

—Evitabas en lo posible venir conmigo —continuó con una leve sonrisa en los labios—. Pero cuando llegaba, siempre estabas escondida detrás de la ventana, asegurándote de que volvía. Después subías corriendo a tu habitación y te ponías a leer algún libro, fingiendo que no sabías que ya estaba en casa. Mi pobre niña. Has tenido tanto miedo de que volvieran a dejarte que no has permitido que nadie se te acercara.

Acababa de definir el desastre emocional en el que me había convertido en una sola frase.

«Suficiente.»

—Bev —repetí. Extendí las manos y tomé las suyas entre las mías—. BeverLee, mira. Yo... —Las palabras se atascaron en el nudo que tenía en la garganta.

—¿Qué te pasa, cariño? —Ladeó la cabeza y frunció el ceño—. Oh, Señor, ¿estás llorando?

Apreté con más fuerza su mano. BeverLee me había querido desde el mismo instante en que nos conocimos. A mí, una adolescente con un carácter horrible, que estaba enfadada con el mundo y que no la podía tener en peor concepto. Ella creía que yo era lista, guapa... adorable. Creía que era la mejor, a pesar de que siempre había hecho todo lo posible por distanciarme de ella.

Pero hacía doce años, cuando estaba acurrucada y llorando en el suelo de una cocina de Nueva York, a quien llamé fue a ella, porque sabía sin ningún género de dudas que BeverLee Roberta Dupres McKnight Lupinski James vendría a por mí. Y lo hizo. Sin pensárselo dos veces, condujo cuatro horas a través de Massachusetts, Connecticut y Nueva York, hasta llegar a mi apartamento. Una vez allí me abrazó con todas sus fuerzas, y sin hacer ninguna pregunta ni recriminarme nada, me trajo a casa.

—BeverLee —susurré porque la emoción me impedía hablar más alto—. Bev... has sido más madre para mí de lo que alguna vez lo fue mi madre biológica. —Sus ojos se abrieron llenos de asombro—. No tenías por qué quererme, Dios sabe que no te he dado muchas razones para ello, pero siempre lo has hecho. Has estado ahí en todo momento y nunca has dejado de cuidarme. Siento haber tardado tanto en darme cuenta. Quiero que sepas que aunque papá y tú os divorciéis... —Tuve que interrumpirme para no perder el control. Le apreté aún más la mano—. Siempre seré tu hija.

Porque aquella mujer era mi verdadera madre. Durante veinte años me había amado con toda su alma, a pesar de mis intentos por alejarla, y eso era amor incondicional en estado puro.

Bev abrió la boca consternada.

—Oh, cariño —murmuró—. Oh, mi niña, yo también te quiero.

Y antes de darnos cuenta estábamos abrazándonos. Bev me atrajo contra su enorme y extrañamente reconfortante pecho y me vi invadida por el olor a laca, a Cinnabar y a Virginia Slims. El olor de mi hogar. Durante un buen rato estuvo llorando y acariciándome el pelo. Yo dejé que hiciera lo que se le antojara, porque allí, entre sus brazos, descubrí que me sentía maravillosamente bien.

***

Una hora después, y tras una taza de té y unas cuantas lágrimas más, volví a abrazar a BeverLee. Este nuevo afecto físico me resultaba un tanto incómodo, pero merecía la pena. Hasta podría acostumbrarme a ello. No, no solo podría, quería acostumbrarme a ello.

Prometí llamarla al día siguiente y me fui al taller de mi padre, un lugar que olía a madera, aceite y herramientas eléctricas. Entré por la puerta trasera y me lo encontré hablando con Willa en voz baja. Estaba de brazos cruzados y con el rostro serio. Sentí una pequeña punzada de envidia; mi padre siempre se había llevado mejor con Willa. Sí, sabía que ella era mucho más simpática que yo, pero no podía evitarlo.

En cuanto mi padre se percató de mi presencia, dejó de hablar y le hizo un gesto a mi hermana en mi dirección. Entonces ambos me miraron.

—¿Puedo hablar un momento contigo? —pregunté.

—¿Conmigo? —inquirió mi padre.

—Mmm... En realidad, con los dos. —Respiré hondo—. De acuerdo. Mira, Willa. —Me mordí el labio—. Esta vez no voy a llevar tu divorcio. No quiero sonar demasiado dura, pero creo que no voy a seguir protegiéndote. Tienes veintisiete años, no diecisiete. No más préstamos, no más tarjetas de crédito y, de ahora en adelante, no más consejos. ¿Qué te parece? De todos modos nunca me haces caso.

—Bueno, yo... —empezó Willa.

—Antes de que sigas —la interrumpí—. Me gustaría darte un último consejo. Comprométete con algo, ya sea con Christopher, con un trabajo, una carrera, lo que sea... pero sé fiel a esa idea, Wills. No querrás pasarte toda la vida de flor en flor, con un montón de relaciones insustanciales a tu espalda y sin ninguna perspectiva a la vista. Eso es lo que mi madre hizo y ahora es camarera en Dakota del Sur y no tiene nada ni a nadie. No quieres eso para ti, Willa, confía en mí.

Ninguno de los dos dijo nada durante unos segundos, aunque sí que noté lo tenso que se puso mi padre cuando mencioné a mi madre. Entonces Willa me miró y empezó a sonreír.

—Qué gracia que me digas precisamente esto ahora que Chris y yo nos hemos reconciliado. Va a trabajar para papá. De modo que... nos venimos a vivir aquí.

Abrí la boca.

—¿En serio? ¿Y qué pasa con el... *pulgarete*?

Se encogió de hombros.

—Le llamé el día que vino Nick. No quiere renunciar a sus inventos, pero también ve el lado positivo de tener un trabajo estable.

—Oh, bien. Eso es maravilloso, Willa. Me alegro mucho por ti.

Mi hermana enarcó una ceja.

—Tal vez no necesite tus consejos tanto como crees.

Tomé una profunda bocanada de aire y asentí.

—Puede que no. Lo que es una noticia excelente, Willa. Perdóname si he sonado como una presuntuosa.

—¿Por qué ibas a comportarte hoy de manera diferente? —preguntó, guiñando un ojo a mi padre.

—Qué graciosa. Anda, dame un respiro —masculló—. He tenido una semana muy dura.

Willa se acercó a mí y me dio un abrazo.

—Sí, eso he oído. Si necesitas hablar, ya sabes dónde estoy. —Me acarició la mejilla—. Gracias por toda la ayuda que me has prestado, por los consejos y por los divorcios gratis. Espero no necesitarlos nunca más.

—Yo también.

—¡Tengo que irme! ¡Gracias, papá! —Willa le lanzó un beso, que él fingió atrapar, y salió corriendo, dejándonos solos en una estancia con olor a serrín, con una pila de seis metros de madera y rodeados de maquinaria. En el exterior, la lluvia caía sobre el tejado mientras el viento ululaba.

—Qué locura de tiempo, ¿verdad? —comenté, aunque se trataba de la típica tormenta de la época.

—Sí.

Volvimos a quedarnos en silencio.

«Ahora o nunca, Harper.»

—Vi a Linda la semana pasada —dije.

—Ahora entiendo tu comentario anterior. ¿Y cómo te fue?

—Pues no muy bien, papá. En realidad fue un desastre. —Solté un suspiro—. Fingió no reconocerme y no le dije nada.

Mi padre bajó la vista al suelo.

—Mira, papá —continué con voz suave—. Sé que siempre te he culpado por no hacer lo suficientemente feliz a mamá para que se quedara, o por no luchar para recuperarla. Y que te odié cuando te casaste con BeverLee y la metiste en nuestras vidas.

Mi padre asintió, aunque seguía con la mirada fija en el suelo.

—Pues ahora quiero agradecerte que lo hicieras.

Me miró.

—Está claro que mi madre es una persona superficial y egocéntrica que no tiene corazón. En cambio, BeverLee no.

—Cierto —se limitó a decir.

El sonido del viento se hizo más fuerte.

—Nunca te he pedido mucho, ¿verdad, papá? —pregunté con cariño—. Ni dinero para la universidad o mis cursos de posgrado, ni cuando me fui a vivir sola. Ni tampoco te he pedido ningún consejo.

—No —convino él—. Nunca has pedido nada. —Un destello de arrepentimiento cruzó su rostro siempre inexpresivo.

—Hoy quiero pedirte algo, papá. No dejes a BeverLee. Id a algún consejero matrimonial o algo parecido. Lleváis veinte años juntos. Y ella te ama. Tiene fe en ti. No creo que haya nada más importante que eso.

Mi padre permaneció en silencio durante bastante tiempo. Después, sin embargo, comenzó a hablar.

—Sabes que soy quince años mayor que BeverLee. Sí, claro que lo sabes.

Asentí.

Hizo una pausa, sopesando sus siguientes palabras.

—Harper, en julio tuve un ataque al corazón.

Se me doblaron las rodillas.

—¿Qué? —exclamé.

Él se encogió de hombros.

—El médico dijo que dentro de la gravedad, había sido de los más leves, pero me hizo pensar en el... futuro. No quiero que Bev tenga que cuidarme.

—¿Se lo has contado, papá?

Mi padre negó con la cabeza.

—Le dije que me había ido a pescar con Phil Santos.

—Papá... —Se me quebró la voz. Si mi padre moría...

—No quiero que BeverLee tenga que cargar con un anciano enfermo y decrépito.

—¡Pero ella te quiere, papá! Si le pasara algo, ¿la verías como una carga?

—Por supuesto que no. Y sí, entiendo dónde quieres llegar. —Otra pausa—. Aún así, Bev se merece a alguien que pueda cuidar de ella. No a un viejo lleno de achaques.

—¿Y ahora cómo te encuentras? ¿Ya estás bien?

—Eso espero. Me tomo una pastilla a diario y me ha bajado el colesterol. Este tiempo solo he podido pensar en mi vida y en qué era lo que podía hacer por mi familia, y me pareció que dejar a Bev era lo mejor para ella. Si me muero el año que viene o dentro de poco...

—Dios, ¡los hombres sois tan melodramáticos! —exclamé, aunque mis piernas seguían temblando ante la idea de lo que podía haberle pasado a mi padre—. Si te cuidas un poco, nos sobrevivirás a todos. Eso sí, papá, ¡no se te ocurra dejar a Bev! Es la peor decisión que podrías tomar. ¡Y tampoco ocultes cosas como esta a tus hijas!

Volvió a encogerse de hombros.

—Sí, bueno, seguramente tengas razón.

—Entonces, ¿hablarás con Bev? —pregunté—. Porque no pienso callarme algo como esto.

Asintió una vez.

—Sí, hablaré con ella. La verdad es que he estado retrasando el momento de mudarme. Supongo que eso dice algo.

—Claro que sí. Dice que la amas y que no quieres divorciarte.

Me miró y enarcó una ceja.

—¿Ahora te dedicas a arreglar la vida de la gente? —preguntó con un deje de humor en la voz.

—Sí, la de todos menos la mía.

Nos miramos en silencio durante un minuto.

—Harper, sé que... A ver... Sé que no he sido el mejor padre del mundo —suspiró—. Con Willa, es más fácil... Tu hermana siempre está cometiendo errores o necesita algo que yo puedo darle... dinero, un lugar para vivir, todo eso. Pero tú... Tú nunca has necesitado nada. —Respiró hondo—. Excepto una madre. Una madre de verdad. Cuando Linda nos dejó... Lo cierto es que me alegré. Temía que terminara echándote a perder.

—¿Por eso te casaste con BeverLee? ¿Para darme una madre?

—Sí, esa fue una de las cosas que tuve en cuenta en aquel momento. Una de las más importantes.

Dios, el pasado nunca era como uno creía.

—Papá —dije tras unos segundos—. ¿Puedo preguntarte algo?

—¿Hay alguna forma de impedirlo?

Sonreí. Papá, bromeando. Conmigo.

—Bueno... no. Pero es que siempre he tenido una duda. ¿Mamá me puso mi nombre en honor a Harper Lee?

—¿Y quién es esa?

—La autora de *Matar a un ruiseñor*.

Mi padre frunció el ceño.

—Por lo que sé, lo hizo por una revista de moda.

Harper's Bazaar. Vaya. Eso tenía más sentido y por alguna razón me resultó más reconfortante. Por lo visto, mi madre nunca había tenido pensamientos muy profundos.

—Ya que estamos. ¿Puedo hacerte otra pregunta más?

—Dispara.

—Veamos... —Esta era más difícil—. Si hace unos años te hubiera pedido consejo, ¿qué me habrías dicho sobre casarme con Nick?

Durante unos segundos no dijo nada, sino que se limitó a mirarme, considerando qué tipo de respuesta estaba buscando. Si la verdad o no.

—Te habría dicho que creía que ese muchacho era lo mejor que te había pasado en la vida.

Se me encogió el corazón.

—¿En serio? —susurré.

—Sí.

—Nunca dijiste nada. Ni siquiera sabía si estabas de acuerdo o no.

Mi padre volvió a encogerse de hombros y miró al suelo una vez más.

—Se supone que los actos dicen más que las palabras —respondió con voz ronca—. Dejé que te casaras con él, ¿no? No hubiera entregado a mi hija a un cualquiera. —De pronto levantó la vista, alzó los brazos y esbozó una tímida sonrisa—. Anda, venga —dijo con cierta vacilación—. Dale un abrazo a tu viejo padre.

Capítulo 27

El viernes por la tarde, salí del despacho sobre las cuatro y me fui a casa para hacer el equipaje.

Aquello me llevó un cuarto de hora. Después, para hacer un poco de tiempo, encendí el ordenador portátil y comprobé la lista de objetivos que había confeccionado.

1. *Reservar vuelo.* (Hecho. Y además lo había confirmado. Dos veces.)
2. *Reservar hotel.* (También confirmado dos veces.)
3. *Hacer las maletas.* (Acababa de terminar.)
4. *Escribir el discurso.* (Hecho, aunque no me había gustado cómo había quedado y me había llevado demasiado tiempo.)
5. *Entregar el discurso.* (Pendiente.)
6. *Reconciliarme con Nick.* (Pendiente.)

—Maldita sea —susurré, haciendo caso omiso del súbito terror que me invadió. Porque ahí estaba el meollo del asunto. Puede que ya no quisiera seguir siendo una atrofiada emocional. O que hubiera abierto mi corazón a Bever-Lee e intentado comprender un poco más a mi padre. Pero no tenía ni idea de si Nick estaría dispuesto a darme otra oportunidad. «Lo siento, pero no puedo seguir así», había dicho antes de subir al taxi.

Ahora me daba cuenta de que todas aquellas veces en las que había hecho o dicho algo para alejarle, para fortificar la coraza que había en mi corazón para que no me doliera en caso de que me abandonara, no solo me había hecho daño a mí misma, sino también a él. BeverLee tenía razón. Estaba tan aterrorizada de que volvieran a abandonarme que no le dejé acercarse a mí.

Además, tampoco estaba muy segura de si Nick estaba o no en Nueva York, ya que recordaba vagamente que tenía apuntado un viaje a Dubai —o a Londres, o a Seattle—. Era demasiado cobarde para llamar a su estudio y preguntar por su agenda —obviamente, tampoco me la darían—, y también estaba demasiado nerviosa como para llamarle directamente. No. Lo mejor era presentarme directamente en la puerta de su casa. Y si me la cerraba en las narices, siempre podía gritarle desde la calle hasta que la policía me detuviera.

Theo se había llevado la mano al pecho después de que le pidiera unos días libres, pero en cuanto se enteró de la misión que tenía en mente sus ojos se iluminaron.

—Por supuesto, querida. Tómate el tiempo que necesites —dijo al instante—. Creo en el amor verdadero por encima de todo. Al fin y al cabo, me he casado cuatro veces.

En cuanto a mi plan... era un asco, pero al menos tenía uno. Y si no me quedaba más remedio que pasarme por su casa cada cuatro horas hasta que lo encontrara, estaba dispuesta a hacerlo.

Aquel era el último paso en la campaña «Harper es humana». Durante toda la semana hice de canguro para Kim —ahora tenía dos hematomas en la barbilla y una marca de un mordisco en la muñeca, pero también había aprendido quién era Pikachu—, saqué a Tommy a cenar fuera y pagué la cuenta, le compré a Carol un póster de su jugador de béisbol favorito, Dustin Pedroia, y hasta me atreví a cocinar e invité a Bev, Willa y Kim a mi casa para una velada de «solo mujeres».

También escribí una carta de disculpas para Jack y Sarah Costello, diciéndoles lo mucho que me había gustado formar parte de sus reuniones familiares y lo arrepentida que estaba por si en algún momento había podido hacer sufrir a su hijo. Y sí, también me preocupé por él. El bueno de Dennis parecía llevarlo bien e incluso le había sorprendido que no estuviera con Nick.

Todavía no, cierto. Aunque lo intentaría. Pero ¿y si Nick no me perdonaba o no quería que nos reconciliáramos...? Aquel pensamiento volvió a causarme otra oleada de pánico.

—¿De modo que te vas? —preguntó una voz.

Se trataba de Kim, que venía con el pequeño Desmond en brazos, oliendo a crema solar y agua salada.

—Sí. —Hice una mueca y cerré la cremallera de mi maleta.

—Qué bien, Harper. Me parece de lo más romántico.

—Sí, aunque corro el riesgo de terminar con una orden de alejamiento. Pero supongo que vale la pena intentarlo.

—Hazlo o no lo hagas. Pero no lo intentes —sentenció ella.

—¿De quién es la frase? ¿De Winston Churchill?

—De Yoda, por favor. Tengo cuatro hijos. *La Guerra de las Galaxias* es mi pan de cada día.

—¿Y qué viene después? ¿Algún consejo de los *Muppets*?

—Agradece que no me ponga con los *TeleTubbies*. Se inclinó y, sin que me lo esperara, me dio un beso en la mejilla. Desmond me propinó una patada en las costillas y a continuación esbozó una angelical sonrisa—. Te veo cuando vuelvas —dijo mi amiga.

—Gracias, Kim —repliqué yo. La miré y forcé una sonrisa que terminó convirtiéndose en auténtica al segundo siguiente—. Gracias —repetí.

—¡Ve a por él, hermana! —gritó ella mientras salía de mi casa—. Quien no arriesga no gana. Además, en el peor de los casos, solo volverás a estar como estás ahora.

Ahí estaba el asunto. Que aquello ya no era como antes. La satisfacción —la petulancia, para ser honestos— que solía sentir al pensar en mi vida, se había evaporado como la niebla de la mañana y ahora era como cualquier pobre desgraciado asolado por la tormenta del amor. Un alma totalmente desorientada.

Eché un vistazo a mi reloj de pulsera, tratando de no vomitar por los nervios, y fui a por el trasportín de *Coco*. En cuanto lo vio mi perra, puso su mirada de chihuahua desamparado. Después retrocedió un paso y alzó una pata delantera como si le doliera horrores.

—Tu pata está perfectamente —dije—. ¿Qué te pasa? ¿Es que no quieres ver a Nick? Le adorabas, ¿o ya no te acuerdas? ¿Es una señal? ¿Estás intentando decirme que no lo haga? Adelante, *Coco*. Siempre has sido más lista que yo.

Se agachó y movió la cola.

«¿Lo ves? Soy tan mona. ¿A que sí? ¡No vuelvas a meterme en esa caja del demonio! ¡No soy una perra de ciudad!»

¿Quién podía culparla? Los viajes en avión ya le suponían bastante tortura como para encima llevarla encerrada. Además, Nueva York la había estresado muchísimo, con todas aquellas sirenas, y el eterno ruido de los vehículos pasando. Suspiré y me senté a su lado.

—De acuerdo. Puedes quedarte. Pero yo tengo que irme, pequeña. Lo entiendes, ¿verdad? ¿Quieres ir a casa de Kim? —Al pensar en los hijos de mi amiga me estremecí—. ¿Qué te parece quedarte con Willa?

Mi vuelo salía en una hora y media. Tenía tiempo para dejarla en la casa que mi hermana y Chris habían alquilado en Oak Bluffs. Los había visto hacía un par de días; todavía tenían que traerse los muebles y el resto de cosas que tenían en Nueva York, pero era una vivienda muy bonita. Chris parecía estar bien; había hablado de Alcohólicos Anónimos y de lo bien que le sentaba tener un trabajo estable. Willa, por su parte, se había matriculado en un curso a distancia de... anatomía. Quería ser enfermera, lo que parecía encajar con su carácter alegre.

Llamé a mi hermana.

—Hola —dije cuando oí que descolgaba el teléfono—. Necesito que me hagas un favor.

—¡Claro!

—¿Puedes quedarte con *Coco* unos días? Tal vez un poco más. —Mis piernas se habían convertido en dos temblorosos flanes—. Una semana quizá.

—Sin ningún problema. ¿Dónde vas?

—A Nueva York. —Tragué saliva.

—¿A dónde?

—A Nueva York. —Respiré hondo—. Voy... voy a ver a Nick.

—Esto... Harper, Nick está aquí.

—¿Qué? —grité—. ¿Aquí? ¿A qué te refieres con aquí? ¿Aquí dónde? ¿En tu casa?

—Tranquila, tranquila. Está en la isla.

—¿Y qué está haciendo aquí? —Podía oír los latidos de mi corazón.

—Chris alquiló un camión de mudanzas, condujo hasta la ciudad y metió todas nuestras cosas. Nick vino con él para ayudarle a descargar y ha estado por aquí. Pero, Harper, acaba de irse, hará unos diez minutos. Quería tomar el *ferry* de las siete en punto de Oak Bluffs. Después... mierda... creo que ha alquilado un vehículo y va para Seattle o no sé dónde.

Miré mi reloj. Las seis y veintidós.

—Voy para allá —farfullé.

—¿Quieres que le llame? ¿Le digo que espere?

—¡No! No. Mmm... Puede que no quiera verme.

Salí volando de casa. *Coco* se quedó ladrando, reprochándome haberla dejado allí. Arranqué derrapando con las ruedas del Mini por el camino de entrada y casi me estrello contra un Hummer con matrícula de Virginia, cuyos ocupantes empezaron a gritarme. No les hice ni caso y seguí conduciendo como si estuviera en una carrera de Fórmula 1. Ir de Menemsha a Oak Bluffs solía llevarme una media hora, un poco más en temporada de turistas; teniendo en cuenta que ese fin de semana era festivo, la gente había venido en tropel a la isla. Si iba por el camino habitual no lo conseguiría, así que decidí tomar algunos atajos. Con las manos pegadas al volante pasé el aeropuerto y tomé la carretera Onto Barnes, donde me encontré con una furgoneta de Nueva Jersey que iba excesivamente lenta.

—¡Vamos, vamos, vamos! ¿Es que no puedes apartarte un poco y dejarme pasar? —mascullé, mordiéndome la cutícula.

Cuando pude adelantarle, no me lo pensé dos veces y pisé el acelerador. Gracias a Dios, estaba en Massachusetts. Los límites de velocidad no nos afectaban.

Pero con lo que no había contado era con el atasco que me encontré al llegar a Oak Bluffs. Salvo que decidiera meterme por los jardines —era una opción viable— o ponerme a atropellar peatones a diestro y siniestro —esta no tanto— no lo conseguiría. Los turistas atestaban las aceras y la vía estaba llena de vehículos.

Miré el reloj. Las seis y cincuenta y seis.

No iba a conseguirlo. Al menos no por mi cuenta.

Saqué el teléfono y marqué el número de alguien conocido y querido por casi todo el mundo de la isla; alguien con amigos en las más altas esferas.

—Responde, ¡por favor, por favor, por favor!

Mis plegarias fueron escuchadas.

—Nena, ¿cómo te va?

—Oh, Dennis, gracias a Dios. Mira, tengo una especie de emergencia. Necesito que detengas el *ferry*.

—¿Por qué?

Vacilé un instante.

—Para parar a Nick. Estoy intentando volver con él.

—¡Estupendo! —exclamó Dennis con total sinceridad. En ese momento le quise aún más si cabía, porque en el corazón de Dennis no había lugar para el resentimiento.

—Pero estoy en un atasco y no me va a dar tiempo a llegar al *ferry*. Había pensado en llamar y dar un aviso de bomba...

—Mala idea.

—Sí, lo sé, y no quiero que me arresten. Así que, ¿puedes ayudarme? Solo necesito unos minutos.

—Déjame pensar. —Tras unos segundos agregó—: Creo que a Gerry le toca trabajar hoy allí. Voy a llamarle.

—¿En serio? —La esperanza, esa cosa con plumas, empezó a revolotear en mi interior.

—Sí, voy a intentarlo.

—Oh, gracias, muchas gracias.

—Por ti, lo que haga falta, nena.

—Dennis eres el mejor.

—Bah, da igual. Oye, Harper. Creo que deberías saber que... he vuelto con Jodi.

—¿«Jodi con i»? —dije sin pensármelo mientras esquivaba a un Mercedes cuyo conductor no debía de ser muy listo y estaba intentando girar en una calle prohibida.

—Sí, salimos juntos la otra noche y fue como volver a los viejos tiempos.

Me eché a reír.

—Me invitarás a la boda, ¿no, Den?

—Por supuesto, nena. —Otra pausa—. Harper, te deseo toda la suerte del mundo.

Se me hizo un pequeño nudo en la garganta.

—Gracias, Dennis.

Tras lo que me pareció una eternidad, por fin avisté el muelle desde donde salía el *ferry*. Por desgracia, había un concierto en la glorieta del parque Ocean y el tráfico volvió a ralentizarse. Pero el *ferry* seguía ahí, a pesar de que eran las siete y nueve minutos. Puede que al final lo hubiera conseguido. ¡Bendito Dennis Patrick Costello! Hice la promesa de pagarle su luna de miel con Jodi.

Pero entonces oí la sirena del *ferry* y me quedé sin respiración.

—¡No! —grité—. ¡Maldita sea!

Todavía me faltaban dos manzanas para llegar y no había sitio para aparcar. Apreté los dientes, frustrada. Bueno, si no conseguía alcanzar a Nick hoy —lo que, dadas las circunstancias, era lo más probable— siempre podía intentarlo en otro momento.

Pero aquella posibilidad no me atraía tanto como hacerlo ahora. Sí, tenía que ser en ese momento.

Me hice a un lado, aparqué en doble fila junto a un Porsche rojo y salí a toda prisa de mi automóvil.

—¡No puede aparcar ahí! —gritó un policía.

—¡Es una emergencia! —exclamé desde el otro lado de la calle.

La rampa que conducía al *ferry* era una estructura de madera que esa tarde estaba llena de gente despidiéndose de los familiares y amigos que iban en el transbordador.

—¡Lo siento! ¡Disculpe! —grité mientras atravesaba a empujones la multitud—. ¡Detengan el *ferry*! ¡Paren el *ferry*, por favor! —Mis pasos resonaban a lo largo de los tablones de madera a medida que corría por la rampa. Desde algún lugar, oí el sonido de una radio. Mi cerebro registró las notas musicales. *Sweet Home Alabama*. Tenía que tratarse de una señal del cielo, o de Bev, o del universo.

La sirena volvió a sonar.

—¡Detengan el *ferry*! ¡Por favor! —grité de nuevo.

—Demasiado tarde, señora —comentó uno de los trabajadores del transbordador mientras le lanzaba una cuerda a uno de los hombres que iban a bordo—. Nadie puede ir más allá de este punto.

Entonces vi a Nick. Estaba de pie, en la cubierta inferior del barco, mirando en dirección a la isla a medida que el *ferry* se alejaba. El viento le alborotaba el pelo y sus ojos de gitano parecían distantes... y tristes.

Bueno. Ya me encargaría yo de que no volviera a estar triste nunca más.

—¡Nick! —chillé—. ¡Nick!

No me vio.

—¡Nick! —Me volví hacia el trabajador del *ferry*. Leonard, según ponía en uno de los bolsillos de su uniforme—. ¡Leonard! —Dije entre dientes—. Detenga ese *ferry*.

—A menos que se trate de una emergencia médica, señora —indicó con el fuerte acento típico de New Bedford— o venga cargada de explosivos, no puedo hacerlo. Lo siento.

—¡Párelo o salto ahora mismo!

—No bromee con eso, ¿de acuerdo? —espetó, manipulando algo en el panel de control del muelle—. Podrían arrestarla. Y si se acerca demasiado a la hélice, la succionará y morirá antes de que le dé tiempo a pestañear.

La hélice estaba en la parte trasera de la embarcación, pero yo saltaría hacia un lateral.

«Hazlo o no lo hagas. Pero no lo intentes.»

Imbuida por el espíritu de Yoda y la total convicción de que amaba a Nick Lowery más que a nadie, corrí tan rápido como pude hasta el final del muelle y, cuando llegué a ese punto, seguí corriendo. Durante un increíble segundo volé por el aire.

Entonces todo lo que había a mi alrededor se quedó en silencio mientras me sumergía en el agua y mis oídos se llenaban de burbujas. ¡Mierda, estaba helada! Nadé hasta la superficie y emergí escupiendo agua salada y frotándome los ojos por el escozor que sentía. Cuando pude abrirlos, miré al barco, que estaba a unos pocos metros de distancia. No veía a Nick, solo el inmenso casco del transbordador. La gente del muelle gritaba y señalaban en mi dirección. Me aparté el pelo de la cara.

—¡Por el amor de Dios! —gritó Leonard. Miré hacia atrás y le vi sacar un comunicador portátil—. ¡Hughie, tenemos a una loca en el agua! ¡Para las máquinas! —Clavó la vista en mí—. ¡Es usted una imbécil!

Oí un chapoteo en el agua y a mi lado apareció un salvavidas que habían arrojado desde el *ferry*. Alcé la vista hacia el barco. Una multitud se había congregado en cubierta y docenas de ojos me miraban con las bocas abiertas.

—¿Nick? —grité. El rugido de los motores se paró de repente y todo pareció más tranquilo—. ¿Nick Lowery? —grité de nuevo.

Y ahí estaba él, sujetándose a la barandilla con ambas manos.

—¡Jesús, Harper! ¿Estás bien?

—Mmm... Sí —respondí. Estaba empezando a tiritar.

—¡Haga el favor de agarrarse al maldito salvavidas! —ordenó Leonard.

No le hice ni caso.

—Harpy, ¿qué haces? —preguntó Nick—. ¿Es que has perdido la cabeza?

—Mmm... Un poco. —No dejaba de mover las piernas para mantenerme a flote, aunque ahora estaba temblando de frío—. Nick... necesito hablar contigo.

—Sí. Ya me he dado cuenta —dijo él.

—¿Señora? Por favor salga del agua. —Fantástico. Era el policía que me había prohibido aparcar en doble fila.

—Nick... mira... el caso es que... —Nadé para acercarme un poco más. Entonces me detuve. No me acordaba del horrible discurso que había escrito.

Él se quedó esperando. En realidad todos los del barco estaban esperando.

—Mamá, ¿puedo comer algo mientras tanto? —preguntó un niño.

La madre le mandó callar.

—Señora, como me haga saltar para rescatarla no me va a hacer ninguna gracia —informó el policía.

Miré a Nick, a su pelo revuelto, a su hermoso rostro y a aquellos ojos de gitano que tantas sensaciones habían despertado siempre en mí.

—¡Cásate conmigo! —exclamé.

Supongo que no se esperaba que dijera eso, porque se quedó allí parado, mirándome y con la boca ligeramente abierta, como si no le encontrara ningún sentido a mis palabras.

—Cásate conmigo, Nick —repetí, con la voz ahogada por las lágrimas—. Cásate otra vez conmigo. No me importa dónde vivamos o cómo lo hagamos, siempre que estemos juntos. Te amo Nick. Lo hice la primera vez, lo hago ahora y lo haré siempre.

Seguía sin decir nada. La multitud estaba expectante.

—¿Señor? —inquirió el policía—. ¿Puede contestar a esta loca para que todos podamos irnos a casa?

La gente nos miraba alternativamente y durante un instante creí que Nick se daría la vuelta y me dejaría sola, en el agua.

Pero no lo hizo. Con un ágil movimiento, saltó sobre la barandilla. Se oyó un jadeo colectivo, el operario del muelle soltó un taco y, tras una zambullida, Nick apareció a menos de dos metros de mí.

—Eres única —dijo él. Después, se aferró al salvavidas con un brazo, me agarró a mí con el otro y me besó.

Fue un beso tan intenso y ardiente que el agua pareció templarse. Le rodeé el cuello y le devolví el beso poniendo todo mi corazón en ello.

—¡Vaya par de idiotas! —gritó alguien.

No me di cuenta. Volvía a tener a Nick, a mi primer amor, al único hombre al que amaría jamás. Mis dientes volvieron a castañetear con tal fuerza que me fue imposible continuar con el beso. Así que separé los labios de los de él, le miré a los ojos y sonreí.

—Me tomo esto como un sí.

Epílogo

El día de nuestra boda —el día de nuestra segunda boda, mejor dicho— amaneció frío y lluvioso. Cuando llegó el momento de la ceremonia, el viento azotó sin piedad las tejas de madera de la iglesia y las vidrieras temblaron mientras mi padre y BeverLee me acompañaban hasta el altar.

—No sé si tomármelo como una advertencia —dijo Nick con una sonrisa de oreja a oreja.

—Lo siento compañero. Pero ya es demasiado tarde para echarse atrás —repliqué, pasándole el ramo a Willa y tomando las dos manos de Nick.

—¿Asustada? —preguntó en voz baja.

Le miré a los ojos.

—No. Ni un ápice. ¿Y tú?

Volvió a sonreír y mi corazón se llenó de dicha.

—¿Tú qué crees?

—Creo que estás guapísimo con esmoquin.

—Pues yo creo que si los dos os calláis, podríamos empezar de una vez —espetó el padre Bruce.

Como la iglesia católica no quería vernos ni en pintura, el padre Bruce había conseguido que le nombraran juez de paz. Su obispo estaba un poco molesto, pero el buen padre había dicho que celebrar nuestra boda bien merecía la pena. Qué encanto.

Chris era el padrino. ¿Y sabéis qué? Que una de esas compañías que se dedica a vender cosas raras en esos anuncios que televisan de madrugada, se había interesado por el *pulgarete*. Hasta ahora solo había ganado cuarenta dólares, pero uno nunca sabía lo lejos que se podía llegar en la vida. También estaba muy atractivo, y me guiñó un ojo a modo de saludo. Yo le sonreí.

—Queridos hermanos —empezó el padre Bruce—, estamos aquí reunidos para unir en matrimonio a Nick y a Harper y ser testigos de cómo se profesan su amor y devoción mutuos por la que esperamos sea la última vez, porque no sé vosotros, pero yo no me veo capaz de volver a pasar por esto de nuevo.

—Vaya, ahora se cree un cómico —suspiré.

Nick se rió.

Miré a nuestros invitados. Papá tenía un brazo alrededor de BeverLee, que lloraba —lágrimas azules— y reía al mismo tiempo. Theo había venido acompañado de su última ex mujer, Carol, Tommy y el resto de abogados del despacho, así como unos pocos clientes —¿no decían eso de que de una boda salía otra boda?—. Dennis, Jodi y su hijo estaban sentados al lado de Kim, Lou y sus cuatro angelitos, que no dejaban de empujarse los unos a los otros. Sí, Jason Cruise, también nos había deleitado con su presencia; Nick había insistido y yo había sido tolerante. Así como Peter Camden y los demás empleados del estudio; Pete no parecía muy feliz pero me importaba un comino.

Mi... nada convencional... propuesta de matrimonio había causado un pequeño revuelo en la isla. Casi todo el mundo tenía una cámara o un teléfono con ella incorporada hoy en día, por lo que el periódico de Martha's Vineyard publicó un artículo en el que salía una foto mía y de Nick besándonos en el agua con el encantador titular de: «Abogada especializada en divorcios se lanza al agua para recuperar a su hombre». Nick había enmarcado la página y solía señalármela cuando empezábamos a discutir.

Pero nuestras disputas actuales eran bastante afables y se referían sobre todo a cuánto tiempo teníamos que pasar en Boston y cuánto en el Viñedo. Nick había mantenido una larga conversación con Peter y habían decidido disminuir sus viajes y abrir un estudio en Boston. Lo bueno de ser tu propio jefe, había dicho, era una mayor flexibilidad. De modo que, después de pasar toda una vida en la Gran Manzana, Nick se había mudado a Beantown, donde se pasaba todo el día burlándose de sus tortuosas calles y haciendo enemigos, paseándose con su gorra de los Yankees. Al menos había terminado reconociendo que tenían el mejor marisco sobre la faz de la tierra. Cada mes intentábamos pasar algunos días en lo que él llamada «la ciudad de verdad» y, poco a poco, iba adaptándose a su nuevo lugar de residencia. Incluso había sobrepasado el límite de velocidad en una ocasión.

Por mi parte, trabajaba en el despacho que Bainbrook, Bainbrook & Howe tenía en Boston de lunes a jueves, y pasaba en la isla el resto de la semana. Conseguimos un pequeño y bonito apartamento en Back Bay y todavía conservaba mi casa de Menemsha —¡cómo no podía ser menos!—. Cuando tuviéramos hijos, lo que esperaba no se retrasara mucho, ya veríamos cómo nos las arreglábamos. Pero lo más importante de todo era que creía en nosotros.

Pronunciamos nuestros votos. Y esta vez... esta vez sabía lo que estaba haciendo.

—¿Nick? ¿Tienes el anillo? —preguntó el padre Bruce.

—Sí, Nick. ¿Lo tienes? —quise saber. No me había dejado verlo, lo que me pareció sumamente injusto—. Ya que soy yo la que voy a tener que llevarlo el resto de mi vida, podías habérmelo enseñado antes.

—Dios, ¿es que nunca podrá callarse? —bufó Nick—. Sí, lo tengo. —Enarcó una ceja y miró a Christopher. Su hermano se lo pasó y Nick sonrió, tomó mi mano y lo deslizó en mi dedo.

Era mi anillo de boda. El primero.

—Oh, Nick —susurré con los ojos llenos de lágrimas.

—Quiero que sepas que volví a por él al día siguiente de que me dejaras. Tuve que levantar la tapa de una alcantarilla, bajar por ella y arrastrarme por un tubo recolector hasta que di con él. —Se detuvo un segundo—. Supongo que lo guardé porque tenía un presentimiento.

—Sí —susurré.

Y entonces le besé y le besé, y volví a besarle una y otra vez.

—Bueno, como veo que aquí nadie espera a terminar como Dios manda —masculló el padre Bruce, suspirando de forma melodramática—. Yo os declaro marido y mujer. Nick, puedes seguir besando a la novia.

BeverLee sollozó, mi padre rió por lo bajo, Willa soltó una carcajada y todo el mundo aplaudió y nos vitoreó.

En cuanto a mí, por fin sentía que había regresado al lugar al que pertenecía. Y cuando me perdí en los ojos de mi marido, radiantes de alegría, supe lo que era tener un final feliz de verdad.

Hasta que llegaste

Posey Osterhagen tiene mucho que agradecerle a la vida. Es la propietaria de una exitosa empresa de rehabilitación de edificios, su familia la arropa y tiene un novio, o una especie de novio. Aun así, le parece que le falta algo. Algo como Liam Murphy, un tipo alto y peligrosamente atractivo.

Cuando Posey tenía dieciséis años, ese chico malo de Bellsford le rompió el corazón. Ahora que ha vuelto, su corazón traidor está de nuevo en peligro. Lo que tendría que hacer ella es darle calabazas pero, en cambio, el destino parece tenerle reservado algo distinto.

KRISTAN HIGGINS

Hasta que llegaste

También en Libros de Seda

Síguenos:

librosdeseda.com

facebook.com/librosdeseda

twitter.com/librosdeseda